mtb

Alle handelnden Personen in dieser Ausgabe sind frei erfunden.
Ähnlichkeiten mit lebenden oder verstorbenen Personen wären rein zufällig.

Der Preis dieses Bandes versteht sich einschließlich
der gesetzlichen Mehrwertsteuer.

Umwelthinweis:
Dieses Buch wurde auf chlor- und säurefreiem Papier gedruckt.

Mary Balogh

Wie ein Herz in dunkler Nacht

Roman

Aus dem Amerikanischen von
Ira Panic

MIRA® TASCHENBUCH
Band 25833
1. Auflage: Mai 2015

MIRA® TASCHENBÜCHER
erscheinen in der HarperCollins Germany GmbH,
Valentinskamp 24, 20354 Hamburg
Geschäftsführer: Thomas Beckmann

Titel der nordamerikanischen Originalausgabe:
The Arrangement

First published in the United States by Dell Books, New York

Konzeption/Reihengestaltung: fredebold&partner GmbH, Köln
Umschlaggestaltung: pecher und soiron, Köln
Redaktion: Bettina Lahrs
Titelabbildung: Harlequin Enterprises S.A., Schweiz
Satz: GGP Media GmbH, Pößneck
Druck und Bindearbeiten: CPI books GmbH, Leck – Germany
Printed in Germany
Dieses Buch wurde auf FSC®-zertifiziertem Papier gedruckt.
ISBN 978-3-95649-175-7

www.mira-taschenbuch.de

1. KAPITEL

Als Vincent Hunt, Viscount Darleigh, klar wurde, dass er, sofern er den Rest des Frühlings zu Hause verbrachte, ohne den Hauch eines Zweifels verlobt oder gar verheiratet wäre, bevor der Sommer richtig losging, ergriff er die Flucht. Er lief von zu Hause weg, auch wenn das eine lächerliche, in gewisser Weise erniedrigende Formulierung war, immerhin war er beinahe vierundzwanzig Jahre alt, und das Haus gehörte ihm. Trotzdem blieb die Tatsache bestehen, dass er Reißaus nahm.

Er nahm seinen Kammerdiener Martin Fisk mit, seine Reisekutsche samt Pferden und ausreichend Kleidungsstücke und andere Notwendigkeiten für die nächsten ein, zwei Monate – oder auch die nächsten sechs. Er hatte wirklich nicht die geringste Ahnung, wie lange er wegbleiben würde. Bei der Geige hatte er einen Moment gezögert, aber dann packte er sie doch ein. Seine Freunde verspotteten ihn zwar gern damit und taten so, als ob sie sich vor Abscheu schüttelten, sobald er das Instrument unter seinem Kinn in Position brachte, aber er selbst hielt sich für einen einigermaßen akzeptablen Spieler. Und was noch viel wichtiger war: Er spielte gern. Er fand es beruhigend, was er ihnen gegenüber natürlich niemals zugab. Flavian würde fraglos eine Bemerkung über die gegenteilige Wirkung machen, die sein Geigenspiel auf alle sich zufällig in Hörweite befindenden Menschen hatte.

Das Hauptproblem war, dass es zu Haus zu viele weibliche Verwandte gab und nicht genug männliche, schon gar keine durchsetzungsfähigen. Seine Großmutter und seine Mutter lebten bei ihm, und seine drei Schwestern kamen viel zu oft und viel zu lange auf Besuch, obwohl sie längst verheiratet waren und über eigene Häuser und Familien verfügten. Kaum ein Monat verging, in dem nicht zumindest eine von ihnen für ein paar Tage oder eine Woche oder noch länger vorbeischaute. Seine Schwäger, wenn sie denn überhaupt mitkamen, was nicht jedes Mal der Fall war, hielten sich taktvoll aus Vincents Angelegenheiten heraus und erlaubten ihren Gattinnen, sein Leben in die Hand zu nehmen. Wobei anzumerken war, dass keiner von ihnen der jeweils Angetrauten gestattete, *sein eigenes* Leben in die Hand zu nehmen.

Im Grunde wäre das alles wohl sogar unter gewöhnlichen Umständen einigermaßen verständlich gewesen, wie Vincent widerwillig einräumen musste. Immerhin war er der einzige Enkel oder einzige Sohn oder einzige Bruder – noch dazu ein *jüngerer* Bruder – und musste als solcher damit rechnen, beschützt und verhätschelt zu werden. Oder damit, dass man sich um ihn sorgte und für ihn Pläne machte. Vor vier Jahren, mit neunzehn, hatte er Titel und Vermögen von einem Onkel geerbt, der erst sechsundvierzig und bei bester Gesundheit gewesen war als er starb. Er hatte einen Sohn, der ebenso robust und kräftig war, wie er selbst. Beide hatten ein gewaltsames Ende gefunden. Das Leben war eine flüchtige, zerbrechliche Angelegenheit, wie seine weiblichen Verwandten gern hervorhoben, und dasselbe galt für seine Erbschaft. Daher geziemte es sich für ihn, so schnell wie irgend möglich einen Erben zu produzieren und dann noch ein paar weitere Söhne, falls dem Ältesten etwas passieren sollte. Da spielte es keine Rolle, dass er nach wie vor sehr jung war und von sich aus noch lange nicht an Heirat gedacht hätte. Seine Angehörigen hatten lange genug in vornehmer Armut gelebt und nicht das geringste Bedürfnis, diese Erfahrung zu wiederholen.

Aber seine Umstände waren nun mal nicht gewöhnlich, weshalb seine Verwandten ihn umflatterten wie eine Schar aufgeregter Glucken, die sich alle um dasselbe kränkliche Küken kümmern wollten und es dabei beinahe erstickten. Seine Mutter hatte sich sogar noch vor ihm in Middlebury Park häuslich eingerichtet, um alles für seine Ankunft vorzubereiten. Seine Großmutter hatte den Mietvertrag für ihr Anwesen in Bath auslaufen lassen und war ihrer Tochter gefolgt. Und nachdem er selbst vor drei Jahren eingezogen war, kamen seine Schwestern zu dem Schluss, dass Middlebury der faszinierendste Ort der Welt war. Und nein, Vincent brauche sich keine Sorgen zu machen, dass ihre Ehemänner sich vernachlässigt fühlen könnten, versicherten sie unisono. Ihre Ehemänner waren ja so *verständnisvoll*. Sie betonten das Wort immer so, dass es wie eine versteckte Anspielung klang.

Im Grunde klang fast alles, was die Frauen zu ihm sagten, so, als müssten sie den jeweiligen Sinn noch einmal extra herausstreichen. Als sei er ein geliebtes, aber doch irgendwie schwachsinniges Kind.

Und in diesem Jahr hatten sie angefangen, auf diese Weise über Heirat zu sprechen. Seine Heirat, wohlgemerkt, die ihm, von der Sache mit der Erbfolge mal ganz abgesehen, Komfort und Gesellschaft bringen würde und diverse andere Vorteile. Und sie selbst könnten endlich aufhören, sich dauernd um ihn zu sorgen, und wieder ein entspannteres Leben führen. Sobald er verheiratet war, könnte seine Großmutter nach Bath zurückkehren, das sie schmerzlich vermisste. Und es wäre überhaupt nicht schwierig, eine Dame zu finden, die nicht nur willens war, ihn zu ehelichen, sondern sogar ganz wild darauf. Er dürfe auf keinen Fall denken, dass es da ein Problem geben könnte. Schließlich habe er einen Titel und ein Vermögen und sei jung, attraktiv und charmant. Es gäbe scharenweise *verständnisvolle* Damen da draußen, die sich glücklich schätzen würden, ihn zu heiraten, und schnell lernen würden, ihn um seiner selbst willen zu lieben. Oder zumindest eine würde es, nämlich diejenige, die er auserkor. Und sie, seine weiblichen Verwandten, würden ihm natürlich helfen, diese Wahl zu treffen. Das war doch so selbstverständlich, dass man keinerlei Worte darüber verlieren musste. Aber sie verloren sehr, sehr viele Worte darüber …

Die eigentliche Kampagne hatte Ostern begonnen, als die ganze Familie in Middlebury war, auch die Männer und Kinder seiner Schwestern. Vincent war gerade erst von Penderris Hall in Cornwall zurückgekehrt, dem Landsitz des Duke of Stanbrook, wo er jedes Jahr ein paar Wochen mit den anderen

Mitgliedern des „Clubs der Überlebenden“ verbrachte, einer Gruppe von Menschen, die die Napoleonischen Kriege überlebt hatten. Es waren die engsten Freunde, die er auf der Welt hatte, und wie immer, wenn er sich von ihnen trennen musste, fühlte er sich traurig, leer und, ja, ein bisschen beraubt. Daher ließ er die Frauen reden, ohne ihnen wirklich zuzuhören oder gar zu widersprechen.

Ein schwerer Fehler, wie sich herausstellte.

Nur einen Monat nach Ostern waren seine Schwestern und Schwäger und Nichten und Neffen erneut mit vereinten Kräften über Middlebury hereingebrochen, und einen Tag später folgten ihnen weitere Besucher. Es war immer noch Frühling; ein merkwürdiger Zeitpunkt, um eine Gesellschaft zu geben, schließlich hatte die Saison in London noch gar nicht richtig angefangen. Doch wie Vincent bald klar wurde, handelte es sich gar nicht um eine richtige Gesellschaft, denn die einzigen Gäste, die nicht zur Familie gehörten, waren Mr Geoffrey Dean, der Sohn von Großmamas bestem Freund in Bath, seine Frau und seine drei Töchter. Die beiden Söhne waren im Internat. Zwei der Töchter wurden ebenfalls noch unterrichtet, daher war auch eine Gouvernante mit von der Partie. Aber die älteste, Miss Philippa Dean, war fast neunzehn und hatte kürzlich ihren Knicks vor der Königin gemacht. Auf ihrem Debütantinnenball war jeder ihrer Tänze vergeben gewesen, und man konnte mit Fug und Recht sagen, dass ihre Einführung in die feine Gesellschaft als Erfolg gelten durfte.

Aber wie hätten sie der Einladung widerstehen können, beeilte Mrs Dean sich hinzuzufügen, während sie beim Tee vom Triumph ihrer Tochter schwärmte, mit ein paar alten Freunden ein paar ruhige Wochen auf dem Lande zu verbringen?

Alte Freunde?

Schon bald wurde Vincent schmerzlich klar, wie die Dinge lagen, auch wenn sich niemand zu einer Erklärung herabließ. Miss Philippa Dean war auf dem Heiratsmarkt und wartete auf das höchste Gebot. Sie hatte jüngere Schwestern, die demnächst ebenfalls unter die Haube gebracht werden mussten, und zwei Brüder, die womöglich später zur Universität gehen wollten. Und er hatte nicht den Eindruck, dass die Deans sehr vermögend waren. Sie waren also in der sicheren Annahme hergekommen, dass sie in Middlebury Park einen Ehemann für das Mädchen finden würden und dass Miss Philippa sich bei ihrer Rückkehr nach London damit brüsten könnte, binnen eines Monats nach ihrem Debüt verlobt zu sein. Der Triumph wäre umso größer, da sie einen Gemahl ergattert hätte, der über Reichtum *und* Titel verfügte.

Und blind war.

Nach den Worten seiner Mutter war Miss Dean ausgesprochen hübsch, mit blondem Haar, grünen Augen und einer schlanken Figur. Nicht, dass ihr Aussehen für ihn wichtig war. Sie klang wie ein nettes, liebenswürdiges Mädchen.

Sie klang außerdem sehr vernünftig, jedenfalls dann, wenn sie sich mit anderen Leuten als Vincent unterhielt. Allerdings unterhielt sie sich in den nächsten Tagen ziemlich oft mit ihm, da jedes weibliche Wesen im Haus, ausgenommen vielleicht seine drei kleinen Nichten, alles Menschenmögliche tat, um ihn und Philippa zusammenzubringen und dann miteinander allein zu lassen. Das konnte sogar ein Blinder sehen.

Sie sprach mit ihm über Nichtigkeiten, in sanftem, irgendwie atemlosem Ton, als säße sie an einem Krankenbett eines Patienten, der zwischen Leben und Tod schwebte. Wann immer Vincent versuchte, das Gespräch auf ein wesentlicheres Thema zu lenken, um etwas über ihre Interessen und Ansichten zu erfahren, stimmte sie ihm vorbehaltlos zu, egal, was er von sich gab, auch wenn es völlig absurd war.

„Ich bin der festen Überzeugung, Miss Dean“, sagte er eines Nachmittags, als sie im französischen Garten vor dem Haus saßen, obwohl ein ziemlich starker Wind blies, „dass die Wissenschaft sich seit Jahrhunderten gegen die Massen verschworen hat, um uns einzureden, dass die Erde rund ist. Dabei ist sie natürlich in Wahrheit zweifellos eine Scheibe, jeder Narr weiß das. Wenn man bis über den Rand liefe, würde man hinabfallen und auf Nimmerwiedersehen verschwinden. Was meinen *Sie* dazu?"

Es war nicht nett. Es war sogar ein bisschen niederträchtig.

Sie schwieg eine Weile, während er sie im Stillen beschwor, ihm zu widersprechen. Oder ihn auszulachen. Oder einen Idioten zu nennen. Als sie schließlich antwortete, war ihre Stimme sanfter denn je.

„Ich bin sicher, dass Sie recht haben, Mylord."

Fast hätte er „Blödsinn" gerufen, aber dann ließ er es doch bleiben. Er würde seinem Sündenregister nicht auch noch grobe Unhöflichkeit hinzufügen. Also lächelte er nur und schämte sich seiner Bosheit und plauderte über die stürmische Brise.

Plötzlich spürte er, wie ihre Finger seinen Ärmel berührten und ihr leichter blumiger Duft intensiver wurde, ein Zeichen, dass sie sich näher zu ihm gebeugt hatte. Und dann sprach sie wieder, mit hastiger, atemloser, süßer Stimme.

„Es hat mir überhaupt nichts ausgemacht, herzukommen, Lord Darleigh, auch wenn ich mich schon so lange auf meine erste Saison in London gefreut habe und nie glücklicher war als auf meinem Debütantinnenball. Aber ich bin doch lebenserfahren genug, zu wissen, dass ich nicht nur zu meinem Vergnügen dort war. Mama und Papa haben mir erklärt, was für eine wundervolle Gelegenheit diese Einladung für mich ist und auch für meine Schwestern und Brüder. Und es hat mir nichts ausgemacht, ganz ehrlich. Im Gegenteil, ich bin mit Freuden gekommen. Ich habe *vollstes Verständnis*, wissen Sie, und es wird mir *absolut überhaupt gar nichts* ausmachen."

Ihre Finger drückten seinen Arm, dann gaben sie ihn frei.

„Sie denken jetzt sicher, dass ich sehr freimütig bin", fügte sie hinzu. „Aber normalerweise bin ich nicht so geradeheraus. Ich dachte nur, dass sie wissen sollten, dass es mit nichts ausmacht. Falls Sie diesbezüglich vielleicht Bedenken haben."

Noch nie in seinem Leben hatte Vincent sich so qualvoll gedemütigt gefühlt, und ihn packte eine schier unerträgliche Wut.

Nicht, dass sie ihn so aufbrachte, das arme Mädchen, nein, es waren ihre Eltern und seine Mutter und seine Großmutter und seine Schwestern. Denn ihm war nun völlig klar, dass man Miss Dean nicht hergebracht hatte, damit er eine annehmbare junge Dame kennenlernte, deren Bekanntschaft er später, sofern sie einander sympathisch fanden und beide es wollten, eventuell vertiefen konnte. Nein, sie war in der sicheren Erwartung hier, dass er ihr, bevor sie wieder abreiste, einen Antrag machte. Vermutlich hatten ihre Eltern einigen Druck auf sie ausüben müssen, aber sie war offenbar eine pflichtbewusste Tochter und nahm die Verantwortung auf sich, die sie als Älteste hatte. Sie würde ihn heiraten, obwohl er blind war.

Und ganz offensichtlich *machte* es ihr etwas aus.

Er war wütend auf seine Mutter und seine Schwestern, weil sie davon ausgingen, dass er aufgrund seiner Blindheit geistig minderbemittelt war. Er hatte gewusst, dass sie sich wünschten, er möge bald heiraten. Er hatte auch gewusst, dass sie versuchen würden, ihn zu verkuppeln. Aber er hatte nicht gewusst, dass sie ohne Rücksprache seine Braut bestimmen und ihn dann praktisch dazu zwingen würden, ihre Wahl zu akzeptieren. Noch dazu in seinem eigenen Heim.

Plötzlich überkam es ihn wie eine Erleuchtung: Sein Haus war gar nicht sein Heim. In Wahrheit war er hier nie wirklich zu Hause gewesen. Wessen Fehler das war, damit würde er sich in fernerer Zukunft beschäftigen. Natürlich war es verlockend, seinen Verwandten die Schuld daran zu geben, aber … Nun gut, er würde später über die ganze Angelegenheit nachdenken.

Er hatte jedoch den leisen Verdacht, dass es ausschließlich an ihm selbst lag, dass er nicht Herr im eigenen Hause war.

Doch im Moment befand er sich in einer völlig unmöglichen Situation. Er fühlte sich nicht im Geringsten zu Miss Dean hingezogen, auch wenn er ziemlich sicher war, dass er sie unter anderen Umständen gemocht hätte. Und es bestand kein Zweifel daran, dass sie ihm gegenüber nichts anderes empfand als das Pflichtgefühl, ihn heiraten zu müssen. Er durfte nicht zulassen, dass sie beide zu etwas gezwungen wurden, das keiner von ihnen wollte.

Sobald sie wieder drinnen waren – Miss Dean hatte den Arm genommen, den er ihr geboten hatte, und Vincent dann mit sanftem Nachdruck geführt, obwohl er seinen Stock bei sich hatte und sich hier auch ohne Hilfe bestens auskannte –, zog er sich in sein privates Wohnzimmer zurück, den einzigen Ort im Haus, an dem er ungestört und ganz er selbst sein konnte. Dann klingelte er nach Martin Fisk.

„Wir verschwinden von hier“, verkündete er übergangslos, sobald der Kammerdiener eingetreten war.

„Tatsächlich, Sir?“, fragte Martin fröhlich. „Und welche Kleidung benötigen Sie für diese Gelegenheit?“

„Ich brauche alles, was in die Reisekiste hineinpasst, die ich immer mit nach Penderris nehme“, erwiderte Vincent. „Was Sie brauchen, entscheiden Sie zweifellos selbst.“

Ein leises Knurren war die Antwort, gefolgt von Schweigen.

„Ich bin heute offenbar besonders begriffsstutzig“, erklärte Martin dann. „Sie müssen mir das Ganze etwas näher erklären.“

„Wir verschwinden von hier“, wiederholte Vincent. „Wir hauen ab. Sehen zu, dass wir Land gewinnen, und zwar so schnell, dass uns keiner einholen kann. Wir machen uns davon. Geben Fersengeld.“

„Die Dame gefällt Ihnen nicht, stimmt's?“

Ha! Sogar Martin wusste, warum das Mädchen hergebracht worden war.

„Nicht als Ehefrau“, gab er zurück. „Jedenfalls nicht als *meine* Ehefrau. Mein Gott, ich *will* nicht mal heiraten, Martin. Noch nicht. Und sollte ich es jemals wollen, dann werde ich die Dame selbst aussuchen. Sehr sorgfältig. Und wenn sie Ja sagt, werde ich mich vergewissern, dass sie es nicht nur deshalb tut, weil sie *verständnisvoll* ist und es ihr *nichts ausmacht*.“

„Hmm“, machte Martin. „Das hat die hier also gesagt.“

„So sanft und freundlich wie nur irgend möglich. Sie ist tatsächlich sanft und freundlich. Und voll und ganz dazu bereit, sich für das Wohl ihrer Familie zu opfern."

„Und wohin laufen wir weg?", erkundigte sich Martin.

„Ganz egal, solange es nur nicht hier ist. Können wir noch heute Nacht los? Ohne dass jemand etwas davon mitbekommt?"

„Ich bin in einer Schmiede aufgewachsen", erinnerte Martin ihn. „Ich glaube, ich könnte es hinkriegen, die Pferde einzuspannen, ohne das Zaumzeug hoffnungslos durcheinanderzubringen. Aber das muss ich vermutlich gar nicht riskieren. Ich nehme doch an, Sie wollen, dass Handry uns fährt? Ich werde mit ihm sprechen. Er ist jemand, der den Mund halten kann. Wollen wir sagen, um zwei Uhr früh? Ich trage erst die Reisekiste raus und komme dann zurück, um Sie anzukleiden. Um drei sollen wir dann sicher unterwegs sein."

„Perfekt", sagte Vincent.

Sie hatten ungefähr eine Meile zurückgelegt, als Martin, der Vincent gegenüber im Landauer Platz genommen hatte, zu Protokoll gab, dass es drei Uhr war.

Vincent wollte sich auf keinen Fall schuldig fühlen, aber natürlich quälte ihn das schlechte Gewissen, zusammen mit der Überzeugung, dass er nicht nur der weltgrößte Flegel und Feigling war, sondern auch der schlechteste Sohn und Bruder und Enkel. Und *Gentleman*. Aber ganz ehrlich, was hätte er denn anderes tun sollen? Außer Miss Philippa Dean entweder zu heiraten oder öffentlich zu demütigen?

Aber wäre sie nicht ebenso gedemütigt, wenn sie erfuhr, dass er davongelaufen war?

Verdammter Mist!

Er beschloss, fest daran zu glauben, dass sie neben ihrer vorübergehenden Demütigung unendliche Erleichterung verspüren würde. Er war sicher, dass sie erleichtert wäre, das arme Mädchen.

Sie fuhren in den Lake District, wo sie drei unbeschwerte Wochen verbrachten. Die Gegend hier hatte den Ruf, eine der reizvollsten in England zu sein, auch wenn natürlich der größte Teil ihrer Schönheit einem blinden Mann verborgen blieb. Aber nicht die ganze. Es gab an den Ufern des Lake Windermere und der anderen, kleineren Seen Wege, über die man spazieren konnte. Und Berge, die es zu erklimmen galt, was oft gar nicht so einfach war, aber die stärkeren Winde und die dünnere Luft dort oben auf dem Gipfel lohnten die Mühe des Aufstiegs. Es gab Regen und Sonnenschein, Wärme und Kälte, kurz: die ganze Vielfalt des englischen Wetters und der englischen Landschaft. Sie machten einen Bootsausflug, bei dem er selbst am Ruder saß, und Ausritte, bei denen Martin zwar stets an seiner Seite war, ihn aber nie berührte. Einmal kam es sogar zu einem herrlichen Galopp über flaches Gelände, auf dem nach Martins vorsichtiger Einschätzung nicht mit unerwarteten Schlaglöchern oder Senken zu rechnen war. Er konnte zuhören, wie die Vögel sangen, die Insekten summten, die Schafe blökten und die Kühe muhten. Und dann waren da die unendlich vielen Aromen, die man auf dem Lande riechen konnte, von denen die meisten ihm entgangen waren, als er noch sehen konnte. Er konnte dasitzen und meditieren oder sich einfach auf die vier Sinne konzentrieren, die ihm geblieben waren. Nicht zu vergessen die sportlichen Übungen, die er täglich durchführte, oft im Freien.

Es war friedlich.

Aber schließlich packte ihn doch die Unruhe.

Er hatte zwei Briefe nach Hause geschrieben – oder vielmehr Martin hatte es für ihn getan. Den ersten, zwei Tage nachdem er sich davongemacht hatte, um zu erklären, dass er ein bisschen Zeit für sich brauchte und bei seinem Kammerdiener in den besten Händen war. Er offenbarte nicht, wo er war oder wohin er fahren wollte, legte seiner Mutter aber nahe, ihn frühestens in einem Monat zurückzuerwarten. Im zweiten Brief bestätigte er das alles noch einmal und versicherte ihr, dass er sicher und glücklich und gesund war.

Miss Dean war vermutlich samt Mama, Papa und Schwestern rechtzeitig nach London zurückgekehrt, um sich bis Ende der

Saison einen geeigneten Ehemann zu sichern. Vincent hoffte, dass sie jemanden finden würde, bei dem sie Pflichtgefühl und persönliche Neigung verbinden konnte. Er hoffte es sogar inständig, sowohl um ihrer willen als auch, um sein Gewissen zu besänftigen.

Schließlich kam er zu dem Schluss, dass er wohl eigentlich wieder nach Hause fahren konnte. Die Deans wären lange weg, und dasselbe galt wahrscheinlich für seine Schwestern. Er hätte also Gelegenheit, ein offenes, ehrliches Gespräch mit seiner Mutter und Großmutter zu führen. Es war höchste Zeit, das zu tun. Er würde ihnen versichern, dass er glücklich wäre, wenn sie weiterhin bei ihm in Middlebury lebten, wo er jederzeit sicher sein konnte, dass sie es sicher und komfortabel hatten, aber ebenso glücklich damit wäre, wenn sie beschließen sollten, nach Bath überzusiedeln. Es läge ganz bei ihnen, und sie dürften sich auf keinen Fall verpflichtet fühlen, um seinetwillen zu bleiben. Er würde sie so taktvoll wie möglich wissen lassen, dass er sie nicht *brauchte*. Er konnte seinen Alltag ohne ihre Hilfe bewältigen. Martin und der Rest seiner zahlreichen Angestellten waren sehr wohl in der Lage, sich um all seine Bedürfnisse zu kümmern. Und schon gar nicht brauchte er sie, um eine Braut für ihn zu finden. Er würde seine künftige Ehefrau selbst finden, und zwar dann, wenn *er* entschied, dass die Zeit dafür reif war.

Es würde allerdings nicht leicht sein, seine Mutter davon zu überzeugen, dass er recht hatte. Sie hatte sich mit aller Kraft in die Aufgabe gestürzt, als Hausherrin über ein großes Anwesen zu walten, und sie hatte ihre Sache ausgesprochen gut gemacht. Viel zu gut, genau genommen. Als er ein Jahr später selbst nach Middlebury zog, kam er sich vor wie ein kleiner Junge, der aus dem Internat in die Obhut seiner Mama zurückkehrt. Und weil sie so sehr in dieser Rolle aufging und sein neues Zuhause und sein neues Leben ihn verwirrten, ja, schier überwältigten, hatte er es versäumt, sich unmissverständlich als Herr des Hauses zu etablieren.

Er war immerhin erst zwanzig Jahre alt gewesen.

Vincent spielte kurz mit dem Gedanken, zunächst nach Cornwall zurückzugehen, um eine Weile bei George Crabbe zu bleiben, dem Duke of Stanbrook, bei dem er bereits im März ein paar Wochen verbracht hatte – und unmittelbar nachdem er von der Halbinsel zurückgekehrt war, wo er in der Schlacht sein Augenlicht verloren hatte, sogar ein paar Jahre. George war sein engster Freund und würde ihn zweifellos willkommen heißen und auf unbestimmte Zeit bei sich aufnehmen. Aber Vincent konnte und wollte ihn nicht als emotionale Krücke benutzen. Nicht mehr. Diese Tage und diese Bedürfnisse lagen endgültig hinter ihm.

Er war lange genug von anderen abhängig gewesen. Höchste Zeit, erwachsen zu werden und Verantwortung zu übernehmen. Es würde nicht leicht werden. Aber er hatte bereits vor Jahren begriffen, dass er seine Blindheit eher als Herausforderung denn als Hindernis empfinden musste, wenn er so etwas wie ein glückliches, erfülltes Leben führen wollte.

Das hieß, dass er früher oder später nach Middlebury Park zurückkehren und damit anfangen musste, dieses Leben, das er sich vorgenommen hatte, auch zu leben. Doch noch war er nicht ganz bereit dazu. Er hatte im Lake District viel nachgedacht, aber er musste noch weiter nachdenken, um nicht gleich nach seiner Rückkehr wieder in die alten Routinen zurückzufallen, aus denen er sich dann niemals würde lösen können.

Vom Lake District hatte er jedoch fürs Erste genug. Er war rastlos.

Wo sollte er bloß hin, wenn er nicht nach Hause wollte?

Die Antwort war überraschend naheliegend.

Aber natürlich. Er würde … *nach Hause* gehen.

Schließlich wohnte er erst seit drei Jahren in Middlebury Park, davor hatte er nie auch nur einen Fuß in das herrschaftliche Anwesen gesetzt, das er zusammen mit seinem Titel geerbt hatte. Zwar war er wild entschlossen, sich dort auf Dauer niederzulassen und es zu seinem Heim zu machen, aber noch war es das nicht, jedenfalls nicht wirklich. Sein wahres Zuhause war nach wie vor Covington House, wo er aufgewachsen war, ein ziemlich bescheidenes Gemäuer, kaum größer als ein Landhäuschen, am Dorfrand von Barton Coombs in Somerset.

Seit fast sechs Jahren war er nicht mehr da gewesen. Nicht, seit er in den Krieg gezogen war. Doch jetzt packte ihn ein plötzliches Verlangen, dorthin zurückzukehren, auch wenn er es nicht mehr sehen konnte. Mit Covington House verband er glückliche Erinnerungen. Er hatte eine gute Kindheit und Jugend gehabt, obwohl sie sich immer sehr einschränken mussten, auch schon vor dem Tod seines Vaters, der starb, als Vincent fünfzehn Jahre alt war.

„Wir fahren nach Hause“, verkündete er Martin eines Morgens nach dem Frühstück. Er konnte den Regen an die Fensterscheiben des Häuschens prasseln hören, das er für einen Monat gemietet hatte. „Aber nicht nach Middlebury. Nach Barton Coombs.“

Martin gab ein unbestimmtes Geräusch von sich und räumte das Geschirr ab.

„Freut Sie das?“, wollte Vincent wissen.

Martin stammte ebenfalls aus Barton Coombs. Sein Vater war der Hufschmied dort. Als Jungen waren sie zusammen in die Dorfschule gegangen, denn es war kein Geld da, um Vincent auf eine Privatschule zu schicken, auch wenn seine gesellschaftliche Position die eines Gentleman war. Der Hufschmied wiederum legte Wert darauf, dass sein Sohn Lesen und Schreiben lernte. Vincent und seine Schwestern hatten ihre Lektionen von ihrem eigenen Vater gelernt, denn der war der Lehrer am Ort gewesen. Er und Martin und auch die anderen Nachbarskinder spielten oft zusammen, unabhängig von Rang, Vermögen, Geschlecht oder Alter. Es war alles sehr idyllisch gewesen.

Als Vincent siebzehn war, kehrte der wohlhabende Bruder seiner Mutter von einem langen Aufenthalt im Fernen Osten zurück und erwarb ein Offizierspatent für seinen Neffen. Als Martin davon erfuhr, kam er mit seinem Hut in der Hand nach Covington House und fragte, ob er als Vincents Bursche mitkommen konnte. Diese Stellung hatte er allerdings nicht lange inne, denn Vincent verlor in der allerersten Schlacht sein Augenlicht. Doch Martin blieb als Kammerdiener bei ihm, sogar in den ersten Jahren, als Vincent kein Geld hatte, um ihn zu bezahlen. Er weigerte sich starrköpfig, aus seiner Pflicht entlassen zu werden.

„Meine Mam ist sicher froh, mich zu sehen", erwiderte er auf Vincents Frage. „Mein Dad ebenfalls, auch wenn er zweifellos seine üblichen verdrießlichen Sprüche darüber machen wird, dass sein einziger Sohn beschlossen hat, der Kammerdiener eines Gentleman zu werden."

Also gingen sie nach Barton Coombs.

Die letzte Nacht fuhren sie durch, obwohl sie hundemüde waren. Als sie in Covington House ankamen, dämmerte es bereits, wie Martin ihn wissen ließ. Allerdings hätte Vincent das auch selbst gemerkt, sobald die Kutsche hielt und die Tür geöffnet wurde. Er hörte ein paar Vögel zwitschern, mit dieser beinahe widerhallenden Klarheit, die ihr Gesang nur kurz vor Sonnenaufgang hatte. Und die Luft hatte diese Frische, die vom Ende der Nacht kündete, obwohl der Tag noch nicht richtig begonnen hatte.

Es gab zwar keinen Grund, aus ihrer Ankunft ein Geheimnis zu machen, aber Vincent war es lieber, wenn fürs Erste niemand wusste, dass er hier war. Er wollte keine Sensation für alte Freunde und Nachbarn sein. Er wollte nicht, dass sie einander die Klinke in die Hand gaben, um ihn zu begrüßen und sich anzuschauen, wie ein blinder Mann aussah. Und schon gar nicht wollte er, dass jemand an seine Mutter schrieb und sie herbeieilte, um sich um ihn zu kümmern. Vermutlich würde er ohnehin nicht lange bleiben. Er brauchte nur noch ein bisschen mehr Zeit, um seine Gedanken zu ordnen.

Auf dem inneren Türsturz des Gartenschuppens war früher immer ein Hausschlüssel deponiert gewesen. Vincent schickte Handry los, um nachzuschauen, ob das noch immer so war. Lag der Schlüssel nicht mehr dort, würde Martin durch das

Fenster klettern müssen, das zum Weinkeller führte. Es war unwahrscheinlich, dass sich während der vergangenen sechs Jahre jemand die Mühe gemacht hatte, den Riegel zu reparieren, der immer schon kaputt gewesen war. In Vincents Jugend hatte das Fenster regelmäßig als nächtlicher Aus- und Einstieg für heimliche Ausflüge gedient.

Handry kam mit dem Schlüssel zurück. Er war ein bisschen verrostet, passte aber nach wie vor ins Schloss der Eingangstür und ließ sich mit sanfter Gewalt und einem knirschenden Geräusch drehen. Die Tür öffnete sich.

Das Haus roch weder modrig noch schal, obwohl es so lange unbewohnt war, stellte Vincent fest. Die Leute, die er dafür bezahlte, dass sie hier alle zwei Wochen lüfteten und sauber machten, waren offenbar sehr gewissenhaft. Es gab jedoch einen Geruch, ein undefinierbares Aroma, das die Erinnerungen an seine Jugend zurückbrachte, an seine Mutter und seine Schwestern, wie sie gewesen waren, als sie hier lebten. Sogar ganz schwache Erinnerungen an seinen Vater weckte dieser Geruch. Wie seltsam, dass er ihn nie bemerkt hatte, während er hier wohnte. Vielleicht lag das daran, dass Gerüche für ihn damals nicht wichtig waren.

Er tastete sich mithilfe seines Gehstocks durch die Eingangshalle. Der alte Eichentisch stand dort, wo er immer gestanden hatte, gegenüber der Tür, daneben der Schirmständer, beides mit Leinentüchern abgedeckt.

„Ich kenne dieses Haus so gut wie meine Westentasche“, teilte er Martin mit, zog das Tuch vom Schirmständer und stellte seinen Stock hinein. „Ich kann alleine meine Runde drehen. Anschließend werde ich mich für eine Stunde hinlegen. So ein Landauer ist wirklich nicht zum Schlafen geschaffen, stimmt’s?“

„Nicht wenn er über englische Straßen fahren muss“, bestätigte Martin. „Und eine andere Möglichkeit habe ich noch nicht entdeckt. Ich helfe jetzt Handry mit den Pferden, dann bringe ich Ihr Gepäck rein.“

Zu den Dingen, die Vincent an Martin Fisk besonders mochte, gehörte die Tatsache, dass er sich um seine Bedürfnisse kümmerte, ohne viel Aufhebens darum zu machen. Vor allem wuselte er nicht dauernd um ihn herum. Wenn Vincent hin und wieder gegen eine Wand oder Tür lief oder über das ein oder andere Objekt stolperte, das ihm den Weg versperrte, oder, was wirklich nur sehr selten vorkam, eine Treppe hinunterfiel oder wie bei jener einen unvergesslichen Gelegenheit kopfüber in einem Seerosenteich landete, dann war Martin da, um seine Kratzer, Schürfwunden und ähnliche Folgeerscheinungen zu versorgen, und seine angemessenen oder auch unangemessenen Bemerkungen hatten nicht den leisesten sentimentalen Unterton.

Mitunter bezeichnete er seinen Herrn sogar als tollpatschigen Klotz.

Und das war viel besser – nein, unendlich viel besser – als die erdrückende Beflissenheit, die fast jeder andere Mensch, den er kannte, ihm gegenüber an den Tag legte.

Ja, er war ein undankbarer Wicht, und er wusste es.

In Wahrheit gingen die anderen Mitglieder des Clubs der Überlebenden ebenso selbstverständlich mit ihm um wie Martin; auch deshalb schätzte er seinen alljährlichen Aufenthalt in Penderris Hall wohl so sehr. Andererseits war es kein Wunder, schließlich waren sie alle sieben in den Kriegen schwer verwundet worden, und sie trugen immer noch die Narben, innere oder äußere – oft sogar beides. Jeder von ihnen verstand, wie unerträglich zu viel Mitleid sein konnte.

Als er allein im Haus war, tastete er sich zum Wohnzimmer vor, das zur Linken lag. In diesem Raum hatten sie ihre Tage verbracht. Alles war noch so, wie er es in Erinnerung hatte – und auch dort, *wo* er es in Erinnerung hatte, abgesehen davon, dass sämtliche Möbel abgedeckt waren. Er durchquerte das Zimmer und betrat den Salon, der größer war und seltener genutzt wurde als der Nebenraum. Manchmal hatten sie hier zum Tanz gebeten. Acht Paare konnten bequem Aufstellung beziehen, zehn etwas weniger bequem, bei zwölf Paaren wurde es dann sehr eng auf der Tanzfläche.

Es gab hier ein Pianoforte, und Vincent fand es ohne größere Schwierigkeiten. Wie alles andere war es abgedeckt. Er war kurz versucht, das Leinentuch herunterzuziehen, den Deckel hochzuklappen und zu spielen. Aber das Instrument musste inzwischen furchtbar verstimmt sein.

Merkwürdig, dass er als Junge nie gelernt hatte, es zu spielen. Keiner war auch nur auf den Gedanken gekommen, es ihm vorzuschlagen. Ein Pianoforte war etwas für Mädchen, ein sehr spezielles Marterinstrument, das nur für sie bestimmt war, zumindest hatte seine älteste Schwester Amy das immer behauptet.

Seltsamerweise vermisste er sie jetzt, da er hier war, und auch die anderen beiden. Und seine Mutter. Sogar seinen Vater, der seit acht Jahren tot war. Er vermisste die sorglosen Tage seiner Kindheit und Jugend. Und die lagen gar nicht mal so sehr lange zurück. Er war erst dreiundzwanzig.

Aber er könnte genauso gut fünfzig sein.

Oder siebzig.

Er seufzte und beschloss, das Leinentuch zu lassen, wo es war. Doch während er noch dort stand, mit gesenktem Kopf, die Hände auf das Klavier gelegt, überrollte ihn plötzlich eine nur allzu vertraute Welle der Panik.

Er spürte, wie ihm das Blut aus dem Gesicht wich, das sich auf einmal kalt und feucht anfühlte. Die Luft, die er einatmete, war eisig in seiner Nase und viel zu dünn, um ihn vor dem Ersticken zu bewahren. Der Terror der endlosen Dunkelheit überwältigte ihn und das Wissen, dass er die Augen schließen konnte, was er jetzt tat, aber wenn er sie wieder öffnete, was er nicht tat, würde er immer noch blind sein.

Und es für immer bleiben.

Ohne Gnade.

Kein Licht.

Niemals.

Vincent kämpfte, um seinen Atem unter Kontrolle zu bekommen. Sollte ihm das nicht gelingen, würde er, wie er aus leidiger Erfahrung wusste, bald hilflos nach Luft schnappen und sogar das Bewusstsein verlieren. Und dann würde er aus seiner Ohnmacht erwachen, vielleicht allein, vielleicht – viel schlimmer – mit jemandem, der um ihn herumwuselte. Und noch immer ohne Augenlicht.

Er hielt die Lider fest geschlossen und zählte seine Atemzüge, versuchte, sich allein darauf zu konzentrieren und die Gedanken wegzuschieben, die sich in seinem Kopf überschlugen.

Ein und aus. Ein und aus.

Nach einer Weile öffnete er die Augen und löste seine Hände vom Klavier. Dann hob er den Kopf. Verdammt sollte er sein, dachte er, wenn er der Dunkelheit erlaubte, in sein innerstes Wesen einzudringen. Als ob es nicht reichte, dass sie ihn die ganze Zeit von außen umgab. Es war seine eigene Dummheit in der Schlacht gewesen, die diese äußere Dunkelheit verursacht hatte. Und er würde diese jugendliche Torheit nicht dadurch verstärken, dass er das Licht, das in ihm war, verlöschen ließ.

Er *würde* sein Leben leben. Es bis zur Neige auskosten. Er würde etwas aus seinem Leben machen und aus sich selbst. Er würde sich weder der Hoffnungslosigkeit noch der Verzweiflung verschreiben.

Nein, bei Gott, das würde er nicht.

Er war einfach nur schrecklich müde. Das war vermutlich das ganze Problem, und das ließ sich leicht lösen. Nach einer Runde Schlaf würde er sich wieder besser fühlen. Er konnte die Erkundung des Hauses danach fortsetzen.

Er fand die Treppe ohne Schwierigkeiten und erklomm sie ohne einen einzigen Fehltritt. Den Weg in sein Zimmer brauchte er sich nicht zu ertasten; er hatte ihn ungezählte Male bei Dunkelheit zurückgelegt, wenn er sich nachts heimlich hinaus – und vor Tagesanbruch wieder hineinschlich.

Er drehte den Türgriff und trat ein. Hoffentlich lagen wenigstens ein paar Decken auf dem Bett, er war viel zu erschöpft, um einen Gedanken an Laken zu verschwenden. Doch als er das Lager erreichte, stellte er fest, dass es so sorgfältig gemacht war, als hätte man ihn erwartet. Plötzlich fiel ihm ein, dass seine Mutter die Leute, die hier regelmäßig sauber machten, angewiesen hatte, das Haus stets für die unerwartete Ankunft eines Familienmitglieds bereitzuhalten.

Er legte Mantel, Stiefel und Halstuch ab und schlüpfte dankbar zwischen die Laken. Er hatte das Gefühl, eine Woche durchschlafen zu können.

Vielleicht würde er eine Woche hierbleiben, allein und ungestört in dieser schmerzhaft vertrauten Umgebung, mit keiner anderen Gesellschaft als Martins. Das sollte reichen, um den Kopf klar zu bekommen, sodass er nach Middelbury Park zurückkehren konnte, um dort zu leben, statt sich nur treiben zu lassen.

Er hatte Anweisung gegeben, die Kutsche umgehend vor neugierigen Augen in Sicherheit zu bringen. Martin sollte jedem, der fragte, sagen, dass er allein hergekommen war, um seine Eltern in der Schmiede zu besuchen, und dass sein Herr ihm gestattet hatte, in Covington House zu übernachten. Im Grunde brauchte er es nur einem einzigen Menschen zu erzählen, und binnen einer Stunde wüsste jeder im Ort Bescheid.

Aber keiner würde ahnen, dass er ebenfalls hier war.

Was für ein Glück.

Er schlief ein, bevor er seine Euphorie richtig auskosten konnte.

2. KAPITEL

Vincents Ankunft war nicht unbeobachtet geblieben. Covington House war das letzte Gebäude am einen Ende der Hauptstraße, die durch das Dorf führte. Dahinter erhob sich ein flacher, mit Bäumen bewachsener Hügel. Und auf diesem Hügel und zwischen diesen Bäumen hielt sich eine junge Frau auf. Sie pflegte zu allen möglichen Tageszeiten durch die Landschaft zu streifen, die Barton Hall umgab, wo sie bei ihrer Tante und ihrem Onkel lebte, Sir Clarence und Lady March, allerdings nur selten zu so früher Stunde. Doch sie war am Morgen aufgewacht, als es noch dunkel war, und konnte nicht wieder einschlafen. Ihr Fenster war geöffnet, und ein Vogel mit besonders schrillem Ruf hatte offenbar übersehen, dass der Tag noch gar nicht angebrochen war. Statt das Fenster zu schließen und wieder ins Bett zu schlüpfen, hatte sie sich angekleidet und war nach draußen gegangen, wo es zwar noch empfindlich kühl war, aber es war von seltener Schönheit, beobachten zu können, wie die Dunkelheit langsam der Morgenröte wich. Auf diesen speziellen Hügel war sie gestiegen, weil in den Baumwipfeln Dutzende, vielleicht sogar Hunderte von Vögeln hausten, von denen viele süßere Stimmen hatten als der Kreischer, der sie geweckt hatte, und sie sangen immer am angelegentlichsten, wenn sie einen neuen Tag begrüßten.

Sie stand sehr still, um die Tiere nicht zu stören, den Rücken an den kräftigen Stamm einer Buche gelehnt, die Arme nach hinten ausgestreckt, um die raue Rinde durch ihre dünnen Handschuhe hindurch zu spüren – die in der Tat so dünn waren, dass sie den linken Daumen und rechten Zeigefinger bereits durchgescheuert hatte. Sie sog die Schönheit und den Frieden, die sie umgaben, förmlich in sich auf und ignorierte die Kälte, die durch ihren schon ziemlich fadenscheinigen Mantel kroch und in ihren Fingerspitzen prickelte.

Sie schaute auf Covington House hinab, ihr Lieblingsgebäude in Barton Coombs. Es war weder ein Herrenhaus noch ein Cottage. Nicht mal ein Gutshof. Aber es war groß und massiv. Und es war verlassen, war es schon gewesen, als sie vor zwei Jahren herkam. Es gehörte immer noch den Hunts, über die man sich viele Geschichten erzählte, womöglich deshalb, weil der einzige Sohn, Vincent Hunt, vor ein paar Jahren unerwartet einen Titel und ein Vermögen geerbt hatte. Der Stoff, aus dem Märchen sind, abgesehen davon, dass es auch einen traurigen Aspekt gab, aber das war bei Märchen ja oft so.

Sie schaute gern auf das Haus und malte sich aus, wie es wohl war, als die Hunts noch dort lebten. Der zerstreute, aber beliebte Schulmeister, seine geschäftige Frau, die drei hübschen Töchter. Und der ausgelassene, athletische, mutwillige Sohn, der bei jeder Sportart der Beste war, bei jedem Unfug an vorderster Front mitmischte und den Jung und Alt gleichermaßen unwiderstehlich fanden, bis auf die Marchs, gegen die seine Streiche sich meist richteten. Sie malte sich gern aus, dass sie mit den Mädchen befreundet gewesen wäre, wenn sie damals schon hier gewohnt hätte, vielleicht sogar mit dem Bruder, auch wenn alle vier älter waren als sie. Ihr gefiel der Gedanke, dass sie in Covington House ein und aus gegangen wäre, ohne auch nur an die Tür zu klopfen, beinahe so, als gehöre sie dorthin. Und sie stellte sich gern vor, wie sie mit all den anderen Kindern zur Dorfschule gegangen wäre, außer ihrer Cousine Henrietta March, die zu Hause von einer französischen Gouvernante unterrichtet wurde.

Sie hieß Sophia Fry, aber der Name wurde nur selten benutzt. Ihre Verwandten kannten sie – wenn sie denn überhaupt Notiz von ihr nahmen – nur als die Maus. Vielleicht nannten die Diener sie auch so. Sie wurde in Barton Hall geduldet, weil es keinen anderen Ort für sie gab. Ihr Vater war tot, ihre Mutter hatte sie vor langer Zeit verlassen und war inzwischen auch tot, ihr Onkel, Sir Terrence Fry, hatte niemals etwas mit ihrem Vater oder ihr zu tun gehabt, und die ältere Tante väterlicherseits, zu der man sie nach dem Tod ihres Vaters zunächst geschickt hatte, war vor zwei Jahren ebenfalls gestorben.

Sie kam sich manchmal vor, als ob sie eine Art Niemandsland bewohnte, zwischen der Familie in Barton Hall und den Dienern, dass sie zu keiner dieser Gruppen gehörte und dass sich keiner auch nur einen Deut um sie scherte. Sie tröstete sich damit, dass diese Unsichtbarkeit ihr zumindest ein gewisses Maß an Freiheit gestattete. Henrietta war stets von Zofen und Anstandsdamen umgeben und von wachsamen Eltern, deren einziges Ziel es war, dass ihre Tochter einen Gentleman mit Titel und möglichst auch Vermögen heiratete, wobei Letzteres nicht zwingend notwendig war, denn Sir Clarence war ein reicher Mann. Henrietta teilte im Großen und Ganzen die Ambitionen ihrer Eltern, mit einer bemerkenswerten Ausnahme.

Das Hufklappern von Pferden, die sich dem Dorf näherten, riss Sophia aus ihren Gedanken, und schon bald wurde klar, dass die Tiere eine Art Kutsche zogen. Es war noch ziemlich früh für eine Reise. Vielleicht eine Postkutsche? Sie trat um den Baumstamm herum, bis sie halb dahinter versteckt war, obgleich es äußerst unwahrscheinlich war, dass man sie von da unten sehen konnte. Ihr Mantel war grau, der Hut von unauffälliger Form und Farbe, und es war immer noch nicht richtig hell.

Sie sah, dass es sich um ein privates Gefährt handelte – noch dazu ein sehr vornehmes. Sie wollte schon anfangen, sich eine Geschichte dazu auszudenken, während die Kutsche über die Dorfstraße und aus ihrem Blickfeld fuhr, doch dann wurden die Pferde langsamer und bogen in die kurze Auffahrt von Covington House ein. Die Kutsche hielt vor der Eingangstür.

Sie riss erstaunt die Augen auf. War das etwa …?

Der Kutscher sprang von seinem Bock. Kaum hatte er die Kutschentür geöffnet und die Trittleiter angelegt, stieg ein junger Mann aus. Er war groß und ziemlich kräftig gebaut. Er blickte sich um und sagte etwas zum Kutscher. Sophia konnte das Grollen seiner tiefen Stimme hören, die Worte aber nicht verstehen. Und dann drehten beide sich um und beobachteten einen dritten Mann.

Er stieg ohne Hilfe aus und bewegte sich sicher und ohne zu

zögern. Doch Sophia war sofort klar, dass sein Gehstock kein modisches Accessoire war, sondern etwas, das er benutzte, um sich zu orientieren.

Sie schnappte nach Luft und hoffte törichterweise, dass die drei Männer, die doch in einiger Entfernung unter ihr standen, sie nicht gehört hatten. Also war er tatsächlich gekommen, wie alle hier vorhergesagt hatten.

Der blinde Viscount Darleigh, vormals Vincent Hunt, war nach Hause gekommen.

Ihre Tante und ihr Onkel würden vor Genugtuung völlig aus dem Häuschen sein. Denn für die beiden war es längst beschlossene Sache: Sollte Vincent in sein Elternhaus zurückkehren, dann würde Henrietta ihn heiraten.

Henrietta wiederum würde alles andere als beglückt sein. Denn ausnahmsweise widersetzte sie sich diesem Herzenswunsch ihrer Eltern. Sie hatte in Sophias Hörweite mehr als einmal verkündet, dass sie lieber mit achtzig Jahren als alte Jungfer sterben wollte, als einen blinden Mann mit zerstörtem Gesicht zu heiraten, mochte er auch ein Viscount und noch viel reicher als ihr Papa sein.

Viscount Darleigh – denn er musste es sein, daran hatte Sophia keinen Zweifel – war ganz offensichtlich ein junger Mann, nicht auffallend groß und von schlanker, anmutiger Gestalt. Er hielt sich sehr aufrecht, klammerte sich nicht an seinen Stock und fuhr auch nicht mit der freien Hand durch die Luft. Seine Kleidung war gepflegt und elegant. Während sie auf ihn hinabstarrte, öffneten sich unwillkürlich ihre Lippen. Wie viel vom alten Vincent Hunt wohl noch im blinden Viscount Darleigh steckte? Immerhin war er eigenständig aus der Kutsche gestiegen, dachte sie erfreut.

Sein Gesicht konnte sie nicht erkennen, sein hoher Hut versperrte ihr den Blick. Sie fragte sich, wie entstellt es war. Armer Gentleman.

Ein paar Minuten lang blieben er und der untersetzte Mann in der Einfahrt stehen, während der Kutscher zum anderen

Ende des Hauses ging und dann wieder zurückkam. Offenbar hatte er den Schlüssel geholt, denn er beugte sich zum Schloss der Eingangstür herunter, die sich Sekunden später öffnete. Viscount Darleigh schritt die Stufen empor, wiederum ohne Hilfe, und verschwand im Inneren von Covington House. Der kräftige Mann folgte ihm.

Sophia blieb noch ein paar Minuten auf ihrem Beobachtungsposten, aber es gab nicht mehr zu sehen, außer dem Kutscher, der sich um Pferde und Landauer kümmerte. Sie drehte sich um und schritt zügig in Richtung Barton Hall. Durch das lange Stillstehen war sie völlig durchgefroren.

Sie beschloss, seine Ankunft für sich zu behalten. Mit ihr sprach sowieso keiner, und niemand erwartete irgendwelche Informationen oder Meinungen von ihr. Zweifellos würden ohnehin bald alle Bescheid wissen.

Es war ungünstig für Vincent und seine Hoffnungen auf eine ruhige Zeit in Covington House, dass Sophia Fry nicht die einzige Person war, die seine Ankunft mitbekommen hatte.

Ein Landarbeiter, der sich gerade aufgemacht hatte, die Kühe zu melken, hatte das unfassbare Glück, zu sehen, wie Viscount Darleighs Kutscher vor Covington House vorfuhr – womit er noch tagelang vor seinen Kollegen prahlen würde. Er blieb stehen, sehr zum Unmut der wartenden Kühe, und beobachtete, wie erst Martin Fisk ausstieg, der Sohn des Hufschmieds, und dann der ehemalige Vincent Hunt. Bis sieben Uhr morgens hatte er es seiner Frau erzählt – er war eigens zu diesem Zweck noch einmal nach Hause zurückgeeilt –, seinem kleinen Sohn, der absolut kein Interesse an den bahnbrechenden Neuigkeiten hatte, den anderen Landarbeitern, dem Hufschmied und dessen Frau und Mr Kerry, der an diesem Tag ungewöhnlich früh in die Schmiede gekommen war, weil eines seiner Pferde am späten Vorabend ein Eisen verloren hatte.

Bis acht Uhr hatten die Landarbeiter – und die Frau des ersten Landarbeiters – es allen erzählt, die sie kannten, oder zumindest allen aus dieser Kategorie, die sich ihnen auf Rufweite näherten. Mr Kerry erzählte es dem Metzger und dem Vikar und seiner alten Mutter. Die Frau des Hufschmieds, entzückt darüber, dass ihr Sohn zurück war, und dann auch noch in seiner Eigenschaft als Kammerdiener des ehemaligen Vincent Hunt, Viscount Darleigh, rannte zum Bäcker, um ihren Mehlvorrat aufzustocken, und erzählte es dem Bäcker und seinen beiden Gehilfen und drei anderen frühen Kunden. Und der Hufschmied, der ebenfalls vor Stolz platzte, auch wenn er weiterhin mit kopfschüttelnder Missbilligung von seinem Sohn, dem Kammerdiener, sprach, erzählte es seinem Gehilfen, der viel zu spät zur Arbeit kam, sich aber ausnahmsweise dafür keine langen Entschuldigungen abringen musste, Sir Clarence Marchs Stallburschen und dem Vikar, der die Neuigkeit zum zweiten Mal binnen einer Viertelstunde hörte, was seiner Begeisterung aber keinen Abbruch tat.

Um neun Uhr wäre es schwierig gewesen, auch nur einen einzigen Menschen in Barton Coombs und der näheren Umgebung zu finden, der nicht wusste, dass Viscount Darleigh, der ehemalige Vincent Hunt, in aller Herrgottsfrühe in Covington House eingetroffen war und das Haus seither nicht verlassen hatte.

Aber wenn er derart früh angekommen war, bemerkte Miss Waddell über die Hecke hinweg, die ihrer beider Gärten voneinander trennte, zu Mrs Parsons, der Frau des Vikars, dann musste er die ganze Nacht durchgefahren sein und genoss jetzt seine wohlverdiente Ruhe, der arme Gentleman. Es wäre unhöflich, *allzu* bald bei ihm vorzusprechen. Sie werde entsprechend auf das Empfangskomitee einwirken. Der arme, liebe Gentleman.

Der Vikar probte seine Willkommensrede und fragte sich, ob sie vielleicht zu förmlich wäre. Schließlich war Viscount Darleigh einst der fröhliche, zu allerlei Unfug aufgelegte Sohn des Dorfschullehrers gewesen. Andererseits war er nun zu allem anderen auch noch ein Kriegsheld. Und er hatte diesen sehr beeindruckenden Titel. Der Vikar kam zu dem Schluss, dass es besser war, zu viel Förmlichkeit an den Tag zu legen, als unangemessene Vertraulichkeit zu riskieren.

Mrs Fisk backte all die Brötchen und Kuchen, die sie schon seit Wochen geplant hatte. Ihr Sohn, ihr geliebtes einziges Kind, war wieder zu Hause, ganz zu schweigen von Viscount Darleigh, diesem aufgeweckten, glücklichen Jungen, der ihren Martin ständig in irgendwelche wilden Streiche hineingezogen hatte, nicht dass er da viel hatte ziehen müssen … Der arme Junge. Der arme Gentleman. Sie schniefte und wischte sich mit dem Rücken ihrer mehligen Hand eine Träne von der Wange.

Um zehn Uhr besuchten die jungen Misses Granger die ebenso junge Miss Hamilton, um herauszufinden, was Letztere bei dem Fest zu tragen gedenke, das doch nun, da Viscount Darleigh nach Hause gekommen war, gewiss stattfinden würde. Dann tauschten die drei selige Erinnerungen daran aus, wie der ehemalige Vincent Hunt jedes Rennen auf dem jährlichen Dorffest gewonnen und beim Cricket alle Gegenspieler ausgetrickst hatte und dabei so unglaublich gut aussah mit seinen stets etwas zu langen blonden Locken, seinen strahlend blauen Augen und seiner schlanken Gestalt. Und immer hatte er dieses hübsche Lächeln auf den Lippen, sogar ihnen hatte er es geschenkt, obwohl sie doch damals bloß kleine Mädchen waren. Er hatte einfach *jeden* angelächelt.

Bei dieser letzten Erinnerung brachen sie in Tränen aus, denn nun würde Viscount Darleigh niemals mehr ein Rennen gewinnen oder einen Pokal beim Cricket oder hübsch aussehen. Vielleicht würde er überhaupt keinen Menschen mehr anlächeln. Und er würde bei dem bevorstehenden Fest nicht mal tanzen können! Sie konnten sich kein schlimmeres Schicksal als das vorstellen.

Vincent wäre entsetzt gewesen, wenn er gewusst hätte, dass man ihn in Barton Coombs tatsächlich erwartete. Nun ja, vielleicht war erwartet doch etwas zu viel gesagt. Aber man hatte zumindest eifrig und mit verhaltener Vorfreude auf sein Erscheinen gehofft.

Denn Vincent hatte zwei überwältigend wichtige Dinge über seine Mutter und seine Schwestern vergessen. Zum einen waren sie allesamt unermüdliche Briefeschreiberinnen. Zum anderen hatten sie ungezählte Freunde in Barton Coombs gehabt und diese Freundschaften nicht einfach einschlafen lassen, als sie wegzogen. Sie mochten ihre Freunde nicht mehr täglich besuchten können wie damals, aber sie konnten ihnen regelmäßig schreiben. Was sie auch taten.

Seine beiden Botschaften, hingekritzelt in Martin Fisks uneleganter Handschrift, hatten seine Mutter nicht beruhigt. Statt sich zurückzulehnen und darauf zu warten, dass ihr Sohn wieder nach Hause kam, tat sie alles in ihrer Macht Stehende, um herauszufinden, wo er war. Mit den meisten ihrer Vermutungen lag sie weit daneben. Aber eine Idee ließ sie nicht mehr los: dass Vincent nach Barton Coombs zurückkehren könnte, an den Ort seiner glücklichen Jugendtage, wo er viele Freunde und Bekannte hatte, wo er es bequem haben und man viel Wesens um ihn machen würde. Ja, je mehr sie darüber nachdachte, desto stärker wurde ihre Überzeugung, dass Vincent, falls er nicht schon da war, früher oder später dort landen würde.

Also schrieb sie Briefe. Sie schrieb ohnehin immer Briefe. Es war ihre zweite Natur.

Und Amy, Ellen und Ursula schrieben ebenfalls Briefe, auch wenn sie nicht so überzeugt waren wie ihre Mutter, dass es Vincent nach Barton Coombs ziehen würde. Dann schon eher nach Cornwall, wo er doch offenbar immer so glücklich war. Oder vielleicht nach Schottland oder in den Lake District, um ihren unerwünschten Kuppelversuchen zu entkommen. Vincents Schwestern bereuten inzwischen die aggressive Art, in der sie versucht hatten, ihm Miss Dean aufzudrängen. Sie war ganz offensichtlich nicht die Richtige für ihn. Und er nicht der Richtige für sie. Es war ihnen nicht entgangen, dass sie nach seiner Flucht nicht etwa gekränkt gewirkt hatte, sondern sich alle Mühe geben musste, nicht allzu erleichtert auszusehen.

Wie auch immer, lange bevor Vincent tatsächlich in Barton Coombs eintraf, gab es kaum einen Menschen im Dorf, der nicht mit an Sicherheit grenzender Wahrscheinlichkeit davon ausging, dass er kommen würde. Die einzige Frage, die für eine gewisse Unruhe sorgte, war also nicht ob, sondern wann.

Als die Neuigkeit von seiner Ankunft sich wie ein Lauffeuer ausbreitete, war fast ausnahmslos jeder überglücklich, dass das Warten ein Ende hatte. Er war da.

Die auffallendste Ausnahme in der allgemeinen Verzückung war Henrietta March. Sie war starr vor Entsetzen.

„*Vincent Hunt?*", schrie sie.

„Viscount Darleigh, meine Liebe", erinnerte sie ihre Mutter.

„Von Middlebury Park in Gloucestershire", ergänzte ihr Vater. „Mit einem Einkommen von konservativ geschätzten zwanzigtausend Pfund im Jahr."

„Und zwei blinden Augen und einem entstellten Gesicht", gab Henrietta zurück. „Igitt."

„Du müsstest ihn dir ja nicht anschauen", beschwichtigte ihr Vater. „Nach dem, was ich gehört habe, ist Middlebury Park groß genug. Viel größer als unser Haus hier. Und du würdest als vornehme und modebewusste Viscountess natürlich viel Zeit in London verbringen. Man würde das von dir erwarten. Er käme wohl kaum mit, oder? Und du wirst uns hier besuchen kommen. Er wird dich bestimmt nicht oft begleiten wollen, allein schon deshalb, um dieser grässlichen Miss Waddell zu entkommen, ganz zu schweigen vom Vikar und all den anderen Speichelleckern im Dorf."

Bei diesen Worten vergaß die Maus, die in einer Ecke des Salons saß und Kissenbezüge ausbesserte, alle Vorsicht und warf ihrem Onkel einen scharfen Blick zu. Wie konnte er es wagen, andere Leute als Speichellecker zu bezeichnen? Hatte er länger nicht mehr in den Spiegel geschaut? Doch sie senkte den Kopf rasch wieder, bevor er ihre Reaktion bemerkte. Auf keinen Fall wollte sie dabei ertappt werden, wie sie ihn anstarrte, noch dazu ungläubig. Ganz abgesehen davon, dass sie ihre Stopfarbeit im Auge behalten musste.

Es machte ihr nicht viel aus, die Maus in der Ecke zu sein. Schließlich hatte sie den größten Teil ihres Lebens damit verbracht, sich unsichtbar zu machen. Als ihre Mutter noch bei ihr und ihrem Vater lebte – eine Zeit, an die sie sich nur mehr vage erinnern konnte –, war es beinahe jeden Tag und jede Nacht zu Auseinandersetzungen, ja sogar lautstarkem Streit gekommen. Sie hatte sich dann immer, so weit es ging, zurückgezogen, bis in den düstersten Winkel der Räumlichkeiten, die sie zu diesem Zeitpunkt gerade bewohnten. Als sie fünf Jahre alt war, verschwand ihre Mutter auf Nimmerwiedersehen, und Sophia lernte rasch, dass es besser war, ihrem Vater aus dem Weg zu gehen, wenn er betrunken nach Hause kam. Er war kein gewalttätiger Mensch, und es passierte auch nicht besonders oft. Meist versteckte sie sich vor den ungestümen Freunden, die er mitbrachte, um daheim weiter zu zechen und Karten zu spielen. Sie hatten die Gewohnheit, ihr die Wangen zu tätscheln und sie auf ihren Knien reiten zu lassen, solange sie noch klein war. Und sie hatte immer jünger ausgesehen, als sie war. Und dann waren da die Hausbesitzer gewesen, vor denen sie sich verstecken musste, wenn ihr Vater wieder mal mit der Miete hoffnungslos im Rückstand war und sich heimlich mit ihr davonstahl. Ganz zu schweigen von den Händlern und Bütteln, die einander die Klinke in die Hand gaben, um diverse Schulden einzutreiben. Tatsächlich bestand fast ihre gesamte Kindheit darin, möglichst still und unauffällig zu sein, damit bloß keiner sie bemerkte.

Ihr Vater war der jüngere Sohn eines Baronets; einer dieser Gentlemen, die über jede Menge Charme, gutes Aussehen, ja sogar Intelligenz verfügen – immerhin hatte er ihr Lesen, Schreiben und Rechnen beigebracht –, aber nicht über die Fähigkeit, das Leben zu meistern. Er hatte stets von großen Dingen geträumt, aber Träume waren nun mal Schäume. Sie sorgten nicht dafür, dass man ein Dach über dem Kopf hatte und servierten einem auch keine warme Mahlzeit.

Sophia betete ihren Vater an, trotz seiner gelegentlichen betrunkenen Aussetzer.

Auch bei Tante Mary gab sie sich damit zufrieden, unsichtbar zu sein, obwohl sie damals bereits fünfzehn Jahre alt war. Die ältere Schwester ihres Vaters, zu der man sie nach dessen Tod geschickt hatte, warf nur einen einzigen vernichtenden Blick auf ihre verwaiste Nichte und befand sie dann für „unmöglich". Fortan behandelte sie Sophia entsprechend – indem sie sie vollkommen ignorierte. Aber wenigstens hatte sie ihr erlaubt zu bleiben und sie mit dem Notwendigsten versorgt.

Tatsächlich war es im Großen und Ganzen sogar besser, ignoriert als bemerkt zu werden, das lernte sie während ihrer Zeit bei Tante Mary aus bitterer Erfahrung. Denn die einzige Freundschaft, die sie jemals erlebte, die einzige Romanze, die je ihr Herz berührte, war kurz und intensiv und letztendlich niederschmetternd gewesen.

Und dann, nach drei Jahren, war Tante Mary ganz plötzlich gestorben, und Sophia wurde von Tante Martha aufgenommen, die niemals auch nur so getan hatte, als sei ihre Nichte etwas anderes als ein besseres Hausmädchen, dessen Anwesenheit bei den Mahlzeiten und im Salon lästigerweise geduldet werden musste, wenn die Familie zu Hause weilte. Nur sehr selten nannte Tante Martha sie bei ihrem Namen. Sir Clarence nannte sie überhaupt nichts, außer mitunter „die Maus". Henrietta schien sich der Existenz ihrer Cousine nicht mal bewusst zu sein. Aber Sophia legte auch gar keinen Wert darauf, für ihre Verwandten sichtbar zu sein. Sie mochte keinen von ihnen, auch wenn sie dankbar dafür war, dass sie ihr ein Zuhause gaben.

Sie seufzte, achtete aber sorgfältig darauf, keinen Laut von sich zu geben. Manchmal hätte sie ihren Namen glatt selbst vergessen können, währe da nicht die Tatsache gewesen, dass sie nur äußerlich die Maus war –und genau genommen nicht mal das. Im Inneren war sie jedenfalls alles andere als eine Maus.

Aber das wusste keiner außer ihr selbst. Es war ein Geheimnis, das sie mit besonderem Vergnügen hütete. Was sie hin und wieder beklommen machte, war der Gedanke an eine Zukunft, die sich lang und trostlos vor ihre erstreckte, ohne Aussicht auf Veränderung. Das typische Schicksal der armen Verwandten eben. Manchmal wünschte sie sich, sie wäre nicht als Dame zur Welt gekommen, denn dann hätte sie nach dem Tod ihres Vaters eine Anstellung suchen können. Aber für eine Dame galt es als unschicklich zu arbeiten, jedenfalls solange sie Angehörige hatte, die sie aufnehmen konnten.

„Viscount Darleigh wird zweifellos mehr als glücklich sein, dich heiraten zu können, Henrietta", sagte Sir Clarence. „Zwar ist er kein Marquess und Erbe eines Herzogtums, wie Wrayburn es war, das stimmt schon. Aber er *ist* immerhin ein Viscount."

„Papa", jammerte Henrietta, „es wäre unerträglich. Auch abgesehen von seinem zerstörten Gesicht und seinen blinden Augen, obwohl mir schon bei dem Gedanken daran schlecht wird. Aber er ist *Vincent Hunt*. Ich könnte mich niemals so weit erniedrigen."

„Er *war* Vincent Hunt", stellte ihre Mutter richtig. „jetzt ist er Viscount Darleigh, Liebling. Das ist ein gewaltiger Unterschied. Ich bin noch immer bass erstaunt, dass sein Vater hier all die Jahre als Dorfschullehrer unter uns leben konnte – als nicht besonders wohlhabender Dorfschullehrer, wie ich betonen möchte – und keiner ahnte, dass er der jüngere Bruder eines Viscount war. Wir hätten womöglich nie davon erfahren, wenn der Viscounts und sein Sohn nicht so zuvorkommend gewesen wären, zu sterben und Vincent Hunt den Titel zu vererben. Warum die beiden sich unbedingt gegen eine Bande Wegelagerer zur Wehr setzen mussten, statt einfach ihre Wertsachen preiszugeben, werde ich zwar nie begreifen, aber es ist zu unserem Vorteil, dass sie es taten und dabei erschossen wurden. Dies ist die perfekte Gelegenheit für dich, mein Schatz, du wirst endlich wieder in der Lage sein, der Gesellschaft hoch erhobenen Hauptes zu begegnen."

„Was heißt hier wieder?“, erkundigte Sir Clarence sich in scharfem Ton und funkelte seine Frau finster an. „Dieser verdammte Wrayburn! Bildet sich ein, er könne unsere Henrietta inmitten eines belebten Ballsaals schneiden. Nun, Sie hat ihn eines Besseren belehrt!“

An diesem speziellen Ball hatte Sophia nicht teilgenommen. Nicht, dass sie jemals an *irgendeinem* Ball teilgenommen hätte. Aber sie war in London gewesen und hatte sich zusammenreimen können, was wohl wirklich zwischen Henrietta und dem Marquess of Wrayburn vorgefallen war. Als Henrietta und ihre Mama während des Balls der Stiles auf ihn zugeschritten waren, drehte er ihnen den Rücken zu, tat so, als ob er sie nicht kommen sah, und machte mit lauter Stimme eine Bemerkung zu den Umstehenden, die in etwa besagte, dass es manchmal schier unmöglich war, diesen zu allem entschlossenen Mamas und ihren bedauernswerten Töchtern aus dem Wege zu gehen.

Nachdem Henrietta eine halbe Stunde mit besagter Mama im Gesellschaftszimmer der Damen verbrachte, wo Letztere mit Cognac und Riechsalz wieder aufgepäppelt werden musste, hatte sie nur noch den Wunsch, sich möglichst unauffällig nach Hause zu schleichen, denn verschiedene Leute hatten die abfällige Bemerkung gehört, und inzwischen wusste zweifellos jeder hier davon. Unglücklicherweise war sie bei ihrem Fluchtversuch auf keinen anderen als den Marquess selbst getroffen. Zu ihrer Ehre sei gesagt, dass sie unverzüglich die Nase rümpfte und ihre Mutter fragte, ob die wisse, woher dieser unangenehme Geruch käme, der plötzlich in der Luft lag. Leider fanden der Marquess und seine Kumpane diesen eigentlich brillanten Rüffel brüllend komisch, eine Einschätzung, die eine Viertelstunde später ohne jeden Zweifel der gesamte Ballsaal teilte.

Sophia hatte an diesem Abend beinahe Mitleid mit ihrer Cousine gehabt. Und hätte Henrietta ihr die ganze Geschichte – von der Sophia aus Gesprächen der Dienerschaft erfuhr – selbst erzählt, dann wäre sie in den vollen Genuss dieses Mitleids gekommen, zumindest für eine Weile.

„Ich werde unverzüglich einen Besuch in Covington House machen." Sir Clarence warf einen prüfenden Blick auf seine Taschenuhr und erhob sich. „Bevor mir jemand zuvorkommt. Ich wage zu behaupten, dass dieser Langweiler von einem Vikar noch vor dem Mittagessen anklopft, um eine seiner Reden zu halten, und diese törichte Waddell läuft garantiert mit ihrem Willkommens-Komitee dort auf."

Und du wirst ebenfalls da sein, fügte die Maus in Gedanken hinzu, um ihm die Hand deiner Tochter anzutragen.

„Ich werde ihn zum Abendessen einladen", verkündete Sir Clarence. „Sprich mit der Köchin, Martha. Sie soll sich etwas Besonderes einfallen lassen."

„Aber was bietet man denn einem blinden Mann an?", fragte seine Frau verunsichert.

„Papa." Henriettas Stimme zitterte. „Du kannst nicht von mir erwarten, dass ich einen blinden Mann ohne Gesicht heirate. Du kannst nicht von mir erwarten, *Vincent Hunt* zu heiraten. Nicht nachdem er dir ständig diese grausamen Streiche gespielt hat."

„Das war nur jugendlicher Übermut." Ihr Vater wedelte wegwerfend mit der Hand. „Hör mir gut zu, Henrietta. Dir wird hier eine wundervolle Gelegenheit praktisch auf dem Silbertablett serviert. Es ist, als ob das Schicksal uns nur zu diesem Zweck vorzeitig aus London zurückgebracht hat. Wir werden ihn heute Abend hierhaben, und dann schauen wir ihn uns ganz genau an. Schließlich kann er ja nicht sehen, was wir tun, nicht wahr?"

Er wirkte zufrieden mit seinem kleinen Scherz, auch wenn er nicht lachte. Sir Clarence March lachte nur sehr selten. Dazu nahm er sich viel zu ernst, der aufgeblasene Wichtigtuer, dachte Sophia mit reueloser Bosheit.

„Und wenn er den Anforderungen genügt", fuhr Sir Clarence fort, „dann wirst du ihn nehmen, Henrietta. Dieses Jahr war bereits deine dritte Saison in London, mein Kind. Die *dritte*. Und aus welchen Gründen auch immer, auch wenn du zugegebenermaßen nichts falsch gemacht hast, ist dir im ersten Jahr ein Baron durch die Lappen gegangen, im zweiten ein Earl und in diesem Jahr ein Marquess. Eine Saison ist nicht gerade billig. Und du wirst nicht jünger. Sehr bald, wenn es nicht sogar schon so weit ist, wirst du überall als junge Dame bekannt sein, die nicht dazu in der Lage ist, ihre Verehrer bei der Stange zu halten. Nun, mein Mädchen, denen werden wir es zeigen."

Er strahlte seine Frau und seine Tochter selbstgefällig an – die Maus ignorierte er wie üblich – und schien weder Henriettas bestürzte noch Tante Marthas beschämte Miene zu bemerken.

Und dann machte er sich davon, um einen Viscount für Henrietta an Land zu ziehen.

Sophia empfand Mitleid mit Viscount Darleigh, obwohl ihr klar war, dass er ihr Mitgefühl vielleicht gar nicht verdiente. Schließlich kannte sie ihn überhaupt nicht, abgesehen von dem, was sie über sein früheres Ich erfahren hatte, Vincent Hunt, aber der war noch ein Junge gewesen. Aber so viel wusste sie immerhin: Er war gepflegt und elegant – und so unabhängig, dass er nicht auf Schritt und Tritt von seinen Dienern geführt werden musste.

Zumindest versprach dieser Abend nicht ganz so öde zu werden wie der Rest ihres Lebens. Sie konnte den Viscount betrachten, selbst wenn der Anblick seines Gesichtes ihr Übelkeit verursachen würde, wie es bei Henrietta offenbar der Fall war. Und sie konnte die zarten Anfänge einer Werbung beobachten. Das sollte einigermaßen unterhaltsam sein.

Als Sir Clarence weg war, schlüpfte sie aus dem Salon und lief die Treppe hoch, um das Skizzenbuch und die Zeichenkohle zu holen, die sie aus Henriettas lange verlassenem Schulzimmer entwendet hatte. Beides waren kostbare Besitztümer, denn Sophia bekam kein regelmäßiges Nadelgeld zugestanden. Sie würde in das Wäldchen hinter dem Haus gehen, wo keiner sie sehen konnte, und einen großen, polternden Mann mit breiter Brust, mickrigem Kopf und dürren Beinen zeichnen, der drohend vor einem kleinen, ängstlich kauernden Mann mit verbundenen Augen stand und mit einer pummeligen Hand einen Ehering hochhielt, während zwei Frauen an der Seite standen, eine dicklich und mittleren Alters, die andere jung und schlank. Die rundliche würde triumphierend blicken, die junge tragisch. Und wie immer würde sie in der rechten unteren Ecke eine grinsende kleine Maus zeichnen.

3. KAPITEL

Ich *bin* standhaft geblieben", protestierte Vincent und hob das Kinn, damit Martin sein Halstuch so binden konnte, wie es für die Abendgarderobe angemessen war. „Ich habe es abgelehnt, zum Essen dorthin zu gehen. Ich glaube nicht, dass sich irgendjemand vorstellen kann, was für eine Herausforderung es ist, den Speisen auf dem Teller nachzujagen, ohne genau zu wissen, um was für Speisen es sich handelt, gleichzeitig eine höfliche Konversation aufrechtzuerhalten und sich die ganze Zeit zu fragen, ob man Soße am Kinn oder auf dem Halstuch hat."

Martin ließ sich nicht beirren.

„Wenn Sie standhaft geblieben wären", beharrte er, „dann würden Sie gar nicht gehen. Es ist der alte *March*, um Gottes willen! Und *Lady* March! Und *Miss Henrietta* March! Muss ich noch mehr sagen?"

„Lieber nicht, sonst gehen Ihnen noch die Kursivbuchstaben und Ausrufezeichen aus, Martin. Ja, die drei waren schon ein hochmütiges Pack, das uns einfache Sterbliche wie Dreck behandelt hat. Andererseits hatten wir viel Spaß mit ihnen und sollten uns daher nicht beschweren."

„Erinnern Sie sich noch daran, wie Seine Gnaden diese angeblich antike römische Steinbüste im Garten aufstellen ließ und das ganze Dorf dazu einlud, sich in respektvoller Entfernung aufzustellen, um zuzusehen, wie das Ding mit viel Pomp und Gepränge enthüllt wurde? Und als der alte March dann mit großer Geste das Tuch runterzog, brach jeder außer den Marchs plötzlich schier zusammen vor Heiterkeit … Ich werde niemals dieses hellblaue zwinkernde Augenlid mit den langen schwarzen Wimpern vergessen oder das Lächeln, zu dem die sündhaft rot bemalten Lippen verzogen waren. Damit haben Sie sich selbst übertroffen."

Sie kicherten erst verhalten beim Gedanken an das zwinkernde, lüstern grinsende Steinmonster und brachen dann in lautes Gelächter aus.

„Nun ja", sagte Vincent, als er sich wieder beruhigt hatte, „wissen Sie eigentlich, dass ich damals fast erwischt worden bin, als ich durchs Kellerfenster ins Haus zurückklettern wollte? Das Fass darunter kam gefährlich ins Wanken und wäre mit einem Riesenkrach umgefallen, wenn ich mich nicht darunter geworfen hätte, um das Geräusch zu dämpfen. Von den Blutergüssen auf meinen gequetschten Rippen habe ich dann die nächsten paar Wochen was gehabt, aber das war es wert."

„Ach ja, das waren noch Zeiten", sagte Martin liebevoll und versetzte Vincent einen leichten Klaps auf die Schulter, um ihm zu signalisieren, dass er ausgehfertig war. „Und jetzt wollen Sie denen Ihre Aufwartung machen. Das ist Kapitulation vor dem Feind."

„Ich war völlig verdattert, als March an die Tür klopfte", verteidigte sich Vincent. „Ich konnte nicht klar denken, schließlich habe ich noch halb geschlafen."

„Das muss wohl so gewesen sein. Da stehe ich an der Tür und erkläre Seiner Gnaden im Brustton der Überzeugung, dass ihm ein Irrtum unterlaufen sei und dass ich allein nach Barton Coombs gekommen bin, um meine Mam und meinen Dad zu besuchen, und mit Ihrer Erlaubnis hier wohnen darf, und Sie kommen tolldreist die Treppe herunter, in voller Sichtweite des alten March, und strafen mich Lügen."

„Es ist das Markenzeichen eines guten Butlers, mit unbewegter Miene überzeugend zu lügen."

„Ich bin aber nicht Ihr Butler", erinnerte Martin ihn. „Und selbst wenn, was sollten Sie denn gewesen sein? Eine optische Täuschung? Am besten, Sie gehen jetzt runter in die Küche und essen etwas von dem Kanincheneintopf, den ich gekocht habe, und dazu Mams frisch gebackenes Brot, bevor sie gehen. Sie hat mir genug davon mitgegeben, um die biblischen Fünftausend zu speisen."

Vincent stand seufzend auf. Dann musste er wieder lachen. Der ganze Morgen war wie eine gut geprobte Farce gewesen, und er hatte sich gefragt, ob das Dorf rund um die Uhr von Wachposten umgeben war, deren einzige Aufgabe darin bestand, nur ja keinen Ankömmling zu verpassen. Sir Clarence March war kurz nach elf eingetroffen, aufgeblasen vor Wichtigkeit, daran hatte sich in den vergangenen sechs Jahren nichts geändert. Er hatte sich erst – einigermaßen überhastet – verabschiedet, als eine gefühlte Armee von Damen aufgetaucht war, um Vincent zu Hause willkommen zu heißen. Miss Waddell war die Sprecherin der Truppe, aber sie hatte mit lauter und deutlicher Stimme all die anderen Damen mit Namen vorgestellt und diese Liste noch einmal wiederholt, nachdem er sie aufgefordert hatte, sich zu setzen. Zum Glück waren die Leinentücher, die er völlig vergessen hatte, mittlerweile von den Möbeln entfernt worden. Doch noch bevor die Damen sich in eine lebhafte Unterhaltung stürzen konnten, erschien der Vikar, dessen Frau, die Mitglied in Miss Waddells Komitee war, ihn vor allen anderen herunterputzte. Er habe doch schließlich *gewusst*, dass die Damen um Viertel nach elf hier sein würden, und hätte zumindest bis Viertel vor zwölf warten müssen, bevor er selbst seine Aufwartung machte.

„Der arme, liebe Lord Darleigh wird sich völlig überrumpelt vorkommen, Joseph“, schalt sie.

„Aber keineswegs“, beteuerte Vincent. Kaffeeduft und Geschirrklappern deuteten darauf hin, dass Martin ein Tablett hereinbrachte. „Es ist mir eine Freude, so warm empfangen zu werden.“

Er war wirklich froh, dass er Martins Miene nicht sehen konnte.

Etliche Minuten später, Pastor Parsons war gerade in der Schlusskurve seiner gewundenen Willkommensrede, trafen Mr Kerry und seine Mutter ein, woraufhin die Konversation deutlich an Lautstärke gewann, denn die alte Mrs Kerry war schwerhörig.

Als ungefähr zwanzig Minuten später die erste kurze Gesprächspause eintrat, setzte Miss Waddell zu ihrer Glanznummer an: Es würde morgen Abend ein Fest geben, verkündete sie, in den für derlei Anlässe vorgesehenen Räumen über dem Foaming Tankard Inn, und der liebe Viscount Darleigh war Ehrengast.

Und endlich dämmerte es Vincent. Seine Mutter! Und seine Schwestern! Sie hatten vermutet, dass er herkommen würde, und höchstwahrscheinlich ein ganzes Tintenfass aufgebraucht, um jedem, den sie in und um das Dorf kannten, einen Brief zu schreiben.

Das wars dann wohl mit seinen stillen Tagen in Barton Coombs.

Mit einem Lächeln im Gesicht und Worten des Danks hatte er ertragen müssen, wie die Damen ihn von allen Seiten umflatterten, um seinen Kaffee einzuschenken, ihm die Serviette auf den Schoß zu legen, seine Tasse und Untertasse von dem Tablett zu nehmen und auf einem Tischchen neben ihm zu platzieren, wo er sie leicht erreichen konnte, nur um sie ihm einen Moment später direkt in die Hand zu drücken, falls er doch Schwierigkeiten hätte, sie zu finden. Sie suchten für ihn die besten Stücke von Mrs Fisks Kuchen aus, legten sie auf seinen Teller, den sie ihm dann in die andere Hand drückten, um anschließend seine Tasse und Untertasse zurück auf das Tischchen zu stellen, damit er eine Hand frei hätte, um den Kuchen zum Mund zu führen – an dieser Stelle hatten einige amüsiert gekichert – und dann … Nun ja, wenn es im Bereich ihrer Möglichkeiten gelegen hätte, dann hätten sie für ihn auch noch gegessen und getrunken.

Er erinnerte sich immer wieder daran, dass sie es nur gut meinten.

Aber ein Fest?

Mit Tanz?

Und heute Abend, jetzt gleich, auch noch ein privater Besuch bei den Marchs in Barton Hall.

Vielleicht, dachte er in einem Moment der Schwäche, hätte er vor einem Monat einfach Miss Dean heiraten sollen. Das hätte ihm zumindest dieses Elend erspart.

Lady March war erleichtert zu hören, dass Viscount Darleigh zum Essen kommen würde. Henrietta war enttäuscht, dass er überhaupt kam. Aber keine der Damen war imstande, Sir Clarence weitere Informationen bezüglich der Erscheinung und des Gebarens seiner Lordschaft zu entringen. Er hatte lediglich gegrinst und eine selbstgefällige Miene aufgesetzt und ihnen erklärt, dass sie das ja bald selbst *sehen* könnten.

„Was man von Darleigh ja nun nicht sagen kann“, fügte er hinzu, und sein Grinsen wurde breiter, bis er so aussah wie die Karikatur, die Sophia an dem Abend von ihm gezeichnet hatte, als Henrietta das erste Mal mit dem Marquess of Wrayburn getanzt hatte.

Beim Abendessen aß Henrietta kaum etwas. Sie trug ein Ballkleid aus silbrig schimmernder Seide, vielleicht etwas extravagant für einen Abend auf dem Lande, aber der Größe des Ereignisses angemessen, wie ihre Mama versicherte. Schließlich erwartete man einen Viscount, und wer weiß, wann eine solche Gelegenheit sich wieder auftun würde.

Tante Martha sah recht eindrucksvoll aus in ihrer purpurroten Satinrobe mit passendem Turban, auf dem lange Federn wippten. Sir Clarence konnte seinen Kopf nicht mehr als zwei Zentimeter in jede Richtung drehen, ansonsten lief er Gefahr, sich mit seinem gestärkten Hemdkragen ein Auge auszustechen.

Wie albern sie alle wirkten, vor allem angesichts der Tatsache, dass der Gast, den sie erwarteten, blind war.

Sophie juckte es in den Fingern, nach ihrer Zeichenkohle zu greifen.

Sie selbst trug eines von Henriettas abgelegten Kleidern, das sie so viel enger und kürzer gemacht hatte, dass es jeglichen Schnitt und alle Eleganz verlor, die es einmal besessen hatte, denn sie war in jeder erdenklichen Hinsicht sehr viel kleiner als Henrietta. Sophia ging nicht so weit, sich zu sagen, dass Lord Darleighs Blindheit womöglich von Vorteil für sie war. Das wäre grausam. Außerdem würde dieses Gedankenspiel die aberwitzige Idee voraussetzen, dass er sie, wenn er sehen könnte, tatsächlich bemerken könnte. Aber sie konnte nicht umhin festzustellen, dass sie aussah wie eine ausgemusterte Vogelscheuche.

In exakt dem Moment, für den der Gast angekündig war, hörte man im Hof unter dem Salon die Geräusche von Kutschenrädern und Pferdehufen und knarzendem, klirrendem Zaumzeug. Alle außer Sophia sprangen auf, glätteten Röcke, griffen prüfend in Federn, zogen das Halstuch gerade, räusperten sich, warfen nervöse Blicke … um sich dann in völligem Einklang und mit einem höflichen Lächeln auf den Lippen zur Tür umzudrehen, die gerade aufgestoßen wurde.

„Lord Darleigh“, verkündete der Butler im vornehm getragenen Ton eines königlichen Majordomus.

Zwei Männer traten ein, der eine hatte sich bei dem anderen eingehakt, ließ dessen Arm aber los, sobald sie die Schwelle überschritten hatten, und der andere trat einen Schritt zurück und verschwand mit dem Butler hinter der sich schließenden Tür.

Der andere war der kräftige, untersetzte Mann, den sie am Morgen als Ersten aus dem Landauer hatte steigen sehen.

Sir Clarence und Tante Martha eilten auf den zurückgebliebenen Gentleman zu und machten viel Gewese darum, ihn zu einem Sessel zu geleiten und Platz nehmen zu lassen. Sir Clarence dröhnte pompös, Tante Martha sprach in demselben Ton, in dem sie sich auch an ein krankes Kleinkind oder einen harmlosen Irren hätte wenden können.

Was Henrietta derweil machte, bekam Sophia nicht mit. Sie ging völlig in ihrem eigenen Überraschungsmoment auf und, man konnte es nicht anders sagen, starrte den Gast unverhohlen an. Wie gut, dass er blind war und es nicht sehen konnte.

Denn Viscount Darleigh war alles, was sie heute Morgen erkannt hatte, und noch viel mehr. Er war nicht sehr groß, und er war anmutig und elegant. Außerdem war er überaus wohlproportioniert, mit Muskeln an genau den richtigen Stellen. Er wirkte kraftvoll und fit, ja sogar athletisch. Seine Kleidung war dem Anlass angemessen, geschmackvoll und unaufdringlich. Er war ohne Wenn und Aber hinreißend. Sophia war törichterweise völlig bezaubert, und das bezog sich zunächst nur auf das, was sie unterhalb seines Halses gesehen hatte.

Doch was sie oberhalb seines Halses erblickte, war die eigentliche Überraschung. Sein Haar war blond, etwas länger als die Mode gebot, aber genau richtig für ihn, denn es wellte sich sanft und war ein klein wenig zerzaust, auf sehr attraktive Weise. Es sah schimmernd und gesund aus. Und sein Gesicht …

Nun ja, er war nicht im Geringsten entstellt. Nicht mal die kleinste Narbe trübte seine Schönheit. Und er *war* schön. Dabei achtete sie gar nicht mal auf die Einzelheiten seiner Züge, das Ganze war einfach ungemein angenehm anzuschauen, ein gut gelauntes Gesicht, das oft lächelte, obwohl er sich im Moment bestimmt nicht sonderlich glücklich fühlte, mit all dem Wirbel, den die Marches machten. Er hätte sich doch, nachdem man ihn zu einem Sessel geführt hatte, gewiss alleine hineinsetzen können, ohne dass zwei Menschen an ihm herumzogen und herumschoben.

Oh, aber es gab doch ein Detail seines makellosen Gesichts, auf das sich Sophias Blick nun konzentrierte, ein Detail, das es über den Status des bloß Gutaussehenden hinaushob und seinen Zügen ihre beinahe atemberaubende Schönheit verlieh. Seine *Augen*. Sie waren sehr groß und sehr blau, umgeben von Wimpern, um die ihn jedes Mädchen beneiden könnte, auch wenn absolut nichts auch nur ansatzweise Weibisches an ihnen war. Oder an ihm.

Er war durch und durch ein Mann, dachte sie. Der Gedanke überraschte sie, und einen Augenblick lang stockte ihr der Atem, denn sie hatte keine Ahnung, was er bedeuten sollte.

Staunend und ehrfürchtig betrachtete sie ihn, während sie sich noch weiter in ihre Ecke zurückzog, auch wenn das kaum mehr möglich war. Sie fand ihn absolut beängstigend, als wäre er eine Kreatur aus einer anderen, fremden Welt. In ihrer Karikatur hatte sie ihn als kleinen Mann mit bandagiertem Gesicht dargestellt. Das würde sie nie wieder tun. Sie zeichnete nur Menschen, über die sie heimlich und nicht immer freundlich lachen wollte.

Er blickte mit diesen blauen, blauen Augen zu seinen Gastgebern auf. Und er schaute auf Henrietta, als Sir Clarence sie zu sich heranzog, um sie vorzustellen – besser gesagt: in Erinnerung zu bringen.

„Sie kennen doch noch unsere liebe Henrietta, Darleigh." Er sprach mit aufgesetzter Herzlichkeit. „Sie ist jetzt ziemlich erwachsen, führt ihre Mutter oft an der Nase herum und ist ihrem Vater gegenüber manchmal ein böses Mädchen. Sie hat die vergangenen drei Saisons in der Stadt verbracht und hätte dutzendweise Dukes und Marquesses und Earls heiraten können, schließlich haben ihr genug von denen den Hof gemacht, das kann ich Ihnen sagen. Aber keiner war ihr gut genug, sie spart sich für den einen besonderen Gentleman auf, der ihr Herz im Sturm erobert. *Und weißt du was, Papa*, sagt sie, *den kann ich genauso gut hier bei uns auf dem Lande finden wie in Ballsälen des ton in London*. Können Sie sich das vorstellen, Darleigh? Wo soll sie denn hier in Barton Coombs ihren besonderen Gentleman finden, was? Ha!"

Er lachte nicht oft, dachte Sophia, aber wenn er es tat, zuckten alle anderen peinlich berührt zusammen. Tante Martha zuckte zusammen und lächelte vornehm. Henrietta zuckte zusammen und errötete. Und schaute verzückt auf das makellose Gesicht des Mannes, von dem sie geschworen hatte, ihn nie zu heiraten, und wenn er der letzte Mann auf Erden wäre.

Sophia in ihrer Ecke kam zu dem Schluss, dass er wirklich blind war. Einen Moment lang hatte sie daran gezweifelt. Es konnte einfach nicht wahr sein! Doch jetzt war er aufgestanden, um sich vor Henrietta zu verneigen, und obwohl es schien, als ob er sie direkt ansah, ging sein Blick in Wirklichkeit über ihre rechte Schulter ins Leere.

„Wenn Miss March immer noch so schön ist wie vor sechs Jahren", sagte er, „und wie ich annehme, ist sie *noch* schöner, denn damals war sie noch fast ein Kind, dann wundert es mich gar nicht, dass sie in London von Bewunderern belagert war."

Wie glattzüngig er doch sprach. Sophia runzelte enttäuscht die Stirn. Aber vielleicht wollte er auch nur höflich sein.

Alle nahmen Platz und begannen eine steife, übertrieben herzliche Unterhaltung, das heißt, die drei Marchs unterhielten sich. Lord Darleigh beschränkte sich auf ein paar angemessene Erwiderungen und lächelte.

Er war nur höflich, entschied Sophia nach ein paar Minuten. Kein bisschen glattzüngig oder ölig. Er benahm sich wie ein Gentleman, das war alles. Sie war erleichtert, denn sie wollte ihn mögen.

Sie hatte gehört, dass er während des Kriegs auf der Halbinsel Offizier in einem Artillerie-Regiment war. Ein sehr junger Offizier. Er war infolge einer Kriegsverletzung erblindet. Erst danach hatte er seinen Titel und sein Vermögen von einem Onkel geerbt. Eine glückliche Wendung des Schicksals, denn die Familie hatte nicht viel Geld. Erst kürzlich hatte er sein Haus in Gloucestershire verlassen, nachdem seine Mutter und seine Schwestern versucht hatten, ihn zu verkuppeln. Sie waren sich einig gewesen, dass es aus vielerlei Gründen das Beste für ihn wäre, wenn er eine Frau hätte, die sich um ihn kümmerte. Ganz offensichtlich war er nicht dieser Meinung, entweder aus Prinzip oder weil er mit ihrer Wahl nicht einverstanden war. Er war längere Zeit abwesend, und keiner wusste, wo er war, bis er heute Morgen in Covington House eingetroffen war, wie Mrs Hunt es in ihren Briefen an verschiedene Damen im Dorf vorhergesagt hatte.

Früher war er einfach nur Vincent Hunt gewesen, ein Anführer unter den Jungs im Dorf, gut in jeder Sportart und immer zu Streichen aufgelegt. Eines Nachts, nachdem Sir Clarence zuvor prahlerisch von einem roten Teppich erzählt hatte, über den er in irgendein vornehmes Haus in London geschritten war, strich er zum Beispiel die Treppe vor den Eingangstüren von Barton Hall knallrot an. Er hatte Sophias Fantasie angeregt, sie hatte sich Geschichten über ihn ausgedacht.

Jetzt war er ein sehr vornehmer Gentleman mit einem anderen, eindrucksvollen Namen. Und er hatte ausgesprochen gute Manieren, hörte praktisch nie auf zu lächeln und begegnete der ganzen Wichtigtuerei mit höflichen, unverbindlichen Bemerkungen, obwohl Tante Martha und Sir Clarence ihn beinahe unverblümt und auf äußerst peinliche Weise umwarben und Henrietta ihn einfältig anhimmelte. Es war zugegebenermaßen ziemlich schwierig, einen blinden Mann wirkungsvoll anzuhimmeln, aber sie machte ihre Sache ziemlich gut.

Als das Gespräch zu versiegen drohte, wurde Henrietta zum Pianoforte geschickt, um den Viscount mit ihrem musikalischen Talent zu umgarnen. Dann forderte man sie auf, dazu zu singen, und sie arbeitete sich durch fünf Lieder, bevor ihr einfiel, dass die Noten für das sechste Stück, ihr Lieblingslied, im privaten Wohnzimmer ihrer Mutter lagen, wo sie am Nachmittag geübt hatte.

„Geh sie holen“, sagte Tante Martha und drehte ihren Kopf in Sophias Richtung.

„Ja, Tante“, murmelte Sophia und stand auf.

Viscount Darleighs Gesicht nahm einen leicht überraschten Ausdruck an, er hob die Brauen, und seine Augen schienen ihr zu folgen. Sie hätte schwören können, dass er sie ansah, obwohl sie wusste, dass das nicht sein konnte. Aber in diesem einen Moment, bevor sie den Raum verließ, fühlte sie sich ein bisschen weniger unsichtbar als sonst.

Natürlich hatte man sie ihm nicht vorgestellt.

„Haben Sie, als Sie mit mir in den Salon getreten sind, noch jemand anderen gesehen als Sir Clarence, Lady March und die junge Miss March?“, fragte Vincent, während die Kutsche schwankend den kurzen Weg zwischen Barton Hall und Covington House zurücklegte.

„Hm." Es folgte eine Pause, in der Martin vermutlich sein Gedächtnis marterte. „Außer dem Butler, meinen Sie?"

„Eine Frau", präzisierte Vincent.

„Ist mir nicht aufgefallen."

„Jemand wurde losgeschickt, um Noten zu holen. Und sie sagte: *Ja, Tante*, bevor sie ging. Das war das Erste und Letzte, was ich den ganzen Abend von ihr gehört habe. Sie muss einen sehr leichten Gang haben, denn ich hörte sie nicht zurückkommen, obwohl die Noten ohne jeden Zweifel gebracht wurden. Es kann keine Dienerin gewesen sein, denn sie nannte Lady March *Tante*. Aber wir wurden einander nicht vorgestellt. Ist das nicht seltsam?"

„Eine arme Verwandte?", mutmaßte Martin.

„Kann schon sein. Aber trotzdem wäre es doch ein Gebot der Höflichkeit, Sie einem Gast vorzustellen, oder nicht?"

„Im Allgemeinen schon, aber nicht unbedingt, wenn man ein March ist."

„*Geh sie holen*, hat ihre Tante gesagt, als Miss March die Noten wollte. Kein *bitte*. Und noch schlimmer: kein Name."

„Hm", sagte Martin noch einmal. „Sie sind doch jetzt nicht etwa verlobt, oder?"

„Was?"

„Die haben ernsthaft ein Auge auf Sie geworfen. Seien Sie gewarnt. Die Diener in dem Haus sind nicht besonders verschwiegen, ein sicheres Zeichen dafür, dass die Marchs bei ihren Leuten keine große Loyalität hervorrufen."

„Ernsthaft ein Auge auf mich geworfen", wiederholte Vincent. „Ja, ich glaube, da könnten die Diener recht haben. Ich werde mich in den nächsten Tagen mit großer Vorsicht bewegen. Und sollte ich die Worte *vollstes Verständnis* und *es macht mir nicht aus* aus Miss Marchs Mund hören, dann flüchte ich bis ans Ende von Land's End."

„Sie sollten ein Boot mitnehmen", unkte Martin. „Denn das ist wahrscheinlich nicht weit genug."

Sie waren zu Hause. Was für ein merkwürdiger Tag das gewesen war. Er war vor Morgengrauen angekommen, im glücklichen Glauben, hier ein paar ruhige Tage verbringen und über seine Zukunft nachdenken zu können, bevor er nach Middlebury Park zurückkehrte, um sein Leben ein für alle Mal in die Hand zu nehmen. Und dann …

Er lachte, als Handry die Trittleiter anlegte, und stieg ohne Hilfe aus.

„Miss Waddell und ihr Willkommens-Komitee“, sagte er.

„Ich war ein bisschen eingeschnappt, dass Sie mich nicht eingeladen haben, hereinzukommen und der Willkommensrede des Vikars zu lauschen.“

Beide schnaubten vor Lachen.

„Wissen Sie, im Grunde war es sogar rührend“, bekannte er und erklomm die Stufen vor der Eingangstür. „Sie waren doch alle ein Teil unserer Kindheit, Martin. Und es gibt auf der ganzen Welt keine freundlicheren, wohlmeinenderen Menschen. Es wäre unfreundlich, über sie zu lachen, aber unsere Heiterkeit ist ja ebenfalls gut gemeint. Wir können von Glück sagen, dass wir hier aufgewachsen sind.“

„Oh ja, das können wir“, bestätigte Martin fröhlich. „Es sind noch ein paar Stücke Kuchen von Mam übrig, Sir. Möchten Sie eins oder zwei davon und noch etwas zu trinken?“

„Heiße Milch, wenn welche da ist, bitte.“ Vincent ging ins Wohnzimmer. „Und ein Stück Kuchen bitte. Ihre Mutter hat das Backen wahrlich nicht verlernt, stimmt’s? Einer ihrer Kuchen ist so viel wert wie vier andere.“

Oh Gott, er musste sich wirklich nostalgisch fühlen. Worum hatte er gerade gebeten? *Heiße Milch?*

Tatsächlich war er froh, dass man ihn hier entdeckt hatte. Er hatte sich ein bisschen beschämt gefühlt oder gedemütigt oder … irgendwas, jedenfalls wollte er sich nicht blind vor diesen Leuten sehen lassen, die ihn gekannt hatten, wie er einst war. Aber das war dumm von ihm gewesen. Seine morgendlichen Besucher waren freundlich und hatten ihn, so beflissen sie sich auch um ihn bemühten, doch immer wie einen denkenden, funktionierenden Erwachsenen behandelt. Sie schwelgten glücklich in Erinnerungen an die Zeiten, als sein Vater hier der Schulmeister war und seine Mutter aktiv in der Kirche und der Gemeinde, und er und seine Schwestern mit all den anderen Dorfkindern aufgewachsen waren und allerlei Unsinn angestellt hatten. Vincent gefiel es, sich an diese glücklichen Zeiten zu erinnern, und er beteiligte sich mit echter Begeisterung an der Unterhaltung.

Er lehnte sich seufzend in seinem Sessel neben dem Kamin zurück. Verdammt, er war so müde. Obwohl er heute gar nicht trainiert hatte. Aber vermutlich war genau das das Problem.

Und morgen Abend gab es ein Fest im Foaming Tankard.

Mit Tanz.

Zu seinen Ehren.

Er legte den Kopf in den Nacken und lachte laut auf. Nur die Bürger von Barton Coombs konnten darauf kommen, einen Ball für einen blinden Mann zu geben!

Aber er durfte sich trotz dieses unerwartet vergnüglichen Zwischenspiels nicht allzu sehr entspannen, dachte er, als Martin ihm Milch und Kuchen brachte. Sir Clarence March hatte keinen Zweifel daran gelassen, dass seine Tochter einen Antrag von ihm sofort annehmen würde, und Lady March hatte ein nicht enden wollendes Loblied auf Henriettas Tugenden und Fertigkeiten gesungen. Miss March selbst hatte ihn hemmungslos angehimmelt. Sie wollten ihn alle haben, und was die Marchs wollten, das kriegten sie meist auch. Obwohl sie offensichtlich bei ein paar Dutzend Dukes, Marquesses und Earls das Glück verlassen hatte. Gab es von denen überhaupt so viele, selbst wenn man die verheirateten dazuzählte?

Er würde auf sich aufpassen müssen.

Henrietta March war ein ausgesprochen hübsches Mädchen gewesen und war auf bestem Wege, eine ungewöhnliche Schönheit zu werden, als Vincent sie das letzte Mal sah. Sie musste damals ungefähr fünfzehn gewesen sein. Sie hatte dunkles Haar, dunkle Augen, eine wohlgeformte Figur und war immer sehr elegant und teuer gekleidet. Ein Schneider – oder Modist, wie Sir Clarence sagte – kam zweimal im Jahr aus London, um sie neu auszustatten. Miss March hatte stets ein französisches Kindermädchen und eine französische Gouvernante und gab sich nie mit den Dorfkindern ab. Die kamen nur einmal im Jahr in ihre Nähe, an ihrem Geburtstag, wenn sie mit ihrer Mama und ihrem Papa eine Empfangsreihe bildete und die guten Wünsche derer, die respektvoll vorbeidefilierten, mit einem anmutigen Nicken und ein paar gemurmelten Worten quittierte.

Vielleicht hätte sie Vincent sogar leidgetan, aber ihr Hochmut und ihr Überlegenheitsgefühl kamen nicht allein von den Eltern, sie entsprachen ihrem Wesen. Kaum anzunehmen, dass sie sich inzwischen geändert hatte. Zumindest war an diesem Abend nichts von einer Wandlung zu spüren gewesen. Die Noten, nach denen ihre Mutter schicken ließ, waren angekommen, aber sie hatte kein Wort des Danks für die mysteriöse Frau gefunden, die sie gebracht hatte. Ihre Cousine?

Wer war sie? Sie war ihm weder vorgestellt noch in die Unterhaltung einbezogen worden. Das Einzige, was sie gesagt hatte, war *ja, Tante* gewesen. Aber sie musste die ganze Zeit da gewesen sein.

Er war sozusagen in ihrem Namen entrüstet, wer immer sie war. Offenbar gehörte sie ja irgendwie zur Familie, aber man hatte sie vollkommen ignoriert, außer um eine Besorgung zu erledigen. Sie war den ganzen Abend über still wie eine Maus gewesen.

Aber was ging ihn das an?

Er hatte den Kuchen aufgegessen, griff zum Milchglas und leerte es in einem Zug.

Guter Gott, was für ein grässlicher Abend war das gewesen. Die Unterhaltung pompös und fade, die Musik mittelmäßig. Während er beides frohen Muts ertragen hätte, wenn die Marchs liebenswerte Menschen wären, die er früher mochte. Aber so, wie die Dinge lagen, hatte er kein schlechtes Gewissen, als er mit einem angewiderten Schauder auf den Abend zurückblickte.

Wenn er heute als einfacher Vincent Hunt ins Dorf zurückgekehrt wäre, dann hätten sie sich nicht mal dazu herabgelassen, seine Anwesenheit zur Kenntnis zu nehmen. Machte ein Titel wirklich so viel aus?

Eine rethorische Frage.

Höchste Zeit, ins Bett zu gehen.

Wie lange es wohl dauern würde, bis seine Mutter über seine Ankunft informiert wäre? Jede Wette, dass hier heute mindestens ein Dutzend Briefe geschrieben und auf den Weg gebracht wurden. Jeder wollte schließlich der Erste sein, der es ihr mitteilte.

4. KAPITEL

Es hatte schon mehrere Dorffeste gegeben, seit Sophia nach Barton Hall gekommen war, aber ihr Onkel, ihre Tante und ihre Cousine waren niemals hingegangen. Selbst wenn die Teilnahme den vornehmeren Bewohnern des Orts vorbehalten wäre, fänden sie es weit unter ihrer Würde, eine Tanzveranstaltung im Foaming Tankard zu besuchen. Aber dem war nicht so; Dorffeste hatten keinen Sinn, wenn nicht jeder willkommen war, der Lust hatte zu kommen. Und allein der Gedanke, mit einem Landarbeiter oder dem Metzger oder Hufschmied zu verkehren, verursachte Tante Martha Blähungen, wie sie einmal verkündete.

Also hatte auch Sophia niemals ein Dorffest besucht.

Aber das würde sich nun ändern. Denn das Fest heute Abend wurde zu Ehren von Viscount Darleigh abgehalten, und Sir Clarence und Tante Martha hatten nun mal beschlossen, Henrietta um jeden Preis zur Viscountess Darleigh of Middlebury Park in Gloucestershire zu machen, mit zwanzigtausend Pfund pro Jahr zur freien Verfügung. Und seit gestern Abend hatte auch Henrietta ihre Meinung komplett geändert und erklärte nun, dass der Viscount der bei weitem attraktivste, vornehmste, charmanteste (und noch ein paar Superlative mehr) von allen Herren war, die sie je getroffen hatte. Er hatte sich wahrhaft verändert seit jenen Tagen, als er „der schreckliche Vincent Hunt" war.

„Heute Abend musst du deine Chance mit beiden Händen ergreifen", beschwor Tante Martha ihre Tochter. „Denn wir wissen nicht, wie lange Viscount Darleigh in Covington House zu bleiben gedenkt. Natürlich wird er nicht tanzen. Du musst ebenfalls ablehnen zu tanzen, denn es wird ja ohnehin niemand da sein, der einen Tanz wert ist, und dich die ganze Zeit mit ihm unterhalten. Wenn das Wetter sich hält, und es sieht ganz danach aus, als ob es ein schöner Tag wird, dann musst du ihm einen Spaziergang vorschlagen. Die Festräume sind bestimmt sehr stickig. Und du musst sicherstellen, dass ihr so lange draußen bleibt, bis die Leute es bemerken und anfangen, darüber zu reden. Und sie werden garantiert darüber reden, denn als Ehrengast steht er im Mittelpunkt der Aufmerksamkeit. Und ich bin sicher, dass er sich danach verpflichtet fühlt, das Richtige zu tun, und schon morgen früh Papa aufsucht. Denn das wird jeder von ihm erwarten, und er legt doch sicher Wert auf die gute Meinung seiner ehemaligen Nachbarn."

„Deine Mutter plant eine Sommer-Hochzeit", fügte Sir Clarence hinzu und zupfte, mit sich und der Welt zufrieden, an den Aufschlägen seines Gehrocks. „Vielleicht in London, dann könnte der halbe *ton* teilnehmen. Zwar sind die meisten während des Sommers nicht in der Stadt, aber ich bin sicher, dass sie für so ein illustres Ereignis zurückkehren würden."

Sophia würde ebenfalls zu dem Fest gehen. Zwar hatte ihr keiner gesagt, dass sie teilnehmen könne, und sie hatte auch niemanden gefragt. Aber die Dorffeste waren offen für jeden, es gab keine offiziellen Einladungen. Sie würde dabei sein, und wenn sie bis zu dem Gasthof laufen müsste. Was sie ohnehin vorhatte, denn wenn Tante Martha von ihrem Plan wüsste, würde sie ihn womöglich durchkreuzen. Und sie konnten sie ja schlecht daran hindern zu gehen, wenn sie bereits dort war, nicht wahr? Und welches Argument hätten sie überhaupt, wenn alle anderen auch da wären? Es war ja auch nicht so, dass sie eine Szene von ihr zu befürchten hatten. Sie wollte nichts anderes, als zuzuschauen. Sie würde sich eine dunkle Ecke suchen und darin verschwinden. Das war schließlich ihre Spezialität.

Sie würde also hingehen. Sobald sie sich beim Frühstück zu dieser Entscheidung durchgerungen hatte, fing ihr Herz wie wild an zu klopfen. Sie ging niemals irgendwo hin. Jedenfalls nicht zu gesellschaftlichen Zusammenkünften. Sie hatte die vergangenen beiden Saisons nur deshalb in London verbracht, weil man sie ja nicht gut allein in Barton Hall zurücklassen konnte. Aber sie ging zu keiner der Partys oder Konzerte oder Bälle, an denen ihre Tante und Henrietta jeden Tag teilnahmen. Wie könnte sie? hatte Tante Martha das eine Mal gesagt, als sie sie darauf angesprochen hatte. Es war schon schwierig genug, die Schwester beziehungsweise Nichte eines Gentleman zu sein, der einem Earl Hörner aufgesetzt hatte und dann im Duell getötet worden war, ein schockierendes und demütigendes Ereignis, das aber nur das schmähliche Ende einer alles andere als glanzvollen Laufbahn gewesen war. Wenn auch noch bekannt wurde, dass sie seine Tochter beherbergten, würden sie sich *nirgends* mehr blicken lassen können, schon gar, wenn sie so aussah, wie sie nun mal aussah.

Sophia hatte ein einziges Kleid, das ansatzweise für eine Abendveranstaltung geeignet war. Es war für Henrietta gefertigt worden, als die vierzehn oder fünfzehn war, und sie hatte es nur einmal getragen, auf ihrer Geburtstagsfeier in jenem Jahr. Man musste es nicht so sehr ändern wie die anderen. Es war aus creme- und rosafarben gestreiftem Musselin und hatte zumindest ansatzweise seinen Schnitt behalten, nachdem Sophia es gekürzt und abgenäht hatte. Es war nicht atemberaubend hübsch und zweifellos bemitleidenswert unmodisch, aber sie würde ja auch keinen vornehmen Londoner Ball besuchen, sondern ein Dorffest. Bestimmt wären Frauen da, die noch unscheinbarer gekleidet waren als sie oder zumindest ebenso unscheinbar.

Nachdem die anderen drei mit der Kutsche aufgebrochen waren, machte sie sich auf den Weg zum Foaming Tankard. Zum Glück war der Abend weder kalt noch feucht. Oder stürmisch. Sie war einigermaßen aufgeregt.

Nicht, dass sie damit rechnete zu tanzen. Oder sich mit jemandem zu unterhalten. Auch nach zwei Jahren kannte sie keiner in Barton Coombs. Sie war nie jemandem vorgestellt worden, nur ab und zu nickte man ihr nach dem sonntäglichen Gottesdienst freundlich zu. Aber sie wollte ohnehin nichts anderes tun, als die Leute dabei zu beobachten, wie sie miteinander umgingen und Spaß hatten.

Oh, und natürlich – *nun gib es schon zu, Sophia!* – den wunderschönen Viscount Darleigh wiedersehen. Um ihn aus der Ferne anzubeten.

Und um zu verhindern, sofern es in ihrer Macht lag, dass Henrietta ihn, angestiftet und unterstützt von ihrer Mama und ihrem Papa, in eine kompromittierende Situation lockte, was dazu führen würde, dass ihm als Mann von Ehre nichts anderes übrig bliebe, als sie zu heiraten. Sie hatte sich nie um die anderen Gentlemen gesorgt, die sie versucht hatten in London einzufangen. Die konnten schließlich selbst auf sich aufpassen, hatte sie immer gedacht, und die Ereignisse gaben ihr jedes Mal recht. Aber war Lord Darleigh dazu imstande? Würde er merken, wenn man ihn aus der Sichtweite der anderen Gäste führte? Und war ihm klar, dass Sir Clarence und Lady March sicherstellen würden, dass jeder, wirklich jeder Anwesende mitbekam, wie unschicklich lange er sich mit ihrer Tochter zurückzog?

Sie musste allen Mut zusammennehmen, um in das Gasthaus einzutreten und die Treppe zu den Festräumen zu erklimmen, aus denen bereits munterer Lärm bis auf die Straße drang. Es klang, als ob ein fröhlicher Jig getanzt wurde und gleichzeitig jeder Bewohner des Dorfs und der näheren Umgebung versuchte mit jedem anderen Bewohner des Dorfs und der näheren Umgebung zu kommunizieren, und zwar so laut, dass er sicher sein konnte, gehört zu werden. Und dass jeder Zuhörer – falls überhaupt jemand zuhörte – die Konversation derart lustig fand, dass er seiner Begeisterung durch dröhnendes Gelächter Luft machen musste.

Fast hätte Sophia kehrtgemacht und wäre nach Hause zurückgehuscht.

Doch dann rief sie sich ins Gedächtnis, dass sie nicht wirklich eine Maus war. Sondern eine Dame, die mehr als der Hälfte der Leute hier gesellschaftlich mindestens ebenbürtig war. Sie wusste nicht mal, ob sie von Natur aus schüchtern war. Sie hatte nie Gelegenheit gehabt, es herauszufinden.

Sie stieg die Stufen hoch.

Sobald sie die Schwelle zu den Festräumen überschritten hatte, stieß sie auf den Vikar. Er strahlte sie an und streckte ihre seine Rechte entgegen.

„Ich habe zwar noch nicht das Vergnügen Ihrer Bekanntschaft gemacht, Ma'am", überbrüllte er die Musik und das Stimmgewirr und das Gelächter. „Aber ich bin mir der Tatsache bewusst, dass Sie seit ungefähr zwei Jahren jeden Sonntag in meiner Kirche sitzen und mit größter Aufmerksamkeit meinen Predigten lauschen, die nur allzu viele meiner Schäfchen in tiefen Schlaf versetzen. Mein Name ist Parsons, wie Sie sicher wissen. Und Sie sind …?

Sophia legte ihre Hand in seine. „Sophia Fry, Sir."

„Miss Fry." Er tätschelte ihren Handrücken mit seiner freien Hand. „Sehen wir zu, dass Mrs Parsons Ihnen ein Glas Limonade einschenkt."

Er führte sie durch die feiernde Menge zu einem mit Speisen und Getränken beladenen Tisch und stellte sie seiner Frau vor, die ihr freundlich zunickte, versuchte etwas zu sagen, doch als klar wurde, dass es unmöglich war, sich verständlich zu machen, riss sie hilflos die Augen auf, zuckte mit den Schultern und lachte.

Sophia nahm ihr Glas und machte sich auf die Suche nach einer Ecke, in der sie sitzen könnte, sah einen leeren Stuhl und ließ sich dankbar hineinsinken. Das war ja leichter als erwartet, dachte sie. Ihre Tante, deren nickende königsblaue Hutfedern nicht zu übersehen waren, starrte sie aus einiger Entfernung überrascht an. Sophia tat so, als ob sie sie nicht bemerkte. Tante Martha konnte sie nicht wirklich nach Hause schicken, oder? Und sie wäre glücklich, wenn sie hier für den Rest des Abends Mäuschen spielen könnte. Nun ja, beinahe glücklich, korrigierte sie sich hastig. Mitunter war sie von ihrem eigenen Talent zum Selbstbetrug verstört.

Ein Paar hüpfte zwischen den Reihen der anderen Tänzer hindurch, die lebhaft im Takt der Musik klatschten. Das Ganze sah ausgesprochen fröhlich aus. Sophia stellte fest, dass einer ihrer Füße den Rhythmus mitklopfte.

Viscount Darleigh war nicht leicht zu erspähen, aber es war offensichtlich, dass er eingetroffen war, denn die Menschenmenge links neben der Tür war besonders dicht und bestand hauptsächlich aus Damen, die sich alle erfreut auf jemanden konzentrierten, der irgendwo in ihrer Mitte stand. Sir Clarence war einer der wenigen Gentlemen in der Gruppe, und Tante Martha und Henrietta beteiligten sich an der Liebedienerei. Und wen sollten diese beiden umschmeicheln, wenn nicht den Viscount? Sie lag mit ihrer Vermutung richtig. Nach ein paar Minuten endete der übermütige ländliche Tanz, die Tänzer gaben die Mitte des Raums frei, und die dicht gedrängte Menschenmenge neben der Tür öffnete sich, als wäre da noch eine Tür, aus der Henrietta triumphierend heraustrat, am Arm des Viscount Darleigh, den sie einmal um den ganzen Raum herumführte.

Sie trug ein anderes ihrer Londoner Ballkleider und sah prächtig aus.

Während weitergetanzt wurde – etwas gesitteter diesmal –, schlenderten Henrietta und der Viscount weiter, bis sie die Tür erreichten, durch die sie verschwanden. Da aller Augen – abgesehen von denen der Tänzer – auf dem Viscount Darleigh ruhten und auch keinem entgehen konnte, wo Henriettas schimmernde Robe sich gerade befand, war dieser Abgang alles andere als diskret.

Sophia hob eine Hand zum Mund und biss in den Knöchel ihres Zeigefingers. Es mussten sich doch bestimmt noch mehr Leute draußen vor dem Gasthof aufhalten. Das war so gewesen, als sie ankam, und seither herrschte ein reges Kommen und Gehen. Und die Festräume waren in der Tat stickig, wie Tante Martha vorhergesagt hatte. Es war nichts Unschickliches daran, dass die beiden kurz an die frische Luft gegangen waren. Aber gemeinsam würden Tante Martha und Sir Clarence hier drinnen und Henrietta da draußen schon einen Weg finden, es unschicklich erscheinen zu lassen. Daran hatte Sophia keinen Zweifel.

Sophia blieb noch zehn Minuten sitzen und kaute an ihrem Knöchel, bevor sie etwas unternahm. Die beiden waren noch nicht zu lange abwesend für ein Paar, das einen Ball besuchte. Allerdings lauerte hier jeder beinahe offen darauf, dass sie wieder hereinkamen, und Sir Clarence und Tante Martha redeten mit Gästen, die sie ihrer Aufmerksamkeit für würdig befunden hatten, woraufhin sich alle umdrehten und erwartungsvoll auf die Tür starrten. Offenbar taten die Marchs alles, um die Flammen der Spekulation anzufachen.

Sophia stand auf und schlüpfte aus dem Raum. Im Vorbeigehen nahm sie ein Wolltuch von der Rückenlehne eines Stuhls. Sie hatte keine Ahnung, wem es gehörte, und konnte nur hoffen, dass die Besitzerin ihr nicht mit *Haltet den Dieb*-Geschrei nachsetzen würde. Aber das war eher unwahrscheinlich. Vermutlich hatte keiner bemerkt, dass sie den Raum verließ – oder auch nur, dass sie *in* dem Raum gewesen war.

Draußen standen mehrere kleine Gruppen herum, aber von Henrietta und Lord Darleigh war nichts zu sehen. Einige Paare waren ein Stück weiter die Straße hinunterspaziert, wo man sie vom Gasthof aus klar und deutlich sehen konnte, aber die, nach denen sie suchte, waren nicht dabei. Wohin würde Henrietta ihn geführt haben, um das Zusammensein privater und damit indiskreter zu machen?

Glücklicherweise lag Sophia mit ihrer ersten Vermutung richtig. Die beiden spazierten die Seitengasse hinter den Gebäuden der Hauptstraße entlang, auf dem mit Gras bewachsenen Rand, um die tiefen Fahrrinnen in der Mitte zu vermeiden. Sie konnte Henriettas trillerndes Lachen hören, als sie ihnen nacheilte, und die leise Stimme des Viscounts.

„Oh Henrietta", rief Sophie, als sie näher kam. „Du hast dein Schultertuch vergessen."

Sie drehten sich beide zu ihr um, und selbst im schwachen Licht des Mondes und der Sterne konnte Sophia sehen, dass Henriettas Augen vor Schreck und … Wut geweitet waren. Viscount Darleigh hatte die Brauen hochgezogen.

„Ich habe nichts dergleichen vergessen", zischte Henrietta. Sophia hielt das Tuch hoch und schwenkte es. „Und das ist noch nicht mal meins. Bring es bloß rasch zurück in den Gasthof, bevor die Besitzerin es vermisst."

Der Viscount legte den Kopf schräg.

„Sie sind die Dame von gestern Abend“, sagte er. „Die Miss Marchs Noten von oben geholt hat. Es tut mir leid, ich weiß Ihren Namen nicht.“

„Sophia Fry“, erwiderte sie.

„Miss Fry.“ Er lächelte und, ach, in der Dunkelheit hätte sie schwören können, dass er ihr direkt in die Augen schaute. „Ich freue mich, Ihre Bekanntschaft zu machen. Wie freundlich von Ihnen, Miss March das Tuch zu bringen, auch wenn es das falsche war. Ich hatte mir schon Sorgen gemacht, dass sie frieren könnte. Sie hat es geleugnet, aber ich glaube, sie ist nur höflich, da ich ihr zugestimmt hatte, dass ein wenig frische Luft mir guttun würde. Ich sollte sie – und Sie – so schnell wie möglich in den Festsaal zurückgeleiten.“

Und er hielt Sophia seinen anderen Arm hin.

Sie starrte erstaunt darauf. Und dann schaute sie zu Henrietta, in deren Augen Zorn und Hass loderten.

„Ich würde lieber hier draußen bleiben, wo es kühl und friedlich ist“, säuselte sie mit süßer Stimme, die absolut nicht zu ihrem Gesichtsausdruck passte. „Lassen Sie uns weitergehen, Mylord.“

„Aber selbstverständlich, wenn Sie das wünschen“, erwiderte er. „Miss Fry, kommen Sie mit uns?“

Er bot ihr noch immer seinen Arm.

Es war das Letzte, was Sophia tun wollte. Henrietta würde sie umbringen. Aber noch viel entscheidender: Sophia fand ihn von Ferne unfassbar schön, aber aus der Nähe unglaublich beängstigend. Doch sie war nun mal hierhergekommen, um zu verhindern, dass die Falle der Marchs zuschnappte.

Sie machte ein paar Schritte auf ihn zu und schob ihre Hand unter seinen Arm. Und, oh Gott, er war warm und fest und duftete ganz wunderbar nach einem moschusartigen und sehr männlichen Rasierwasser. Noch nie in ihrem Leben hatte Sophia sich derart unbehaglich gefühlt. Es kam ihr vor, als sei alle Luft aus der Gasse herausgepresst worden.

„Wir können hier nicht zu dritt nebeneinandergehen", verkündete Henrietta nach einer halben Minuten, und diesmal verriet ihre Stimme sie. Sie klang ausgesprochen gereizt. „Ich fürchte, wir müssen doch umkehren, Mylord. Mama und Papa werden sich um mich sorgen. Ich habe gar nicht bemerkt, wie weit Sie mich von dem Gasthof weggeführt haben. Lassen Sie uns zurückgehen."

„Sie werden sehen, dass ich bei dir bin, das wird sie beruhigen, Henrietta", versicherte Sophia. „Sie werden wie jeder andere auch feststellen, dass allen Anstandsregeln genügt wurde."

Sie konnte sich nicht daran erinnern, schon jemals einen ganzen Satz an Henrietta gerichtet zu haben.

Viscount Darleigh drehte den Kopf und lächelte ihr zu. Sie war beinahe sicher, dass er erleichtert aussah.

Der arme Gentleman. Alle Welt versuchte, ihn zu heiraten oder mit jemand anderem zu verheiraten. Während der halben Stunde, die sie allein im Festsaal saß, hatte sie den Gesprächen um sie herum gelauscht, und fast alle drehten sich um Viscount Darleigh. Sie hatte noch einmal gehört, dass seine Mutter und seine Schwestern ihn zur Ehe drängten, und die Leute hier fingen bereits an, darüber zu spekulieren, ob es nicht hier in der Gegend eine passende Partie für ihn gäbe. Schließlich war er bis vor Kurzem einfach nur Vincent Hunt gewesen und schien noch immer recht bodenständig zu sein. Womöglich zog er ja jemanden vor, der ihm vertraut war. Die Namen Miss Hamilton und Miss Granger waren immer wieder aufgetaucht. Und dann waren da natürlich die Marchs, die ihr Möglichstes taten, um ihn einzufangen.

Ihre Rückkehr in den Festsaal wurde von allen bemerkt, und das war keine Übertreibung, denn es wurde gerade nicht getanzt, sodass absolut nichts von Lord Darleigh und seinen Begleiterinnen ablenkte. Jeder unterbrach die Unterhaltung, in der er sich gerade befand, um vom Viscount zu Henriette zu … ihr zu schauen, zu Sophia Fry. Die Gesichter ihrer Tante und ihres Onkels würde sie nie vergessen. Zunächst schauten beide gleichermaßen erleichtert und erfreut, schließlich kehrte ihre Tochter, die so lange Zeit allein in der Gesellschaft von Viscount Darleigh verbracht hatte, am Arm eben dieses Gentleman zurück. Doch dann zeigten ihre Mienen … Erstaunen und Ärger und eine Reihe anderer Empfindungen, mit denen sie gewiss nicht gerechnet hatten. Denn am anderen Arm des Viscounts entdeckten sie … ihre Maus.

Und die war diesmal alles andere als unsichtbar! Sophia fühlte eine seltsame Mischung aus Unbehagen und Triumph.

Das Orchester spielte einen entschlossenen Akkord, das Signal an die Tänzer, Aufstellung zu beziehen, und der angespannte Moment löste sich mehr oder weniger in Wohlgefallen auf, natürlich abhängig von der jeweiligen Perspektive. Es hatte jedenfalls keinerlei Unschicklichkeit gegeben, denn der Gentleman war ja von zwei Damen begleitet worden, und damit war dieser Spaziergang, auch wenn er durch eine stille Gasse führte, über allen Zweifel erhaben.

Ein schneller, wilder Tanz begann.

Henrietta eilte zu ihrer Mutter.

Sophia wollte sich von Viscount Darleighs Arm lösen, doch er presste ihre Hand so fest an seine Seite, dass sie sie nicht hervorziehen konnte.

„Miss Fry“, sagte er. „Ich danke Ihnen für Ihre Sorge um Miss Marchs Ruf. Es war leichtfertig von mir, so lange und so weit mit ihr zu gehen, aber sie wollte einfach nicht umkehren, wissen Sie. Natürlich hätte ich darauf bestehen sollen. Darf ich Sie zum Tisch mit den Erfrischungen geleiten? Ich glaube, ich erinnere mich an den Weg.“

Er lächelte. Und sie wusste, dass er ihr trotz seiner galanten Wortwahl in Wahrheit dafür dankte, dass sie *ihn* gerettet hatte. Offenbar hatte er begriffen, wenn auch fast zu spät, in welche Gefahr er durch Henrietta geraten war.

„Vielen Dank, Mylord.“

Sie war schon drauf und dran, ein *Aber* hinzuzufügen und irgendeine Entschuldigung zu finden, um weghuschen zu können. Doch dann zögerte sie und überlegte. Sie konnte mit ihm zu den Erfrischungen gehen, vielleicht sogar ein paar Minuten dort mit ihm stehen bleiben und sich unterhalten, während sie aßen oder tranken. Für einen flüchtigen Augenblick ihres Lebens könnte sie eine ganz normale Frau sein. Nein, keine normale Frau. Eine privilegierte junge Dame, die die Aufmerksamkeit eines Viscounts und schönen Mannes erregt hatte, auch wenn der sie eine Stunde später schon wieder vergessen haben würde.

Und dann war es zu spät, noch einen Einwand zu äußern. Sie schritten bereits miteinander durch den Saal.

Sophia legte das entwendete Schultertuch im Vorbeigehen über die Rückenlehne eines freien Stuhls. Sie vermied es, ihre Tante und ihren Onkel anzusehen, die ihrerseits sie anstarrten wie praktisch jeder andere hier auch.

Es war eine schwindelerregende, erschreckende, beglückende Erfahrung, um nur die paar Gefühle zu nennen, die sie identifizieren konnte.

Was war er doch für ein Idiot! Warum ließ er sich bloß ständig von den Frauen in seinem Leben manipulieren und herumkommandieren? Manchmal waren deren Aufmerksamkeiten ja gutwillig oder zumindest so gemeint. Aber mitunter waren sie ausgesprochen bösartig. Und als er sich das einzige Mal in der jüngeren Vergangenheit gegen diese Bevormundung aufgelehnt hatte, war ihm nichts Besseres eingefallen, als wegzulaufen. Und heute Abend … er hätte der Sache in dem Moment ein Ende machen müssen, in dem er und Miss March draußen vor dem Gasthof standen, und zwar mit der energischen und völlig wahrheitsgemäßen Erklärung, dass er sie nicht kompromittieren wolle, indem er mit ihr in der Dunkelheit herumspazierte. Stattdessen hatte er ihr erlaubt, ihn in eine – wie er sich erinnerte – finstere und verlassene Seitengasse zu führen, die hinter der Hauptstraße verlief.

Würde er denn nie ein funktionstüchtiger Erwachsener sein, der für sich selbst denken und handeln konnte, ohne sich dabei von irgendeiner Frau beeinflussen zu lassen? Er war doch gewiss nicht immer so gewesen, oder? Als Junge war er sogar ausgesprochen unabhängig, aber er hatte sich zu einem Schwächling entwickelt oder lief zumindest höchste Gefahr, einer zu werden.

Er hatte keine Worte dafür, wie dankbar er Miss Fry war, die, wie er vermutete, in voller Absicht zu seiner Rettung herbeigeeilt war, auch wenn er keine Ahnung hatte, warum sie so etwas tun sollte. Immerhin war sie Miss Marchs Cousine. Oder wollte sie vielleicht gar nicht ihn retten, sondern Miss March? Wie auch immer, er war dankbar. Und neugierig. Er hatte ihre Stimme eben sehr deutlich verstehen können, als sie *Vielen Dank, Mylord* sagte, obwohl sie zu ihm genauso leise gesprochen hatte wie gestern Abend zu ihrer Tante. Also kannte sie das Geheimnis, wie man sich in lauter Umgebung verständigt, nämlich indem man seine Stimme *unter* den Geräuschpegel senkt, statt zu versuchen, dagegen anzuschreien, wie die meisten Menschen das taten.

„Wir sind da", sagte sie ebenso leise.

„Möchten Sie etwas zu trinken?", fragte er. „Oder zu essen?"

„Nein, danke. Ich hatte gerade erst ein Glas Limonade."

„Ich habe auch keinen Hunger oder Durst", erklärte er lächelnd. Er hatte nicht den leisesten Wunsch, an einem derart öffentlichen Ort den Versuch zu starten, etwas zu sich zu nehmen. Schon gar nicht, wenn derart viele Augen jede seiner Bewegungen verfolgten, woran er keinerlei Zweifel hegte. „Gibt es freie Stühle in der Nähe? Wollen wir uns für ein paar Minuten hinsetzen?"

„Ja, es gibt reichlich Platz", erwiderte sie. „Der Tanz hat gerade begonnen."

Sie setzten sich auf zwei Stühle nebeneinander, und er drehte seinen Sitz halb zu ihr, sodass er ihr nahe genug war, um zu hören, was sie sagte, und um sich selbst verständlich zu machen. Außerdem hoffte er, auf diese Weise Unterbrechungen zu vermeiden, zumindest für einen kurzen Augenblick. Er fand all die

Aufmerksamkeit, die ihm hier entgegengebracht wurde, zwar rührend, aber auch ziemlich anstrengend.

„Sie sind Miss Marchs Cousine?“, erkundigte er sich.

„Ja. Lady March ist die Schwester meines Vaters.“

„Ihr Vater ist gestorben? Und Ihre Mutter?“

„Alle beide“, erwiderte sie.

„Das tut mir leid.“

„Danke.“

„Es tat mir auch leid“, fuhr er fort, „dass wir einander gestern Abend nicht vorgestellt wurden.“

„Oh, ich bin nicht weiter wichtig.“

Die Musik war laut und fröhlich, und er hörte das Geräusch von Füßen, die rhythmisch über den Boden trampelten. Das Stimmengewirr im Saal übertraf diese beiden Lärmquellen sogar noch.

Aber er war sicher, dass er sich nicht verhört hatte. Er wusste nicht, was er darauf erwidern sollte.

„Vielleicht nicht für Ihre Tante, Ihren Onkel und Ihre Cousine“, sagte er schließlich. „Aber im Allgemeinen? Und für Sie selbst? Sie müssen wichtig sein, davon bin ich überzeugt.“

Während er auf ihre Antwort wartete, beugte er sich etwas weiter zu ihr. Er konnte Seife riechen. Es war ein angenehmerer, gesünderer Duft als die scharfen Parfums, die er den ganzen Abend über hatte einatmen müssen.

Sie sagte nichts.

„Ich wage zu behaupten, dass Sie durch den Tod Ihrer Eltern ein Leben führen müssen, das nicht vollkommen Ihren Wünschen entspricht. Auch ich führe ein Leben, das nicht immer vollkommen meinen Wünschen entspricht, was der Tatsache geschuldet ist, dass ich vor sechs Jahren mein Augenlicht verloren habe. Wie lange sind Sie schon verwaist?“

„Fünf Jahre. Mein Vater starb, als ich fünfzehn war.“

Dann musste sie jetzt zwanzig sein.

„Ich war siebzehn“, sagte er.

„So jung.“

„Es ist schon hart, nicht wahr, plötzlich ein Leben zu haben, das so ganz anders ist als alles, was man erwartet hat, und das man nicht wirklich in die eigenen Hände nehmen kann?“

Wie seltsam. Normalerweise redete er nie über diese Dinge, schon gar nicht mit Fremden und erst recht nicht mit weiblichen Fremden. Aber vielleicht machte ja genau das die Sache leichter. Sie würden einander auch morgen noch fremd sein. Und was heute Abend gesprochen wurde, wäre vergessen.

„Ja“, stimmte sie ihm nach einer ziemlich langen Pause zu.

„Was würden Sie tun, wenn Sie Ihr Leben so umgestalten könnten, wie Sie es wünschen? Wenn Sie die Mittel und die Gelegenheit hätten, alles zu tun, was Sie wollen? Wovon träumen Sie? Ich nehme an, Sie haben Träume. Wir haben alle welche. Also, was ist Ihr Traum?“

Entweder Sie würde gar nicht antworten, oder Sie grübelte länger über seine Frage nach. Er vermutete, dass Miss Sophia Fry nicht zu flüchtigem, absichtslosem Geplauder neigte. Aber sie hatte wohl auch nicht viel Gelegenheit dazu. Sie war wahrlich nicht um ihr Schicksal als arme Verwandte der Marchs zu beneiden. Ihm gefiel die Vorstellung, dass sie nachdenklich war.

Vielleicht fand sie seine Fragen auch einfach nur dumm, und womöglich waren sie das auch. Es war die Sorte von Fragen, die ein erwartungsvoller Junge einem Mädchen stellt. Von einem Mann und einer Frau wurde erwartet, dass sie die Wirklichkeit akzeptierten.

„Ich würde alleine leben“, sagte sie schließlich. „Auf dem Lande. In einem kleinen Haus mit einem Garten voller Blumen, um die ich mich kümmern könnte. Mit einem Gemüsebeet im Hinterhof und vielleicht ein paar Hühnern. Es gäbe einige freundliche Nachbarn, eine Katze und womöglich einen Hund. Und einen unerschöpflichen Vorrat an Skizzenpapier und Zeichenkohle. Und ein Einkommen, das ausreicht, meine Bedürfnisse zu decken, die nicht extravagant wären. Vielleicht noch die Möglichkeit, neue Dinge zu lernen.“

Er hatte ihr Gelegenheit gegeben, sich Reichtum und Juwelen, Pelze und Herrenhäuser, weite Reisen und Gott weiß was noch zu wünschen. Die Bescheidenheit ihres Traums rührte ihn.

„Und was ist mit einem Ehemann und Kindern?"

Wieder spürte er ihr Zögern.

„Nein", erklärte sie dann. „Ich glaube, ich wäre allein glücklicher."

Beinahe hätte er sie gefragt, warum sie das glaubte. Doch dann rief er sich in Erinnerung, dass sie eine Fremde und die Frage sehr intim war. Er durfte nicht zu aufdringlich sein.

Er fragte sich flüchtig, was wohl passiert wäre, wenn er Miss Dean nach ihren Träumen gefragt hätte. Hätte Sie aufrichtig geantwortet? Vielleicht hätte er ihr diese Chance geben sollen. Er hatte noch immer ein schlechtes Gewissen ihretwegen.

„Jetzt sind Sie dran." Ihre Stimme war so leise, dass er sich noch näher zu ihr beugen musste. Als er ihre Körperwärme spürte, zog er sich ein paar Zentimeter zurück. Er wollte sie nicht in Verlegenheit bringen und den Dörflern keinen Anlass zum Klatsch geben. „Was sind Ihre geheimsten Träume?"

„Es scheint undankbar, welche zu haben, wenn man doch offenbar schon alles hat", erwiderte er. „Ich habe einen Titel und Vermögen und ein großes Haus, das von einem weitläufigen Park umgeben ist. Ich habe eine Mutter, eine Großmutter, Schwestern, Schwäger, Nichten und Neffen, die mich allesamt lieben."

„Und einen Traum", sagte sie, als er aufhörte zu reden.

„Und einen Traum", räumte er ein. „Wie Sie träume ich davon, allein und unabhängig zu sein und imstande, mein Leben selbst zu regeln, sogar mit den ungezählten Verantwortungen, die dazugehören. Ich möchte meine weibliche Verwandtschaft zurück in ihre eigenen Haushalte schicken, die sie meinetwegen entweder schon viel zu oft vernachlässigt oder sogar ganz aufgegeben haben. Ich will nicht, dass sie noch länger mein Leben beherrschen. Im Grunde träume ich wohl davon, endlich das

Dasein eines erwachsenen Menschen zu führen, was ich gewiss längst täte, wenn ich mein Augenlicht behalten hätte. Ich kann es nicht zurückbekommen, und selbst in Wunschträumen sollte ein gewisses Maß an Wirklichkeit enthalten sein. Ich würde also so unabhängig leben, wie ein blinder Mann leben kann, wäre dazu imstande, mich ohne fremde Hilfe fortzubewegen, meinen Besitz zu kontrollieren und einen angenehmen Umgang mit den Nachbarn zu pflegen. Ich träume von einem erfüllten, eigenständigen Leben. Das *mein* Leben ist und niemandem sonst gehört. Aber vielleicht ist es gar kein Traum, von dem ich hier rede, Miss Fry, vielleicht ist es ja ein Ziel. Träume sind Wünsche, die aller Wahrscheinlichkeit nach nie in Erfüllung gehen. Aber ich kann mir meine Träume erfüllen. Und das habe ich tatsächlich auch vor."

Er schwieg, einigermaßen verblüfft über den Wortschwall, der gerade aus seinem Mund gekommen war. Bestimmt würde er sich morgen früh nach dem Aufwachen furchtbar schämen, wenn er an diese Unterhaltung dachte – oder vielmehr an diesen speziellen Monolog.

„Und was ist mit Ehe und Kindern?", erkundigte sie sich.

Er seufzte. Das war eine heikle Frage. Irgendwann in der Zukunft könnte ihm der Gedanke zu heiraten gefallen. Aber nicht jetzt. Er war noch nicht bereit dafür. Er hatte einer Frau außer dem Offensichtlichen nichts zu bieten. Natürlich würde eine potenzielle künftige Gattin immer mit seiner Blindheit leben müssen, daran ließ sich nun mal nichts ändern. Aber er wollte ihr nicht auch noch sein Leiden aufbürden. Es wäre unfair ihr gegenüber, und er würde sie womöglich nach einiger Zeit verabscheuen, wenn er ständig bei ihr Halt suchen müsste, nicht nur buchstäblich, sondern auch in vielerlei anderer Hinsicht. Und im Moment litt er noch unter seiner Situation. Darüber musste er hinwegkommen.

Und Kinder? Es gehörte zu seinen Pflichten, einen Erben zu zeugen, und er war entschlossen, diese Pflicht zu erfüllen. Aber noch nicht jetzt. Schließlich bestand kein Grund zur Eile, oder?

Er war erst dreiundzwanzig. Und er würde niemals mit seinem Sohn Cricket spielen können …

Eigentlich hatte er mit dem Selbstmitleid schon vor Jahren energisch Schluss gemacht. Aber hin und wieder gelangte doch noch ein Schwall davon durch seine Verteidigungswälle.

„Entschuldigen Sie bitte“, sagte Miss Fry. „Es war eine impertinente Frage.“

„Obwohl ich Sie dasselbe gefragt habe?“, gab er zurück. „Ich habe über meine Antwort nachgedacht. Wie sprechen schließlich über Träume, nicht über die Wirklichkeit. Wir reden davon, wie wir unser Leben führen würden, wenn wir die Freiheit hätten, das zu tun, was wir wollen. Also dann, nein. Keine Ehefrau. Überhaupt keine Frau. Nicht, dass ich Ihr Geschlecht ablehne, Miss Fry. Ganz im Gegenteil. Aber Frauen haben ein weiches Herz, jedenfalls fast alle Frauen, die ich kenne. Sie empfinden Mitleid mit mir. Sie wollen mir helfen. Sie wollen mich erdrücken. Nein, in meinem Traum bin ich frei und auf mich selbst gestellt – abgesehen von einer Heerschar Diener, nehme ich an. In meinem Traum habe ich mir und der Welt bewiesen, dass ich dieses Geschäft namens Leben allein erledigen kann und dass ich Mitleid weder brauche noch dulde.“

„Schon gar nicht von Frauen.“

„Schon gar nicht von Frauen.“ Er grinste und zog sich etwas weiter von ihr zurück. „Sie halten mich gewiss für einen undankbaren Flegel, Miss Fry. Aber ich *liebe* meine Mutter und meine Großmutter und meine Schwestern. Von ganzem Herzen.“

„Wir sprechen über Träume. In unseren Träumen dürfen wir so undankbar sein, wie es uns gefällt.“

Er lachte leise, und dann spürte er eine Hand auf seiner Schulter.

„Sie müssen doch Hunger haben, Mylord“, sagte die herzliche Stimme des Vikars.

Er wollte schon ablehnen. Aber er hatte genug von Miss Frys Zeit beansprucht. Sie hatte diesen Tanz versäumt und vermutlich auch den davor, als sie nach draußen kam, um ihn zu retten – oder ihre Cousine. Außerdem wollte er sie nicht in Verlegenheit bringen, indem er sie weiter mit Beschlag belegte. Gewiss gab es im gesamten Festsaal keinen einzigen Menschen, dem ihr kleines Tête-à-Tête entgangen war.

„Ja, in der Tat." Er erhob sich lächelnd. „Gute Nacht, Miss Fry. Es war mir ein Vergnügen, mich mit Ihnen zu unterhalten."

„Gute Nacht, Mylord."

Er ließ sich zum Tisch mit den Erfrischungen führen.

5. KAPITEL

Vincent begann den nächsten Morgen mit einer ausgiebigen Trainingsstunde im Salon. Er spürte bereits die nervenaufreibenden Nachwirkungen von mehreren Tagen, die er überwiegend sitzend oder stehend verbracht hatte. Außerdem hatte er viel zu viel von Mrs Fisks wundervollem Kuchen gegessen.

Nach dem Frühstück ging er in den Garten hinter dem Haus. Als einzige Orientierungshilfe hatte er den Stock dabei. Er kannte sich hier so gut aus, dass er sich kaum verlaufen oder anderweitig zu Schaden kommen würde. Sofort roch er, dass das Gemüsebeet verschwunden war. Nicht, dass ihm die Aromen damals besonders bewusst gewesen wären, aber jetzt, da sie nicht mehr da waren, fehlten sie ihm, vor allem Minze, Salbei und die anderen Kräuter.

Es gab auch keine Blumen. In Middlebury hatte er versucht, die vielen verschiedenen Blumen anhand ihrer Düfte und der unterschiedlichen Form und Substanz ihrer Blüten, Blätter und Stängel zu unterscheiden.

Dennoch war der Garten hier nicht völlig vernachlässigt. Die Gärtner, die er dafür bezahlte, dass sie zweimal im Monat vorbeischauten, hatten den Pfad gekehrt, der sich zwischen den ehemaligen Blumenbeeten hindurchwand. Die steinerne Bank, die um die riesige Kupferschale herumlief, in die seine Mutter jedes Jahr einen großen Topf mit Pflanzen gesetzt hatte, war ebenfalls sauber gewischt. Und Martin hatte berichtet, dass der Rasen und die Hecken ordentlich gestutzt waren.

Vincent setzte sich auf die Bank und lehnte den Stock neben sich. Er hob das Gesicht zum Himmel. Es musste ein wolkiger Tag sein, obwohl keine Feuchtigkeit in der Luft lag. Und es war nicht kalt.

Falls er sich entschließen sollte, einen weiteren Tag zu bleiben – und diesbezüglich war er noch gar nicht so sicher –, dann würde er heute Nachmittag mit Martin einen langen Spaziergang über die Felder machen. Egal, wie intensiv er bei seinem Training im Haus diverse Muskeln strapazierte, er sehnte sich doch immer nach Bewegung an frischer Luft, am liebsten in schnellen Schritten. Ach, wie gern würde er rennen!

Er wollte eigentlich noch bleiben. Die letzten beiden Tage waren überraschend vergnüglich gewesen. In all den Umbrüchen der vergangenen sechs Jahre hatte er ganz vergessen, wie gern er die Bewohner von Barton Coombs mochte. Er hatte vergessen, wie viele Freunde er hier hatte, oder angenommen, dass sie aus verschiedenen Gründen nicht mehr seine Freunde sein konnten. Etliche von ihnen hatten gestern auf dem Fest angekündigt, dass sie ihn hier besuchen kommen würden.

Doch ein Teil von ihm hätte sich am liebsten still und leise davongemacht. Hier war er sich seiner Blindheit mehr bewusst als anderswo. Denn diesen Ort und diese Menschen hatte er einst mit eigenen Augen sehen können. Penderris Hall und seine Freunde vom Club der Überlebenden, Middlebury Park und seine dortigen Nachbarn hingegen – das waren Orte und Menschen, die er nur mit seinen anderen Sinnen kennengelernt hatte. In gewisser Weise war es leichter, damit zurechtzukommen, zumindest emotional.

Hier musste er immer wieder gegen die Panik ankämpfen, die er doch so langsam überwunden geglaubt hatte.

Und er war nicht sicher, ob sein Wunsch zu bleiben tatsächlich dem ehrlichen Bedürfnis entsprang, alte Freundschaften zu erneuern, während er Pläne für die Zukunft machte. Oder ob es ihm in Wahrheit doch eher darum ging, die Rückkehr nach Middlebury aufzuschieben, um nicht wieder in die gewohnten Muster der Abhängigkeit zurückzufallen. Er hatte sich auf manchen Gebieten durchgesetzt – seine Musik, sein körperliches Training, seine Fähigkeit, sich auf vertrautem Gelände nur mit Stock oder auch ganz ohne Hilfe fortzubewegen. Aber das war nur ein Tropfen auf den heißen Stein, gerade mal eine Andeutung dessen, wie sein Leben sein sollte und sein konnte.

Manchmal wünschte er sich, er würde seine Mutter nicht so sehr lieben. Sie war schon oft genug verletzt worden, und das Letzte, was er wollte, war, ihr noch mehr Schmerz zuzufügen. Vielleicht war die Lösung für alle Probleme ja tatsächlich, Gott behüte, eine Ehefrau, aber dann bitte eine, die er sich selbst ausgesucht hatte. Und zwar sehr sorgfältig.

Die Wolkendecke konnte nicht sehr dicht sein, denn gerade hatte ihn ein Sonnenstrahl gefunden. Er konnte die Wärme spüren und drehte sein Gesicht hinein, wobei er unwillkürlich die Augen schloss. Schließlich sollten sie durch direktes Sonnenlicht keinen Schaden nehmen, nicht wahr? Er musste über den absurden Gedanken erst lächeln und dann leise in sich hineinlachen. Flavian hatte das einmal zu ihm gesagt, an einem besonders sonnigen Tag in Penderris. Flavian Arnott, Viscount Ponsonby, Mitglied im Club der Überlebenden.

Plötzlich vermisste er sie alle schmerzlich. Wie sehr wünschte er sie zurück nach Cornwall, in ihren sicheren Hafen, und sich selbst auch. Er fragte sich, ob Hugo wohl inzwischen endlich Lady Muir den Hof machte, die im Frühjahr eine Woche bei ihnen in Penderris verbrachte, nachdem sie sich unten am Strand den Fuß verstaucht hatte. Hugo Emes, Lord Trentham, hatte sie dort gefunden, den ganzen Weg bis ins Haus getragen und sich Hals über Kopf in sie verliebt. Das war so offensichtlich gewesen, dass es sogar ein Blinder sehen konnte. Doch dann hatte er, typisch Hugo, alles darangesetzt, sich selbst davon zu überzeugen, dass die gesellschaftliche Kluft zwischen ihnen viel zu groß war, um sie zu überbrücken. Hugo war zwar ein Kriegsheld und reich wie Krösus, aber die Tatsache, dass er aus dem Mittelstand stammte – und stolz darauf war –, machte ihn zu einem der unsichersten Männer, die Vincent je getroffen hatte.

Er würde jede Wette darauf eingehen, dass Lady Muir sich ebenfalls in Hugo verliebt hatte.

Machte Hugo ihr den Hof?

Die Wolken hatten den Sonnenstrahl inzwischen wieder verschluckt, und die Wärme, die er im Gesicht gespürt hatte, hinterließ ein Gefühl der Kälte. Nun ja, es war immerhin ein kurzes Vergnügen gewesen.

Und der Gedanke an eine – sehr sorgfältig ausgewählte – Ehefrau hatte ihn an einen sehr guten Grund erinnert, aus dem er hier schleunigst verschwinden sollte. Er war gestern Abend beinahe in eine sehr bedachtsam aufgestellte Falle gegangen. Es war töricht und naiv von ihm gewesen, vor allem da er doch wusste, dass die Marchs ihn einfangen wollten. Und selbst wenn er es nicht von allein gemerkt hätte – Martin hatte ihn ausdrücklich gewarnt. Und doch hatte er sich, nachdem er mit Miss March vor die Tür des Gasthofs getreten war, weil sie sich über die stickige Luft im Festsaal beschwert hatte, führen lassen wie eine willenlose Marionette. Er war wirklich unendlich dankbar, dass Miss Fry ihnen in die einsame Gasse nachgeeilt war.

Miss Fry. Sophia Fry. Eine kleine Dame mit leichter Hand. Und einer leisen, ein bisschen rauchigen Stimme. Mit der er eine seltsam reizvolle Konversation hatte, die ihm nicht aus dem Kopf ging, als er später zu Hause im Bett lag. Ein Austausch von Träumen, die einander in vielerlei Hinsicht gar nicht so unähnlich waren, obwohl ihre Umstände nicht unterschiedlicher hätten sein können. Nach Auskunft von Martin, der die ganze Nacht getanzt hatte, hatte sie überhaupt nicht getanzt und war nicht lange nach ihrem Gespräch mit Vincent gegangen.

Ohne ihr Eingreifen hätte er sich heute vielleicht wohl oder übel als verlobt betrachten müssen. Noch dazu ausgerechnet mit Henrietta March, die er schon nicht leiden konnte, als sie noch ein Mädchen war, und heute erst recht nicht. Gestern Abend hatte sie über nichts anderes gesprochen als ihre vornehmen Freunde, ihre Verehrer und ihre Verbindungen in die höchsten Kreise des *ton*, und in all ihren Anekdoten machte sie stets die beste Figur und hatte das letzte geistreiche Wort in jeder erinnerten Auseinandersetzung. Sir Clarence fand er noch genauso abscheulich wie früher, und in der Nähe von Lady March stellten sich ihm die Nackenhaare auf.

Er war mit knapper Not davongekommen. Konnte er sich

jetzt in Sicherheit wiegen? Immerhin war er ja nun auf der Hut. Aber das war er vorher auch gewesen.

Über den Pfad vom Haus her näherten sich Schritte. Er erkannte den festen Tritt von Martins Stiefeln, aber da war noch jemand. Ziemlich sicher ein Mann. Ah, ein dritter Schritt, leichter, weiblicher.

„Sam und Edna Hamilton sind hier, Sie wollten Sie gern sehen, Sir“, erklärte Martin.

„Sam!“ Victor stand lächelnd auf und streckte den rechten Arm aus. „Und Edna! Wie schön, dass ihr da seid. Setzt euch doch. Oder ist es euch hier draußen zu kalt? Wir können auch in den Salon gehen.“

„Vince!“ Sein alter Freund und Komplize packte seine Hand und schüttelte sie ausgiebig. „Wir hatten gestern Abend ja kaum eine Gelegenheit, auch nur ein Wort zu wechseln. Du warst ständig umringt von Miss Waddells Damen.“

„Vincent“, Edna Hamilton, vormals Edna Biggs, trat auf ihn zu, umarmte ihn und legte ihre Wange für einen Moment an seine. „Ich hätte ja vielleicht auf dich gewartet, wenn ich gewusst hätte, dass du zu einem derart gut aussehenden Mann heranwächst.“

„Hallo, hallo“, protestierte Sam über Vincents Lachen hinweg. „Was soll das denn? Ich sehe schließlich auch nicht gerade schlecht aus.“

„Lasst uns hier draußen bleiben“, schlug Edna vor. „Die Wolken verziehen sich gerade, und in der Sonne ist es schön warm. Meine Füße sind noch ganz wund von gestern Abend. Ich glaube, ich habe mir meine Beine ein Stück kürzer getanzt.“

„Das klingt aber nicht gerade vornehm, Ed“, bemerkte ihr Ehemann. „Was soll Vince denn von dir halten? Damen sollten nicht mal zugeben, dass sie überhaupt Beine haben.“

Sie machten es sich auf der Bank bequem, plauderten über das Fest und schwelgten in Erinnerungen an ihre gemeinsamen Kindertage. Es wurde viel gelacht. Doch dann wechselte Edna das Thema.

„Oh Vince. Hast du gehört, was dieser kleinen Maus passiert ist, die bei den Marchs lebt?"

„Miss Fry?" Vincent runzelte die Stirn.

„Ist das ihr Name? Du hast dich ihrer gestern Abend erbarmt und ein paar Minuten mit ihr geredet, nicht wahr? Lange Zeit wusste keiner so genau, ob sie zur Dienerschaft in Barton Hall gehört oder eine arme Verwandte ist, aber wenn man die Diener fragte, dann wiesen sie den Gedanken weit von sich, sie könne eine der ihren sein. Im Grunde hätten wir es wissen sollen, denn sie ist viel schäbiger gekleidet als jedes der Hausmädchen. Nun ja, jetzt hat man sie jedenfalls des Hauses verwiesen. Pfarrer Parsons hat sie heute Morgen in der Kirche vorgefunden, sie saß ganz blass und still in einer der Bänke, mit einer jammervoll kleinen Tasche neben sich. Er hat sie mit ins Pfarrhaus genommen, und Mrs Parsons hat ihr ein Frühstück gemacht und ein Zimmer zur Verfügung gestellt, in dem sie sich etwas hinlegen kann. Offenbar wurde sie noch gestern am späten Abend rausgeworfen und verbrachte dann den Rest der Nacht in der Kirchenbank. Aber keiner weiß, was aus dem armen Ding werden soll. Im Pfarrhaus wird keine weitere Dienerin gebraucht, außerdem ist sie keine Dienerin. Ich vermute, irgendjemand wird ihr irgendwie helfen."

„Wenn ihr mich fragt, dann ist sie ohne die Marchs ohnehin besser dran", sagte Samuel. „Jeder wäre ohne die Marchs besser dran. Wir sind hergekommen, um dich für heute Abend zu uns einzuladen, Vince. Wir versuchen, noch mehr von der alten Truppe zusammenzutrommeln, das wird bestimmt ein Riesenspaß. Wir würden auch Martin gern dazu bitten, wenn dir das recht ist. Was sagst du dazu?"

Vincent brauchte eine Weile, um den Sinn der Worte zu begreifen, die er gerade gehört hatte.

„Was? Oh ja. Klar. Auf jeden Fall. Das wird großartig. Vielen Dank euch beiden. Um wie viel Uhr geht es los?"

Kurz darauf verabschiedeten sich seine Freunde, aber Vincent blieb noch eine Weile sitzen. Dann machte er sich auf die

Suche nach Martin. Er fand ihn in der Küche, wo er gerade dabei war, die Reste des Eintopfs von gestern aufzuwärmen und ein paar Scheiben Brot mit Butter zu bestreichen. Er erklärte, in einer Viertelstunde gäbe es Mittagessen.

Vincent hatte keinen Appetit.

„Ich muss erst zum Pfarrhaus gehen", sagte er. „Je eher, desto besser. Kann das Essen verderben?"

„Ich habe ehrlich gesagt noch gar nicht richtig angefangen", bekannte Martin. „Ich wusste nicht, wie lange Sie im Garten bleiben. Sam hat schon immer gern geredet. Edna ist ebenfalls eine Plaudertasche."

„Ich will sofort aufbrechen. Leihen Sie mir Ihren Arm, Martin. Das geht schneller, als wenn ich mich mit dem Stock die Straße entlangtaste."

„Sie können es wohl gar nicht erwarten, Ihre Sünden zu beichten?"

Erstaunlicherweise hatte Sophia geschlafen, auch wenn sie nicht wusste, wie lange. Nachdem sie aufgewacht war, setzte sie sich auf die Bettkante, da sie nicht wusste, was sie sonst tun sollte. Mrs Parsons holte sie schließlich in den Salon hinunter, wo die beiden Frauen Kaffee tranken und frisch gebackene Kekse aßen, bis der Vikar aus seinem Arbeitszimmer kam, Sophia anstrahlte, seine Hände rieb und bei alldem ziemlich unbehaglich aussah.

Als die beiden sie fragten, ob sie irgendwelche Pläne hätte, versicherte sie ihnen, dass sie die Postkutsche nach London nehmen würde. Sir Clarence hatte ihr das Fahrgeld gegeben. Und ja, sie würde gewiss zurechtkommen, und ja, sie kannte dort Leute. Sie würden ihr helfen, eine Anstellung zu finden. Nein, sie brauchten sich keine Sorgen um sie zu machen. Sie seien sehr freundlich gewesen.

Die ganze Nacht, während sie in der Kirche saß, war ihr Hirn wie betäubt gewesen. Jetzt jedoch überschlugen sich darin die Gedanken, Ängste und Schreckensvorstellungen, was sie jedoch vor diesen netten Leuten verbergen musste. Sie hatte nicht die Absicht, ihnen zur Last zu fallen.

Sie war daran gewöhnt, sich vor anderen Menschen zu verstecken, selbst wenn sie direkt vor ihnen saß.

Sie kannte niemanden in London, jedenfalls keinen, den sie aufsuchen würde. Und sie hatte keine Ahnung, wie man eine Anstellung fand. Vielleicht hätte sie das herausfinden sollen, als ihr Vater starb, immerhin war sie damals schon fünfzehn gewesen. Stattdessen war sie zu Tante Mary gegangen, wie jede junge Dame von vornehmer Geburt das tun würde. Und seither war sie in Abhängigkeiten gefangen. Es gab schließlich Arbeitsagenturen. Sie würde eine davon auftun müssen und dann darauf hoffen, dass sie trotz ihres familiären Hintergrunds und ihres Mangels an Erfahrung und Referenzen etwas finden würde. Egal was. Aber was sollte sie tun, während sie suchte? Wo sollte sie leben? Sir Clarence wusste, was ein Fahrschein nach London kostete, und er hatte ihr exakt diese Summe gegeben, nichts darüber hinaus, nicht mal für einen Imbiss während der Reise.

Sie versuchte sich auszumalen, wie sie in London aus der Postkutsche stieg und erfolgreich ihren Weg machte.

Und dann fragte sie sich, ob jemand in Barton Coombs womöglich Hilfe benötigte. Der Wirt vom Foaming Tankard vielleicht. Würde er ihr Arbeit geben, wenn sie nichts anderes verlangte als eine Besenkammer, in der sie schlafen konnte, und eine Mahlzeit am Tag?

Der Vikar schien ihre Gedanken lesen zu können.

„Ich habe Erkundigungen eingezogen, Miss Fry." Sein freundliches Gesicht drückte Sorge aus. „Aber wie es aussieht, gibt es hier in Barton Coombs keine Anstellung für eine junge Dame. Oder für irgendeine weibliche Person. Meine liebe Frau und ich würden Sie gern noch einen Tag oder zwei bei uns behalten, aber …"

Seine Stimme versiegte, und er schaute Mrs Parsons hilflos an.

„Oh, aber ich würde nicht im Traum daran denken, Ihre Gastfreundschaft länger als absolut nötig in Anspruch zu nehmen“, beteuerte Sophia. „Ich nehme gleich morgen die Postkutsche, sofern es mir gelingt herauszufinden, wann sie abfährt.“

„Ich packe Ihnen etwas zu essen ein“, sagte Mrs Parsons. „Und Sie brauchen nichts zu überstürzen. Sie können gern noch ein oder zwei Nächte bleiben, wenn Sie das möchten.“

„Vielen Dank. Das ist …“

Sophia unterbrach sich, denn es klopfte an der Haustür. Der Vikar und Mrs Parsons wandten ihre Aufmerksamkeit nur allzu eifrig der Salontür zu, als ob sie glaubten, es habe dort geklopft. Tatsächlich hörte man ein diskretes Pochen, und die Haushälterin öffnete die Tür von der anderen Seite.

„Viscount Darleigh, Ma'am“, sagte sie zu Mrs Parsons.

„Ah.“ Wieder rieb der Vikar seine Hände, doch diesmal sah er erfreut aus. „Führen Sie ihn hinein, führen Sie ihn hinein. Welche Ehre und eine angenehme Überraschung, ich muss schon sagen. Was für ein Glück, dass ich zu Hause bin.“

„In der Tat“, bestätigte seine Frau mit einem warmen Lächeln und erhob sich.

Sophia schrumpfte förmlich in ihrem Stuhl zusammen. Es war zu spät, aus dem Raum zu flüchten, vor allem wenn man nicht wusste, wohin man flüchten sollte. Nun ja, wenigstens konnte er sie nicht sehen.

Sein Diener brachte ihn bis zur Tür und zog sich dann zurück. Der Vikar hastete durchs Zimmer und ergriff seinen Arm.

„Viscount Darleigh. Was für ein unerwartetes Vergnügen. Ich hoffe, unser kleines Fest gestern hat Ihnen gefallen? Es ist doch immer schön, erfreuliche Begebenheiten wie eine Rückkehr mit Freunden und Nachbarn zu feiern, nicht wahr? Kommen Sie, und setzen Sie sich, meine liebe Frau wird sich um den Tee kümmern.“

„Sie sind sehr freundlich“, erwiderte Viscount Darleigh. „Mir ist bewusst, wie unhöflich es ist, ohne Ankündigung bei Ihnen einzudringen, wo sie sich doch sicher gerade zum Mittagessen begeben wollten. Aber ich wollte unbedingt mit Miss Fry sprechen. Befindet Sie sich noch hier im Pfarrhaus?“

Oh, dachte Sophia beschämt und verkrampfte die Hände im Schoß. Er hatte davon erfahren. Und jetzt war er gekommen, um sich zu entschuldigen. Dabei war es doch wirklich nicht seine Schuld. Sie hoffte, dass er nicht anbieten würde, ein gutes Wort für Sie bei Sir Clarence einzulegen. Es wäre sinnlos. Außerdem würde sie auch dann nicht dorthin zurückkehren, wenn sie könnte. Sie war lange genug ein erbärmlicher Niemand gewesen. Da war es noch besser, in Armut und Elend zu leben. Ihr war bewusst, dass das ein törichter, unbesonnener Gedanke war, denn nichts konnte schlimmer sein als Armut. Ihr Magen schlug Purzelbäume oder fühlte sich zumindest so an.

Manchmal hatte sie gedacht, dass es das Schlimmste auf der Welt war, eine arme Verwandte zu sein. Aber es gab Schlimmeres.

„Miss Fry befindet sich hier mit uns im Salon", erklärte der Vikar und deutete mit einer Hand, die der Viscount nicht sehen konnte, in ihre Richtung.

„Ach ja", sagte Lord Darleigh. „Und Sie sind auch hier, Mrs Parsons? Meine Manieren sind offenbar wirklich den Bach runtergegangen. Ich wünsche Ihnen einen guten Tag, Ma'am. Wären Sie so liebenswürdig, mir ein privates Wort mit Miss Fry zu gestatten? Natürlich nur, wenn sie bereit ist, mit mir zu sprechen."

Sophia biss auf ihre Unterlippe und umklammerte die Armlehnen ihres Stuhls.

„Sie haben gehört, was passiert ist, Mylord, nicht wahr?", fragte Mrs Parsons. „Mir ist völlig egal, was Miss Fry getan hat, um Sir Clarence und Lady March dazu zu bringen, sie mitten in der Nacht aus dem Haus zu werfen. Sie will es nicht sagen, und wir haben sie auch nicht dazu gedrängt. Aber eine Schande ist es, was sie getan haben, und Miss Waddell ist gerade dabei, ein Komitee von Damen zusammenzurufen, um dorthin zu gehen und es ihnen zu sagen. Wie mischen uns ja normalerweise nicht ..."

„Meine Liebe", unterbrach sie der Vikar.

„Wir lassen Sie jetzt auf ein privates Wort mit Miss Fry allein.“ Mrs Parsons nickte und lächelte Sophia ermutigend zu.

Und dann zogen sie und der Vikar sich zurück, nachdem Letzterer Viscount Darleigh zu einem Stuhl geführt hatte.

Er setzte sich nicht hinein.

Sophia blickte einigermaßen bestürzt zu ihm auf. Er war wirklich der letzte Mensch, den sie heute sehen wollte. Nicht, dass sie ihm die Schuld an dem gab, was geschehen war, ganz bestimmt nicht. Aber sie brauchte weder sein Mitleid noch sein Angebot, ihretwegen mit Sir Clarence zu sprechen oder …

Warum war er eigentlich gekommen?

Sie fand seine Gegenwart, vor allem seine *aufrecht stehende* Gegenwart schrecklich beängstigend. Sie konnte kaum glauben, dass sie gestern Abend tatsächlich mit ihm gesprochen hatte, geschweige denn, dass sie ihm ihre geheimsten Träume offenbart und sich seine angehört hatte, als seien sie einander ebenbürtig. Obwohl sie einander in gewisser Weise tatsächlich ebenbürtig waren. Sie vergaß nur manchmal, dass sie von vornehmer Geburt war.

„Miss Fry“, sagte er. „Das alles ist meine Schuld.“

„Nein.“

Seine Augen waren zielsicher auf sie gerichtet. „Sie wurden des Hauses verwiesen, weil sie gestern Abend einen Plan durchkreuzt haben, der mich betraf. Ich hätte eigentlich dazu imstande sein sollen, diesen Plan selbst zu durchkreuzen, und bin beschämt, dass Sie, eine völlig Fremde, mich retten mussten. Ich bin zutiefst in Ihrer Schuld.“

„Nein“, wiederholte sie.

Er trug einen eng anliegenden Gehrock aus feinstem grünen Stoff, gelbe Pantalons, glänzende Stiefel, ein weißes Leinenhemd und eine schlicht geknotetes Halstuch. Alles zurückhaltend, aber vollkommen korrekt, wie immer. Und doch wirkte er dabei so überwältigend männlich und kraftvoll, dass Sophia unwillkürlich versuchte, noch tiefer in ihren Stuhl zu sinken.

„Können Sie etwa nach Fug und Recht behaupten, dass das

nicht der Grund ist, aus dem man Sie rausgeworfen hat? *Und*, wie ich vermute, die Tatsache, dass ich an Ihrer Seite verweilte, nachdem wir in den Festsaal zurückgekehrt waren."

Sie öffnete den Mund, um zu sprechen, dachte daran, zu lügen, dachte daran, die Wahrheit zu sagen ...

„Nein, das können Sie nicht", beantwortete er seine eigene Frage. „Und was haben Sie nun vor? Gibt es irgendwelche anderen Verwandten, die Sie aufnehmen würden?"

„Ich gehe nach London und suche mir eine Anstellung."

„Kennen Sie dort jemanden, der Sie aufnimmt und Ihnen bei der Suche hilft?"

„Aber ja", versicherte Sie ihm in zuversichtlichem Ton.

Er stand mit finsterer Miene vor ihr, sein steter blauer Blick nur ganz leicht auf eine Seite ihres Gesichts gerichtet. Die Stille dehnte sich ein wenig zu lange aus.

„Sie können nirgendwo hingehen." Es war nicht wirklich eine Frage. „Und Sie haben niemanden, der Ihnen hilft."

„Doch", beharrte sie. „Das habe ich."

Wieder diese Stille.

Er legte die Hände hinter seinen Rücken und beugte sich leicht nach vorn.

„Miss Fry, Sie müssen mir erlauben, Ihnen zu helfen."

„Aber wie?", fragte sie. Um dann hastig hinzuzufügen: „Aber das ist gar nicht nötig. Sie tragen keinerlei Verantwortung für mich."

„Das sehe ich anders", gab er zurück. „Sie brauchen eine Anstellung, wenn Sie keine anderen Verwandten haben, die Sie aufnehmen können. Eine standesgemäße Anstellung, Sie sind schließlich eine Dame. Ich könnte meine Schwestern fragen – aber das würde zu lange dauern. Ich habe einen Freund in London. Zumindest wollte er in diesem Frühjahr dorthin gehen. Er hat ein ausgedehntes und florierendes Unternehmen und kann Ihnen sicher etwas Passendes anbieten oder wird zumindest imstande sein, anderswo etwas für Sie zu finden, wenn ich Ihnen ein Empfehlungsschreiben ausstelle."

„Das würden Sie für mich tun?“ Sie schluckte. „Wird er auf Sie hören?“

„Wir sind enge Freunde.“ Er runzelte die Stirn. „Wenn ich nur sicher sein könnte, dass er tatsächlich dort ist. Der Duke of Stanbrook hat ebenfalls davon gesprochen, einen Teil der Saison in London zu verbringen. Das wäre eine weitere Möglichkeit, falls Hugo nicht da ist. Aber wo wollen Sie wohnen, bis Sie eine angemessene Anstellung gefunden haben?“

„Ich …“ Aber er glaubte ja nicht an ihre imaginären Freunde.

„Hugo würde sie vielleicht für eine Weile aufnehmen können. Falls er in London ist.“

„Oh nein.“

„Seine Stiefmutter und seine Halbschwester leben bei ihm“, erklärte er. „Sie wären bestimmt bereit …“

„Nein.“ Verzweiflung stieg in ihr auf. Es war eine Sache, bei jemandem mit einem Empfehlungsschreiben und der Bitte um Anstellung anzuklopfen. Aber etwas völlig anderes, bei komplett fremden Menschen um Unterkunft nachzusuchen. „Oh nein, Mylord, das ist unmöglich. Sie und ich sind Fremde. Sie kennen mich nicht gut genug, um in diesem Maße für mich einzutreten, selbst Ihrem engsten Freund gegenüber. Es wäre übereilt von Ihnen, es wäre eine Zumutung für ihn und seine Mutter und Schwester, und ich könnte es auf keinen Fall über mich bringen, dieses Angebot zu akzeptieren.“

Seine Miene blieb finster.

„Sie tragen keinerlei Verantwortung für mich“, wiederholte sie. Aber ihr Magen zog sich schmerzhaft zusammen vor Furcht und Ungewissheit. Was sollte Sie stattdessen machen?

Die Stille zwischen ihnen dehnte sich ins Unendliche aus. Sollte sie etwas sagen, um ihn aus seinem Elend zu erlösen? Aber, so verkehrt es auch war, sie wollte gar nicht, dass er ging, das wurde ihr plötzlich klar. Vor ihr gähnte eine schreckliche Leere, und sie war nicht sicher, dass sie es ertragen könnte, allein in diesen Abgrund schauen. Sie umklammerte die Stuhllehnen heftiger.

„Dann müssen Sie mich wohl heiraten“, verkündete er unvermittelt.

Sie schnappte gänzlich undamenhaft nach Luft, und es grenzte an ein Wunder, dass sie sich nicht durch die Rückenlehne ihres Stuhls hindurchdrückte.

„Oh nein!“

„Ich hoffe, dass es sich um einen Ausruf der Überraschung handelt und nicht um eine glatte Zurückweisung“, bemerkte er.

Und ganz plötzlich, zu ihrer eigenen Verblüffung, wurde sie wütend.

„Lord Darleigh“, sagte sie tonlos, „es war nicht meine Absicht, in eine Art Wettbewerb mit Henrietta einzutreten, bei dem es darum geht, wer Sie am schnellsten und erfolgreichsten in die Falle lockt. Das war niemals mein Plan.“

„Das weiß ich“, versicherte er stirnrunzelnd. „Quälen Sie sich doch bitte nicht selbst. Mir ist völlig klar, dass Sie mich nicht ködern wollten und dass alles, was Sie gestern Abend getan haben, allein der Güte Ihres Herzens geschuldet ist.“

Woher wollte er das so genau wissen?

„Und nun glauben Sie, dass Sie Ihre Dankbarkeit dadurch beweisen müssen, dass Sie mich heiraten?“

Er schwieg eine Weile, die blauen Augen starr auf sie gerichtet.

„Tatsächlich bin ich dankbar, und ich fühle mich verantwortlich“, erklärte er dann. „Denn hätte ich gestern Abend auch nur ansatzweise meinen Kopf benutzt, hätte ich es abgelehnt, mich mit Miss March auch nur einen Meter vom Eingang des Gasthofs zu entfernen. Dann hätten Sie mich nicht retten müssen, und der Zorn Ihrer Tante und Ihres Onkels wäre Ihnen erspart geblieben. Das heißt, dass ich sehr wohl für Sie verantwortlich bin. Außerdem mag ich Sie, auch wenn meine Zuneigung zugegebenermaßen allein auf dem beruht, was Sie getan habe und auf unserem kurzen Gespräch danach. Ich mag Ihre Stimme. Das klingt lachhaft dürftig, ich weiß. Aber wenn man nicht sehen kann, Miss Fry, dann schärfen sich die anderen Sinne, und Klang ist von größter Bedeutung. Normalerweise gefällt einem das Aussehen einer Person, zu der man sich hingezogen fühlt. Und mir gefällt Ihre Stimme."

Er bot ihr wegen ihrer Stimme die Ehe an?

Und hatte er wirklich gesagt, dass er sie anziehend fand?

„Wie gut, dass Sie mich nicht sehen können", erwiderte sie.

Wieder richtete er diese blauen Augen auf sie.

„Ach, dann sehen Sie wohl wie ein Ungeheuer aus?"

Und was er dann tat, führte dazu, dass Sophia die Stuhllehnen noch fester umklammerte. Erst lächelte er träge, und dann wurde aus dem Lächeln ein breites, mutwilliges Grinsen.

Oh ja, all diese wilden Geschichten aus seiner Kindheit mussten wahr sein.

Aber er sah auf einmal so menschlich aus; eine echte Person, weggesperrt hinter all dem Pomp und Putz eines Viscounts. Eines sehr hübschen, eleganten Viscounts.

Und er hatte Träume.

„Wenn das so wäre, würden die Leute mich ja bemerken. Aber keiner bemerkt mich, Mylord, niemals. Ich bin eine Maus. So hat mein Vater mich immer genannt: Maus. Nie Sophia. Und in den letzten fünf Jahren war dann stets noch ein bestimmter Artikel davor: *die* Maus. Sodass es nicht mal mehr ein Name war, sondern nur noch eine Bezeichnung. Ich bin kein Ungeheuer, ich bin eine Maus."

Sein Grinsen verschwand, doch das Lächeln blieb. Er legte den Kopf leicht schräg.

„Ich habe mir sagen lassen, dass die besten und berühmtesten Schauspieler unsichtbare Menschen sind – oder vielleicht auch Mäuse. Sie können jede Figur perfekt auf der Bühne verkörpern, aber im wirklichen Leben wirken sie oft unscheinbar und kaum bemerkenswert; auf diese Weise können sie sogar der Aufmerksamkeit von Bewunderern entfliehen, die ausdrücklich nach ihnen Ausschau halten. Und doch kommt ihr großes Talent ganz allein aus ihnen selbst."

„Oh.“ Sie klang leicht bestürzt. „Wollen Sie mir damit zu verstehen geben, dass ich nicht wirklich eine Maus bin? Das weiß ich. Aber …“

„Beschreiben Sie sich bitte für mich, Miss Fry.“

Sie rieb mit den Handflächen über die Armlehnen ihres Stuhls.

„Ich bin klein“, begann sie. „Gut einen Meter fünfzig. Na ja, einen Meter und siebenundfünfzig. Ich bin in jeder Hinsicht klein. Meine Figur ist knabenhaft. Meine Nase hat mein Vater immer als Stupsnase bezeichnet, und mein Mund ist zu groß für mein Gesicht. Ich schneide mein Haar sehr kurz, weil … nun ja, weil es sich viel zu sehr lockt und kaum zu bändigen ist.“

„Welche Farbe hat es?“

„Kastanienbraun. Nicht so auffallend wie blond oder schwarz. Einfach nur kastanienbraun.“

Sie hasste es, über ihr Haar zu reden. Dieses Haar trug die Schuld daran, dass ihre Seele zerstört wurde – auch wenn das natürlich eine lächerlich theatralische Beschreibung für ein bisschen Herzeleid war.

„Und Ihre Augen?“

„Braun. Oder grün. Manchmal das eine, manchmal das andere.“

„Das klingt absolut nicht nach Ungeheuer“, befand er.

„Aber auch nicht nach einer großen Schönheit“, versicherte sie ihm. „Weit davon entfernt. Als mein Vater noch lebte, habe ich mich manchmal als Junge gekleidet. Das war einfacher, wenn wir … egal. Jedenfalls hat nie jemand gemerkt, dass es sich um eine Maskerade handelte.“

„Hat Ihnen nie jemand gesagt, dass Sie hübsch sind?“

„Ich brauchte nur in den nächstbesten Spiegel zu schauen, um festzustellen, dass sie lügen.“

Wieder starrte er sie auf diese stille Art an. Als ob er sie sehen könnte.

„Aber Sie können einen blinden Mann beim Wort nehmen, wenn er Ihnen sagt, dass Sie eine hübsche Stimme haben.“

Sie lachte auf, absurd erfreut über dieses Kompliment.

„Werden Sie mich heiraten?“, fragte er.

Plötzlich fühlte sie sich überrollt von einer Woge der Versuchung. Sie packte die Armlehnen fester. Wenn sie so weitermachte, würde sie tiefe Dellen im Stuhl des Vikars hinterlassen.

„Das kann ich nicht“, flüsterte sie.

„Warum nicht?“

Oh, aus tausend Gründen. Mindestens.

„Sie sollten wissen, dass das ganze Dorf über Sie spricht“, erklärte sie. „Viel habe ich davon nicht mitbekommen, aber doch genug. Man erzählt sich, dass Sie vor einiger Zeit Ihr Zuhause verlassen haben, weil Ihre Verwandten Sie dazu bringen wollten, eine junge Dame zu heiraten, die Sie nicht heiraten wollten. Man erzählt sich, dass Ihre Verwandten nach wie vor entschlossen sind, eine Gattin für Sie zu finden. Und jeder hier im Ort spekuliert darüber, ob Sie vielleicht eine der hiesigen jungen Damen, die Sie von früher kennen, für sich erwählen, und wenn ja, welche die Glückliche sein wird. Und gestern Abend haben meine Tante und mein Onkel, wie Sie ja wissen, einen sehr energischen Versuch gestartet, Sie für Henrietta einzufangen. Sie sind umringt von Menschen, die Sie zur Ehe bewegen wollen, wenn auch aus sehr unterschiedlichen Motiven. Ich werde mich nicht mit diesen Leuten gemein machen, Lord Darleigh, indem ich Sie heirate, nur weil Sie freundlich genug sind, sich für mich verantwortlich zu fühlen. Sie sind nicht für mich oder mein Schicksal verantwortlich. Außerdem haben Sie mir gestern Abend selbst gesagt, dass in Ihrem Traum keine Ehefrau vorkommt.“

„Haben Sie irgendwelche konkreten Vorbehalte, mich zu heiraten?“, wollte er wissen. „Zum Beispiel meine Blindheit?“

„Nein. Die Tatsache, dass Sie nicht sehen können, ist eine Behinderung, aber Sie scheinen sie nicht als solche zu akzeptieren.“

Sie kannte ihn nicht. Aber er wirkte gesund und durchtrainiert, und sie wusste, dass er seit etlichen Jahren blind war.

Hätte er diese Zeit überwiegend damit verbracht, im Sessel zu sitzen oder im Bett zu liegen, würde er nicht so gut aussehen. Sein Gesicht war sonnengebräunt.

„Etwas anderes vielleicht?“, hakte er nach. „Mein Äußeres? Meine Stimme? Mein … was auch immer?“

„N…nein.“

Höchstens dass er trotz seiner Blindheit ein privilegierter, vermögender Gentleman mit einem Titel war, der in einem Herrenhaus wohnte, das größer war als Barton Hall. Und dass er Mutter und Schwestern hatte. Und zwanzigtausend Pfund im Jahr. Und dass er so attraktiv und elegant war, dass sie sich am liebsten in eine Ecke kauern und ihn von dort aus anbeten würde … oder auch aus ihrem Mauseloch heraus. Das wäre übrigens eine großartige Zeichnung, doch dafür müsste sie seinen Glanz ohne Ironie zu Papier bringen, und sie war nicht sicher, dass ihr das gelingen würde. Beim Skizzieren betrachtete sie die Welt fast immer durch eine satirische Brille.

„Dann möchte ich weiter für mein Vorhaben plädieren“, erklärte er. „Miss Fry, bitte heiraten Sie mich. Na schön, wir sind beide noch sehr jung. Und wir haben gestern Abend beide zugegeben, dass wir von Unabhängigkeit träumen und davon, sie allein zu genießen, unbelastet von Lebenspartner und Kindern. Aber wir haben auch festgestellt, dass Träume nicht immer ihre Entsprechung in der Wirklichkeit finden. Und dies ist die Wirklichkeit. Sie haben ein beängstigendes Problem, ich fühle mich in der Verantwortung, es zu lösen, und ich habe die Mittel dazu. Aber unsere Träume müssen nicht notwendigerweise platzen, wenn wir heiraten. Ganz im Gegenteil. Lassen Sie uns zu einem *Arrangement* kommen, das uns beiden die unmittelbare Zukunft erleichtert und Hoffnung für die ferne Zukunft gibt.“

Sie starrte ihn schweigend an. Die Versuchung zupfte an ihrer Seele. Aber noch verstand sie nicht recht, was er ihr eigentlich anbot.

„In welcher Weise würde es Ihnen zugutekommen, mich zu heiraten, Lord Darleigh, ob in der unmittelbaren oder ferneren

Zukunft? Ich meine, abgesehen davon, dass es Ihr Gewissen beruhigen würde. Was ich davon hätte, ist so offensichtlich, dass man nicht mal eine Liste zu machen braucht. Aber was könnte Ihnen ein solches Arrangement, wie Sie es nennen, bieten? Und was bedeutet dieses Arrangement überhaupt? Wie unterscheidet es sich von einer ganz normalen Ehe?"

Er hatte überhaupt keine Vorteile davon, sie zu heiraten. Das war die Antwort auf ihre Frage. Da brauchte man ebenfalls keine Liste anzulegen, denn es gab nichts einzutragen. Es wäre einfach nur ein unbeschriebenes Blatt Papier mit einer wehmütigen kleinen Maus drauf, die von einer der unteren Ecken aus sehnsüchtig in diese Leere hineinschauen würde.

Er tastete hinter sich nach den Armlehnen des Stuhls, zu dem ihn der Vikar geführt hatte, und setzte sich endlich hin. So wirkte er etwas weniger beängstigend. Oder auch nicht. Denn nun war da, genau wie gestern Abend, die Illusion zweier ebenbürtiger Menschen, die sich gemütlich zu einer freundlichen Plauderei zusammensetzen. Aber sie waren einander nicht ebenbürtig, in keinerlei Hinsicht, außer vielleicht der vagen Gemeinsamkeit einer vornehmen Geburt.

„Beurteilt man die Angelegenheit aus einer rein praktischen und materiellen Perspektive, dann ist unsere Verbindung völlig unausgewogen", sagte er. „Sie haben nichts und niemanden und keinen Ort, an den Sie gehen könnten. Und kein Geld. Ich hingegen habe Besitz und Vermögen und mehr liebende Angehörige, als ich gebrauchen kann."

Ein gutes Resümee. Dem war wirklich nichts hinzuzufügen.

Sie starrte in den Abgrund und fühlte sich, als sei ihr Magen bereits vorausgesprungen.

„Es gibt keine andere Perspektive", erklärte sie.

„Doch, es gibt eine." Er schwieg eine Weile, bevor er fortfuhr. „Wie Sie ja gehört haben, bin ich vor ungefähr sechs Wochen von zu Hause weggelaufen. Ich habe keinen guten Anfang in meinem neuen Leben als Viscount Darleigh of Middlebury Park gemacht. Ich habe mich von all den wohlmeinenden Menschen, die mich umgeben, vollkommen lenken lassen. Und nun haben sie beschlossen, dass es Zeit für mich ist zu heiraten, und sie werden keine Ruhe geben, bis sie ihr Ziel erreicht haben. Ich möchte, dass sich die Dinge ändern, Miss Fry. Wie viel leichter wäre alles gewesen, wenn ich mich drei Jahre früher gegen meine Angehörigen behauptet hätte. Aber das habe ich nun mal nicht, und daran lässt sich nun nichts mehr ändern. Also muss ich neu anfangen, aber wie? Nun, vielleicht indem ich eine Gattin mit zurückbringe. Vielleicht finde ich ja den Mut, tatsächlich noch einmal von vorn zu beginnen und alles anders zu machen, wenn ich eine Frau zur Seite habe, die unleugbar die Hausherrin von Middlebury Park ist. Vielleicht ist das genau das, was ich brauche. Vielleicht tun Sie mir also einen ebenso großen Gefallen wie ich Ihnen. Sofern ich Sie dazu überreden kann, mich zu heiraten."

„Aber Sie würden sich eine Fremde ins Haus holen."

„Das ist exakt das, was meine Angehörigen vor sechs Wochen von mir verlangt haben. Sie wurde von ihren Eltern nach Middlebury gebracht, weil sie dringend gut verheiratet werden sollte. Sie hatte nicht den geringsten Wunsch, dort zu sein. Wir sind einander zuvor nie begegnet. Sie war ein Opferlamm. Und sie versicherte mir ohne Unterlass, dass sie *vollstes Verständnis* habe und es ihr *absolut nichts ausmache*."

„Aber ganz offenbar machte es ihr doch etwas aus?"

„Würde es Ihnen etwas ausmachen?"

„Einen Blinden zu heiraten? Nein." Aber was sagte sie denn da? Sie würde seinen Antrag auf keinen Fall annehmen. „Es würde mir jedoch etwas ausmachen, Sie in etwas hineinzuzwingen, das Sie nicht tun wollen, mit einer Frau, die Sie nicht kennen und die nichts in die Ehe mitbringen würde, außer vielleicht der Tatsache, dass es ihr *wirklich* nichts ausmacht."

Er fuhr sich mit den Fingern einer Hand durchs Haar und sah aus, als suche er nach den richtigen Worten.

„Ist das das Arrangement, von dem Sie sprachen?", fragte sie. „Sie bieten mir materiellen Wohlstand, und ich verleihe Ihnen den Mut, Herr im eigenen Hause zu werden?“ Er atmete hörbar aus.

„Nein. Denken Sie an unsere Träume.“

„Unsere unerfüllbaren Träume?“ Sie versuchte zu lachen, bereute es aber sofort, als sie den jämmerlichen Laut hörte, der aus ihrem Mund kam.

„Vielleicht sind sie gar nicht so unerfüllbar.“ Er beugte sich plötzlich vor, und seine Miene war ernst, eifrig und jungenhaft. „Vielleicht können wir ja beides haben, Träume und Ehe.“

„Wie soll das denn gehen?“ Für sie schienen das zwei völlig unvereinbare Konzepte zu sein.

„Ehen werden aus den unterschiedlichsten Gründen geschlossen. Vor allem in den oberen Schichten. Oft sind sie eher Bündnisse als Liebesbeziehungen. Und gegen ein Bündnis ist nichts einzuwenden. Die Partner empfinden oft großen Respekt, ja sogar Zuneigung füreinander. Und nicht selten lebt jeder weitgehend unabhängig von dem anderen, und die Ehe nimmt keinen Schaden. Mann und Frau treffen sich hin und wieder und pflegen dann einen überaus freundschaftlichen Umgang. Aber sie sind frei, ihr eigenes Leben zu führen und ihre eigenen Ziele zu verfolgen. Vielleicht können wir uns ja auf eine solche Ehe einigen.“

Sie fand die Vorstellung eher abschreckend.

Er sah immer noch ganz erpicht aus.

„Sie könnten irgendwann Ihr Häuschen auf dem Lande haben“, fuhr er fort, „mit Ihren Blumen und Hühnern und Katzen. Ich könnte mir irgendwann beweisen, dass ich allein der Herr über mein Leben und über Middlebury bin. Wir können jetzt, da wir sie beide brauchen, die Ehe haben, und später unsere Freiheit und Unabhängigkeit und unseren erfüllten Traum. Wir sind beide jung. Wir haben noch viele, viele Jahre vor uns. Zumindest können wir darauf hoffen.“

„Wann?“ Das Ganze kam ihr immer noch reichlich kalt vor. Aber auch sehr verlockend. „Wann würden wir von der einen Phase unserer Ehe in die nächste eintreten?“

Er starrte an ihrer Schulter vorbei.

„Nach einem Jahr?“, schlug er vor. „Es sei denn, wir haben ein Kind. Denn es ist eine echte Ehe, die ich Ihnen antrage, Miss Fry. Und ich muss irgendwann der Verpflichtung nachkommen, einen Erben zu zeugen. Falls wir ein Kind haben, müssen wir unsere Träume verschieben, zumindest eine Zeit lang. Aber wenn kein Kind da ist, dann ein Jahr. Es sei denn, Sie würden diese Phase lieber verlängern. Oder verkürzen. Aber ich glaube, wir werden schon ein Jahr brauchen, um uns als Viscount und Viscountess Darleigh of Middlebury Park angemessen zu positionieren. Würden Sie einem Jahr zustimmen?“

Sie hatte noch zu gar nichts ihre Zustimmung gegeben. Im Moment fühlte sie sich ein bisschen so wie kurz vor einer Ohnmacht. Sie konnte verheiratet sein und gleichzeitig das stille, zufriedene Leben führen, von dem sie träumte? War das überhaupt denkbar? Sie brauchte mehr Zeit, um darüber nachzudenken, sehr viel mehr Zeit. Aber diese Zeit hatte sie nicht. Sie senkte den Kopf und schloss die Augen.

„Es wäre völlig verrückt.“ Mehr fiel ihr nicht ein.

„Warum?“ Er klang beinahe ängstlich. Fürchtete er, dass sie Nein sagen würde? Oder dass sie Ja sagen würde?

Sie konnte nicht klar denken. Aber ein Gedanke brach sich doch Bahn.

„Wenn wir nun ein Kind hätten – und es ein Mädchen wäre?“

Er überlegte kurz und dann … lächelte er. „Ich glaube, es würde mir gefallen, eine Tochter zu haben.“ Er lachte. „Ein weiteres weibliches Wesen, das mein Leben lenkt.“

„Ja, aber was wäre denn dann?“, hakte sie nach. „Sie hätten schließlich immer noch keinen Erben.“

„Dann … hm.“ Wieder dachte er kurz nach. „Wenn wir während unseres gemeinsamen Jahrs Freunde werden, und ich sehe keinen Grund, warum das nicht so sein sollte, dann müssten wir uns ja nicht für den Rest unseres Lebens aus dem Wege gehen, oder? Wir würden uns ja nicht *trennen*, nur eben nicht zusammen wohnen, weil das besser in unsere jeweiligen Träume passt. Aber vielleicht würden wir ja beide gern hin und wieder Zeit miteinander verbringen."

Genug Zeit, um ein Kind zu bekommen? Oder *noch* ein Kind?

Ihr war immer noch schwindelig. Sie rief sich innerlich zur Vernunft.

„Und was passiert, Lord Darleigh, wenn Sie irgendwann jemanden heiraten wollen, in den Sie sich verliebt haben?"

„Sehr unwahrscheinlich, dass mir so jemand in Middlebury begegnet", erwiderte er. „Ich hoffe zwar, nicht mehr so zurückgezogen zu leben wie in den letzten drei Jahren – oder vielmehr, ich bin wild entschlossen, nicht mehr so zurückgezogen zu leben –, aber es ist ein ruhiges Dorf. Abgesehen davon ist das ein Risiko, das jeder eingeht, der sich zur Ehe entschließt, oder? Es kann immer passieren, dass man jemanden trifft, den man mehr will. Aber wenn man heiratet, dann gelobt man dem Menschen, den man ehelicht, Treue, und damit hat sich die Sache erledigt."

In dieser Argumentationskette musste ja wohl ein so großes Loch klaffen, durch das man mit der Postkutsche durchfahren konnte, und tatsächlich fiel ihr etwas ein, was dagegen sprach. Männer hatten Bedürfnisse, nicht wahr? Das hatte sie in den Jahren mit ihrem Vater und seinen Freunden gelernt. Was war mit Lord Darleighs Bedürfnissen? So wie er sich das Arrangement vorstellte, würde sie ihn verlassen, wenn er vierundzwanzig Jahre alt war, es sei denn, sie erwartete ein Kind.

Wie gedachte er danach seine Bedürfnisse zu befriedigen? Mätressen?

Sie öffnete den Mund und holte tief Luft, aber sie brachte es nicht über sich, diesen Punkt anzusprechen. Er tat es für sie.

„Wir könnten gelegentlich zusammenkommen. Natürlich nur, wenn dieser Wunsch auf Gegenseitigkeit beruht."

Wieder senkte sich dieses kurze Schweigen zwischen sie.

„Was wäre, wenn Sie jemand anderen treffen und sich in ihn verlieben?", erkundigte er sich dann.

„Ich würde mich abwenden“, erklärte sie. „Und meiner Ehe die Treue halten.“

Hatte sie mit dieser Antwort etwa die Linie zwischen Theorie und Praxis überschritten? Zog sie seinen Antrag ernsthaft in Erwägung?

Nein, sie *durfte* ihn nicht ernst nehmen.

Aber welche Alternative hatte sie?

Sie strich mit den Händen über ihre Arme, als wäre ihr kalt. „Sie kennen mich doch gar nicht.“ Zu spät ging ihr auf, dass dieser Einwand sinnlos war, wenn sie nicht in Erwägung zog, Ja zu sagen. „Und ich kenne Sie nicht.“

Er sagte nichts.

„Was ist passiert?“, fragte sie.

„Sie meinen, mit meinen Augen? Der Bruder meiner Mutter kam von einem langjährigen Aufenthalt im Fernen Osten zurück. Er ist ein sehr erfolgreicher Geschäftsmann. Mein Vater war zu dem Zeitpunkt noch nicht lange tot, und meine Mutter hatte große Mühe, finanziell über die Runden zu kommen. Mein Onkel brachte meine Schwestern nach London, um geeignete Ehemänner für sie zu finden, was ihm auch hervorragend gelungen ist. Mich wollte er in sein Unternehmen holen. Aber der Gedanke, den ganzen Tag hinter einem Schreibtisch zu sitzen, sei es auch nur ein paar Jahre bis zu meiner Beförderung, war mir unerträglich. Ich bat ihn, mir stattdessen ein Offizierspatent zu kaufen, und zog mit einem Artillerieregiment in den Krieg. Ich war damals siebzehn Jahre alt, platzte fast vor Stolz und brannte vor Eifer, mich zu beweisen, zu zeigen, dass ich ebenso tapfer, einfallsreich und standhaft war wie die erfahrensten Veteranen. In der ersten Stunde meiner ersten Schlacht auf der Halbinsel stand ich neben einem der großen Geschütze, als es abgefeuert wurde. Aber nichts geschah, und ich bin einen Schritt vorgetreten, so als könne ich das Problem erkennen und beseitigen und hier und jetzt für die Koalition den ganzen Krieg gewinnen. In dem Moment ging das Geschütz los, und das Letzte, was ich sah, war ein greller Blitz. Nach Fug und Recht hätte es mich in tausend Stücke reißen müssen, die auf Spanien und Portugal herabgeregnet wären, sodass niemand jemals auch nur den kleinsten Fetzen von mir gefunden hätte. Doch als man mich ins Feldlazarett trug, war ich völlig intakt, bis auf die Tatsache, dass ich, als ich das Bewusstsein wiedererlangte, weder hören noch sehen konnte."

Sophia schnappte entsetzt nach Luft.

„Mein Gehör kehrte zurück, nachdem ich schon wieder eine Zeit lang in England war. Aber ich werde niemals wieder sehen können."

„Oh", sagte sie. „Und wie war es ..."

Aber er hatte die Hand gehoben, eine stumme Bitte, einzuhalten. Sie sah, dass die Finger der anderen Hand sich um die Armlehne gekrampft hatten, so fest, dass die Knöchel weiß hervortraten.

„Es tut mir leid." Unerklärlicherweise klang er völlig atemlos. „Ich kann darüber nicht reden, Miss Fry."

„Verzeihen Sie mir", erwiderte sie.

„Und was sollte ich über Sie wissen?", fragte er. „Was können Sie mir Schreckliches offenbaren, das mich aus dieser Tür treibt und um meine Freiheit rennen lässt?"

„Ich bin nicht respektabel. Mein Großvater war ein Baronet, und sein ältester Sohn, mein Onkel, hält nun diesen Titel. Aber beide haben sich lange vor meiner Geburt von meinem Vater losgesagt. Er war das schwarze Schaf der Familie, ein Abenteurer und Spieler und ... Lebemann. Manchmal gewann er ein Vermögen, und wir lebten in Saus und Braus. Aber das dauerte nie länger als ein paar Tage oder Wochen. Er verlor mehr Geld, als er je besaß, und wir verbrachten oft viele erschöpfende Wochen und Monate auf der Flucht vor Gerichtsdienern und anderen Männern, bei denen er Schulden hatte. Er war attraktiv und charmant ... und er hat meine Mutter aus dem Haus getrieben, ich nehme an, durch seine ständige Untreue, aber letztendlich ging sie mit einem Liebhaber und ohne mich. Es war ein Riesenskandal. Drei Jahre später ist sie im Kindbett gestorben. Mein

Vater wurde vor fünf Jahren in einem Duell getötet, erschossen von einem wütenden Ehemann. Er war nicht mal sein erstes Duell. Er war in vielerlei Hinsicht verrufen. Es wäre nicht gut für Sie, mit mir in Verbindung gebracht zu werden."

Wieder biss sie sich auf die Unterlippe und schloss die Augen.

Sie hörte ihn seufzen.

„Miss Fry", sagte er. „Sie sind weder Ihr Vater noch Ihre Mutter."

Er stand auf und machte ein paar tastende Schritte in ihre Richtung, vielleicht fürchtete er, dass sich zwischen seinem Stuhl und ihrem ein Hindernis befinden könnte.

„Miss Fry." Er streckt seinen rechten Arm aus. „Wollen Sie Ihre Hand in meine legen?"

Sie stand zögernd auf, überbrückte die Distanz zwischen ihnen und ergriff seine ausgestreckte Hand mit ihrer Linken. Als er auch die andere hob, legte sie ihre Rechte hinein. Seine Finger schlossen sich warm und stark um ihre beiden Hände.

Und dann kniete er vor ihr nieder.

Oh!

Er neigte den Kopf über ihre Hände.

„Miss Fry, wollen Sie mir die große Ehre erweisen und mich heiraten? Wollen Sie uns beiden die Chance geben, unsere Träume in die Tat umzusetzen?"

Wie sollte sie klar denken, wenn sie auf die weichen, schimmernden Wellen seines Haars schaute und seinen warmen, starken Griff fühlte?

Sie hatte den Verdacht, dass er ein sehr impulsiver Mensch war. Wenn sie Ja sagte, dann würde er sein Handeln später gewiss bereuen. Vor allem falls – wenn? – er sich nach einem Jahr allein wiederfand, ohne Aussicht, jemand anderen heiraten zu können, es sei denn, sie starb vor ihm. Sein Traum mochte für ein, zwei Jahre gut und schön sein. Aber für immer? Sie vermutete, dass er zu den Männern gehörte, die irgendwann eine warmherzige, liebende Familie um sich herum haben wollen.

Und was war mit ihr? Aber sie hatte keine Wahl. Oder vielmehr, sie hatte eine; nämlich zwischen dem unperfekten Ehe-Arrangement, das er vorschlug, und nackter Armut. Nein, eigentlich war es doch keine Wahl.

Gott helfe ihr, sie hatte wirklich keine andere Wahl.

„Ich will", flüsterte sie.

Er hob den Kopf. Und dann, seine Augen waren direkt auf ihre gerichtet, lächelte er. Es war ein unglaublich freundliches Lächeln.

6. *KAPITEL*

Martin sprach nicht mit ihm, abgesehen von den diversen *Ja, Mylords* oder *Nein, Mylords,* mit denen er auf jede Frage oder Bemerkung von Vincent reagierte, die Stimme praktisch vibrierend vor steifer Förmlichkeit. Er schmollte nach dem Streit, den sie auf dem Heimweg vom Pfarrhaus gehabt hatten.

„Sie sind *was*?", hatte er gebrüllt, als Vincent ihm mitteilte, dass er mit Miss Fry verlobt sei. „Was soll das denn, zum Teufel? Haben Sie Ihren verdammten Verstand verloren? Sie sieht aus wie ein Junge, und ich bin mir nicht mal sicher, ob ich den Jungs damit nicht Unrecht tue."

„Bringen Sie mich nicht dazu, dass ich Sie schlage, Martin", hatte Vincent ihn gewarnt.

Woraufhin Martin nur – hörbar – höhnisch grinste.

„Sie wissen, dass ich das kann. Darf ich Sie an die aufgeplatzte Lippe und blutige Nase erinnern, die Sie davontrugen, als Sie meine Fähigkeiten das letzte Mal infrage stellten?"

„Reine Glücksache", gab Martin zurück. „Und Sie haben nicht fair geboxt."

„Und ob ich das getan habe. Führen Sie mich nicht in Versuchung, zu beweisen, dass es keineswegs reine Glücksache war. Die Dame ist meine Verlobte, und ich werde sie gegen jede Beleidigung verteidigen."

Martin hatte noch einmal, wenn auch etwas weniger hörbar, höhnisch gegrinst und von da an beleidigt geschwiegen.

Der Pfarrer und Mrs Parsons waren nicht ganz so freimütig in ihren Reaktionen. Aber ihre Stimmen hatten erstaunt, ja geradezu fassungslos geklungen, als Vincent sie zurück in den Salon rief und seine Verlobung verkündete. Sie hatten nur zögernd gratuliert, als seien sie nicht sicher, ob das Ganze nicht doch ein Scherz war, und dann, als sie davon überzeugt waren, dass er es ernst meinte, mit übertriebener Herzlichkeit Glück gewünscht. Aber immerhin hatten sie nichts dagegen, dass Miss

Fry noch ein oder zwei Nächte im Pfarrhaus blieb, bis er andere Vorkehrungen für sie treffen konnte.

Das Problem war nur, dass er nicht so genau wusste, was für Vorkehrungen das waren. Als er am Vormittag an Martins Arm zum Pfarrhaus geeilt war, hatte er gehofft herauszufinden, dass Miss Fry bereits Pläne hatte, einen Ort, an den sie gehen könnte, vielleicht andere Verwandte, die sie aufnehmen würden, oder wenigstens ein paar Freunde. Dann hätte er nichts anderes tun müssen, als sich aufrichtig zu entschuldigen und ihr vielleicht noch anzubieten, sie von Handry in seinem Landauer an ihr Ziel bringen zu lassen. Er würde dann noch ein paar schöne Tage in Covington House verbringen und seine Freunde besuchen, während er auf die Rückkehr der Kutsche wartete, und sich seelisch auf die Rückkehr nach Middlebury Park vorbereiten.

Irgendwo im Hinterkopf spukte zwar bereits die Idee, dass er ihr die Ehe anbieten müsste, wenn es keine Alternative gab, aber er hatte nicht wirklich erwartet, dass es so weit kommen würde.

Aber nun war es so weit gekommen.

Das Problem war, dass er nicht über den Antrag hinaus gedacht hatte.

Nein, das Problem war, dass er nicht mal *bis* zum Antrag gedacht hatte!

Martin hatte recht. Er hatte seinen verdammten Verstand verloren.

Sollte er sie jetzt mit zurück nach Middlebury nehmen? Und sie dort heiraten?

Er konnte sich nur zu gut vorstellen, wie fassungslos seine Mutter wäre. Und sehr bald würden seine Schwestern sich auf ihn stürzen und ihm sein Leben und seine Hochzeit entreißen. Das wäre natürlich in jedem Fall so gewesen, egal, wen er heiratete. Aber bei fast jeder anderen Braut würde ihre Familie sich ebenfalls auf die Vorbereitungen stürzen, nur von der anderen Seite, und dadurch eine Art Gegengewicht zu seiner eigenen bilden. Aber es gab niemanden, der für Miss Fry sprechen oder jede

Menge Wirbel um sie machen würde und so sicherstellen, dass es ebenso ihre wie seine Hochzeit war oder sogar noch mehr, denn sie war schließlich die Braut und er nur der Bräutigam.

Es wäre nicht fair, sie gleich mit nach Hause zu nehmen.

Außerdem musste er ständig daran denken, wie Edna Hamilton heute Morgen sagte, dass Miss Fry nur eine jämmerlich kleine Tasche bei sich hatte, als sie in der Kirchenbank entdeckt wurde. Hatte sie den Großteil ihrer Besitztümer in Barton Hall gelassen, weil sie nicht mehr als eine Tasche tragen konnte? Oder enthielt diese Tasche tatsächlich alles, was sie besaß?

Er wünschte sich, er wüsste, was sie anhatte – bei seinem Besuch in Barton Hall, bei dem Fest gestern Abend und heute im Pfarrhaus. Aber er würde jede Wette eingehen, dass sie Kleidung benötigte, und zwar jede Menge. Und dann fiel ihm wieder ein, dass Edna gesagt hatte, dass man sie nicht wirklich für eins der Hausmädchen von Barton Hall halten konnte, weil die viel besser gekleidet waren als sie.

Vielleicht sollte er das Aufgebot gleich vor Ort bestellen und sie in Barton Coombs heiraten. Aber das würde bedeuten, dass er noch einen geschlagenen Monat hier ausharren musste, und er würde den Vikar und dessen Frau bitten müssen, Miss Fry so lange bei sich aufzunehmen. Seine Mutter und seine Schwestern hätten Zeit, hierherzukommen, und die Hochzeit wäre nicht anders als in Middlebury Park. Außerdem bestand die Gefahr, dass die Marchs unangenehm würden und sie in Schwierigkeiten brachten. Er traute ihnen durchaus zu, die nicht sonderlich tugendhafte Vergangenheit von Miss Frys Mutter und Vater an die große Glocke zu hängen. Und sie würde selbst hier neue Kleider brauchen. Jede Braut hatte das Recht, in einem hübschen Kleid vor den Altar zu treten. Aber in Barton Coombs würde sie wohl kaum eins finden.

Wenn er also nicht nach Middlebury Park zurückkehren und auch nicht hierbleiben konnte, wo sollte er dann heiraten?

In Wahrheit gab es nur eine Möglichkeit.

In London.

Sie konnte sich dort ihre Brautausstattung und das Brautkleid kaufen, und sie würden schnell und in aller Stille heiraten, mit einer Sondergenehmigung. Das war wirklich der beste Plan.

Der Gedanke zu heiraten, ohne seiner Mutter und seinen Schwestern auch nur Bescheid zu sagen, versetzte ihm einen leichten Stich, aber im Großen und Ganzen schien es ihm das Beste für Miss Fry zu sein. Es würde sie einander ebenbürtiger machen.

Er kam zu dem Schluss, dass es ohnehin besser wäre, seine Familie vor vollendete Tatsachen zu stellen. Die Reaktionen von Martin, dem Vikar und Mrs Parsons auf seine Brautwahl hatten ihn doch etwas verunsichert. Aber schließlich wünschten sich seine Mutter und seine Schwestern nichts mehr, als ihn endlich verheiratet zu sehen. Sie wären sicher außer sich vor Freude, wenn sie erst einmal den Schock überwunden hatten, dass er ganz allein losgezogen war und sich eine Frau gesucht hatte. Und wenn nicht, nun ja, dann würde es wohl zum Streit kommen.

Du meine Güte, er stritt niemals mit seinen Angehörigen.

Wie sollte Miss Fry in London einkaufen, wenn sie niemanden hatte, der ihr mit Rat und Tat zur Seite stand? Würde sie wissen, wohin sie gehen musste? Und wie sollte er an eine Sondergenehmigung kommen? Man musste die *Doctor's Commons* aufsuchen, nicht wahr? Nun gut, auch ohne Augen würde er das schon geregelt kriegen. Schließlich hatte er Diener und einen Mund zum Reden. Aber wie organisierte man eine Hochzeit? Auch das ließ sich gewiss herausfinden. Wo würden sie während der zwei oder drei Tage wohnen, in denen dies alles organisiert wurde? Im Hotel? Ein unverheirateter Mann und eine unverheiratete Dame?

Die Fragen samt ihrer nicht wirklich zufriedenstellenden Antworten schwirrten nur so durch seinen Kopf, während er von dem Kanincheneintopf aß, den Martin aufgewärmt hatte, und dazu einem Stück Butterbrot. Es hatte keinen Sinn, Martin nach seiner Meinung zu fragen. Er ignorierte jede Äußerung, die nicht mit Ja oder Nein beantwortet werden konnte.

Zumindest lenkte ihn die Beschäftigung mit den vielen praktischen Belangen, die einer Lösung harrten, von den größeren Problemen ab. Er hatte ihr Ehe und Freiheit angeboten, nein: versprochen. Also im Grunde genau jene Art von Verbindung, die er schon immer beklagenswert fand.

Und dann fiel ihm etwas ein, das seine Aufmerksamkeit wieder auf die praktischen Fragen lenkte. Tatsächlich hatte er während seiner Begegnung mit ihr schon einmal daran gedacht, allerdings in anderem Zusammenhang. Die Überlebenden. Hugo – Hugo Emes, Lord Trentham, der vorhatte, zumindest war das sein ursprünglicher Plan gewesen, mindestens einen Teil des Frühjahrs in London zu verbringen. Und selbst wenn er nicht da war – seine Stiefmutter und seine Halbschwester wären es mit an Sicherheit grenzender Wahrscheinlichkeit. Miss Fry hatte es zwar abgelehnt, als Arbeitssuchende bei ihnen zu wohnen, aber sie konnte doch gewiss nichts dagegen haben, als seine Verlobte dort unterzukommen. Vielleicht wären ja Mrs oder Miss Emes bereit, sie bei ihren Einkäufen zu begleiten.

Vincent gönnte sich ein halbes selbstzufriedenes Lächeln. Für die meisten Probleme gab es eine Lösung, wenn man sich entschlossen genug darum bemühte. Und er war entschlossen. Es war natürlich unendlich viel schwieriger, unabhängig zu sein und sich zu behaupten, wenn man sein Augenlicht verloren hatte, aber es war auf keinen Fall unmöglich. Plötzlich war er ganz wild darauf, nach Hause zu fahren und sich den größeren Herausforderungen des Lebens zu stellen.

„Ich glaube, der Eintopf schmeckt heute noch besser als gestern, Martin“, sagte er. „Und das Brot hätte nicht frischer sein können.“

In Wahrheit hatte er von beidem kaum etwas zu sich genommen.

„Danke, Mylord.“

Unter normalen Umständen war er *Sir*.

„Geben Sie mir bitte meinen Hut und meinen Stock, Martin.“ Er erhob sich von seinem Stuhl am Esstisch. „Ich habe Miss Fry versprochen, heute Nachmittag einen Spaziergang mit ihr zu machen. Es wird doch nicht regnen, oder?"

Es entstand eine längere Gesprächspause, während derer Martin vermutlich aus dem Fenster schaute.

„Nein, Mylord."

„Sie brauchen mich nicht zum Pfarrhaus zu begleiten. Ich habe mir den Weg eingeprägt."

„Ja, Mylord."

„Martin", sagte er zehn Minuten später, als er durch die Eingangstür schritt und die Stufen mit dem Stock abtastete. „Ich werde Miss Fry in den nächsten Tagen heiraten. Daran wird keine üble Laune der Welt etwas ändern. Vielleicht können Sie sich ja im Lauf der nächsten fünf Jahre dazu durchringen, mir zu verzeihen."

„Ja, Mylord."

Nun ja, es war immerhin besser als *nein, Mylord.*

Vincent fand ohne Schwierigkeiten seinen Weg die Stufen hinunter und ein Stück die Auffahrt entlang. Doch dann hörte er, wie eine Kutsche sich über die Dorfstraße näherte, gezogen von vier Pferden, wenn er sich nicht irrte. Das Hufgeklapper war viel zu laut für ein Doppelgespann. Und falls nicht gerade eine Postkutsche oder Ähnliches durch Barton Coombs fuhr, gab es nur einen Menschen hier, dem das Gefährt gehören konnte.

Es wurde langsamer und bog nach Covington House ein. Vincent blieb stehen und hoffte, dass die Pferde ihn nicht über den Haufen rennen würden, bevor man ihn sah, selbst wenn er sich gerade mitten auf der Auffahrt befinden sollte.

Er hätte sich keine Sorgen zu machen brauchen.

„Ah, Darleigh", tönte die joviale Stimme von Sir Clarence. Er hatte wohl eins der Kutschenfenster geöffnet. „Sie machen wohl einen kleinen Spaziergang über die Auffahrt und zurück? Seien Sie bloß vorsichtig."

Vincent neigte den Kopf, ohne zu antworten, und lauschte auf den Tritt schwerer Stiefel, als der Kutscher abstieg. Er hörte, wie die Tür des Landauers sich öffnete und die Trittleiter angelegt wurde, und dann so viele Schritte über die Stufen, dass kein Zweifel bestehen konnte: Sir Clarence war nicht allein.

Offenbar ein Nachmittagsbesuch – aber in einer vierspännigen Reisekutsche?

„Meine liebe Frau und meine Tochter wollten an so einem schönen Tag gern einen Ausflug ins Grüne machen“, erklärte Sir Clarence. „Und wer bin ich, dass ich widersprochen hätte? Wenn Sie einmal eine eigene Frau und Töchter haben, werden Sie verstehen, was es heißt, ein Ehemann und Vater zu sein, der vergeblich versucht, sich durchzusetzen und sein eigenes Leben zu führen. Es ist ein Ding der Unmöglichkeit. Man kann nur glücklich sein, wenn die Frauen glücklich sind. Und meine Frauen dachten, dass Ihnen eine Fahrt aufs Land gefallen würde, vielleicht könnte man sogar irgendwo anhalten und einen kleinen Spaziergang machen. Meine Beine sind zwar nicht mehr das, was sie mal waren, und Lady March kann nicht weit laufen, ohne außer Atem zu geraten, aber ihr jungen Leute seid aus härterem Holz geschnitzt. Es wird Henrietta ein Vergnügen sein, Sie zu begleiten, wenn Sie später am Nachmittag etwas frische Luft schnappen wollen. Danach müssen Sie mit uns zu Abend essen. Nur eine einfache, ungezwungene Mahlzeit unter Freunden.“

Ah ja, dachte Vincent. Das hier würde ihm Spaß machen.

„Vielen Dank für die freundliche Einladung“, erwiderte er. „Die ich leider ausschlagen muss. Samuel und Edna Hamilton haben mich gebeten, den Abend mit ihnen und einigen unserer Kindheitsfreunde zu verbringen. Und für den Nachmittag habe ich mich bereits mit meiner Verlobten zu einem Spaziergang verabredet.“

Es folgte eine kurze, beredte Stille, nur unterbrochen vom Schnauben und Scharren der Pferde und dem gelegentlichen Klirren des Zaumzeugs.

„Ihre Verlobte?“, sagte Lady March.

„Ja.“ Vincent lächelte. „Haben Sie noch nichts davon gehört? Ich hätte gedacht, dass inzwischen jeder in Barton Coombs Bescheid weiß. Vor ungefähr zwei Stunden hat Miss

Fry meinen Heiratsantrag angenommen. Ich hoffe, Sie wünschen mir Glück."

„Miss ... Die Maus?", brüllte Sir Clarence.

„Sophia", sagte Lady March gleichzeitig.

„Was?" Miss March klang verwirrt. „Mama?"

„Wir heiraten in London, sobald ich die entsprechenden Vorbereitungen getroffen habe", erklärte Vincent. „Danach bringe ich meine junge Viscountess nach Middlebury Park. Sie brauchen sich keine Sorgen um Ihre Nichte zu machen, Lady March. Sie wird in meiner Obhut sicher sein und in Ehren gehalten werden. Ah, mir ist gerade etwas eingefallen. Martin?"

Er konnte nur hoffen, dass die Tür hinter ihm immer noch offen war. Aber vermutlich hatte Martin ein Auge auf ihn gehabt, solange er in Sichtweite war, um sicherzugehen, dass er nicht über einen Stein stolperte, der etwas größer war als ein Kiesel, oder gegen einen Torpfosten rannte.

„Ja, Mylord?"

„Wären Sie so liebenswürdig, meinen Geldbeutel zu holen und ihm die Summe zu entnehmen, die ein Fahrschein für die Postkutsche nach London kostet? Sir Clarence kann Ihnen den exakten Preis nennen. Sie waren so freundlich, der Nichte Ihrer Frau das Geld vorzustrecken, als sie Barton Hall letzte Nacht verließ, Sir, aber sie wird es nun doch nicht brauchen, und es ist mir ein besonderes Vergnügen, es Ihnen mit tief empfundenem Dank zurückzuerstatten."

Er setzte seinen Weg über die Auffahrt fort, in der Hoffnung, seinen grandiosen Abgang nicht dadurch zu verderben, dass er sich im Geschirr der Pferde verhedderte oder gegen eine offene Kutschentür lief.

„Mama?", hörte er Miss Marchs zitternde Stimme hinter sich.

„Ach, halt den Mund, Henrietta", fauchte ihre liebende Mama verärgert. „Dieses Luder. Nach allem, was ich für sie getan habe."

Vincent ertastete den Torpfosten mit seinem Stock und gelangte sicher auf die Straße. Er konnte sich an Spiele erinnern, bei denen ein Kind mit verbundenen Augen von einem anderen herumgeführt wurde und anschließend raten musste, wo es war. Natürlich hatte Vincent immer geschummelt, wie alle anderen vermutlich auch, indem er unter der Augenbinde hindurchgeblinzelt hatte. Wenn er das doch auch jetzt tun könnte! Aber das Pfarrhaus war nicht weit entfernt. Er würde es finden.

Er würde immer seinen Weg finden, dachte er, auch wenn das flaue Gefühl in seinem Magen ihn wissen ließ, dass er bei seinem ersten Besuch hier übereilt gehandelt hatte – und mit den Folgen ein Leben lang würde klarkommen müssen.

Kurz bevor er das Pfarrhaus erreichte, hörte er den Vierspänner der Marchs über die Dorfstraße davonpreschen – Richtung Barton Hall. Offenbar hatte man sich von der Idee eines Nachmittagsausflugs verabschiedet.

Damit hatte er Sir Clarence einen weiteren Streich gespielt, dachte er. Den letzten und bei Weitem befriedigendsten.

Und er hatte wenigstens etwas getan, um seine Dame zu rächen.

„Gehen Sie oft spazieren? Haben Sie einen Lieblingsplatz, zu dem Sie gern gehen würden?“, erkundigte sich Vincent, als sie kurz darauf das Pfarrhaus verließen. „Ich bin früher gern die schmale Straße hinter der Schmiede entlanggelaufen, dann über das Gatter gesprungen und über die Wiese zum Fluss hinuntergerannt. Wir Jungs haben dort oft geangelt und gebadet. Das war zwar eigentlich verboten, aber wir taten es trotzdem, sogar nachts.“

„Ja, ich gehe gern spazieren. Manchmal nur bis in das Wäldchen im Park von Barton Hall, um allein zu sein, und manchmal auch weiter, wohin mich meine Füße tragen. Ich kenne die Stelle, von der Sie gesprochen haben.“

Sie hatte den Arm genommen, den er ihr reichte, aber wie bereits gestern Abend musste ihr klar sein, dass er sie nicht wirklich verlässlich irgendwohin führen konnte. Er hatte zwar seinen Stock dabei, trotzdem war eher sie diejenige, die die Richtung vorgab.

Er drehte sich in die Richtung, die sie nehmen mussten, um an ihr Ziel zu kommen, aber schon nach wenigen Schritten wurden sie von Miss Waddell gegrüßt, die gleich neben dem Pfarrhaus wohnte. Und sich rein zufällig gerade in ihrem Vorgarten aufhielt, um, wie sie erläuterte, die welken Blüten von einigen ihrer Blumen zu entfernen.

Sie musste seine Ankunft beobachtet haben, dachte Vincent, und das schon zum zweiten Mal an diesem Tag. Und natürlich wusste sie wie jeder andere auch, dass der Vikar Miss Fry heute Morgen in der Kirche entdeckt und mit ins Pfarrhaus genommen hatte. Ebenso sicher, wie sie wusste, dass Miss Fry mitten in der Nacht aus Barton Hall geworfen worden war. Hatte Mrs Parsons nicht erwähnt, dass Miss Waddell eine Abordnung von Damen nach Barton Hall führen wollte, um gegen das Vorgehen der Marchs zu protestieren?

„Was für ein schöner Tag, Lord Darleigh", rief sie. „Und Miss ... Fry, ist das richtig? Sie sind doch Lady Marchs Verwandte, nicht wahr? Und wohnen derzeit im Pfarrhaus?"

Ihre Stimme vibrierte geradezu vor Neugier, und Vincent stellte einigermaßen überrascht fest, dass die Frau des Vikars offenbar seiner Bitte entsprochen und keinem von der Verlobung erzählt hatte.

„Ich freue mich, dass Sie die freudige Nachricht aus meinem Munde vernehmen, Miss Waddell", sagte er. „Miss Fry hat mich heute sehr glücklich gemacht. Wir sind verlobt."

„Du liebe Zeit." Einen Augenblick lang schien es ihr die Sprache zu verschlagen. „Dann muss ich wohl gratulieren", fuhr sie schließlich fort. „Ach Gott, das kommt ja unerwartet. Heute Morgen noch fragte der Vikar überall herum, ob es nicht eine angemessene Anstellung für eine junge Dame gäbe ... Nun ja. Ach, du meine Güte. Wie erfreulich, das muss ich schon sagen."

Es war nicht so schwierig, von ihr loszukommen, wie er es aus früheren Zeiten in Erinnerung hatte. Vincent nahm an, dass sie es gar nicht erwarten konnte, die verblüffende Nachricht zu verbreiten, bevor jemand anders es tun konnte.

„Verzeihen Sie mir bitte“, bat er, als er wieder mit Miss Fry alleine war. „Ich habe den Stand der Dinge verkündet, ohne Sie zuvor zu konsultieren. Ich hoffe, es macht Ihnen nichts aus?“

„Nein, Mylord.“

„Ich habe es Sir Clarence und Lady March und Miss March ebenfalls erzählt, als ich vorhin das Haus verließ“, fügte er hinzu. „Sie kamen vorbei, um mich einzuladen, mit Ihnen einen Ausflug aufs Land zu machen und unterwegs irgendwo vielleicht eine Weile mit Miss March zu flanieren. Es hat mich ungeheuer befriedigt, sie darüber zu informieren, dass ich bereits einen Spaziergang mit meiner Verlobten plante. Wenn Sie doch nur da gewesen wären, um ihre Gesichter zu sehen, als ich präzisierte, um genau welche Dame es sich dabei handelt. Ich bin sicher, es war ein unvergesslicher Anblick. Oh, und ich habe meinem Kammerdiener Martin Fisk aufgetragen, Sir Clarence das Geld für die Fahrkarte nach London zurückzugeben.“

„Oh“, erwiderte sie.

„Wir haben ihm gnadenlose Streiche gespielt, als ich noch ein Junge war“, erzählte er. „Ich sage wir, aber in den allermeisten Fällen war ich sowohl der führende Kopf als auch das ausführende Organ. Einmal sind wir in der Nacht, bevor Sir Clarence den Besuch eines adeligen Admirals und seiner Gattin erwartete, auf das Dach von Barton Hall geklettert. Er hatte schon seit Tagen damit geprahlt, dass er derart illustre Gäste empfangen würde. Wir warfen ein riesiges Laken, auf das wir einen Totenkopf gemalt hatten, über den höchsten Schornstein und hofften, dass es bis zur Ankunft des Admirals unbemerkt bliebe. Tatsächlich hatten wir Glück, zumal an diesem Morgen auch noch eine kräftige Brise wehte. Wenn man den Dienern glauben schenken kann – und das kann man normalerweise –, dann war das Erste, was der Admiral tat, nachdem er aus der Kutsche gestiegen war, einen tiefen Atemzug zu nehmen und nach oben zu schauen, wo das Laken fröhlich im Wind zappelte.“

Sie lachte, ein sorgloser, glücklicher Laut, der ihn erfreute.

„Hat man Sie jemals erwischt?“

„Nie. Aber ein paarmal war es ziemlich knapp. Sir Clarence wusste natürlich immer, wer die Übeltäter waren, aber konnte keinem jemals etwas beweisen. Und obwohl etliche von uns strenge Eltern hatten, kann ich mich des Verdachts nicht erwehren, dass den Beschwerden aus Barton Hall nicht besonders intensiv nachgegangen wurde."

Sie lachte wieder.

„Dann hatten Sie wohl eine glückliche Kindheit, Mylord?", fragte sie dann.

„Oh ja."

Er wandte ihr das Gesicht zu und hätte sie fast nach ihrer eigenen Kindheit gefragt. Aber er wusste ja, dass es eine schwierige und vielleicht, nein ziemlich sicher, auch sehr unglückliche Zeit für sie gewesen war, und er wollte, dass sie sich mit ihm wohlfühlte.

Seiner Vermutung nach mussten sie inzwischen ungefähr auf Höhe der Schmiede sein, und tatsächlich hörte er Mr Fisks Gruß. Schwere Schritte kamen auf ihn zu, und dann packte eine riesige Pranke seine Rechte, samt dem Stock, den sie hielt, und schüttelte sie kraftvoll und ausgiebig.

„Vincent Hunt", dröhnte die mächtige Stimme des Hufschmieds. „Gestern Abend ist es mir und meiner lieben Frau nicht gelungen, auch nur in Ihre Nähe zu kommen. Sie sehen ja inzwischen aus wie ein vornehmer Gentleman, aber im Herzen sind Sie immer noch der alte Schlingel, da bin ich ganz sicher. Hallo, Miss. Sie sind aus Barton Hall, stimmt's? Nein, Moment mal. Sie sind die junge Dame, für die der Vikar sich heute Morgen nach einer Anstellung erkundigt hat, nicht wahr? Er fragte, ob meine Gattin vielleicht jemanden braucht, der ihr im Haus hilft. Sie wohnen wohl jetzt im Pfarrhaus? Na, ich behaupte mal, dass Sie bei Weitem besser dran sind als vorher. Ich würde meinen ärgsten Feind nicht nach Barton Hall schicken."

„Miss Fry und ich sind frisch verlobt", erklärte Vincent.

Daraufhin schüttelte Mr Fisk seine Hand noch herzlicher.

„Ha!", rief er. „Sie verlieren ja wirklich keine Zeit, mein Junge. Aber Sie waren ja nie ein Zauderer und Zögerer. Ich könnte Ihnen so einiges über diesen Spitzbuben hier erzählen, das Ihnen die Haare zu Berge stehen lässt, Miss. Aber er war trotz allem immer ein guter Junge, und er wird Ihnen ein guter Ehemann sein, da bin ich ganz sicher. Ich bin ja so froh, dass Sie sich ein kleines Mädchen vom Lande ausgesucht haben, Vincent – oder Mylord, wie ich Sie ja jetzt wohl nennen sollte –, und nicht eine dieser modischen Anziehpuppen, die die adeligen Herren sich sonst so gern anlachen. Ich wünsche Ihnen beiden viel Glück. Meine Frau würde Ihnen ebenfalls Glück wünschen, aber sie ist gerade viel zu sehr damit beschäftigt, noch mehr Brot und Kuchen für unseren Martin zu backen, um aus dem Fenster zu schauen. Sie glaubt, dass er genauso gemästet werden muss wie sein Vater."

„Ich hoffe, ihr ist klar, dass sie mich ebenfalls mästet, Mr Fisk", sagte Vincent. „Ihr Brot ist das beste, das ich je gekostet habe, und ihre Kuchen werfen sämtliche guten Vorsätze, sich vernünftig zu ernähren, über den Haufen."

Er ging mit Miss Fry weiter, und gleich darauf bogen sie in die stille Straße ab, die parallel zum Fluss verlief, wenn auch in einiger Entfernung.

„Ein kleines Mädchen vom Lande", wiederholte er Mr Fisks Bemerkung. „Sind Sie das? Oder empfinden Sie es als Beleidigung?"

Er kannte sie so wenig. Wieder hatte er dieses unbehagliche Gefühl im Bauch, etwas Übereiltes getan zu haben, das er jedoch nicht mehr rückgängig machen konnte.

„Nicht wenn die Alternative ist, eine dieser modischen Anziehpuppen zu sein, die die vornehmen Herren sich so gern anlachen", gab sie zurück. „Denn das scheint doch eher vernichtend zu sein, wenn man auf das Urteil eines Hufschmieds Wert legt."

Er musste lachen. Ihre Antwort überraschte und erfreute ihn, denn sie zeugte sowohl von Geist als auch von Humor.

„Mr Fisk ist der Vater meines Kammerdieners“, erklärte er. „Martin und ich sind zusammen aufgewachsen. Als ich in den Krieg zog, bat er darum, als mein Bursche mitkommen zu können. Nachdem ich verwundet worden war, bestand er darauf, als Kammerdiener bei mir zu bleiben, und seither werde ich ihn einfach nicht mehr los. Und ich habe es wirklich versucht, vor allem in den ersten Jahren, als ich kein Geld hatte, um ihn zu bezahlen und sein einziger Lohn Kost und Logis auf dem Anwesen in Corwall war, wo ich mich damals erholte. Er hat sich schlichtweg geweigert zu gehen.“

„Dann muss er Sie lieben.“

„Ja, das tut er wohl“, stimmte er zu. Er hatte noch nie zuvor in dieser Weise darüber gedacht. Und Martin gewiss auch nicht. „Wir müssten jetzt recht nah bei dem Gatter sein.“

„Noch etwa zwanzig Schritte.“

Er hatte nicht weiter darüber nachgedacht, wie er das Hindernis überwinden sollte. Natürlich war er im Lake Distrikt in weit rauerem Gelände unterwegs gewesen, aber da hatte er Martin dabei. Nicht, dass der ihn jemals getragen oder auch nur gehoben hätte, aber sie waren aneinander gewöhnt und fühlten sich wohl miteinander. Martin wusste genau, welche Warnungen und Hinweise er brauchte, und auch, wann er sie geben musste.

Vincent konnte sich an dieses Gatter erinnern. Er war an die Tausend Mal darübergeklettert.

„Ich gehe zuerst“, sagte er, als sie davor standen. „Dann kann ich zumindest so tun, als ob ich Ihnen rüberhelfe.“

Er hängte seinen Gehstock an die oberste Latte, froh darüber, dass sie nicht versuchte, ihm das sperrige Ding abzunehmen, oder darauf bestand, als Erste zu klettern, damit sie ihm über das Gatter helfen konnte. Jeder Mann brauchte ein Mindestmaß an Würde.

Er fühlte sich gehemmt und hatte ehrlicherweise schreckliche Angst, einen Narren aus sich zu machen. Es gab zwei Holzlatten, eine knapp einen Meter über dem Boden, die andere, über die er gerade seinen Stock gehängt hatte, etwa sechzig Zentimeter darüber. Unter der unteren Latte führte ein dritter, flacherer Balken durch, allerdings nicht ganz im Neunzig-Grad-Winkel. Auf dieser Seite befand sich eine grasbewachsene Erhöhung. Die andere Seite lag tiefer, ausgetretener und hatte eine Mulde in der Mitte, dort, wo Tausende Füße nach dem Sprung vom Gatter gelandet waren. Wenn es geregnet hatte, war sie voller Schlamm, ein echtes Paradies für Jungen. Glücklicherweise hatte es in den letzten paar Tagen nicht geregnet. Auf beiden Seiten des Gatters wuchsen hohe Weißdornhecken, dahinter erstreckte sich eine Wiese, üppig bewachsen mit Gänseblümchen, Butterblumen und Klee. Und dahinter, immer noch ein Stück entfernt, war der Fluss.

Ob die Kinder immer noch hierherkamen? Im Moment war niemand zu hören. Aber vielleicht waren sie alle in der Schule.

Seine Sorgen erwiesen sich als überflüssig. Er kam ohne Schwierigkeiten über das Gatter, war jedoch froh, dass ihm die Kuhle auf der anderen Seite rechtzeitig wieder eingefallen war, sonst wäre sein Sprung tiefer gewesen als erwartet. Er drehte sich zum Gatter um, ertastete die unterste Latte mit der Innenseite seines Fußes und streckte eine Hand nach oben.

„Madam, erlauben Sie mir, Ihnen behilflich zu sein. Sie brauchen keine Angst zu haben."

Wieder lachte sie, ein hübscher, tirilierender Klang, der aus vollem Herzen zu kommen schien, als habe sie Spaß an der Sache. Und dann spürte er ihre kleine Hand in seiner, und sie sprang und landete direkt neben ihm.

„Haben wir die Wiese für uns allein?", erkundigte er sich, obwohl er fast sicher sein konnte, dass dem so war.

„Haben wir." Sie entzog ihm ihre Hand. „Oh, was für eine herrliche Jahreszeit. Eigentlich die schönste, jetzt, wenn der Frühling sich gerade in den Sommer verwandelt. Die Wiese sieht aus wie ein bunter Teppich. Soll ich sie Ihnen beschreiben?"

„Später. Aber Sie brauchen sich nicht ständig dazu verpflichtet zu fühlen, mir die Dinge zu schildern. Ich lerne lieber, die

Welt durch meine anderen Sinne zu erfahren, als andauernd zu versuchen, mir vorzustellen, was ich nicht mehr mit eigenen Augen sehen kann. Wenn Sie mir eine Szene beschreiben, dann werde ich dasselbe für Sie tun, aber meine Beschreibung wird voller Töne und Gerüche und manchmal auch Berührungen sein. Sogar Geschmack. Ergibt das für Sie irgendeinen Sinn?"

„Ja", erwiderte sie. „Oh ja, das tut es. Und es erklärt auch, warum Sie kein Opfer sind."

Er hob fragend die Brauen.

„Warum Sie nicht wie ein Opfer agieren", erläuterte sie. „Ich bewundere das."

Er legte den Kopf leicht schräg.

„Haben Sie sich manchmal wie ein Opfer gefühlt?", fragte er. „Im Grunde tun wir das wohl alle. Zumindest nehme ich an, dass Sie die meisten Menschen hin und wieder als Opfer empfinden. Dafür muss man sich nicht schämen, denn manchmal sind wir Opfer. Aber manchmal gelingt es uns, weil wir Glück haben oder besonders gewissenhaft sind, über unser Selbstmitleid hinauszuwachsen. Mir ist das natürlich ungemein dadurch erleichtert worden, dass ich, zwei Jahre nachdem ich erblindete, ein Vermögen geerbt habe. Für die Freiheit, die ich dadurch gewonnen habe, werde ich ewig dankbar sein."

„Und ich heirate Sie", murmelte sie tonlos.

Damit es für sie leichter wurde, sich aus der Opferrolle zu befreien? Doch es gehörte immer mehr dazu als Glück und Geld, um sein Selbstmitleid zu überwinden. Mitunter war es so sehr in den Kern der Persönlichkeit vorgedrungen, dass nichts und niemand diese Menschen dazu bringen konnte, sich ihres Lebens zu freuen. War Miss Fry selbstmitleidig? Er kannte sie nicht gut genug, um darauf eine Antwort zu haben.

„Ich kann Sie nicht sehen. Ich habe Sie nur gehört – und Ihre Hand berührt und an meinem Arm gespürt. Ich habe den schwachen Duft Ihrer Seife gerochen. Ich würde Sie gern ein bisschen besser kennen, Miss Fry."

Er hörte, wie sie scharf die Luft einzog.

„Sie möchten mich … berühren?“, fragte sie.

„Ja.“

Nicht in lüsterner Absicht, das würde sie hoffentlich ohne weitere Worte begreifen. Er konnte es nicht über sich bringen, es laut auszusprechen.

Sie war ihm sehr nahe, auch wenn sie ihn nicht sofort berührte und er auch nicht die Hand nach ihr ausstreckte. Er konnte Stoff knistern hören und vermutete, dass sie ihren Hut und vielleicht auch ihren Mantel ablegte. Dann hörte er, wie sein Stock leicht an den Latten des Gatters schabte. Sie musste ihre Sachen danebengehängt haben.

Sie standen nebeneinander auf der anderen Seite des Gatters, hoffentlich hinter dem hohen Weißdorn, sodass sie von der Straße aus nicht gesehen werden konnten. Zum Glück war es keine sehr belebte Straße.

Sie hatte sich vor ihn gestellt, das konnte er fühlen. Und dann spürte er ihre Fingerspitzen federleicht an seiner Brust. Er hob die Hände und fand ihre Schultern. Sie waren schmal und dünn, aber doch kräftig. Er ließ seine Finger weiter gleiten, bis er die warme glatte Haut ihrer Kehle spürte und ihren gleichmäßigen Puls unter seinem Daumen fühlen konnte. Er strich mit beiden Händen an den Seiten ihres schlanken Halses entlang, über kleine Ohren und in ihr Haar, das dicht und weich und gelockt war und wirklich sehr kurz, wie sie gesagt hatte.

Sie sieht aus wie ein Junge …

Er beugte seinen Kopf näher zu ihrem. Der Seifenduft, den er gestern Abend bemerkt hatte, war am stärksten in ihrem Haar. Sie musste es erst kürzlich gewaschen haben. Er spürte ihren warmen Atem an seinem Kinn.

Er erkundete ihr Gesicht mit seinen Fingerspitzen. Eine glatte, ziemlich breite Stirn. Fein geschwungene Augenbrauen. Geschlossene Lider über Augen, von denen sie gesagt hatte, dass sie manchmal braun und manchmal grün waren. Ihr Haar war kastanienbraun. Aber Farben interessierten ihn nicht mehr.

Sie hatte lange Wimpern. Eine kurze, gerade Nase – die typische Aufwärtskurve der Stupsnase, die sie angeblich hatte, konnte er nicht ertasten. Hohe Wangenknochen, warme Wangen, so zart wie das Blütenblatt einer Rose, straffe Gesichtskonturen, die sich nach unten zu einem kleinen, spitzen Kinn verjüngten.

„Herzförmig", murmelte er.

Er umschloss ihr Kinn mit beiden Händen, und seine Daumen fanden ihren Mund. Breit. Mit weichen, großzügig geschwungenen Lippen. Er ließ beide Daumen sanft über ihre Lippen gleiten und legte sie dann rechts und links an ihre Mundwinkel.

Die ganze Zeit über hatte sie sich weder bewegt noch einen Laut von sich gegeben. Ihre Gesichtsmuskeln waren entspannt. Er hoffte, dass das auch für den Rest von ihr galt, denn er wollte sie auf keinen Fall in Verlegenheit bringen oder ängstigen. Aber seine Fingerspitzen waren nun mal seine Augen.

Er beugte seinen Kopf nach vorn, bis er ihre Wärme und ihren Atem an seinem Gesicht fühlen konnte. Sie wich nicht zurück und protestierte auch nicht gegen diese Annäherung. Er berührte ihre Lippen mit seinen.

Es war kein richtiger Kuss; sein Mund ruhte einfach nur auf ihrem. Um ein Gefühl für sie zu bekommen, einen Geschmack, den er nur mit ihr verband. Und um zu besiegeln, dass sie vor Kurzem übereingekommen waren, sich zu verloben.

Ihre Lippen zitterten einen Moment unter seinen, dann entspannten sie sich wieder. Sie küsste ihn ebenfalls nicht richtig, aber auch sie ließ ihren Mund an seinem ruhen. Und akzeptierte damit vielleicht, dass sie nun zueinandergehörten.

Er zog sich ein Stück zurück und hob seine Hände wieder zu ihrem Kopf, ließ seine Finger durch ihr Haar gleiten, trat einen halben Schritt auf sie zu und zog ihr Gesicht sanft gegen sein Halstuch. Dann strich er mit einer Hand an ihrem Rückgrat entlang, um ihren Körper an sich zu ziehen, bis er ihn mit seinem spüren konnte.

Klein. Dünn oder zumindest sehr schlank. Keine bemerkenswerten Kurven, soweit er feststellen konnte, aber natürlich tastete er ihren Leib auch nicht auf intime Weise ab. Dazu hatte er kein Recht. Noch nicht.

Sie gab jeder seiner Bewegungen nach, drückte sich aber nicht aktiv gegen ihn. Ihre Hände lagen locker rechts und links auf Taillenhöhe an seinem Gehrock.

So standen sie eine Weile, wie lange, vermochte er hinterher nicht zu sagen.

Sie hatte sich völlig zutreffend beschrieben. Sie hatte keinerlei üppige weibliche Formen. Womöglich sah sie, wie Martin gesagt hatte, sogar tatsächlich wie ein Junge aus. Sie war gewiss nicht schön oder auch nur hübsch. Mit an Sicherheit grenzender Wahrscheinlichkeit war sie keine Frau, die bewundernde Männerblicke auf sich zog. Aber nachdem er die sanfte, warme Nachgiebigkeit ihres Körpers gespürt und ihren Seifenduft eingeatmet hatte, scherte er sich nicht einen verdammten Deut darum, wie sie aussah.

Dies hier war seine künftige Frau, und obwohl er wusste, dass er sich, sobald er allein war, wieder die gesamte Skala seiner Bedenken vorbeten würde, fühlte er sich doch seltsam … berührt von ihr.

„Miss Fry“, murmelte er in ihr Haar hinein. Aber die formale Anrede klang falsch, während er sie doch gleichzeitig so vertraut hielt. Gewiss war sie nun mehr als eine flüchtige Bekannte. „Oder darf ich Sie Sophia nennen?“

Ihre Stimme klang gedämpft aus den Falten seines Halstuchs. „Können Sie mich Sophie nennen? Oh, bitte, tun Sie es. Niemand hat mich je so genannt.“

Er runzelte leicht die Stirn. Es hatte so viel Schmerz in dieser Bitte gelegen. Nein, nicht direkt Schmerz, aber doch eine tiefe, drängende Sehnsucht.

„Dann sollen Sie immer Sophie für mich sein“, versicherte er. „Sophie, ich glaube, dass Sie hübsch sind. Und bevor Sie mir jetzt widersprechen, mit dem Argument, dass Ihr Spiegel

Ihnen etwas anderes erzählt und dass ich niemals so etwas sagen würde, wenn ich Sie sehen könnte, lassen Sie mich hinzufügen: Auch eine Perle sieht vermutlich nicht besonders bemerkenswert aus, solange sie sich in ihrer Auster versteckt.“

Er hörte ein leises Lachen an seiner Brust, dann löste sie sich von ihm. Einen Augenblick später spürte er seinen Stock am rechten Handrücken und nahm ihn von ihr entgegen.

Hatte er etwas Falsches gesagt?

„Lassen Sie uns zum Fluss runtergehen“, schlug sie vor. „Wir könnten eine Weile am Ufer sitzen. Ich knüpfe eine Kette aus Gänseblümchen, und Sie dürfen behaupten, dass Gänseblümchen mindestens so lieblich sind wie die teuersten Rosen. Wie soll ich Sie nennen, Mylord?“

„Vincent“, sagte er. Er hörte sie neben sich herumwuseln, wahrscheinlich legte sie wieder Hut und ihren Mantel an, und musste unwillkürlich lächeln.

Vielleicht war das, was er da gerade tat, ja doch nicht so übereilt. Er hatte jedenfalls das deutliche Gefühl, dass er sie bald sehr gernhaben könnte. Und nicht etwa, weil er es sich fest vorgenommen hatte. Sondern weil …

Nun ja, weil sie wirklich liebenswert war.

Zumindest hatte er diesen Eindruck.

Es war zu früh, um ganz sicher zu sein. Würde sie ihn mit der Zeit wohl mögen? War er überhaupt liebenswert? Er war eigentlich immer dieser Meinung gewesen.

Aber es war noch zu früh, um zu wissen, ob sie diese Meinung teilte.

Und es war zu früh, um über die fernere Zukunft nachzudenken, die er ihr so vorschnell angeboten hatte. Aber das würde es immer sein. Denn die Zukunft hatte nun mal die Angewohnheit, komplett anders zu sein als alles, was man für sie plante oder von ihr erwartete.

Die Zukunft würde schlicht und ergreifend ihren Lauf nehmen.

7. KAPITEL

Nehmen Sie mit mir den Tee in Covington House, bevor ich Sie zum Pfarrhaus zurückbringe?", fragte Lord Darleigh, als sie auf dem Rückweg ins Dorf waren. „Wir haben einiges zu besprechen."

Wir.

Während ihres Spaziergangs am Fluss und ihrer Pause am Ufer war das Thema Verlobung nicht angeschnitten worden. Er hatte von Barton Coombs und seiner Kindheit erzählt, und sie hatte eine Gänseblümchenkette geknüpft, die er erst mit den Fingern berührt und begutachtet und ihr dann ziemlich unbeholfen über den Kopf gestreift hatte, wo sie zunächst an der Krempe ihres Huts hängen geblieben war, aber dann doch dort landete, wo sie hinsollte, nämlich um ihren Hals.

Sie hatten beide gelacht.

Das fand sie besonders unglaublich: dass sie mehr als einmal miteinander gelacht hatten. Oh, und es hatte andere Dinge gegeben, die sogar noch unglaublicher waren. Er hatte sie berührt. Natürlich war ihr klar, dass er es nur deshalb tat, weil er sie nicht sehen konnte, aber er hatte sie wirklich berührt, erst mit seinen Fingern, warm und sanft und respektvoll. Und dann mit seinen Lippen ...

Und er hatte sie im Arm gehalten. Das war das Unglaublichste. Er hatte ihren Körper ganz eng an seinen gezogen, und neben der schockierenden Erfahrung, seinen männlichen, muskulösen Leib so nah zu spüren, war da das wunderbare, unendlich wunderbare Gefühl gewesen, von jemandem festgehalten zu werden. Als ob sie ihm etwas bedeutete. Als ob sie irgendwie wertvoll für ihn war. Als ob sie für ihn eine Identität hatte.

Was war heute doch für ein unfassbar merkwürdiger Tag. Er hatte so desaströs begonnen, kurz nach Mitternacht, als Sir Clarence und Tante Martha und Henrietta nicht allzu lange nach ihr vom Dorffest zurückkehrten und ohne anzuklopfen in ihre Schlafkammer eingedrungen waren. Obwohl sie bereits im Bett lag und die Kerze gelöscht hatte. Wie konnte ein Tag, der mit einer derartigen Katastrophe begonnen hatte, auf diese Weise enden? Dabei war er ja noch nicht einmal zu Ende. Lord Darleigh wollte mit ihr beim Tee in Covington House die Pläne für ihre gemeinsame Zukunft besprechen.

Ohne Anstandsdame. Aber das spielte wohl keine Rolle mehr. Sie waren schließlich verlobt, und es war noch heller Tag. Während ihres Spaziergangs war ja auch keine Anstandsdame dabei. Genau genommen hatte sie in Bezug auf sich selbst noch nie an eine Anstandsdame gedacht.

„Danke, sehr gern“, erwiderte sie.

Sie war ziemlich sicher, dass sie ihn bald sehr gernhaben würde. Plötzlich stiegen ihr Tränen in die Augen, und ihr wurde die Kehle eng. Es hatte in den vergangenen fünf Jahren so wenig Menschen gegeben, die sie gernhatte, und auch davor nicht unbedingt viele. Aber was war das doch für ein selbstmitleidiger Gedanke! Dabei hatte sie schon vor Jahren gelernt, dass Selbstmitleid zu Selbstaufgabe führte. Um sich zu schützen, hatte sie es in Satire verwandelt und in ihren Skizzen verarbeitet. Aber es gab nichts Satirisches im Zusammenhang mit Viscount Darleigh, nichts an ihm war lächerlich – nicht mal sein tollpatschiger Versuch, ihr die Gänseblümchenkette umzulegen.

Sie fragte sich, ob *sie* wohl ein liebenswerter Mensch war. Eine Frage, die sie sich nie zuvor gestellt hatte.

Als sie in Covington House ankamen, öffnete ihnen Lord Darleighs Kammerdiener, Mr Fisk, die Tür. Sein Blick ruhte unverwandt auf Sophia, während der Viscount ihn bat, den Tee in den Salon zu bringen. Seine Miene war so unbewegt wie die der meisten Bediensteten, aber Sophia konnte in seinen Augen Ablehnung, ja sogar Abneigung erkennen. Auch sonst wirkte er einigermaßen beängstigend auf sie; er war größer und breiter als sein Herr und sah mehr nach Hufschmied aus als nach einem Kammerdiener.

Sie lächelte ihm nicht zu. Man lächelte Diener nicht an, sie verabscheuten einen dann nur umso mehr, das hatte sie mitbekommen, als sie bei Tante Mary lebte.

Das Haus, um das sie in den vergangenen zwei Jahren so viele Geschichten über Freundschaft und Familie gewoben hatte, war von innen eindrucksvoller als erwartet. Der Salon war geräumig und quadratisch, mit gemütlich wirkenden alten Möbeln, einem großen Kamin und einer Verbindungstür zu einem Garten, in dem zwar – anders als früher, vermutete sie – keine Blumen wuchsen, der aber immer noch recht gepflegt wirkte. An einer Wand stand ein Pianoforte, darauf lag ein Geigenkasten.

„Nehmen Sie Platz." Lord Darleigh deutete in Richtung Kamin, und Sophia setzte sich in einen der Ohrensessel, die dort standen. Er legte den Kopf leicht schräg, was sie bereits als Zeichen zu deuten wusste, dass er aufmerksam lauschte. Dann ging er zu dem Sessel auf der anderen Seite des Kamins und setzte sich ebenfalls.

„Ich denke, wir sollten in London heiraten, Sophie", sagte er. „Mit einer Sondergenehmigung. Das sollte sich binnen einer Woche erledigen lassen, und danach bringe ich Sie in Ihr neues Zuhause nach Gloucestershire. Middlebury ist ein weitläufiges, stattliches Herrenhaus. Der Park ist riesig und von Bauernhöfen umgeben. Es ist ein geschäftiges, gewinnträchtiges Anwesen. Die Aussicht, dorthin zu gehen, ist gewiss zunächst einschüchternd für Sie, das weiß ich wohl. Aber …"

Er unterbrach sich, als Mr Fisk das Teetablett hereinbrachte und auf einem kleinen Tisch neben Sophias Sessel abstellte. Wieder schaute er ihr direkt ins Gesicht, wobei seine Augen völlig ausdruckslos waren. Dann zog er sich zurück.

„Danke, Martin", sagte der Viscount.

„Sir."

Sophia schenkte den Tee ein und stellte die Tasse in Reichweite von Viscount Darleigh ab. Dann legte sie ein Rosinenküchlein auf einen Teller, den sie ihm in die Hand gab.

„Danke, Sophie." Er schwieg kurz. „Es tut mir leid", fuhr er fort. „Ich sagte ja, *wir* müssen Pläne machen, nicht wahr? Und jetzt teile ich Ihnen diese Pläne einfach mit."

„Binnen einer Woche?", fragte sie.

Die Wirklichkeit drohte sie zu überrollen. Sie würde mit Viscount Darleigh von hier weggehen. Sie würden nach London fahren und dort heiraten. Binnen einer Woche. Sie wäre dann eine verheiratete Dame – Lady Darleigh.

Mit einem eigenen Zuhause. Und einem Ehemann.

„Aber ich glaube wirklich, dass das der beste Plan ist", erklärte er. „Ich habe ein sehr inniges Verhältnis zu meinen Angehörigen. Sie sind mir gegenüber besonders liebevoll und fürsorglich, weil ich der einzige Mann und außerdem der Jüngste bin. Und dann bin ich auch noch blind. Sie würden mich komplett erdrücken, wenn ich ihnen gestatten würde, unsere Hochzeit zu organisieren. Sie haben keine eigene Familie, die in dieser Konstellation als Gegengewicht wirken und den Eifer meiner Verwandten ein wenig eindämmen könnte. Keinen, der einen Riesenwirbel um Sie macht und Sie mit seiner liebenden Fürsorge erdrückt. Daher wäre es unfair, Sie direkt nach Middlebury zu bringen."

Sie hatte zwei Tanten, zwei Onkel, eine Cousine und einen Cousin, sofern man Onkel Terrences Stiefsohn Sebastian mitzählte. Aber er hatte natürlich trotzdem recht. Sie hatte keinen, der daran interessiert sein könnte, zu ihrer Hochzeit zu kommen, geschweige denn dabei helfen wollte, sie zu planen.

„Mir wurde erzählt, dass die Tasche, die Sie heute Morgen in der Kirche dabeihatten, nicht sehr groß ist, Sophie. Haben Sie den größten Teil Ihrer Kleider und Besitztümer in Barton Hall gelassen? Soll ich Martin dorthin schicken, damit er die Sachen abholt? Oder haben Sie alles mitgenommen, was Ihnen gehört?"

„Ich habe ein paar Kleider zurückgelassen."

„Wollen Sie sie haben?"

Sie zögerte. Sie hatte praktisch nichts anderes anzuziehen, aber brauchte sie wirklich in ihrem neuen Leben Henriettas abgelegte Kleider? Keines passte richtig, manche waren sogar richtig schäbig. Sie hatte ihr Skizzenbuch und ihre Zeichenkohle mitgenommen und immerhin ein Kleid zum Wechseln.

„Nein."

„Gut. Dann bekommen Sie eine komplett neue Ausstattung. In London können Sie alles kaufen, was Sie benötigen."

„Ich habe kein Geld." Sie runzelte die Stirn und stellte ihre Tasse zurück in die Untertasse. „Und ich kann nicht von Ihnen verlangen ..."

„Das tun Sie auch nicht. Aber Sie werden meine Frau, Sophie. Fortan kümmere ich mich um alle Ihre Bedürfnisse. Und Sie können gewiss sein, dass ich Sie so kleiden werde, wie es Ihrem Rang entspricht."

Sie stellte Tasse und Untertasse auf dem Tablett ab, lehnte sich in ihrem Stuhl zurück und biss in ihren Zeigefinger.

„Ich würde am liebsten alles an einem Tag in London erledigen", sagte er. „Sie könnten Ihre Einkäufe machen, während ich die Sondergenehmigung einhole, und dann würden wir heiraten. Aber so schnell werden wir das nicht alles hinbekommen. Ich bin jedoch davon überzeugt, dass Sie im Haus meines Freundes Hugo, Lord Trentham, willkommen sind. Ich habe ihn ja heute Vormittag bereits erwähnt."

Allein der Gedanke an das, was ihr alles bevorstand, erfüllte sie mit Angst und Schrecken. Vor lauter Aufregung war ihr beinahe übel, und sie war froh, dass sie nichts von dem Kuchen gegessen hatte.

„Sophie? Jetzt habe ich doch alles für sie entschieden, nicht wahr? Aber das ist das Einzige, was mir eingefallen ist. Haben Sie vielleicht noch eine andere Idee?"

Höchstens, morgen in die Postkutsche zu steigen und allein in eine unsichere Zukunft zu reisen. Aber sie wusste, dass sie das nicht tun würde. Nicht jetzt, da sie eine nur allzu verlockende Alternative hatte.

„Nein", erwiderte sie. „Aber sind Sie sicher …"

„Oh ja. Ich bin ganz, ganz sicher. Wir kriegen das hin. Ganz bestimmt. Sagen Sie mir, dass Sie mir glauben."

Sie schloss die Augen. Sie wollte diese Ehe so schrecklich gern. Sie wollte ihn so schrecklich gern – seine Freundlichkeit, seinen Humor, seine Träume, seine Begeisterungsfähigkeit, ja sogar seine Verletzlichkeit. Sie wollte jemanden für sich selbst. Jemanden, der sie beim Namen nannte und sie tröstend im Arm hielt und mit ihr lachte. Jemanden, der schön und fast schon schmerzhaft anziehend war.

Sie wollte jemanden haben, der ihr zerschmettertes Selbstbild wieder zusammensetzte und es ihr zurückgab.

Und jemanden, der …

„Sie haben vor, mich auch dann noch zu unterstützen, wenn ich Sie verlassen habe?", fragte sie.

„Sogar, wenn Sie …" Er starrte in ihre Richtung. „Sie werden immer meine Frau sein und von daher meine Verantwortung, Sophie. Und ich werde selbstverständlich auch entsprechende Verfügungen in meinem Testament treffen. Aber … müssen wir jetzt wirklich schon an diese ferne Zukunft denken? Ich würde es vorziehen, mich mit der unmittelbar bevorstehenden Zukunft zu beschäftigen. Immerhin sind wir gerade dabei, zu heiraten. Lassen Sie uns also übers Heiraten nachdenken und über unser gemeinsames Zuhause, und das andere ergibt sich dann schon. Wollen wir es so halten?"

Er sah eifrig aus und ein bisschen ängstlich.

Und auch sie hatte ein wenig Angst – nicht etwa davor, dass ihr Traum nicht in Erfüllung gehen würde. Sondern davor, dass er sich erfüllen könnte.

„Ja", stimmte sie ihm zu, und er lächelte.

„Dann brechen wir morgen früh auf. Ist Ihnen das recht?"

So bald?

„Ja, Mylord."

Er legte den Kopf schräg.

„Ja, Vincent", korrigierte sie sich.

„Darf ich Ihnen etwas auf der Geige vorspielen?“, erkundigte er sich. „Bei dieser Frage handelt es sich übrigens nur um eine andere Form der Ankündigung, dass ich Ihnen auf jeden Fall etwas vorspielen werde, da Sie ganz bestimmt viel zu höflich sind, ablehnend zu antworten.“

„Ist das dort Ihre Geige? Ich fände es ganz wunderbar, wenn Sie mir etwas vorspielen würden.“

Er lachte, stand auf und ging zum Klavier hinüber. Er fand seinen Weg ohne Einsatz seiner Hände.

Dann öffnete er den Geigenkasten, positionierte das Instrument unter seinem Kinn, nahm den Bogen, drehte sich halb zu ihr und fing an zu spielen. Mozart vielleicht, aber sie war nicht sicher. Sie hatte nicht oft Gelegenheit gehabt, Musikaufführungen beizuwohnen. Aber es spielte keine Rolle. Sie faltete die Hände, hob sie an ihren Mund und dachte, dass sie noch nie in ihrem Leben etwas so Schönes gehört hatte. Ihr Körper bewegte sich leicht, als ginge er völlig in den Melodien auf.

Nachdem das Stück zu Ende war, verstaute er die Violine wieder in ihrem Kasten. „In Penderris Hall sagen sie immer, dass mein Spiel alle Katzen in Hörweite zum Jaulen bringt. Aber das kann ja wohl nicht stimmen, oder? Jedenfalls höre ich hier keine einzige Katze jaulen.“

Während ihres Spaziergangs hatte er ihr von Penderris Hall in Cornwall erzählt, dem Anwesen des Duke of Stanbrook. Nach seiner Rückkehr von der Halbinsel hatte er dort ein paar Jahre verbracht, um zu lernen, mit seiner Blindheit zu leben. In dieser Zeit entwickelte sich zwischen sieben Menschen – einer Frau und sechs Männern, den Duke eingeschlossen – eine enge Freundschaft. Die Gruppe bezeichnete sich selbst als den „Club der Überlebenden“ und verbrachte bis heute jedes Jahr ein paar gemeinsame Wochen in Penderris.

Wie grausam von diesen Freunden, sein Spiel zu verspotten, dachte Sophia. Aber er lächelte, als denke er gern an diese Beleidigung zurück. Aber natürlich, sie konnten nur gescherzt haben, schließlich waren sie seine Freunde. Er hatte ihr erzählt, wie sie einander neckten und mit allen Mitteln ermutigten, wenn einer von ihnen drohte, in Traurigkeit zu versinken.

Wie schön musste es sein, Freunde zu haben. Freunde, die sich sogar die Freiheit nehmen würden, einen zu necken.

„Vielleicht liegt das ja daran, dass es hier keine Katzen gibt", sagte sie.

Und wartete mit klopfendem Herzen.

„Autsch!" Er zuckte theatralisch zusammen und fing an zu lachen. „Sie sind ja genauso schlimm wie die anderen. Nun ja, ich muss mich wohl damit abfinden, dass ich verkannt bin wie alle Genies. Ich wage mal zu behaupten, das Pianoforte ist grässlich verstimmt. Vermutlich hat seit Jahren kein Mensch mehr darauf gespielt."

Sophia war geradezu lächerlich froh. Sie hatte einen Scherz gemacht, und er lachte darüber und warf ihr dann vor, genau – so schlimm zu sein wie seine Freunde.

„Sie spielen auch Pianoforte?"

„Ich habe in den letzten beiden Jahren Unterricht auf beiden Instrumenten genommen. Ich bin auf keinem sonderlich bewandert, aber immerhin: Ich werde immer besser. Was man von meinen Versuchen an der Harfe nicht gerade sagen kann. Sie hat einfach zu viele Saiten, und ich war mehr als einmal kurz davor, das verdammte Ding aus dem Fenster zu werfen. Aber da der Fehler eindeutig bei mir liegt und nicht bei der Harfe und es mir selbst auch nicht besonders gut gefallen würde, aus dem Fenster geworfen zu werden, pflege ich diesen Drang zu unterdrücken. Aber ich bin nach wie vor wild entschlossen, auch die Harfe zu bezwingen."

„Sie haben das Klavierspiel nicht als Junge gelernt?", wollte sie wissen.

„Keiner ist je auf die Idee gekommen, auch ich nicht. Klavierspielen war eine Beschäftigung für Mädchen. Und im Großen und Ganzen bin ich froh, dass ich es damals nicht lernen musste. Ich hätte es verabscheut."

Er setzte sich auf die lange Klavierbank und hob den Deckel an. Sophia beobachtete, wie seine Finger tastend über die schwarzen Tasten glitten, bis er mit dem Daumen die weiße Taste für das eingestrichene C fand.

Das Stück, das er wählte, hatte sie schon von Henrietta gehört. Er spielte langsamer, bemühter als ihre Cousine, aber vollkommen akkurat. Das Instrument war tatsächlich verstimmt, aber nicht sehr, nur so viel, dass die Melodie melancholischer klang als sonst.

Er hob die Hände von der Tastatur. „Sie dürfen ihre ausufernden Beifallsbekundungen so lange zurückhalten, bis das Konzert zu Ende ist."

Sie applaudierte lächelnd.

„Wollen Sie damit andeuten, dass das Konzert bereits am Ende ist?", erkundigte er sich.

„Auf keinen Fall", gab sie zurück. „Applaus verlangt normalerweise nach einer Zugabe."

„Aber höflicher Applaus signalisiert normalerweise das Ende einer Aufführung. Und dieser Applaus war eindeutig höflich. Davon abgesehen habe ich mein Repertoire bereits erschöpft. Möchten Sie vielleicht versuchen, diesem jämmerlichen Instrument so etwas wie Musik zu entlocken? Spielen Sie?"

„Ich habe es nie gelernt."

„Ah." Er wandte den Kopf in ihre Richtung. „Höre ich da eine gewisse Sehnsucht? Sophie, sehr bald können Sie alles tun, was Sie möchten. In angemessenem Rahmen, versteht sich."

Sie schloss kurz die Augen. Die Vorstellung war zu überwältigend, um sie vollständig zu erfassen. Sie hatte immer … ach, einfach nur lernen wollen.

„Singen Sie?", fragte er. „Kennen Sie irgendwelche Volkslieder? Präziser gefragt: Kennen Sie ‚Early One Morning'? Das ist nämlich das einzige Lied, das ich einigermaßen zuverlässig begleiten kann."

Er spielte die ersten Takte.

„Das kenne ich." Sie stand auf und ging zu ihm. „Ich kann einen Ton halten, aber ich bezweifle, dass man mich je dazu auffordern wird, an einem der großen Operhäuser aufzutreten."

„Wie arm an Musik wäre doch unser Leben, wenn nur diejenigen, die mit außergewöhnlichem Talent gesegnet sind, sich aktiv damit beschäftigen dürften", bemerkte er. „Sie singen, ich spiele."

Seine Hände – die bereits ihr Gesicht berührt hatten – waren schlank und wohlgeformt, mit kurzen, perfekt gepflegten Nägeln.

Er wiederholte die ersten Takte, und sie fing an zu singen.

„Eines Morgens, als die Sonne gerade aufging, hörte ich im Tal dort unten ein Mädchen singen."

Sein Kopf war über die Tasten gebeugt, seine Lider waren gesenkt.

Warum waren fast alle Volkslieder traurig? Lag es daran, dass Traurigkeit herzzerreißender war als Glück?

„Oh betrüg mich nicht, verlass mich nicht. Wie kannst du ein armes Mädchen so hintergehen?"

Sie sang das Lied bis zum Ende. Als sie fertig war, ließ er seine Hände auf den Tasten ruhen und hob auch nicht den Kopf.

Wieder wurde ihr die Kehle eng. Das Leben war so oft eine traurige Angelegenheit, voller Lügen und Verluste.

Und dann spielte er weiter, nicht ganz so flüssig, eine neue Melodie, und er traf nicht jede Note. Und dann fing er an zu singen.

„In Richmond Hill, da gibt's ein Mädel, noch schöner als ein Morgen im Mai ..."

Er hatte einen leichten, angenehmen Tenor, aber auch er würde gewiss nie auf der Bühne eines Opernhauses stehen. Bei dem Gedanken musste sie lächeln.

Als das Lied zu Ende war, lächelte er ebenfalls.

„Die Sprache der Liebe kann wundervoll extravagant sein, finden Sie nicht auch? Und doch kann sie einen mit voller

Wucht hier treffen.“ Er schlug mit einer locker zur Faust geballte Hand leicht auf seinen Magen. „Würden Sie einem Mann glauben, der beteuert, um Ihretwillen sogar auf ein Königreich zu verzichten?“

„Ich bezweifle sehr, dass das jemals jemand tun würde“, erklärte sie. „Immerhin müsste er ein König sein, oder? Um für mich einen Thron aufgeben zu können, meine ich. Und Könige sind eher knapp. Aber ich würde ihm vermutlich glauben, wenn ich sicher wäre, dass er mich über alles liebt. Und wenn meine Liebe zu ihm ebenfalls tief und unvergänglich wäre. Glauben Sie an diese Art Liebe, Mylord?“

Als die Worte gesprochen waren, hätte sie sich am liebsten die Zunge abgebissen. Aber nun war es zu spät, sie zurückzunehmen.

„Oh ja, das tue ich.“ Er spielte mit seiner rechten Hand eine leise Tonleiter. „Sie begegnet nicht jedem oder nicht mal den meisten, aber es gibt sie. Und es muss wundervoll sein, sie zu erfahren. Doch die meisten Menschen geben sich mit einer gewissen Behaglichkeit zufrieden. Und daran ist gewiss nichts Verwerfliches.“

Sie fühlte sich gerade ausgesprochen unbehaglich.

Er hob den Kopf und lächelte.

„Ich sollte Sie jetzt wohl besser ins Pfarrhaus zurückbegleiten. Ich habe den Verdacht, dass es nicht wirklich schicklich war, Sie hierherzubringen. Aber wir sind schließlich verlobt und werden sehr bald verheiratet sein.“

„Sie brauchen mich nicht zurückzubegleiten“, beteuerte sie.

„Oh doch, dass muss ich.“ Er stand auf. „Wenn meine Lady Dinge zu erledigen hat, die es notwendig machen, dass sie sich aus meinem oder auch ihrem Haus entfernt, werde ich sie begleiten, wann immer ich es einrichten kann.“

Das klang ein bisschen arg besitzergreifend, aber sie verstand sein Bedürfnis, sich nicht von seinem Gebrechen einschränken zu lassen.

Es war der Mittag des zweiten Tages ihrer Reise nach London. Die Fahrt war langweilig und ermüdend gewesen wie alle Reisen. Sie hatten kaum miteinander gesprochen.

Vincent bemühte sich nach Kräften, nicht zu bereuen, was er in den vergangenen paar Tagen getan hatte, angefangen damit, dass er Sir Clarence Marchs Einladung nach Barton Hall angenommen hatte. Oder vielleicht sogar schon mit seiner Entscheidung, nach Barton Coombs zu fahren statt nach Hause.

Er hatte einer Fremden die Ehe angetragen – und nicht mal eine normale Ehe. Letzteres machte ihm am meisten zu schaffen. Vom ersten Moment an würde das Damoklesschwert einer möglichen Trennung über ihm schweben. Impulsivität war schon immer seine größte Schwäche gewesen, und er hatte oft Gelegenheit gehabt, seine spontanen Eingebungen zu bereuen. Zum Beispiel die Idee, vor eine soeben gezündete Kanone zu treten, um nachzuschauen, warum sie nicht losging.

Aber er hatte ein geradezu verzweifeltes Bedürfnis verspürt, Sophia Fry dazu zu bringen, ihn zu heiraten, und wie es schien, gab es keine andere Möglichkeit, sie zur Zustimmung zu bewegen, als dieses Arrangement. Und sie *musste* einfach Ja sagen.

Das Schweigen, das seit anderthalb Tagen zwischen ihnen herrschte, war jedenfalls ebenso seine Schuld wie ihre. Nein mehr, denn offenbar fühlte sie sich ein wenig eingeschüchtert von ihm und seiner vornehmen Kutsche und dem herrschaftlichen Leben, das vor ihr lag. Und von der Tatsache, dass sie völlig unbekanntes Terrain betrat.

Die vergangene Nacht hatte gewiss nichts dazu beigetragen, ihre Anspannung zu lindern. Das Gasthaus, das Martin und Handry ausgesucht hatten, gehörte zu der etwas zweifelhaften Sorte. Sie nahmen zwei Zimmer, eins für Martin und eins für Mr und Mrs Hunt. Er schlief bei Martin, musste aber die ganze Nacht daran denken, wie unschicklich und vielleicht sogar gefährlich es war, Sophia ganz allein zu lassen, ohne wenigstens eine Zofe zur Unterstützung.

Er überlegte krampfhaft, was er sagen könnte, um das nervtötende Schweigen zu brechen. Irgendeine Bemerkung, die ihr eine Antwort entlocken würde, vielleicht sogar ein Lachen. Sie hatte so ein hübsches Lachen, auch wenn er ziemlich sicher war, dass sie nicht oft lachte. Nach dem wenigen, das sie ihm über sich erzählt hatte, war ihr bisheriges Leben geprägt von einer geradezu brutalen Einsamkeit.

Bevor er etwas sagen konnte, sprach sie.

„Schauen Sie sich doch bloß mal diese Kirchturmspitze an", rief sie. Ihre Stimme klang heiter und eifrig. „Ich habe ihn schön öfter gesehen und frage mich jedes Mal, wie etwas derart Hohes und Schmales starken Winden standhalten kann."

Er wartete, bis es ihr wieder einfiel, was sehr schnell geschah. Sie schnappte erschrocken nach Luft.

„Es tut mir schrecklich leid", murmelte sie kleinlaut.

„Beschreiben Sie mir den Turm", bat er.

„Er gehört zu einer Kirche in dem kleinen Dorf, dem wir uns gerade nähern. Es ist ein bemerkenswert hübsches Dorf, aber damit können Sie absolut nichts anfangen, nicht wahr? Lassen Sie mich kurz überlegen … Also, es gibt ein paar weiß getünchte, strohgedeckte Häuschen am Rand der Straße, über die wir fahren. Oh, eins davon ist sogar rosafarben. Wie fröhlich es aussieht, wer wohl darin wohnen mag? Die Kirche liegt weiter hinten. Ja, jetzt kann ich sie ganz erkennen. Sie steht an einer Seite des Dorfplatzes und ist bis auf den Turm nicht sonderlich bemerkenswert. Ich wage mal zu behaupten, dass die Dörfler sich gegenüber den Bewohnern anderer, wohlhabenderer Dörfer wegen ihres unscheinbaren Gotteshauses schämten und beschlossen, die Turmspitze zu bauen, als Trostpflaster für ihren verletzten Stolz. Im Moment spielen ein paar Kinder Cricket auf dem Platz neben der Kirche. Sie haben früher auch Cricket gespielt; ich habe die Leute darüber sprechen hören."

Er hörte ihr interessiert zu. Sie hatte ein scharfes Auge und genug Vorstellungsvermögen, um die Details amüsant auszuschmücken. Und ihre Stimme war warm und lebhaft.

„Ich kann Ihnen leider nicht sagen, wie das Dorf heißt“, fuhr sie fort. „Es gibt kein Schild oder so etwas. Aber vielleicht spielt es auch keine Rolle. Wir müssen nicht allem, was wir schön finden, einen Namen geben, oder? Ist Ihnen eigentlich klar, dass eine Rose sich selbst nicht als Rose bezeichnet? Und auch von den umstehenden Blumen und Bäumen nicht so genannt wird?“

Er grinste in ihre Richtung.

„Woher wollen Sie das so genau wissen? Sprechen Sie die Sprache der Rose und der anderen Blumen?“

Sie lachte, dieses perlende, hübsche Lachen, das er vor zwei Tagen zuletzt gehört hatte.

Er zögerte kurz, beschloss dann aber, dem zu trauen, was er inzwischen über sie zu wissen glaubte.

„Es war wohl einer der Jungen vom Dorfplatz“, sagte er. „Oder eher sein Vater oder gar sein Großvater, der den Ball einmal so hoch geschlagen hat, dass er auf dem Kirchendach landete. Das war natürlich, bevor der Turm gebaut wurde.“

„Aber Sie wissen doch nicht mal, um welches Dorf es sich handelt“, wandte sie ein. Ihre Stimme klang leicht verwirrt.

Hm. Vielleicht lag er ja doch falsch.

„Die Gemeindemitglieder waren sehr verärgert, weil die Jungen sich am Efeu hochzogen, der sich so üppig an den Kirchenmauern emporrankte, um ihren Ball zurückzuholen, und ihn ganz zerrupft und gar nicht mehr malerisch zurückließen – den Efeu meine ich –, und sie beschlossen, dem Dach eine Turmspitze aufzusetzen, damit sich ein derartiges Sakrileg nicht wiederholt.“

Einen kurzen Moment herrschte Stille.

„Und sie bauten ihn extra hoch“, fuhr Sophia dann fort, „um Bertha davon abzuhalten, dort hochzuklettern.“

Bertha? Er grinste.

„Bertha war doch dieses Mädchen, das schon klettern konnte, bevor es seine ersten Schritte tat, und vor dem nichts sicher war, das sich über dem Boden erhob, stimmt's?“, fragte er.

„Genau die", bestätigte sie. „Sie war eine Heimsuchung für ihre Eltern, die sie ständig von Schornsteinen und Bäumen herunterholen mussten und vor Angst nicht mehr schlafen konnten, dass sie eines Tages irgendwo herunterfallen und sich den Kopf aufschlagen würde."

„Oder das Genick brechen", ergänzte er. „Und natürlich machte es die Sache nicht besser, dass sie zwar überall hochklettern konnte, es aber nie wieder nach unten schaffte. Tatsächlich konnte sie es nicht mal ertragen, auch nur nach unten zu schauen."

„Und dann kam der schicksalhafte Tag, als eben jener Cricketspieler, der so sensationell gut darin war, die höchsten Bogen zu schlagen, ohne jemals dahinterzukommen, dass es in Wirklichkeit auf die *Distanz* ankommt, nicht auf die Höhe, den Ball direkt auf die Spitze des Kirchturms schoss, wo er stecken blieb."

„Und wie das Leben nun mal so spielt, war Bertha, die eigentlich an diesem Tag ihre Großeltern besuchen sollte, die zwanzig Meilen entfernt wohnten, zu Hause geblieben, weil ihr Großvater eine Erkältung hatte, die von einem inkompetenten Arzt als Typhus diagnostiziert wurde, woraufhin das ganze großväterliche Dorf unter Quarantäne stand."

„Also kletterte Bertha auf die Kirchturmspitze und warf den Ball hinunter auf den Dorfplatz, wo die Kinder ihr zujubelten und die Erwachsenen angstvoll die Hände über die Augen legten und den Atem anhielten. Der Vikar und der gesamte Kirchenchor sanken auf die Knie und beteten. Das heißt, natürlich nur die Mitglieder des Chors, die nicht gerade jubelten."

„Und dann", sagte Vincent, „hatte Blind-wie-ein-Maulwurf-Dan, der allgemein als Dorftrottel betrachtet wurde, weil er nicht mal … nun ja, sagen wir um der Pointe willen, einen Maulwurf sehen konnte, seinen großen Auftritt und war fortan der Held aller Dorflegenden. Irgendwo steht sogar eine Statue von ihm, allerdings auf Bitten mehrerer Generationen von Cricketspielern nicht auf dem Dorfplatz. Er kletterte auf das Dach und erklomm dann den Kirchturm und brachte Bertha sicher nach unten, denn natürlich hatte er, anders als alle anderen, keine Angst vor Höhen, aus dem simplen Grund, dass er sie nicht sehen konnte. Bertha wäre womöglich immer noch dort oben, wenn Dan sie nicht gerettet hätte."

„Bertha war damals sechzehn Jahre alt, beinahe siebzehn. Und selbstverständlich verliebte sie sich in Dan, den sie nie zuvor richtig angesehen hatte. Nun stellte sie fest, dass er unglaublich stark und gut aussehend war und natürlich alles andere als ein Trottel, nur eben blind wie ein Maulwurf. Und er gestand ihr, dass er sie schon sein ganzes Leben lang heimlich verehrte, weil sie eine Stimme habe wie ein Engel. Sie heirateten in der Kirche mit der hohen Turmspitze und lebten glücklich bis an ihr Ende."

„Und sie stieg niemals mehr auf irgendetwas, das höher war als ein Stuhl, und auch nur dann, wenn es ein sehr stabiler Stuhl war und gerade eine Maus durchs Zimmer lief. Denn sie wusste, dass Dan immer zu ihrer Rettung herbeieilen würde, und befürchtete, dass er dabei stürzen und umkommen könnte und sie die Liebe ihres Lebens verlieren würde. Ihre Kinder waren allesamt fröhlich und bodenständig und machten nicht mal Anstalten, aus ihrer Wiege zu klettern."

„Ende", sagte Sophia und seufzte.

„Amen", fügte Vincent ernst hinzu.

Und dann brachen beide vor Heiterkeit schier zusammen, lachten und japsten und kicherten, bis irgendetwas – Verblüffung vielleicht oder Verlegenheit – sie zum Schweigen brachte.

„Haben Sie schon immer Geschichten erzählt?", fragte er nach kurzem Schweigen.

„Ich *sehe* Geschichten", erwiderte sie. „Nun ja, keine richtigen Geschichten mit einem Anfang, einer Mitte und einem Schluss. Aber Momente einer Geschichte. Lustige, lächerliche Momente. Ich zeichne sie. Karikaturen."

„Tatsächlich?" Er drehte ihr das Gesicht zu. „Von Leuten, die Sie kennen?"

„Bislang ja. Aber ich glaube, ich werde versuchen, eine Bilderserie über Bertha und Dan und die Kirchturmspitze zu zeichnen. Es wäre eine amüsante neue Herausforderung."

Er lächelte sie an.

„Und ich könnte vielleicht die Geschichte dazu aufschreiben", fuhr sie fort. „Sie müssten mir mit Ihren Abschnitten helfen. Sie können gut mit Worten umgehen. Erzählen Sie Geschichten? Ich meine, außer dieser eben?"

„Ich habe mir früher oft fantastische Geschichten für Ursula ausgedacht, die jüngste meiner Schwestern. Sie konnte oft nicht einschlafen, weil sie Angst hatte, vor der Dunkelheit oder Geistern oder Donner – da war immer irgendwas, vor dem sie sich fürchtete. Obwohl sie älter war als ich. Und ich kann mir immer noch Gutenachtgeschichten für Kinder ausdenken. Ostern, als die ganze Familie in Middlebury Park versammelt war, hat eine meiner Nichten mich gebeten, ihr und den anderen vor dem Schlafengehen etwas vorzulesen. Ich konnte hören, wie Amy, meine andere Schwester, ihr zuzischte, sie solle den Mund halten, und ich bin ziemlich sicher, dass sie auch mit den Händen fuchtelte und Grimassen schnitt, um ihre Tochter daran zu erinnern, dass Onkel Vincent blind ist. Ich habe den Kindern dann von einem Drachen erzählt, der mit seinem Feueratem eine Feldmaus aus der Falle befreit hat, und danach musste ich mir jeden Abend ein neues Abenteuer für den Drachen und die Maus ausdenken."

„Oh, ob ich wohl einen Drachen zeichnen könnte?", rief sie. „Ich habe eine Maus in fast allen meinen Skizzen, eine ganz kleine unten in der Ecke."

„Ihre Signatur?", fragte er. „Waren Sie immer die kleine Maus, die die Absurditäten des Lebens um sich herum beobachtet, Sophie?"

„Die Maus in meinen Bildern mag klein sein, aber sie schaut nicht immer unterwürfig und fügsam. Manchmal hat sie ein geradezu boshaftes Grinsen im Gesicht."

„Das freut mich", sagte er.

Wieder legte sich Schweigen zwischen sie, aber es währte nicht lange. Die Kutsche bog plötzlich scharf ab, und Vincent, der sich am Halteriemen neben der Tür festhielt, um nicht gegen seine Reisegefährtin geworfen zu werden, hörte das Geräusch von Pferdehufen auf Kopfsteinpflaster, vermutlich der Hof einer Poststation.

Martin öffnete die Tür des Landauers und legte die Trittleiter an. „Es ist zwar noch ein bisschen früh für einen Pferdewechsel“, erklärte er. „Aber jede Minute fängt es an zu regnen, und es lag in meinem eigenen Interesse, Handry zu einem rechtzeitigen Halt zu überreden, schließlich muss ich neben ihm auf dem Kutschbock sitzen. Soll ich für Sie und Miss Fry ein privates Wohnzimmer reservieren und dort das Mittagessen servieren lassen, Sir?“

Zumindest sprach Martin wieder mit ihm, wenn auch in sprödem formalen Ton.

„Ja, bitte, Martin.“ Vincent nahm seinen Stock vom gegenüberliegenden Sitz, schritt ohne Hilfe die Stufen hinab – beide Diener wussten, dass er keine Unterstützung wünschte –, drehte sich um und reichte Sophia die Hand.

Wenn er sie doch nur sehen könnte, dachte er. Und ihre Zeichnungen – ihre Karikaturen.

Wenn er doch nur sehen könnte. Nur für eine Minute. Er wollte nicht unverschämt sein; nur eine einzige Minute.

Vincent konzentrierte sich aufs Atmen. Ein. Aus. Ein. Aus. Inzwischen war er sozusagen Experte darin, diese plötzlichen, unberechenbaren Panikanfälle abzuwehren. Allerdings kein unfehlbarer Experte, dachte er selbstironisch. Sobald sein Atem wieder unter Kontrolle war, musste er sich des überaus peinlichen Drangs erwehren, in Tränen auszubrechen, ja sogar lautstark zu flennen vor Frust und Selbstmitleid.

Er lächelte und bot Sophia den Arm.

8. KAPITEL

Die Kutsche hatte London erreicht, wo Sophia, abgesehen von den letzten beiden Jahren, den Großteil ihres Lebens verbracht hatte. Außerdem hatte sie das vergangene Frühjahr hier verbracht und einen Teil des diesjährigen Frühlings. Während ihre Tante und ihr Onkel Henrietta von einem gesellschaftlichen Ereignis zum nächsten geschleppt hatten, um einen vornehmen Ehemann für sie aufzutreiben, war Sophia in den angemieteten Räumlichkeiten geblieben oder hatte ausgedehnte Spaziergänge durch die diversen Parks unternommen.

Jetzt war sie hier, um zu heiraten.

Ein schwindelerregender Gedanke. Sie war sich immer noch nicht sicher, dass sie das volle Ausmaß dieser Tatsache begriffen hatte.

Sie befanden sie auf dem Weg zum Londoner Haus von Lord Trentham, Lord Darleighs Freund, um zu fragen, ob sie bis zum Tag ihrer Hochzeit dort unterkommen könnte. Sophia fürchtete den Moment ihrer Ankunft. Was würden Lord Trentham und seine Angehörigen über sie denken? Und über diese Situation? Würde Lord Trentham sie so anschauen, wie Martin Fisk es tat? Würde er sie für eine skrupellose Person halten, die es auf das Vermögen eines blinden Mannes abgesehen hatte?

Wie sollte er denn etwas anderes denken?

Sie fühlte sich völlig hilflos, und ihr war ein wenig übel.

Der Landauer hielt vor einem respektabel aussehenden Haus, das an einer langen Straße stand. Als Sophia aus dem Fenster blickte, sah sie Mr Fisk vom Kutschbock springen, die Treppe hochlaufen und den Türklopfer betätigen. Nach kurzer Zeit wurde die Tür geöffnet, und er sprach mit dem Mann, der auf der Schwelle stand – offensichtlich ein Lakai. Der Mann schaute zu ihrer Kutsche hin und verschwand dann aus ihrem Blickfeld. Die Tür ließ er angelehnt.

„Ich glaube, der Diener ist ins Haus gegangen, um festzustellen, ob jemand bereit ist, uns zu empfangen“, berichtete sie. „Oh, sie werden mich furchtbar aufdringlich finden.“

Er streckte seinen Arm aus und legte seine Hand auf ihre.

„Hugo ist einer der besten Freunde, die ich auf dieser Welt habe“, beschwichtigte er.

Das könnte Teil des Problems sein, dachte sie verzagt.

Es war nicht der Diener, der zur Tür zurückkam. Aber der Mann, der fast den gesamten Türrahmen ausfüllte, der erst Mr Fisk ansah und dann die Kutsche, bevor er mit Riesenschritten die Stufen herabsprang, konnte doch auf keinen Fall Lord Trentham sein. Er war fast ein Riese, mit einem wilden, finsteren Gesicht und unmodisch kurz geschnittenem Haar.

Wer immer es war, er würde ihnen umgehend klarmachen, was für eine Zumutung ihr Ansinnen war, und er würde sehr deutliche Worte dafür finden. Das konnte sie in seinen Augen lesen.

Er riss die Kutschentür auf und lehnte sich hindurch.

„Vince, du verdammter Ausreißer“, brüllte er. Sophia kauerte sich in ihre Ecke des Landauers, heilfroh, dass sie nicht auf seiner Seite saß. „Was soll das denn? Was bildest du dir überhaupt ein! Du bist zwei Tage zu spät. Von mir aus kannst du gleich wieder umkehren und dahin verschwinden, woher du gekommen bist, zum Teufel. Was soll ich denn jetzt noch mit dir?“

Ein strahlendes Lächeln erhellte Lord Darleighs Züge.

„Ich bin ebenfalls froh, dich zu sehen, Hugo“, sagte er. „Zumindest wäre ich das, wenn ich dazu in der Lage wäre.“

Der wilde Riese war tatsächlich Lord Trentham.

„Steig sofort aus“, brüllte er, entriss dem hilflos im Hintergrund herumflatternden Kutscher die Trittleiter und bückte sich kurz, um sie anzulegen. „Wenn du schon nicht gleich wieder abreist, wie jeder anständige Mann, der zwei Tage zu spät kommt, das tun würde, dann steig aus, damit ich dich zur Schnecke machen kann. Warum, zum Teufel, warst du nicht rechtzeitig hier?“

Er half – oder zerrte – Lord Darleigh auf den Gehsteig und zog ihn in eine Umarmung, die vermutlich jeden einzelnen Knochen in dessen Körper zermalmen würde. Doch Lord Darleigh zeigte keine Anzeichen von Panik; er lachte nur und erwiderte die Umarmung des Riesen.

„Rechtzeitig für was?“, fragte er. „Zwei Tage zu spät für was?“

„Meine Hochzeit“, wetterte Lord Trentham. „Du hast meine Hochzeit verpasst und mir den Tag ruiniert. Mein Leben, genau genommen. George war da und Imogen und Flavian und Ralph. Ben ist gerade bei seiner Schwester im Norden und hatte daher eine halbwegs akzeptable Entschuldigung, mich zu vernachlässigen, vor allem da er mit seinen Beinen nicht so ohne Weiteres nach London zurückpreschen kann. Aber du bist ohne ein Wort der Erklärung und irgendeinen Gedanken an die Hochzeitseinladungen, die du verpassen könntest, vom Erdboden verschwunden. Keiner in Middlebury Park wusste, wo du warst, nicht mal deine Mutter.“

„Deine Hochzeit?“, wiederholte Lord Darleigh. „Du bist verheiratet, Hugo? Mit ... Lady Muir?“

„Mit keiner anderen. Jetzt ist sie Lady Trentham. Ich musste Himmel und Hölle in Bewegung setzen, um sie zu überreden, aber wie hätte sie mir auf ewig widerstehen können? Keine Frau, die im Vollbesitz ihrer geistigen Kräfte ist, könnte das. Komm rein, und begrüße sie, Vince. Sie dürfte dir auch so einiges zu sagen haben. Du hast unser beider Leben zerstört.“

In diesem Moment schaute er auf, und sein Blick fiel auf Sophia.

Gleichzeitig erklärte Lord Darleigh: „Ich habe jemanden mitgebracht.“

„Das sehe ich.“ Lord Trentham schaute Sophia weiter an. „Ich bitte um Vergebung, Ma'am. Ich habe Sie dort nicht sitzen sehen. Habe ich mich etwa einer Sprache befleißigt, die sich in Hörweite einer Dame verbietet? Zweifellos habe ich das. Verzeihen Sie mir.“

Lord Darleigh drehte sich zur Kutsche, und Sophia sah, wie er die Trittleiter mit der Innenseite seines Stiefels ertastete. Dann schob er seinen Fuß bis zur Kante der ersten Stufe und streckte den Arm aus, um ihr herunterzuhelfen, so wie er es vor ein paar Tagen an dem Gatter gemacht hatte.

Als sie auf dem Gehsteig vor ihm stand, wirkte Lord Trentham sogar noch größer. Er hatte die Stirn gerunzelt und sah seltsam verlegen aus.

„Das ist Hugo Emes, Lord Trentham, Sophie", sagte Vincent. „Hugo, darf ich dir Miss Sophia Fry vorstellen, meine mir anverlobte Braut."

Sophia machte einen halben Knicks.

„Anverlobte Braut", wiederholte Lord Trentham, dessen Brauen sich jetzt beinahe über der Nasenwurzel trafen. „Kommt das etwas plötzlich, mein Junge, oder warst du vor ein paar Monaten in Penderris einfach nur sehr verschwiegen?"

„Nein, das Ganze kam wirklich über uns wie ein Wirbelwind", erklärte Lord Darleigh. „Wir wollten möglichst schnell heiraten, vermutlich übermorgen. Daher sind wir in London. Ich muss erst eine Sondergenehmigung besorgen und hoffte, dass deine Stiefmutter bereit wäre, meiner Verlobten bis dahin Unterkunft zu gewähren. Nun werde ich natürlich Lady Muir fragen müssen – ich meine, Lady Trentham."

„Eine ziemlich überstürzte Angelegenheit also." Lord Trentham warf Sophia einen zweifelnden Blick zu. „Dann kommt am besten mal rein, ihr beiden. Vier Schritte geradeaus, Vince, und fünf Stufen bis zur Eingangstür. Wo ist dein Stock? Ah, da kommt ja Fisk. Er wird sich um dich kümmern. Miss Fry?"

Er reichte ihr seinen Arm und starrte sie dabei unverwandt an, was sie mehr als ein bisschen beängstigend fand. Aber natürlich waren die meisten von Lord Darleighs Freunden aus dem Club der Überlebenden ehemalige Offiziere. Sie mussten allesamt respekteinflößende Gentlemen sein.

Als sie durch die Tür traten, eilte ihnen bereits eine Dame

entgegen, mit deutlichem Hinken. Sie war klein und schlank, hatte eine Fülle blonder Locken und ein ausgesprochen hübsches Gesicht, auf dem sich ein warmes Willkommenslächeln ausbreitete.

„Lord Darleigh", rief sie. „Ich habe aus dem Wohnzimmerfenster geschaut, um herauszufinden, wer der Besucher ist, und dann habe ich Sie gesehen. Wie schön, dass Sie da sind, auch wenn Sie unsere Hochzeit verpasst haben. Hugo war so enttäuscht, aber jetzt machen Sie ihn wieder glücklich."

Sie ging auf Lord Darleigh zu, während sie sprach, und irgendwie schien er zu spüren, dass sie beide Hände nach ihm ausstreckte. Er tat es ihr gleich, und dann drückten sie einander die Hände. Er lächelte sie direkt an.

„Ich hatte schon Angst, dass Hugo zu stoffelig wäre, Ihnen nachzureisen, als Sie Penderris verlassen haben", sagte er. „Und bin nun sehr froh, dass ich mich in ihm geirrt habe. Mir war vom ersten Moment an klar, dass Sie perfekt für ihn sind. Was könnte schließlich romantischer sein als die Art und Weise, wie er sie verletzt unten am Strand fand und den ganzen Weg zum Haus hinauf auf seinen Armen trug? Ich wünsche Ihnen alles Glück der Welt, Lady Trentham. Darf ich die Braut küssen, Hugo, auch wenn ich zwei Tage zu spät dran bin?"

Ohne die Erlaubnis abzuwarten, zog er sie an sich und küsste sie, halb auf die Wange, halb auf die Nase.

Beide lachten.

„Ich danke Ihnen." Sie drehte sich mit einem Ausdruck höflicher Neugier zu Sophia um. „Wer ist Ihre Freundin, Lord Darleigh?"

„Miss Sophia Fry. Ich habe Sie hergebracht, weil ich hoffte, dass Sie ihr für zwei Nächte Unterkunft gewähren, bis wir übermorgen mit einer Sondergenehmigung heiraten können."

Lady Trentham hob die Brauen und sah Sophia prüfend an. Sophia wünschte sich weit weg, jeder andere Ort auf der Welt wäre ihr recht gewesen. Sogar ihre dunkle Ecke im Salon von Barton Hall kam ihr plötzlich unendlich attraktiv vor. Das Lächeln in den Augen der Dame war erloschen. Doch ihre Worte waren höflich.

„Sie sehen erschöpft, nervös und geradezu verängstigt aus, Miss Fry. Und obgleich ich nicht daran zweifle, dass sich eine interessante Geschichte hinter dieser unerwarteten Ankündigung und der Bitte um Obdach verbirgt, werden wir nicht darauf bestehen, sie sofort zu hören, nicht wahr, Hugo?"

Sie trat auf sie zu und hakte sich bei Sophia ein. Lady Trentham war keine hochgewachsene Dame, aber immer noch einen halben Kopf größer als sie selbst.

„Selbstverständlich können Sie hier wohnen. Als Freundin und sogar Verlobte von Lord Darleigh sind Sie bestens empfohlen. Ich bringe Sie jetzt nach oben in eines der Gästezimmer und sorge dafür, dass man sich um Sie kümmert. Hugo, es macht deiner Stiefmama doch nichts aus, wenn ich mich der Sache annehme?"

„Du bist jetzt die Herrin im Haus, Gwendoline, außerdem weißt du doch, dass sie dir sehr zugetan ist. Ich nehme Vincent schon mal mit in den Salon, damit er sie und Constance kennenlernt – und meinen Onkel. Sie werden entzückt sein. Jeder ist entzückt von Vincent. Er guckt nicht ständig so finster, dass kleine Kinder erschrocken wegrennen. Anders als ich."

„Ach Hugo." Sie lachte. „Das stimmt doch gar nicht. Die Kinder werfen einen Blick auf dich und wissen, dass du in Wahrheit ein knuddeliger Bär bist."

Er schnitt ihr eine Grimasse, und Lady Trentham zog Sophia zur Treppe.

„Sie sind ja völlig erledigt", sagte sie leise, als sie die Stufen erklommen. „Sobald ich mich davon überzeugt habe, dass Sie angemessen untergebracht sind, lasse ich Sie allein, um Ihnen Gelegenheit zu geben, sich auszuruhen, sofern Sie das wünschen. Oder wir setzen uns zusammen hin, und Sie erzählen mir alles oder wenigstens so viel, wie Sie offenbaren mögen, wenn Ihnen das lieber ist. Sie sind hier jedenfalls herzlich willkommen und können sich ohne Bedenken entspannen. Hatten Sie eine weite Reise?"

Der ablehnende, beinahe feindselige Blick, mit dem sie Sophia bedacht hatte, als sie von ihrer Beziehung zu Lord Darleigh erfuhr, war den makellosen Manieren einer vornehmen Dame gewichen.

Und Sophia war tatsächlich völlig erledigt.

„Wir kommen aus Barton Coombs in Somerset", erwiderte sie. „Und mir ist völlig klar, was Sie denken, Lady Trentham. Ich weiß, dass ich unscheinbar und unattraktiv bin und dazu auch noch entsetzlich schlecht gekleidet. Und doch bin ich hier, um einen reichen Viscount zu heiraten, der nicht nur charmant und freundlich und schön ist, sondern praktischerweise auch noch *blind*. Mir ist völlig klar, dass Sie mich für die schlimmste Erbschleicherin halten müssen und von Herzen verabscheuen."

Und dann tat sie etwas, was absolut nicht ihren Gewohnheiten entsprach. Sie brach in Tränen aus.

Das Gästezimmer, in das Lady Trentham sie geführt hatte, war wirklich reizend. Der Bettüberwurf hatte dasselbe Blumenmuster auf elfenbeinfarbenem Grund wie die Vorhänge. Ein durch und durch fröhlicher Raum.

Und sie stand mittendrin, so fehl am Platze wie eine Vogelscheuche im Ballsaal.

Sie zog ihr Taschentuch hervor und putzte sich die Nase.

„Setzen Sie sich aufs Bett", forderte Lady Trentham sie auf. „Oder legen Sie sich hin. Soll ich mich für eine Weile zurückziehen? Bis zum Abendessen sind es noch zwei Stunden. Oder möchten Sie mir erzählen, wie es dazu kam, dass Lord Darleigh Ihnen einen Antrag gemacht und Sie hierhergebracht hat, um Sie mit einer Sondergenehmigung zu heiraten? Und verzeihen Sie mir bitte, dass ich eben so schockiert gewirkt habe, als ich hörte, dass Sie Lord Darleighs Verlobte sind. Normalerweise ziehe ich keine überstürzten Schlüsse, die allein auf dem äußeren Erscheinungsbild beruhen. Geben Sie mir eine Chance, meine Grobheit wiedergutzumachen, selbst wenn ich im Moment nichts anderes für Sie tun kann, als Sie allein zu lassen, damit Sie sich ausruhen können."

Sophia setzte sich auf die Bettkante. Ihre Füße baumelten ein paar Zentimeter über dem Boden.

„Er hat versucht, mich davon zu überzeugen, dass unsere Ehe für ihn ebenso viele Vorteile hat wie für mich", sagte sie. „Natürlich ist das Unsinn, denn ohne ihn wäre ich allein und völlig verarmt, und diese Tatsache hat meine Entscheidung nicht unwesentlich beeinflusst, sosehr ich mich auch bemüht habe, meine selbstsüchtigen Motive zu unterdrücken. Ich habe mehr als einmal Nein gesagt und es auch jedes Mal so gemeint. Oder zumindest dachte ich das. Vermutlich kann es nicht so gewesen sein, denn sonst hätte ich am Ende nicht doch noch Ja gesagt."

Sie wischte über ihre nassen Wangen und legte dann beide Hände vors Gesicht.

„Es tut mir leid. Es tut mir so schrecklich leid. Wie sehr Sie mich hassen müssen. Sie und Lord Trentham sind schließlich seine Freunde."

Lady Trentham, die sich neben ihr niedergelassen hatte, tätschelte ihr Knie, stand wieder auf und zog an der Klingelschnur neben dem Bett. Sie blieb stehen, bis ein leises Türklopfen die Ankunft des Dienstmädchens ankündigte.

„Bringen Sie bitte Tee und etwas Kuchen, Mavis", bat sie, und das Mädchen ging wieder hinaus.

Sophie fuhr mit dem feuchten Taschentuch noch einmal über ihre Wangen und steckte es dann weg.

„Ich weine eigentlich nie. Nun ja, fast nie."

„Sie haben sich einen ordentlichen Tränenausbruch vermutlich mehr als verdient", bemerkte Lady Trentham. „Wollen wir uns in die Stühle neben dem Fenster setzen und Tee trinken? Erzählen Sie mir doch, wie es zu alldem kam, natürlich nur, wenn Sie möchten. Ich hasse Sie nicht. Mein Ehemann und Ihr künftiger Ehemann sind enge Freunde. Das heißt, wir beide sehen uns künftig wahrscheinlich sehr oft. Da wäre es mir sehr viel lieber, Sie zu mögen, ja sogar, Ihnen aufrichtig zugetan zu sein. Und ich hoffe, dass Sie mich mögen und mir aufrichtig zugetan sein werden. Erzählen Sie mir zunächst von sich, Miss Fry. Wer sind Sie?"

„Mein Onkel ist Sir Terrence Fry", begann Sophia und setzte sich folgsam in einen der Stühle. „Aber er hat nie etwas mit mir zu tun gehabt. Er ist Diplomat und hält sich öfter im Ausland auf als hier in England. Mein Vater wurde vor fünf Jahren von einem empörten Ehemann im Duell getötet, und seitdem wohnte ich bei zwei verschiedenen Tanten. Ich bin eine Dame von Geburt, aber mein Vater und ich führten nie ein respektables Leben, jedenfalls nicht, nachdem meine Mutter uns verließ, als ich fünf Jahre alt war, und ehrlich gesagt auch nicht davor. Mein Vater war ein Lebemann und Spieler, er war ständig hoch verschuldet. Wir waren ständig auf der Flucht vor Gläubigern. Ich hatte nie eine Gouvernante und bin auch nie zur Schule gegangen, aber ich kann lesen, schreiben und rechnen; mein Vater bestand darauf, es mir beizubringen. Ich hatte noch nie im Leben eine Zofe. Ich bin nicht … ich bin Lord Darleighs nicht würdig."

„Haben Ihre Tanten sich in den vergangenen fünf Jahren wenigstens gut um Sie gekümmert?"

„Tante Mary warf nur einen Blick auf mich und erklärte mich für hoffnungslos. Sie ignorierte mich drei Jahre lang, dann starb sie. Tante Martha, Lady March von Barton Hall, nahm mich nach dem Tod ihrer Schwester auf, aber sie hat eine eigene Tochter, die sie verheiraten muss. Und Henrietta ist sehr schön."

Das Mädchen kam zurück, stellte ein Tablett auf den kleinen runden Tisch neben Lady Trenthams Stuhl und zog sich schweigend zurück. Lady Trentham schenkte eine Tasse Tee für Sophie ein und legte zwei kleine Küchlein auf einen Teller, den sie ihr reichte.

„Lord Darleigh ist Ihnen in Barton Hall begegnet, nicht wahr?"

„In gewisser Weise", räumte Sophia ein, und dann erzählte sie Lady Trentham alles, was in der vergangenen Woche passiert war. Erstaunlicherweise war es noch nicht mal eine ganze Woche. Es schien ihr Monate her zu sein, seit sie seine Ankunft in Covington House beobachtet hatte.

„Vielleicht können Sie jetzt ja verstehen, wie verlockend sein Angebot für mich war“, sagte sie abschließend. „Vor allem nachdem er es so oft wiederholte, nachdem ich Nein gesagt hatte. Ich hätte standhaft bleiben sollen. Das weiß ich.“

Sie hatte ihren Tee fast ausgetrunken, und ihr Teller war, wie sie verblüfft feststellte, bis auf ein paar Krümel völlig leer.

„Ich kann es verstehen“, erwiderte Lady Trentham. „Und ich glaube, ich beginne auch zu verstehen, warum Lord Darleigh weiter auf seinem Antrag bestand, obwohl Sie bereits abgelehnt hatten. Ich denke, Sie müssen etwas an sich haben, das er mag.“

„Er sagte, er mag meine Stimme“, bekannte Sophia.

„Es gibt Stimmen, die wir aus unterschiedlichen Gründen als schön empfinden, und solche, die uns, ebenfalls aus unterschiedlichen Gründen, unangenehm sind“, sagte Lady Trentham. „Wenn man sehen kann, dann ist die Stimme oft von untergeordneter Bedeutung. Aber wie unglaublich wichtig muss sie doch für jemanden sein, der blind ist. Dauerhafte Blindheit ist etwas, das man sich als Sehender nur sehr schwer vorstellen kann. Was jedoch absolut einleuchtet, ist die Tatsache, dass Ihre Stimme für Ihren Verlobten von größerer Bedeutung ist als Ihr Aussehen.“

„Aber ich habe überhaupt keine weibliche Figur“, wandte Sophia ein. „Ich sehe aus wie ein Junge.“

Lady Trentham lächelte und stellte ihre leere Tasse auf dem Tablett ab.

„Tragen Sie Ihr Haar deshalb so kurz? Schneiden Sie es selbst?“

„Ja.“

„Ein guter Coiffeur würde das sehr viel hübscher hinbekommen. Und die richtigen Kleider und Mieder verleihen selbst der schlankesten Figur reizvolle Rundungen. Besitzen Sie Kleider, die besser passen als das, welches Sie gerade tragen?“

„Nein."

„Ich frage mich, ob Lord Darleigh daran gedacht hat, dass Sie eine Ausstattung für die Hochzeit benötigen."

„Das hat er", versicherte Sophia. „Er hoffte, dass Mrs Emes oder Miss Emes vielleicht morgen mit mir einkaufen gehen."

„Ich bin sicher, dass beide von dieser Aussicht entzückt wären", sagte Lady Trentham. „Aber wäre es Ihnen recht, wenn stattdessen ich Ihnen bei Ihren Einkäufen behilflich bin?"

„Ich kann nicht so viel von Ihrer Zeit in Anspruch nehmen", wehrte Sophia ab.

„Oh doch." Lady Trenthams Lächeln wurde breiter. „Damen lieben es, Einkäufe zu machen, Miss Fry. Wir gehen sogar, wenn wir eigentlich gar nichts brauchen, und erwerben dann Hüte oder irgendwelchen Firlefanz, nur um irgendwas zu kaufen. Es wird ein wunderbares Erlebnis sein, mit jemandem einzukaufen, der einfach alles braucht. Ist Lord Darleigh willens, die Rechnung zu übernehmen?"

„Er sagt Ja." Sophia errötete. „Aber es kommt mir nicht richtig vor."

„Es wäre sehr viel schlimmer, wenn er Sie der Familie als seine Braut präsentiert, und Sie tragen Kleider, in denen sich nicht mal eine Dienstmagd sehen lassen würde – entschuldigen Sie bitte meine Offenheit. Sie sind es ihm schuldig, sich gut zu kleiden, Miss Fry, und ihm zu gestatten, die Rechnungen zu bezahlen. Er ist so reich, dass er sich das ohne Weiteres leisten kann, da bin ich ganz sicher."

Sophia seufzte. „Sie sind sehr freundlich", sagte sie. „Ich bin so …"

„Müde?" Lady Trentham erhob sich. „Ich schlage vor, Sie legen sich noch eine Stunde lang hin. Ich schicke meine Zofe dann kurz vor dem Essen zu Ihnen. Darf ich Ihnen für diesen Abend ein Kleid leihen? Sie sind zwar kleiner als ich, aber gar nicht so sehr viel kleiner, und meine Zofe ist sehr gut darin, in letzter Minute Änderungen durchzuführen. Oder fühlen Sie sich dadurch beleidigt?"

„Nein." Sophia wusste nicht genau, wie sie sich fühlte. Nur, dass sie wirklich müde war, müder als je zuvor in ihrem Leben. „Vielen Dank."

Und dann war sie allein in dem hübschen Gästezimmer. Sie streifte die Schuhe ab und streckte sich auf dem Bett aus, um nachzudenken. Zum Glück – angesichts ihres verwirrten Gemütszustands – hatte sie keine Chance dazu. Sie schlief sofort ein.

Hugo führte Vincent ins Wohnzimmer und stellte ihn Mrs Emes vor, seiner Stiefmutter, ihrer Tochter und seiner Halbschwester Miss Emes und Mr Philip Germane, seinem Onkel. Er erklärte, dass Vincents Verlobte mit Lady Trentham nach oben gegangen war, momentan zu erschöpft für Gesellschaft. Sie würde in den nächsten Tagen bei ihnen wohnen.

„Wir sind hergekommen, um zu heiraten", erläuterte Vincent, während Hugo ihn zu einem Stuhl geleitete. „Sophia hat keine Familie mehr, ich hingegen schon. Daher kommt es mir gerechter vor, hier in aller Stille zu heiraten und dann nach Hause zu fahren. Aber ich möchte mich sehr für die Unannehmlichkeiten entschuldigen, die ich Ihnen bereite."

„Sie sind einer von Hugos Freunden aus Cornwall, Lord Darleigh", sagte Mrs Emes. „Sie sind hier immer willkommen."

„Hugo war sehr enttäuscht, dass Sie nicht zu seiner Hochzeit kommen konnten", fügte Miss Emes hinzu. „Jetzt platzt er fast vor Freude, dass Sie da sind."

„Es tut mir wirklich leid, dass ich den großen Tag verpasst habe", beteuerte Vincent. „Erzählen Sie mir alles darüber."

Das ließ Miss Emes sich nicht zweimal sagen.

„Oh, die Trauung fand in St. George's am Hanover Square statt, und ich bin ziemlich sicher, dass wirklich jeder da war, auch wenn Hugo behauptet, dass nur die Familie und gute Freunde eingeladen waren. Gwens Kleid war rosa, ein wunderschönes sattes Rosa, und ..."

Vincent lächelte, hörte aber nur mit halbem Ohr hin. Er machte sich Sorgen um Sophia. Lady Trentham hatte gesagt, dass sie erschöpft und nervös und verängstigt aussah. Dies alles musste ziemlich überwältigend für sie sein. Aber doch gewiss besser als die Alternative? Immerhin hatte sie vorgehabt, in die Postkutsche nach London zu steigen, ohne auch nur den Hauch einer Ahnung zu haben, wohin sie sich wenden sollte, sobald sie da war. Allein beim Gedanken daran brach ihm der kalte Schweiß aus.

Nach einer Weile verabschiedete Germane sich, und Hugo schlug Vincent vor, sich mit ihm in sein Arbeitszimmer zurückzuziehen.

„Klingt ganz schön hochtrabend, was?" Er legte Vincent, der neben ihm ging, eine Hand auf die Schulter. „Ich und ein Arbeitszimmer? Aber ich bin es meinem Vater schuldig, ein Interesse am Unternehmen zu entwickeln, und ob du es glaubst oder nicht, Vince, ich *bin* daran interessiert. Mehr noch, ich mische mich inzwischen richtig ein. Der Mann, den mein Vater zum Geschäftsführer gemacht hat, ist eine gute Wahl gewesen, ein intelligenter, ernster, gewissenhafter Mensch, allerdings ohne einen Funken Fantasie. Solange er die Verantwortung trägt, wird sich nichts ändern, aber alles im Leben braucht nun mal Veränderung, denn Stillstand ist letztlich tödlich, was stagniert, das welkt auf Dauer dahin, wie wir beide nur allzu gut wissen. Setz du dich hierhin, und ich lasse mich hinter diesem riesigen Eichenholztisch nieder, wie es mir zukommt. Wirklich ein Jammer, dass du nicht sehen kannst, denn ich wirke gerade unglaublich beeindruckend und wichtig und du wie ein niederer Untergebener."

„Dann lässt du dich also als Geschäftsmann hier in London nieder?", fragte Vincent. „Was hält Lady Trentham denn davon?"

Er hörte Hugo seufzen.

„Sie liebt mich, Vince", sagte er. „Mich. So, wie ich bin, ohne irgendwelche Bedingungen. Das ist das großartigste Gefühl auf der Welt. Sie würde es sogar klaglos akzeptieren, wenn ich wirklich vorhätte, den Rest meines Lebens hier zu verbringen.

Aber das will ich gar nicht. Ich möchte den größten Teil meiner Zeit in Crosslands verbringen, und Gwendoline hat alle möglichen Ideen, wie man aus dem Haus ein richtiges Heim machen kann und aus dem großen Garten einen Park. Du merkst also, ich habe mich in die peinlichste aller Kreaturen verwandelt, einen verheirateten Mann. Aber vermutlich habe ich leicht reden, nach gerade mal zwei Tagen Ehe. Aber ich bin eigentlich zuversichtlich, dass dieses Hochgefühl von Dauer sein wird. Das klingt vielleicht naiv, aber ich weiß es einfach. Und Gwendoline weiß es auch. Und damit wären wir bei dir, mein Freund."

„Ich bin von zu Hause weggelaufen. Darum wusste auch keiner, wo ich war, als deine Einladung kam. Ich bin weggelaufen, weil meine Mutter und meine Schwestern beschlossen hatten, dass es das Beste für mich wäre zu heiraten. Nach Ostern wurde es dann ernst mit ihrer Kampagne: Sie luden eine junge Dame samt ihrer Familie nach Middlebury, und sehr bald wurde klar, dass sie nicht etwa nur gekommen war, um sich den Hof machen zu lassen, sondern um meinen Antrag zu akzeptieren. Sie beteuerte sogar, dass sie *vollstes Verständnis* habe und dass es ihr *absolut nichts ausmache*."

Hugo lachte leise in sich hinein, und Vincent musste ebenfalls lächeln. Hatte er vielleicht mitfühlende Worte erwartet?

„Also bin ich weggelaufen", fuhr er fort. „Martin und ich waren für ein paar herrlich entspannte Wochen im Lake District, und dann fuhr ich, einer Eingebung folgend, in unser altes Haus nach Somerset. Meine Absicht war, ein paar stille Tage dort zu verbringen, ohne irgendwen wissen zu lassen, dass ich da war. Doch ich wurde sehr schnell eines Besseren belehrt."

Er fasste für Hugo kurz zusammen, was nach seiner Ankunft in Barton Coombs alles passiert war.

„Und jetzt bin ich hier", sagte er abschließend. „Oder vielmehr: Jetzt sind wir hier."

„Und dir ist wirklich keine andere Lösung eingefallen, als sie zu heiraten?"

„Keine befriedigende."

„Und so eilte Lord Darleigh blindlings zur Rettung herbei."

„Ich brauche eine Ehefrau, Hugo", erklärte Vincent. „Meine Familie wird mich nicht in Ruhe lassen, bevor ich verheiratet bin. Sophia braucht ein Zuhause und jemanden, der sich um sie kümmert. Das hat bislang noch keiner wirklich getan, weißt du. Und es wird funktionieren. Dafür werde ich sorgen. Dafür werden wir sorgen."

Selbst wenn das bedeuten sollte, einander irgendwann die Freiheit zu gewähren, allein zu leben. Was war das doch für eine dumme Idee gewesen. Die dümmste aller dummen Ideen.

„Dann wird es auch funktionieren." Hugo seufzte. „Ich habe vollstes Zutrauen zu dir, Vince."

In diesem Moment wurde die Tür des Arbeitszimmers geöffnet.

„Unterbreche ich euch bei etwas Wichtigem?", fragte Lady Trentham.

Vincent drehte sein Gesicht in ihre Richtung. „Ist Sophia bei Ihnen?"

„Sie hat sich für eine Weile hingelegt. Ich nehme an, dass sie bereits tief und fest schläft. Sie kommt zum Abendessen herunter. Und während Sie morgen damit beschäftigt sind, die nötigen Arrangements für Ihre Hochzeit zu treffen, Lord Darleigh, werde ich, wenn es Ihnen recht ist, mit Miss Fry das Brautkleid und andere Notwendigkeiten einkaufen. Sie braucht ziemlich viele Sachen, außerdem einen guten Haarschnitt. Darf ich davon ausgehen, dass wir, was die Ausgaben betrifft, freie Hand haben?"

„Selbstverständlich. Und bitte lassen Sie sich von ihr nicht einreden, dass sie nur die schlichtesten und billigsten Dinge braucht. Ich bin davon überzeugt, dass sie das versuchen wird."

„Da können Sie sich ganz auf mich verlassen", versicherte Lady Trentham. „Wenn ich mit ihr durch bin, wird sie präsentabel aussehen."

„Sie sagt, dass sie nicht so hässlich ist, dass die Leute sich nach ihr umdrehen. Aber sie hält sich für hoffnungslos unattraktiv."

„Sie ist auf keinen Fall so hässlich, dass sie Aufsehen erregt", beteuerte Hugo. „Ich habe zunächst nicht einmal bemerkt, dass sie mit dir in der Kutsche saß."

„Nicht viele Frauen sind von Natur aus ungewöhnlich hübsch", bemerkte Lady Trentham. „Noch weniger sind atemberaubende Schönheiten. Aber die meisten Frauen sind Expertinnen darin, das Beste aus sich zu machen. Ich werde mir morgen alle Mühe geben, Miss Fry zu zeigen, wie sie ihre Vorzüge ins rechte Licht rückt. Ihre Haare haben eine schöne Farbe, und ihre Augen passen wunderbar dazu. Sie hat einen großzügigen Mund und ein bezauberndes Lächeln, auch wenn ich es erst einmal gesehen habe. Und sie hat eine schmale, schlanke Figur, die in den richtigen Kleidern zierlich und anmutig zur Geltung kommen wird. Aber wie ich höre, Lord Darleigh, haben Sie ja schon einen ihrer größten Reize entdeckt. Sie hat tatsächlich eine sehr hübsche Stimme, tief und ein bisschen rauchig. Das wäre mir womöglich gar nicht aufgefallen, wenn sie mir nicht erzählt hätte, dass Sie es ihr gesagt haben. Wir sehenden Menschen vernachlässigen oft die Macht der Töne."

Vincent lächelte sie an.

„Sie versuchen mich zu beruhigen, Ma'am, und dafür danke ich Ihnen. Aber das ist gar nicht nötig. Mir ist völlig egal, wie Sophia aussieht. Ich mag sie."

„Es ist Sophia, die beruhigt werden muss", gab Lady Trentham zurück. „Und es sollte Ihnen nicht egal sein, wie sie aussieht, Lord Darleigh. Denn Ihre Familienmitglieder und Ihre Freunde werden sie sehen und auf ihre äußere Erscheinung reagieren. Und sie wiederum wird auf das reagieren, was sie im Spiegel und in den Augen der anderen sieht. Das muss Ihnen doch wichtig sein. Aber das ist es ja auch, sonst hätten Sie sie ja nicht hergebracht, damit sie einkaufen geht. Sie ist wirklich wie eine Streunerin gekleidet, müssen Sie wissen. Ihre Tante sollte sich schämen, ihr Kleider zu geben, die nicht mal ihre Dienstmädchen tragen würden. Und sie schneidet sich selbst das Haar und hat Schreckliches damit angerichtet, außerdem wirkt sie ein bisschen untererernährt. Ihre Augen sind zu groß für ihr Gesicht. Sie sollten sich wirklich etwas daraus machen, wie sie aussieht."

Vincent runzelte nachdenklich die Stirn und kam zu dem Schluss, dass sie recht hatte. Es war ja gut und schön für ihn, Sophia zu versichern, dass ihm ihr Aussehen egal war. Aber *ihr* war es vermutlich nicht egal.

„Bleibst du über Nacht?", fragte Hugo. „Du bist herzlich willkommen."

„Ich wollte mir ein Zimmer im Hotel nehmen, wenn du eins empfehlen kannst."

„Lass uns nach dem Essen bei George vorbeigehen", schlug Hugo vor. „Er ist für ein paar Wochen in der Stadt. Imogen wohnt derzeit bei ihm. Sie ist tatsächlich zu meiner Hochzeit gekommen, womit ich nie gerechnet hätte und wofür ich ihr ewig dankbar sein werde. Flavian muss sich auch noch irgendwo in der Nähe herumtreiben, er war übrigens mein Trauzeuge. Und Ralph ist ebenfalls in London. George wird dich zweifellos dazu überreden, bei ihm zu übernachten. Du warst ja schon immer sein besonderer Liebling."

Als Vincent zum ersten Mal nach Penderris Hall kam, sowohl taub als auch blind, hatte George Crabbe, der Duke of Stanbrook, fast jede Minute eines jeden Tages an seinem Bett gesessen, seine Hände und seinen Kopf gestreichelt und ihn oft stundenlang im Arm gehalten, damit er auf die einzige Weise, die ihm zur Verfügung stand, Kontakt halten konnte – durch Berührung. Mehr als einmal hatte er sich gegen diese liebevolle Umarmung gewehrt, hatte um sich geschlagen wie ein Verrückter, mit der ganzen Kraft seiner überwältigenden Panik, aber die Arme hatten nie zurückgeschlagen oder versucht, ihn gegen seinen Willen festzuhalten. Und sie hatten ihn niemals verlassen.

Vincent bezweifelte, dass er ohne George überlebt hätte. Und falls doch, wäre er komplett durchgedreht, lange bevor sein Gehör zurückkehrte.

„Wie schön, ihn so bald wiederzusehen. Und Imogen auch", sagte er. Imogen Hayes, Lady Barclay, war die einzige Frau im Club der Überlebenden. Ihr Mann war auf der Halbinsel unter der Folter gestorben – einer Folter, die sie mit ansehen musste. „Und auch dich, Hugo. Als du Penderris so schnell verlassen hast, fragte ich mich, ob du Lady Muir nachreist. Ich bin so froh, dass du es getan hast."

„Nun, das bin ich auch, mein Junge", bekannte Hugo, „auch wenn sie es mir nicht gerade leicht gemacht hat."

„Wenn Sie seinen ersten Antrag gehört hätten, Lord Darleigh, dann würde Sie das nicht wundern."

Vincent musste grinsen. Diese beiden wirkten sehr zufrieden mit sich. Er konnte das Lächeln in ihren Stimmen hören.

9. KAPITEL

Sophia bekam ihren Haarschnitt, auch wenn ihr Lady Trenthams Vorschlag zunächst recht absurd vorkam. Schließlich war ihr Haar schon sehr kurz. Aber hier war sie nun, der Gnade von Mr Welland und seinen Scheren und fliegenden Fingern ausgeliefert.

„Er schneidet mein Haar, wenn ich in der Stadt bin", hatte Lady Trentham erklärt. „Ich habe ihn mir aus demselben Grund ausgesucht wie meinen Schneider – nämlich weil er nicht mit einem affektierten französischen Akzent spricht. Ich habe nicht das Geringste gegen einen französischen Akzent, sofern er aus dem Mund eines Franzosen oder einer Französin kommt, aber Sie glauben nicht, Miss Fry, wie viele Engländer und Engländerinnen sich einen solchen Akzent zulegen, weil sie hoffen, damit gutgläubige Kunden an Land zu ziehen."

Kunden wie Sir Clarence und Lady March, dachte Sophia.

Mr Welland schnalzte angesichts von Sophias Haarschnitt missbilligend mit der Zunge und verkündete in unverwechselbarem Cockney, dass ihr letzter Friseur es verdient hätte, nach Strich und Faden ausgepeitscht zu werden.

„Mein letzter Friseur war ich selbst", bekannte Sophia verlegen.

Er schnalzte noch einmal mit der Zunge und machte sich an die Arbeit.

Sie waren nicht allein in seinem Laden. Lady Trentham saß ihnen gegenüber und verfolgte interessiert den Fortschritt der Arbeit. Ihre Schwägerin, die Countess of Kilbourne, tat es ihr gleich. Sie hatte gestern Abend eine Nachricht geschickt und fragen lassen, ob Lady Trentham am Morgen für einen Besuch zu haben wäre, und war stattdessen eingeladen worden, an ihrem Einkaufsbummel teilzunehmen.

„Sie dürfen sich von ihrem Titel nicht einschüchtern lassen", hatte Lady Trentham sie beruhigt. „Es gibt keine bodenständigere Person als Lily. Sie ist als Tochter eines Offiziers praktisch in der Nachhut der Armee aufgewachsen, und als ihr Vater starb, hat sie meinen Bruder geheiratet. Was dann folgte, ist eine sehr, sehr lange Geschichte, mit der ich Sie jetzt aber nicht behelligen möchte. Darf ich sie fragen, ob sie Lust hat, uns morgen zu begleiten?"

„Ja, selbstverständlich", erwiderte Sophia, trotz allem ziemlich eingeschüchtert.

Und heute Morgen, nachdem sie in Lord Trenthams Haus eingetroffen war, ihre Schwägerin umarmt und Mrs und Miss Emes mit strahlendem Lächeln einen guten Tag gewünscht hatte, war die Countess Sophia vorgestellt worden und hatte sie sehr freimütig von oben bis unten gemustert.

„Sie wollen also Lord Darleigh heiraten?", hatte sie gefragt. „Oh, meine Liebe, wir werden gleich so viel Spaß miteinander haben. Nicht wahr, Gwen?"

Und dann war sie zu Sophias Schrecken auf sie zugestürmt und hatte sie umarmt. Sie war ebenfalls überaus hübsch, wie Lady Trentham, mit einem Gesicht, das aussah, als ob es immer lächelte.

Endlich schienen Mr Wellands Bemühungen zu einem Abschluss gekommen zu sein. Sophia war entsetzt, als sie sah, wie viel Haar auf dem Boden neben ihren Füßen gelandet war. Hatte er überhaupt noch welches auf ihrem Kopf gelassen? Anders als erwartet hatte er sie nicht vor einem Spiegel platziert.

„Ich habe etwas Form hineingebracht und die Masse ausgedünnt, Sie werden gleich sehen", erklärte er und reichte ihr einen Spiegel. „Das heißt aber nicht, dass ich Ihr Haar kürzer schneiden *wollte*. Es sollte länger sein."

Sophia starrte verblüfft auf ihr Spiegelbild. Ihr Haar schmiegte sich in sanften Locken an ihren Kopf und umrahmte ihr Gesicht in weichen Wellen. Es sah ordentlich und gezähmt aus, überhaupt nicht wie der gewohnte wilde Mopp.

„Es ist sehr chic", urteilte Lady Kilbourne. „Der Schnitt betont Ihr herzförmiges Gesicht. Und die Farbe ist hinreißend."

Als Lord Darleigh auf dem Spaziergang zum Fluss ihr Gesicht mit seinen Händen erkundet hatte, hatte er ebenfalls gesagt, dass es herzförmig sei. Sophia dachte eigentlich immer, dass es rund war.

„Wenn die Dame Wert darauf legt, wie ein Cherub auszusehen, dann sollte sie ihr Haar weiterhin so tragen", erklärte Mr Wellard. „Aber dann versteckt sie das Beste an ihrem Gesicht. Ich zeige Ihnen, was ich meine."

Während Sophia sich weiter im Spiegel betrachtete, schob er ihr Haar mit den Fingern aus ihrem Gesicht, sodass es sich glatt über ihre Schläfen und Ohren legte.

„Sehen Sie die klassische Linie der Wangenknochen? Wenn die Dame Ihr Haar aus dem Gesicht kämmt und dann am Hinterkopf hochsteckt, werden diese hohen Wangenknochen sehr schön betont, Ihr Hals sieht eleganter aus und die Augen wirken verführerischer. Der Mund ebenfalls."

Sophia starrte sich selbst im Spiegel an und sah jemanden, der durch irgendeine Sinnestäuschung vielleicht nicht wirklich hübsch war, aber doch zweifellos ausgesprochen weiblich.

„Du meine Güte, Sie haben recht, Mr Welland", sagte Lady Trentham. „Aber es ist Miss Frys Entscheidung, ob sie ihr Haar wachsen lässt. Und wenn nicht, nun, es gibt Schlimmeres, als wie ein Cherub auszusehen."

„Schon gar, wenn es sich um einen gut gekleideten Cherub handelt", fügte Lady Kilbourne hinzu und stand auf. „Und das wird Miss Fry sein, wenn wir drei mit ihr durch sind. Sollen wir weitermachen?"

Die Rechnung würde an Lord Darleigh geschickt werden, das wusste Sophia. Sie hatte keine Ahnung, wie hoch sie war, aber wenn Mr Welland eine adelige Dame als Kundin hatte, dann war er vermutlich nicht gerade billig. Es war ihr unangenehm, aber was hatte sie schon für eine Wahl? Sie würde sich wohl daran gewöhnen müssen, reich zu sein. Vielleicht fiel ihr das ja leichter, wenn sie verheiratet war.

In den nächsten Stunden kauften sie alles, was es überhaupt

zu kaufen gab, jedenfalls kam es Sophia so vor: Mieder und andere Unterwäsche, Nachtgewänder, Strümpfe, Schuhe, Hüte, Handschuhe, Strumpfbänder, Sonnenschirme, Retiküle, Fächer, Mäntel, Jacken und vieles andere. Ganz zu schweigen von den Kleidern, die in zwei Kategorien fielen: solche, die bereits fertig genäht waren und nur kleinerer Änderungen bedurften, die allesamt noch heute oder allerspätestens morgen erledigt sein mussten, und solche, die eigens nach bestimmten Schnittmustern gefertigt wurden und später nach Middlebury Park geschickt werden würden.

„Aber ich kann unmöglich derart viele Dinge brauchen", protestierte sie, als Lady Trentham alles aufzählte, was sie fürs Erste benötigen würde.

„Aber diese Dinge dienen nicht nur Ihrem persönlichen Vergnügen", erinnerte Lady Kilbourne sie sanft. „Sie sollen auch Ihren Ehemann erfreuen. Oh, ich weiß, er ist blind und kann keines der Kleider und der anderen Sachen sehen. Aber er hat Hände und kann sie fühlen."

Sophia spürte, wie sie errötete.

„Und andere Leute werden Sie sehen", fügte die Countess hinzu. „Denken Sie daran, Sie werden Lady Darleigh sein. Ihr Erscheinungsbild wird auf Ihren Gatten zurückfallen."

„Sie werden denken, dass ich ihn wegen seines Titels und seines Vermögens geheiratet habe", gab Sophia zu bedenken. „Sie werden denken, dass ich ihn eingefangen habe, weil er blind ist."

Lady Trentham sah sie abschätzend an.

„Natürlich werden sie das denken", sagte sie zu Sophias Überraschung. „Ich muss gestehen, dass ich das gestern für einen kurzen Moment ebenfalls dachte. Und was gedenken Sie dagegen zu tun, Miss Fry?"

Sophia starrte sie aus großen Augen an und wartete darauf, dass ihr die Antwort vorgegeben wurde. Hatte Lady Kilbourne das auch gedacht? Dachte sie es immer noch? Und hegte Lady Trentham etwa immer noch Zweifel, was ihre Motive betraf? Unwillkürlich reckte sie das Kinn.

Die Countess warf ihrer Schwägerin einen Blick zu. Ihre Augen funkelten vor Heiterkeit.

„Ganz genau", erklärte sie. „*Das* ist es, was sie tun müssen."

„Ich mag ihn", brauste Sophia auf. „Und ich bin ihm unendlich dankbar. Ich werde sein Leben so angenehm gestalten, dass er sein Augenlicht noch nicht mal vermissen wird. Ich werde … Ach, sollen die Leute doch sagen, was sie wollen. Es ist mir egal. Und es ist ihm egal. Er wird viel zu sehr damit beschäftigt sein, das angenehme Leben zu genießen, das ich ihm bereiten werde."

Für ein Jahr.

Und er wollte doch gar nicht, dass noch eine Frau um ihn herumflatterte.

„Bravo", sagte Lady Trentham und lachte. „Lily, wir dürfen die arme Dame nicht weiter provozieren."

„Aber wir haben die Antwort bekommen, die wir erwartet haben." Lady Kilbourne lachte ebenfalls. „Kleine Menschen sind oft temperamentvoller als große. Und Sie sind sehr klein, Miss Fry. Sogar noch kleiner als Gwen und ich. Vielleicht sollten wir eine Liga der kleinen Frauen gründen. Wir würden die Welt erst in Angst und Schrecken versetzen. Und sie dann regieren."

Zu ihrer eigenen Verblüffung fing Sophia ebenfalls an zu lachen. Oh, wie gut es tat, mit anderen Menschen zu lachen.

„Ich male ein Bild", versprach sie, „und wir benutzen es als Banner, wenn wir auf die Barrikaden … Wogegen gehen wir eigentlich auf die Barrikaden?"

„White's Club", sagte Lady Kilbourne, ohne auch nur eine Sekunde zu zögern. „Diese Bastion des männlichen Stolzes und der angeblichen männlichen Überlegenheit, der sich keine respektable Frau zu nähern wagt. Die Liga der kleinen Frauen wird davor aufmarschieren und gleiches Recht für alle einfordern."

Alle drei brachen in fröhliches, aufmüpfiges Gelächter aus.

Es kam Sophia vor, als ob sie stundenlang vermessen und gepikst wurde. Sie blätterte durch Schnittmuster-Bücher, bis alle Schnitte gleich aussahen. Sie wählte Stoffe und Farben und

Bordüren aus, bis sie mit ihren Kräften am Ende war. Und sie berücksichtigte die Empfehlungen und Meinungen ihrer Gefährtinnen, die jedoch niemals gebieterisch auftraten und ihr immer das letzte Wort ließen. Sie brachten sie jedoch recht unerbittlich von den leuchtenden Farben ab, auf die sie sich zunächst stürzen wollte, weil es ihr so vorkam, als ob jedes Kleidungsstück, das sie in den vergangenen fünf Jahren besessen hatte, farblos und verblichen war. Doch Lady Trentham erklärte ihr einleuchtend, dass lebhafte Farben sie förmlich verschlucken und dadurch praktisch unsichtbar machen würden.

„Und ich bin der Meinung, dass Sie lange genug unsichtbar waren, Miss Fry."

Sie brachten sie auch von schweren Stoffen wie Brokat und Samt ab, die sie ausgesucht hätte, weil sie das Gefühl hatte, fast ihr ganzes Leben lang gefroren zu haben. Aber diese üppigen Stoffe würden sie erdrücken, erläuterte Lady Kilbourne, und ihre Zierlichkeit sei ein Vorzug, den es zu betonen gelte und nicht zu verstecken. Sophia entdeckte, dass feine Wolle, obwohl dünn und leicht, ebenso wärmte wie mancher schwere Stoff. Und dass Schultertücher und Stolen – oh, es gab so viele hübsche Exemplare, stellte sie entzückt fest – ganz wunderbar wärmten und gleichzeitig einem ansonsten eher schlichten Kleid eine elegante Note verleihen konnten.

Sie kaufte Tageskleider, ein Abendgewand, ein Promenadenkleid und eine Reisegarderobe, die allesamt bereits fertiggestellt waren, aber gekürzt und an Brust und Taille enger gemacht werden mussten. Und sie bestellte so viele unterschiedliche Kleider für so viele unterschiedliche Gelegenheiten, dass sie bald völlig den Überblick verlor und voll und ganz auf das Urteil ihrer zweifellos kompetenten Begleiterinnen vertraute. An ein Kleidungsstück konnte sie sich hinterher besser erinnern als an die anderen, wenn auch nur deshalb, weil die Schneiderin ihre Augenbrauen so hochgezogen hatte, dass sie beinahe in ihrem Haaransatz verschwanden, und Lady Kilbourne in einer Art und Weise lächelte, die man eigentlich nur als Grinsen bezeichnen konnte. Sophia hatte ein Reitkostüm geordert, zu dem neben dem Rock auch ein Paar Hosen gehörten.

„Sie reiten?“, fragte Lady Trentham. „Im Herrensitz?“

„Weder noch“, bekannte Sophia. „Aber Lord Darleigh hat gesagt, ich könne tun, was immer mir gefällt, wenn wir verheiratet sind, und ich wollte schon immer reiten. Er hat doch gewiss Pferde in seinen Ställen.“

„Da bin ich ziemlich sicher“, sagte Lady Trentham.

Und dann war da noch das Gewand, das fertig gekauft und vor allen anderen geändert werden musste, damit es noch vor dem Abend in Lord Trenthams Haus geliefert werden konnte.

Ihr Hochzeitskleid.

Zunächst hatte sie protestiert. „Aber außer mir und Lord Darleigh und dem Geistlichen wird niemand dabei sein. Wir heiraten mit Sondergenehmigung.“

„Trotzdem ist es Ihr Hochzeitstag“, widersprach Lady Trentham. „Der Tag, an den Sie sich für den Rest Ihres Lebens lebhaft erinnern werden, Miss Fry. Und Sie werden nie vergessen, was Sie an diesem Tag getragen haben. Sie sind die Braut.“

Sophia blinzelte die Tränen weg, die ihr in die Augen gestiegen waren, und erhob keine weiteren Einwände.

„Lord Darleigh hat die Nacht im Haus des Duke of Stanbrook verbracht“, sagte Lady Trentham, als sie schließlich nach vollendetem Tagewerk in der Kutsche saßen. „Lady Barclay ist ebenfalls gerade dort. Sie ist für unsere Hochzeit nach London gekommen. Es würde mich gar nicht überraschen, wenn Lord Darleigh heute Abend, nachdem er die Sondergenehmigung besorgt hat, noch ein paar weitere Mitglieder des Clubs der Überlebenden im Haus des Dukes vorfindet, die ihn begrüßen wollen. Hugo ist jedenfalls dort hingegangen. Sie wissen vermutlich, was es mit den Überlebenden auf sich hat?“

Sophia nickte.

„Ich bin sicher, dass sie alle gern zu Lord Darleighs Hochzeit kommen würden“, fuhr Lady Trentham fort. „Sie beten ihn alle an, müssen Sie wissen. Er ist der Jüngste der Gruppe und der Liebenswürdigste. Und so wie ich das einschätze, würden auch Hugos Stiefmutter und seine Halbschwester liebend gern teilnehmen. Das geht mir übrigens genauso, und wenn ich die Blicke, die Lily mir gerade zuwirft, richtig deute, dann würde sie mit meinem Bruder auch sehr gern dabei sein. Ich möchte Ihnen gern nach der Zeremonie ein Hochzeitsfrühstück ausrichten. Würden Sie mir das gestatten, Miss Fry? Ich möchte Sie zu nichts drängen, was Sie nicht wollen. Sie müssen es offen sagen, wenn Sie eine vollkommen private Hochzeit vorziehen. Und natürlich müssen auch Lord Darleighs Wünsche berücksichtigt werden. Aber ... würden Sie es gestatten?"

„Bitte?", fügte Lady Kilbourne hinzu. „Es ist schon ewig her, seit ich zuletzt bei einer Hochzeit war. Gwens liegt schon drei Tage zurück."

Sophia starrte fassungslos von einer Dame zur anderen. Sie war die Maus. Keiner sah sie an oder sprach mit ihr. Sie hatte niemals Freunde gehabt oder fast nie. Niemand hatte sie je geliebt, abgesehen von ihrem Vater in der ihm eigenen achtlosen Art, aber die Demonstration dieser Zuneigung hatte sich darin erschöpft, ihr hin und wieder das Haar zu zerzausen und ihr zu sagen, dass sie in nächster Zeit wieder mal den Gürtel enger schnallen müssten, da er gerade eine Pechsträhne am Kartentisch oder auf der Rennbahn gehabt habe.

Und plötzlich wollten ungefähr zehn Personen unbedingt an ihrer Hochzeit teilnehmen? Und eine davon wollte sogar ein Frühstück für sie ausrichten? Natürlich war das alles Lord Darleigh zuliebe, das war ihr schon klar. Aber soweit sie wusste, war Lady Kilbourne ihm noch nie begegnet, und Mrs Emes und ihre Tochter hatten ihn erst gestern kennengelernt und auch nur kurz mit ihm gesprochen, während sie mit ihr den ganzen Abend und einen Teil des Morgens verbrachten.

Lord Darleigh hatte um ihretwillen auf eine Hochzeit im Kreis seiner Familie verzichtet, das war ihr völlig klar. Und nun hatte er die Möglichkeit, einige seiner engsten Freunde dabeizuhaben. Und ihr bot sich unverhofft die Gelegenheit, ihren großen Tag mit einigen Damen zu feiern, die sie zu mögen schienen. Das kam ihr völlig unglaublich vor. Hatte ihre neue Frisur vielleicht etwas damit zu tun? Aber die kannten Mrs Emes und Constance Emes ja noch gar nicht, und dennoch waren beide gestern Abend und heute beim Frühstück ganz reizend zu ihr gewesen.

Konnte es vielleicht sein, dass sie endlich Freunde hatte? Sie biss aufgeregt auf ihre Unterlippe.

„Aber ja“, erwiderte sie. „Wenn Lord Darleigh einverstanden ist.“

Die beiden Damen lächelten einander zufrieden zu.

Die anstrengende Einkaufsexpedition war gottlob vorbei, und sie fuhren vor Lord Trenthams Haus vor. Lady Trentham verkündete, dass sie noch jede Menge zu tun habe, immerhin galt es, kurzfristig ein Hochzeitsfrühstück zu organisieren. Und vorher musste sie noch eine entsprechende Nachricht an Lord Darleigh nach Stanbrook House schicken.

Bislang hatten die Mitglieder des Clubs der Überlebenden sich ausschließlich in Penderris Hall getroffen, jedes Jahr für ein paar Wochen im Frühling. Es kam Vincent seltsam – und absolut wunderbar – vor, seine Freunde nun hier in London zu treffen. Nur Ben, Sir Benedict Harper, fehlte. Er besuchte gerade seine Schwester im Norden des Landes.

Vincent hatte bereits den vergangenen Abend in Stanbrook House am Grosvenor Square verbracht und noch lange mit dem Duke of Stanbrook und dessen entfernter Cousine Imogen, Lady Barclay, zusammengesessen. Es gab viel zu erzählen. Und als er heute nach Stanbrook House zurückgekehrt war, nachdem er in Georges Begleitung die Sondergenehmigung besorgt und die notwendigen Vorkehrungen für die Zeremonie getroffen hatte – sie sollte am nächsten Morgen in St. George’s am Hanover Square stattfinden –, erwarteten ihn dort neben Hugo auch Ralph Stockwood, Earl of Berwick, und Flavian Arnott, Viscount Ponsonby.

Miss Fry war wie geplant zu ihrer großen Einkaufstour aufgebrochen, um sich von Kopf bis Fuß für ihre Hochzeit und ihr neues Leben auszustatten, begleitet von seiner Freu und deren Schwägerin, der Countess of Kilbourne, berichtete Hugo.

Vincent hoffte, dass Sophia durch diese Gesellschaft nicht allzu überwältigt war.

„Die beiden werden sich um sie kümmern, mein Junge", versicherte ihm Hugo, als ob er seine Gedanken gelesen hätte. „Weibliche Solidarität oder Macht oder irgendwas Furchtbares in dieser Richtung. Da geht man ihnen am besten weiträumig aus dem Weg und lässt sie tun, was sie tun müssen."

„Du liebe Zeit", murmelte Flavian und seufzte. „Bist das wirklich du, Hugo? Der Held von Badajoz? Der wilde, finster blickende Riese? Wenn schon drei Tage Ehe eine solche Wandlung bei dir hervorrufen, dann wagt man sich kaum v…vorzustellen, was eine ganze Woche anrichten wird."

„Man nennt es menschliche Reife, Flave", sagte Hugo.

„Möge der Himmel mich davor bewahren", flehte Flavian mit schwacher Stimme.

„Dann würdest du Frauen also jegliche Solidarität und Macht absprechen, Flavian?", erkundigte Imogen sich betont freundlich.

„Oh, dir auf keinen Fall, Imogen", beteuerte er hastig. „Nein, nein, niemals dir. Ich hege nicht den geringsten Wunsch, jedes Mal, wenn ich dich ansehe, von deinem stahlharten Blick aufgespießt zu werden. Dein stahlharter Blick ist fürchterlich und bringt meine Verdauung durcheinander. Lasst uns das Thema wechseln. Erzähl von deiner B…Braut, Vince, alter Knabe. Und erzähl uns vor allem, warum du es so skandalös eilig damit hast. Imogen hat sich geweigert, auch nur eine winzige Kleinigkeit preiszugeben, mit der moralinsauren Begründung, dass es nicht ihre Geschichte sei. Sie ist wirklich hoffnungslos, wenn es um Klatsch und Tratsch geht."

Vincent erzählte ihnen alles, mit Ausnahme der verrücktesten Details, versteht sich. Als er fertig war, stellte er überrascht fest, das Imogen eine seiner Hände mit beiden Händen fest umschlossen hatte. Sie war normalerweise nicht gerade der überschwängliche Typ.

„Es ist mein Wunsch, Miss Fry zu heiraten“, beteuerte er, als hätte es eine einhellige Protestbekundung von seinen Freunden gegeben. „Es mag so klingen, als habe ich mich zu dem Antrag genötigt gefühlt, und ich bekenne, dass ich unter anderen Umständen jetzt nicht in dieser Situation wäre. Aber es tut mir nicht leid, dass es passiert ist. Und ich möchte unmissverständlich klarstellen – und zwar für euch alle –, dass sie in keinster Weise versucht hat, die Vorgänge so zu manipulieren, dass ich mich verpflichtet fühlen würde, sie zu heiraten. Sie ist über jeden Zweifel erhaben. Ich hatte verdammt viel Mühe, sie dazu zu bewegen, meinen Antrag anzunehmen, trotz der trostlosen Zukunft, die andernfalls vor ihr lag.“

„Du siehst aus, als ob du uns gleich alle miteinander zum Duell in der Morgendämmerung fordern würdest, Vince“, bemerkte Ralph.

Vincent entspannte sich etwas und lachte.

„Ist sie eine Sch…Schönheit?“, erkundigte sich Flavian. „Beziehungsweise, hast du gehört, dass sie eine ist? Hugo? Du hast sie doch gesehen.“

Hugos Schweigen sagte mehr als tausend Worte.

„Es wird dich ja vielleicht überraschen, Flave“, sagte Vincent. „Aber ich schere mich keinen verfluchten Deut darum, wie sie aussieht, mir ist nur wichtig, inwieweit ihr Aussehen ihr eigenes Glück beeinflusst. Sie beschreibt sich äußerst selbstkritisch. Sie ist klein und schlank, das weiß ich. Sie hat kurzes, lockiges kastanienbraunes Haar und Augen, die nicht eindeutig braun oder grün sind, sondern etwas von beidem. Ihre Wangen sind zart, ihr Mund ist großzügig geschnitten. Sie hat eine anziehende Stimme. Ich mag ihre Stimme, und ich mag sie. Hugo, habe ich noch irgendwas vergessen?“

„Nicht wenn du mich in diesem Ton fragst, mein Junge“, erklärte Hugo hastig. „Gwen und Lily kümmern sich darum, darauf kannst du dich verlassen. Soweit ich weiß, steht als Erstes ein Besuch beim Coiffeur auf der Liste, danach sollen dann jede Menge Modisten aufgesucht werden. Diese Tante, bei der sie zuletzt gelebt hat, verdient wirklich die Peitsche. Miss Frys Kleider sehen aus wie fadenscheinige Säcke, und sie selbst wirkt, als habe sie nie genug zu essen bekommen. Aber solche Dinge lassen sich ja in Ordnung bringen."

„Ja", sagte Vincent. „Genau das habe ich vor."

Imogen tätschelte seinen Handrücken.

„Vince, du bist einfach zu gut für den Rest von uns", verkündete Ralph. „Du bist zu gut für diese Welt. War das schon so schlimm, als du noch funktionierende Augen hattest?"

„Ich will einfach nur glücklich sein." Vincent grinste. „Und die Ehe scheint manchmal sehr viel Glück zu bringen, das sieht man ja an Hugo. Beziehungsweise *ihr* seht es an Hugo, aber ich kann ihn hören."

„Es dreht einem glatt den Magen um, nicht wahr?", sagte Ralph.

Vincents Grinsen wurde breiter. „Und bald sind wir schon zwei. Ob der Club der Überlebenden diesen Schock überlebt?"

„Wir haben die Kriege überlebt", bemerkte George. „Ich wage zu behaupten, dass wir auch ein paar anständige Ehen überstehen. Vincent, da deine Familie ja morgen nicht dabei sein wird und Miss Frey keine nennenswerte Verwandtschaft hat, dürfen wir vielleicht alle kommen? Oder wäre es dir lieber, wenn wir wegblieben?"

Eine Heirat ohne Gäste war sicher eine trostlose Angelegenheit, die er jedoch, als er seine Pläne machte, für unvermeidbar gehalten hatte.

„Ich hätte euch wirklich sehr gerne dabei", antwortete er. „Aber ich muss vorher erst Sophia fragen, ob es ihr etwas ausmacht. Schließlich haben wir extra deshalb beschlossen, nicht in Middlebury Park zu heiraten, um die unausgeglichene Situation zu vermeiden, dass alle Gäste nur für mich da sind."

In diesem Augenblick klopfte es leise an der Salontür, und Georges Butler teilte seinem Herrn leise mit, dass soeben eine Nachricht für Viscount Darleigh eingetroffen war.

„Das ist die Schrift meiner Frau“, stellte Hugo fest.

Vincent sprang hastig auf. War Sophia etwas passiert?

„Könnte einer von euch mir die Nachricht vorlesen?“, bat er. „George?“

Er hörte das Knistern von Papier. Eine kurze Pause entstand, in der George vermutlich den Brief überflog.

„Ah, ja“, sagte er dann. „Vincent, Lady Trentham lässt fragen, ob du etwas dagegen hättest, wenn sie morgen in ihrem und Hugos Haus ein Hochzeitsfrühstück für dreizehn Personen ausrichtet. Dreizehn? Du meine Güte. Oh, hier listet sie die Namen auf, und wir sind alle dabei. Außerdem Mrs und Miss Emes, Mr Philip Germane – das ist doch dein Onkel, Hugo, nicht wahr? – und der Earl und die Countess of Kilbourne. Wie es aussieht, hat Miss Fry sich bereits mit dem Frühstück und der Gästeliste einverstanden erklärt.“

Vincent lächelte und setzte sich wieder.

„Dann seid ihr wohl alle morgen zu einer Hochzeit eingeladen. Elf Uhr, St. George's. Da ich es nicht rechtzeitig zu deiner Hochzeit geschafft habe, Hugo, entschädige ich dich nun mit meiner eigenen.“

„Zum Teufel, noch eine Hochzeit“, stöhnte Flavian. „Kann sein, dass ich das nicht überlebe. Aber für dich, Vince, nehme ich das Risiko auf mich. Ich werde da sein.“

„Du hast leicht reden, Flavian“, erklärte der Duke. „Ich muss in weniger als einem Monat schon wieder zu einer Hochzeit gehen und werde bis dahin in der Stadt bleiben. Imogen ebenfalls, denn es handelt sich um ein Familienereignis. Mein Neffe tritt in den Stand der Ehe.“

„Dein Erbe?“, erkundigte sich Ralph.

„Eben der. Julian war ja als Junge ein ziemlicher Schlingel, aber er hat offenbar eine Frau gefunden, der er aufrichtig zugetan ist. Er hat sie mir vorgestern vorgestellt, vermutlich damit ich sie in Augenschein nehmen kann. Glücklicherweise hat er mich nicht um Erlaubnis gefragt. Das arme Mädchen war völlig eingeschüchtert."

„Kein Wunder", mischte Imogen sich ein. „Du gibst dich bei solchen Gelegenheiten immer höllisch steif, George, dabei bist du doch schon so eindrucksvoll genug. Die arme Miss Dean. Ich hatte richtig Mitleid mit ihr."

„Miss Dean?", fuhr Vincent verblüfft auf.

„Miss Philippa Dean, ja", bestätigte George. „Kennst du sie etwa, Vincent?"

„Ach, ich glaube, ihre Familie kommt aus Bath", sagte Vincent. „Meine Großmutter hat dort jahrelang gelebt, bevor sie nach Middlebury Park zog, um meiner Mutter Gesellschaft zu leisten. Die Deans waren gute Freunde von ihr."

„Soll ich für dich an Lady Trentham schreiben, Vincent?", fragte Imogen. „Ich kann mir vorstellen, dass sie eine schnelle Antwort begrüßen würde. Es ist keine Kleinigkeit, in weniger als vierundzwanzig Stunden ein Hochzeitsfrühstück zu organisieren."

... der er aufrichtig zugetan ist.

Vincent hoffte aus ganzem Herzen, dass diese Zuneigung auf Gegenseitigkeit beruhte. Das schlechte Gewissen Miss Deans wegen hatte immer mal wieder an ihm genagt, seit er von zu Hause weggelaufen war. Und nun heiratete sie den Erben eines Dukes? Ihre Familie musste überglücklich sein.

„Nicht nötig, Imogen", erklärte Hugo. „Ich gehe jetzt ohnehin nach Hause, dann kann ich es Gwendoline auch direkt sagen. Ich habe das Gefühl, die Frau, die ich geheiratet habe, kommt mit derlei Dingen auch kurzfristig bestens zurecht."

„Wenn du dich noch ein bisschen mehr in die Brust wirfst, Hugo, dann könnte es sein, dass du deine eigenen Füße nicht mehr siehst", spottete Flavian. „Ich mache mich ebenfalls davon, George. Nach diesem ganzen Gerede über Hochzeiten und Ehe s...sehne ich mich geradezu nach ein bisschen frischer Luft."

„Ich komme mir dir, Hugo wenn es dir recht ist“, sagte Vincent. „Ich möchte aus Sophias eigenem Munde hören, dass ihr dies alles nicht zu viel wird.“

„Ich verspreche hoch und heilig, dass ich nicht höllisch steif sein werde, wenn du sie mir morgen vorstellst“, sagte George. „Offenbar bin ich ja auch so schon eindrucksvoll genug.“

„Das werde ich jetzt vermutlich bis in alle Ewigkeit zu hören kriegen, stimmt's?“, bemerkte Imogen.

Großer Gott, dachte Vincent, als Hugo seinen Arm nahm. Morgen war sein Hochzeitstag.

Morgen!

10. KAPITEL

Drei von Sophias neuen Kleidern waren bereits gestern am frühen Abend geliefert worden, darunter ihr Brautkleid.

Das sie jetzt trug, am Morgen ihres Hochzeitstags. Sie spähte ängstlich in den hohen Spiegel, der in ihr Ankleidezimmer geschoben worden war, wo Lady Trenthams Zofe gerade letzte Hand anlegte. Sie sah … anders aus. Nicht wie ein Junge. Oder eine Streunerin. Oder eine Vogelscheuche.

Das Kleid war von einem sehr blassen Salbeigrün, das beinahe silbern wirkte und den roten Schimmer ihres Haars perfekt zur Geltung brachte. Der Schnitt war einfach, mit hoher Taille und einer Schärpe unter der Brust, von wo aus der Rock in sanften Falten bis fast auf ihre Knöchel fiel und in zwei kleinen Volants endete. Der Ausschnitt war nicht allzu tief, und Miniversionen der Volants am Saum schmückten die kurzen Puffärmel. Schuhe und Handschuhe schimmerten in einem matten Goldton. Ein Strohhut mit schmaler Krempe und einem Besatz aus kleinen weißen Rosenblüten lag griffbereit neben ihr.

Das wohl bemerkenswerteste Teil ihrer Garderobe war jedoch etwas, das man nicht sehen konnte – ihr Mieder. So etwas hatte sie noch nie zuvor getragen. Es war gar nicht so unbequem, wie sie immer dachte, zumindest noch nicht. Lady Trentham und Lady Kilbourne hatten sie mit vereinten Kräften dazu überredet, es auszuprobieren, und nun sah sie auch, warum. Denn trotz ihrer flachen, knabenhaften Figur und der geraden Linien des Kleides verlieh das Mieder ihr Hüften und Taille. Und noch wichtiger – es schob ihre Brüste nach oben, sodass sie plötzlich eine Art Busen hatte. Zugegeben, es war kein sonderlich beeindruckendes Dekolleté. Aber zumindest war es eins, und zum ersten Mal in ihrem Leben fand Sophia, dass sie wie eine Frau aussah.

Allerdings musste sie wohl damit rechnen, dass ihr unter dem Mieder ziemlich warm werden würde. Es versprach ein sehr heißer Tag zu werden, hatte Lord Trentham beim Familienfrühstück verkündet und Sophia dabei finster angesehen. Doch dann überraschte er sie mit einem Grinsen.

„Sie können von Glück sagen, dass Sie nie vorhatten, Ihren Lebensunterhalt als Friseurin zu verdienen, Mädchen“, sagte er. „Gestern sah Ihr Haar noch aus wie ein ungepflegter Busch, über den ein Orkan hinweggefegt ist.“

„Ich muss doch bitten, mein lieber Hugo!“

„Hugo!“

Mrs und Miss Emes hatten ihrer Empörung über diese Bemerkung gleichzeitig Ausdruck verliehen.

„Das ist einfach nur Hugos Art, Ihnen zu verstehen zu geben, dass Ihr Haar heute sehr reizvoll aussieht, Miss Fry“, erläuterte Lady Trentham.

„Aber genau das habe ich doch gesagt“, bestätigte er und strahlte seine Frau an.

Als Sophia nun in den Spiegel schaute, kam sie zu dem Schluss, dass sie einigermaßen vorzeigbar war. Und wenn sie für einen Augenblick und in der Abgeschiedenheit ihres eigenen Kopfs alle Bescheidenheit fahren ließ, konnte sie sogar mit Fug und Recht von sich behaupten, dass sie sehr vorzeigbar war.

Sie lächelte.

Und dann holte die Wirklichkeit sie ein. Heute war ihr Hochzeitstag. Sie würde Viscount Darleigh heiraten. Vincent. Sie hatte ihn vorgestern kurz beim Abendessen gesehen, bevor Lord Trentham ihn nach Stanbrook House brachte. Und gestern Nachmittag, ebenso kurz, beim Tee. Aber sie war nie mit ihm allein gewesen, sie hatten kein privates Wort wechseln können. Es kam ihr vor, als läge ihr letztes Gespräch schon sehr lange zurück.

Er kam ihr vor wie ein Fremder.

Er *war* ein Fremder.

Einen Moment lang drohte ein Anflug von Panik sie zu überwältigen. Sie hätte dieser Ehe nie zustimmen dürfen. Man musste sich ja bloß mal seine Freunde ansehen: Lord und Lady

Trentham, der Duke of Stanbrook, Lady Barclay, Viscount Ponsonby und der Earl of Irgendwas, auf das sie sich momentan nicht besinnen konnte. Jeder von ihnen besaß einen Titel und lebte in einer völlig anderen Welt als sie. Und später am Tag würde sie sie alle treffen müssen, schließlich hatte sie sich mit einem vormittäglichen Hochzeitsempfang einverstanden erklärt.

Sie hätte sich niemals darauf einlassen sollen. Es war ihm gegenüber nicht fair.

Andererseits war er früher einfach nur Vincent Hunt gewesen, rief sie sich in Erinnerung, der Sohn des Lehrers, der von seinem Vater an der Dorfschule unterrichtet wurde und dessen Spielkameraden die anderen Dorfkinder waren. Und sie war die Enkelin und die Nichte eines Baronets. Sie war eine Dame.

Prompt wünschte sie sich, sie hätte nicht daran gedacht, wer sie war. Sie hatte Familie. Da war Sir Terrence Fry, den sie nie gesehen hatte, und da waren natürlich Tante Martha, Sir Clarence und Henrietta. Sie waren nicht hier, weil sie nichts von der Hochzeit wussten, ebenso wenig wie ihr Onkel Terrence. Wäre er gekommen, wenn er es gewusst hätte? Vermutlich hielt er sich nicht mal in England auf.

Sie schüttelte unmutig den Kopf, und fast im gleichen Moment lenkte ein Klopfen an der Tür sie von weiteren fruchtlosen Grübeleien ab. Lady Trentham trat ein, gefolgt von Miss Emes, die neugierig über die Schulter ihrer Schwägerin spähte.

„Oh, Miss Fry“, rief sie begeistert aus. „Wie hübsch Sie aussehen. Drehen Sie sich doch mal, damit wir Sie richtig betrachten können.“

Sophia drehte sich gehorsam einmal um ihre eigene Achse und schaute die beiden Frauen dann ängstlich an.

„Kann ich mich so zeigen?“, fragte sie beklommen.

Lady Trentham lächelte befriedigt.

„Ich muss gerade daran denken, wie Mr Welland sagte, dass Sie mit kurzem Haar wie ein Cherub aussehen. Er hat recht, wissen Sie, auch wenn ich eher sagen würde, dass Sie aussehen wie eine kleine zierliche Elfe, Miss Fry. Oh ja, Sie können sich ganz wunderbar so zeigen."

„Soll ich Ihnen mit diesem Hut helfen?", bot Miss Emes an und kam näher. „Schließlich wollen Sie Ihre Locken ja nicht komplett platt drücken, nicht wahr? Oh, was für ein süßes Hütchen das ist. So, bitte sehr. Es steht Ihnen ganz entzückend. Habe ich die Schleife im richtigen Winkel gebunden, Gwen?"

„Wenn wir nicht gleich unten in der Eingangshalle sind, läuft der arme Hugo noch eine Rinne in die Kacheln", bemerkte Lady Trentham. „Er war schon vor vier Tagen, als wir geheiratet haben, unglaublich nervös, und jetzt ist er schon wieder schrecklich aufgeregt, weil er die Verantwortung übernommen hat, Sie diesem wilden Wüstling Lord Darleigh zuzuführen – das sind seine Worte, nicht meine. Und natürlich nur scherzhaft gemeint. Aber er fühlt sich in der Tat für Sie verantwortlich, da Sie keine Familie haben, die Ihnen heute zur Seite steht. Wollen wir hinuntergehen?"

Bei diesen leichthin gesprochenen Worten verspürte Sophia einen feinen Stich, doch das Gefühl, einsam und verlassen zu sein, ließ sich heute leicht abschütteln. Sie hatte nicht mit einer normalen Hochzeit gerechnet – auch wenn sie nicht gerade viel über normale Hochzeiten wusste. Aber sie war von einer kurzen Zeremonie ausgegangen, an der nur sie, Viscount Darleigh und ein Geistlicher teilnahmen. Und ein, zwei Zeugen, vielleicht Mr Fisk und Mr Handry. Aber plötzlich war es doch eine richtige Hochzeit geworden, mit Gästen, einem Trauzeugen für den Bräutigam – der Duke of Stanbrook – und jemandem, der die Braut ihrem künftigen Gatten zuführte. Lord Trentham hatte sich gestern Abend erboten, diese Rolle zu übernehmen, und sie hatte angenommen. Er machte ihr Angst und gleichzeitig auch wieder nicht. Sie hatte sich noch keinen rechten Reim auf ihn machen können. Er sah aus wie ein düsterer, grimmiger Krieger, aber er umarmte Lord Darleigh herzlich und liebevoll, und manchmal schaute er seine frisch angetraute Gattin so beseelt an, als ob er ihr am liebsten den Mond vom Himmel holen würde. Sie vermutete, dass er zu den Menschen gehörte, die ihren weichen Kern unter einer harten Schale versteckten, um sich vor Spott und Verletzungen zu schützen.

Wenn sie ihn nicht mögen würde, dann wäre er das perfekte Material für eine Karikatur. Aber sie mochte ihn. Auch wenn sie ein bisschen Angst vor ihm hatte.

Er lief tatsächlich gerade Löcher in den Boden am Fuß der Treppe. Als er sie herabkommen sah, blieb er stehen, mit leicht gespreizten Beinen, die Hände im Rücken verschränkt, in strammer, aufrechter Haltung wie ein Soldat bei der Parade. Sein Blick glitt anerkennend über seine Frau und seine Schwester und blieb schließlich an ihr hängen.

„Ich muss schon sagen, Mädchen, Sie sehen wirklich sehr ansprechend aus. Wirklich ein Jammer, dass Vince Sie nicht sehen kann."

Sie blieb auf der vorletzten Stufe stehen. Die anderen beiden Damen waren bereits unten angelangt. Lord Trentham kam zwei Schritte auf sie zu. Seine Augen waren jetzt auf derselben Höhe wie ihre, und er schaute sie direkt an, mit einem Blick, vor dem seine Soldaten gewiss einst bis ins Mark erbebten.

„Er ist mir sehr lieb und teuer", sagte er leise.

Er schaute sie weiter unverwandt an, und sie musste den Drang bekämpfen, auf die drittletzte Stufe zurückzuweichen. Doch sie hielt ihre Stellung und reckte entschlossen das Kinn.

„Mir wird er sogar noch lieber und teurer sein", gab sie zurück. „Denn er wird mein Ehemann sein."

Er starrte sie noch einen Herzschlag lang prüfend an, dann lächelte er und sah plötzlich unerwartet attraktiv aus.

„Ja, das wird er", bestätigte er. „Und ich kann nur wiederholen: Es ist ein Jammer, dass er Sie an diesem Morgen nicht sehen kann. Sie sehen wie eine kleine Elfe aus."

Zumindest sah sie an ihrem Hochzeitstag nicht aus wie eine Maus.

„Die Kutsche ist bereits vorgefahren, Hugo", sagte Lady Trentham und lächelte.

Sie und Miss Emes würden sie zur Kirche begleiten. Mrs Emes war bereits vorher losgefahren, in Gesellschaft von Mr Philip Germane, Lord Trenthams Onkel, der ihr, wie Sophia vermutete, den Hof machte.

Lord Trentham half Sophia in die Kutsche und bestand darauf, dass sie neben seiner Frau in Fahrtrichtung Platz nahm.

Das war es also, dachte sie. Ihr Hochzeitstag. Ein heißer Sommertag mit wolkenlos blauem Himmel. Was konnte eine Braut mehr verlangen?

Der Landauer setzte sich in Bewegung, und Sophia wandte den Kopf zur Seite und starrte aus dem Fenster. Sie wollte sich jetzt nicht unterhalten. Sie wollte … sich wie eine richtige Braut fühlen, alle Bedenken beiseiteschieben und einfach nur aufgeregt sein und ein wenig nervös, aber auf angenehme Weise.

Lady Trentham war gestern Abend zu ihr gekommen, um über die Hochzeitsnacht zu sprechen. Sophia wusste nicht wirklich, was sie erwartete – was ihr angesichts der Tatsache, dass sie bereits zwanzig Jahre alt war, ungemein peinlich war. Lady Trentham hatte ihr versichert, dass das Ganze sehr viel schlimmer, schmerzhafter und erschreckender klang, als es in Wirklichkeit war. „Tatsächlich werde ich, sobald ich Sie heute Abend verlasse, Hugo bereits die vierte Nacht in Folge nach unserer Hochzeit aufsuchen“, bekannte sie, und ihre Wangen färbten sich rosig. „Und ich kann es kaum erwarten. Es muss wohl … nein, es ist ohne jeden Zweifel die wunderbarste, schönste Sache der Welt. Sie werden sehen. Schon bald fangen sie an, sich darauf zu freuen.“

Da hatte sie gewiss recht, dachte Sophia. Schließlich war ihr größter, geheimster Traum … Nun, von diesem Traum hatte sie auf dem Dorffest in Baton Coombs nichts erzählt. Wie hätte Sie das tun können? Schließlich hatte sie sich mit einem Mann unterhalten.

Mit ihrem künftigen Ehemann.

Lady Trentham nahm Sophias Hand und drückte sie.

Sie bogen in den Hanover Square ein.

Vincent kämpfte mit tausenderlei Bedenken.

Er sollte einfach aufhören, über die Angelegenheit nachzudenken.

Allerdings war der Versuch, seine Gedanken aufzuhalten, ähnlich erfolgversprechend wie das Bemühen, sich gegen die einlaufende Flut zu stemmen.

Das Ganze hatte sich unvermutet zu einer richtigen Hochzeit entwickelt, mit Gästen in der elegantesten Kirche Londons, und doch wussten seine Mutter, seine Großmutter und seine Schwestern nichts davon. Sie kannten noch nicht mal die Braut. Und er kannte sie im Grunde ja auch nicht, oder? Sie waren einander buchstäblich fremd.

Er wollte noch nicht mal verheiratet sein.

Wenn es denn aber sein musste – und es musste sein, andernfalls würden seine Angehörigen ihn niemals in Ruhe lassen –, dann war ihm Sophia durchaus recht. Er mochte sie wirklich, zumindest glaubte er das.

Schließlich kannte er sie ja gar nicht.

Und sie ihn auch nicht.

Trotzdem war heute ihr Hochzeitstag.

Was ihn absurderweise – Gott sei Dank! – tatsächlich in freudige Aufregung versetzte. Denn nun würde sich sein Leben tatsächlich ändern, und vielleicht änderte er sich ja mit ihm zum Besseren.

„Hast du den Ring?“, fragte er George, der neben ihm in der ersten Bankreihe saß.

„Ich habe ihn“, erwiderte George. „Wie schon vor drei Minuten, als du dich zuletzt danach erkundigt hast.“

„Habe ich das?“

„Das hast du. Und ich habe ihn immer noch.“

Es war sein Hochzeitstag. Neben ihm saß sein Trauzeuge. Hinter ihnen saßen seine Freunde. Sie unterhielten sich nicht laut, aber einige von ihnen flüsterten, und er konnte das Rascheln ihrer Kleidung hören, wenn sie sich bewegten, und ein gelegentliches Hüsteln. Er roch Kerzen und Weihrauch und diesen typischen Duft nach kaltem Gemäuer und alten Gebetsbüchern, der allen Kirchen gemeinsam ist. Und er wusste, dass die riesige Orgel gleich anfangen würde zu spielen.

Danach gab es ein Hochzeitsfrühstück bei Hugo, ein etwas beängstigender Gedanke, auch wenn er unter Freunden sein würde. Er nahm seine Mahlzeiten nicht gern öffentlich ein.

Die Hochzeitsnacht würde in Stanbrook House stattfinden. Man hatte alles arrangiert, ohne ihn zu konsultieren. Imogen würde bei Hugo übernachten, George bei Flavian, sodass Vincent und Sophia Stanbrook House für sich allein hatten, abgesehen von den Dienern natürlich.

Darauf zumindest konnte er sich freuen.

„Hast du den Ring?", fragte er. „Nein, vergiss es. Ich habe dich das schon gefragt, stimmt's? Ist sie zu spät, George? Wird sie überhaupt kommen?"

„Sie ist noch zwei Minuten vom Zuspätkommen entfernt", versicherte George. „Tatsächlich glaube ich, dass sie zwei Minuten zu früh dran ist. Denn hier kommen Lady Trentham und Miss Emes."

Vincent hatte den leisen Aufruhr hinter sich bereits wahrgenommen. Und dann hörte er, wie der Geistliche sich räusperte. Er erhob sich vom seinem Platz.

Die Orgel hatte angefangen zu spielen. Jetzt war es eindeutig zu spät, sich das Ganze noch mal anders zu überlegen. Er war dabei, zu heiraten.

Sie und Hugo würden bereits durch das Kirchenschiff auf ihn zuschreiten. Hier kam seine Braut! Er hörte das langsame, regelmäßige Klicken von Hugos Stiefelabsätzen auf dem Steinboden und wünschte sich, er könnte sie sehen. Ach, wie sehr er sich das wünschte. Sie würde neue Sachen tragen. Hübsche Sachen. Würde sie sich darin selbstbewusster fühlen?

Er lächelte, auch wenn er sie nicht sehen konnte. Sie sollte sehen, dass er seine Braut willkommen hieß. Wie viele Bedenken sie wohl heute Morgen geplagt hatten?

Und dann konnte er sie riechen, diesen feinen Seifenduft,

den er inzwischen mit ihr in Verbindung brachte. Und er spürte die leichte Wärme eines menschlichen Körpers an seiner linken Seite.

Die Hymne verklang.

Der Geistliche begann zu sprechen.

Ach, wenn er ihr doch genügen könnte. Wenn er dieser vom Leben gebeutelten kleinen Streunerin, die er heiratete, ein würdiger Ehemann sein könnte! Ein guter Freund und Gefährte. Ein ordentlicher Liebhaber. Wenn er sie für den Rest ihres und seines Lebens vor Unbill und Unglück beschützen könnte. Sie war über jeden Zweifel erhaben. Sie war am Abend des Dorffests zu seiner Rettung herbeigeeilt und hätte dafür den Rest ihrer Tage büßen müssen, wenn er sie nicht dazu überredet hätte, ihn zu heiraten. Lieber Gott, lass sie nie bereuen, dass sie mich geheiratet hat. Lass mich sie lieben und ehren und von diesem Augenblick an alle Bedenken begraben. Lass mich wirklich verheiratet sein und diese Entscheidung niemals, auch nicht für eine einzige Sekunde, bedauern, ganz gleich, was die Zukunft bringt. Lass mich sie lieben und ehren.

Als er aus seinen Gedanken erwachte, stellte er fest, dass er sein Gelöbnis gesprochen hatte, ohne sich auch nur an ein Wort davon zu erinnern. Und sie hatte ihres gesprochen, ohne dass er ein Wort davon gehört hatte. Es war ihm gelungen, ihr den Ring über den Finger zu streifen, ohne lange damit herumzufuchteln oder ihn fallen zu lassen. Und der Geistliche erklärte sie zu Mann und Frau.

Es war vollbracht.

Er hörte Gemurmel hinter sich.

Nun galt es noch, die Urkunde zu unterzeichnen, erst dann wäre ihre Ehe offiziell vor dem Gesetz geschlossen. Sophia hakte sich bei ihm ein und leitete ihn, ohne zu schieben oder zu ziehen, sicher in die Sakristei. Das war ihm bereits während ihres Spaziergangs in Barton Coombs aufgefallen. Nur sehr wenige Menschen trauten ihm zu, auf leichte Hinweise zu reagieren.

Der Geistliche erwartete nicht von ihm, persönlich zu unterschreiben, aber selbstverständlich war er dazu in der Lage. Er setzte sich vor die Urkunde, George reichte ihm die Feder und führte seine Hand an den Anfang der gepunkteten Linie. Er kritzelte seinen Namen und stand auf.

Dann unterschrieb Sophia, gefolgt von den beiden Zeugen, George und Hugo. Sie schob ihren Arm erneut unter seinen und geleitete ihn zurück in die Kirche. Die Orgel spielte eine fröhliche Hymne, und sie schritten erst vor den Altar und dann durchs Kirchenschiff Richtung Ausgang. Vincent konnte seine Freunde in den Bänken spüren. Er lächelte nach rechts und links.

„Lady Darleigh“, sagte er leise.

„Ja.“ Ihre Stimme klang etwas höher als sonst.

„Meine Frau.“

„Ja.“

„Bist du glücklich?“ Wahrscheinlich war das die falsche Frage.

„Ich weiß nicht“, erwiderte sie nach kurzem Zögern.

Nun gut, das war wenigstens ehrlich.

Sie gingen schweigend weiter, bis er merkte, dass die Luft um ihn herum eine andere Qualität annahm. Sie traten durchs Portal ins Freie, und die Orgelklänge wurden leiser. Sie signalisierte ihm stehen zu bleiben.

„Da sind Stufen.“

Ja, daran erinnerte er sich noch von seiner Ankunft her.

„Oh, und Leute.“

Er hörte Gesprächsfetzen, Lachen, Pfiffe, ja sogar Jubel. Man hatte ihm erzählt, dass immer Menschen vor St. Georges warteten, um einen Blick auf die Hochzeiten der feinen Gesellschaft zu erhaschen.

„Sie sind gekommen, um die Braut zu sehen“, sagte er lächelnd und hob grüßend seine freie Hand. „Und das bist heute du.“

„Da sind zwei Männer“, rief sie.

„Zwei Männer?“

„Sie grinsen. Und sie haben die Hände voller ... oh!"

Vincent spürte, wie mindestens zwei zarte, duftende Geschosse an seiner Nase vorbeiflogen. „Rosenblätter?"

„Es hat überhaupt keinen Sinn, wenn du dich dort zusammenk…kauerst, Vince", brüllte Flavian.

„Komm, und bring deine Braut zur Kutsche", fügte Ralph hinzu. „Falls du dich traust."

„Es ist ein offener Landauer", sagte Sophia. „Oh, und überall geschmückt mit Blumen und Bändern und Schleifen."

Vincent fühlte die Wärme der Sonne.

„Wollen wir gehen?", fragte er. „Das sind zwei meiner Freunde. Haben sie sich mit Rosenblättern bewaffnet?"

„Das kann man wohl sagen." Sie lachte dieses trillernde, hübsche Lachen, das er schon ein paarmal gehört hatte. „Ach du meine Güte, die werden uns komplett damit zuschütten."

Sie sagte ihm, wo die Stufen waren, und während sie die kurze Distanz zum Landauer im Laufschritt zurücklegten, klammerte sie sich an seinen Arm, sodass es schien, als ob er sie führte statt umgekehrt.

„Wir sind da." Sie hatte noch nicht ausgesprochen, als sich ein Regen von Rosenblättern über sie ergoss. Vincent hörte, wie die anderen Gäste aus der Kirche kamen.

Statt sich ohne Weiteres in die Kutsche zu setzen, wartete sie, bis er die unterste Stufe mit dem Fuß ertastet hatte und ihr eine Hand reichte. Sie legte ihre Linke hinein und stieg ein. Er folgte ihr und achtete darauf, dass er neben ihr zu sitzen kam, nicht auf ihr.

Die Kirchenglocken fingen an zu läuten.

„Nun, Lady Darleigh." Er tastete nach ihrer Hand, ergriff sie und drückte sie fest. Sie trug weiche Handschuhe. „Sieht das hier so hochzeitsmäßig aus, wie es sich anfühlt?"

„Ja."

Er hörte, wie die Tür des Landauers geschlossen wurde, und spürte ein leichtes Schaukeln, als der Kutscher zurück auf den Bock kletterte.

„Bist du überwältigt?"
„Ja."
„Das musst du nicht, Sophie", sagte er. „Du bist schließlich die Braut. Aller Augen ruhen heute auf dir."
„Das ist ja gerade das Problem." Sie lachte ein bisschen atemlos.
„Beschreib, was du anhast", bat er sie.
Sie fing beim Strohhut an. Bevor sie sich zu den Füßen vorgearbeitet hatte, fuhr der Landauer an und entfernte sich mit unheiligem Getöse von der Kirche.
„Oh!", schrie Sophie erschrocken.
Er zog eine Grimmasse und grinste dann. Ein altbekannter Streich, an dem er selbst sich als Junge mehr als einmal beteiligt hatte. „Ich glaube, wir ziehen gerade sämtliche ausgemusterte Utensilien aus irgendeiner alten, baufälligen Küche hinter uns her. Jetzt schaut dich wirklich jeder an."
Sie antwortete nicht.
„Deine Braut-Garderobe klingt sehr charmant, Sophie." Er musste die Stimme erheben, um das Geklapper zu übertönen. „Schaut uns jeder nach?"
Er konnte spüren, wie sie sich umwandte, um einen Blick nach hinten zu werfen.
„Ja."
„Darf ich dich küssen? Darauf warten sie doch alle."
„Oh", sagte sie wieder.
Er verstand das als Einwilligung. Ihm war klar, dass sie wirklich überwältigt war, und dieses Wissen weckte zärtliche Gefühle in ihm.
Er streckte seine freie Hand aus, bis er ihr Gesicht unter der steifen schmalen Krempe des Strohhütchens fand, das sie ihm beschrieben hatte. Dann legte er seine Hand an ihre zarte Wange, ertastete mit dem Daumen ihren Mundwinkel, beugte sich vor und küsste sie.
Diesmal war es schon eher ein richtiger Kuss, auch wenn er keinen Versuch unternahm, ihn zu vertiefen. Seine Lippen wa-

ren leicht geöffnet. Ihre waren voll und weich und warm und feucht – sie musste sie gerade geleckt haben.

Er spürte ein Pochen in seinen Lenden, und der Gedanke an die bevorstehende Hochzeitsnacht erregte ihn auf sehr angenehme Weise.

Sogar über das grässliche Scheppern diverser Töpfe und Pfannen hinweg –oder was immer sie da sonst hinter sich her über den Straßenbelag schleppten –hörte er den anschwellenden Jubel der Zuschauer.

„Sophie", er hob den Kopf, ließ seine Hand aber an ihrer Wange. „Wenn du mir schon nicht sagen kannst, dass du glücklich bist, kannst du mir dann wenigstens versichern, dass du nicht unglücklich bist?"

„Oh nein", sagte sie. „Ich bin nicht unglücklich."

„Und es tut dir auch nicht leid?"

„Nein. Dazu bin ich nicht mutig genug."

Er runzelte die Stirn.

„Es tut mir nur leid, dass es dir leidtun könnte", erklärte sie.

Er war stets davon ausgegangen, dass es, egal, wen er heiratete, immer die Frau sein würde, die diesen Schritt womöglich bedauerte, da er blind war und kein ganz normales Leben führen und seine Gattin weder sehen noch bewundern konnte. Aber diese Braut, das wurde ihm nun klarer als je zuvor, besaß praktisch keinerlei Selbstwertgefühl, nicht mal jetzt, da man sie gut und teuer gekleidet und frisiert hatte und sie Viscountess Darleigh war.

Er hatte gewusst, dass sie verletzt war, sich aber vielleicht nicht bewusst gemacht, wie tief diese Verletzung ging. War sie womöglich zu beschädigt, um jemals wieder in Ordnung zu kommen? Aber dann erinnerte er sich, wie sie die Gänseblümchenkette geknüpft hatte und wie sie lachte, als er sich damit abmühte, sie ihr um den Hals zu legen. Und an ihren Scherz mit den Katzen, als er ihr etwas auf der Geige vorgespielt hatte. Er dachte an die absurde Geschichte von Bertha und Dan, die sie auf dem Weg nach London zusammengesponnen hatten, und an ihr Bekenntnis, dass sie Karikaturen von Leuten zeichnete, die sie kannte.

„Niemals“, beteuerte er. „Es wird mir niemals leidtun. Wir werden Zufriedenheit miteinander finden. Das verspreche ich.“

Aber wie konnte man jemandem so etwas versprechen?

Zumindest konnte er versprechen, es zu versuchen. Er hatte ja nun ohnehin keine andere Wahl mehr. Sie waren verheiratet. Und er würde alles in seiner Macht Stehende tun, ihr Selbstwertgefühl zu stärken. Wenn er das für sie tun konnte, wäre er zufrieden.

Er lehnte sich in seinem Sitz zurück. „Ich nehme an, dass wir ziemlich viel Aufmerksamkeit erregen?“

„Oh ja“, bestätigte sie – und lachte.

Er drückte ihre Hand.

11. KAPITEL

Der Duke of Stanbrook war ein großer, eleganter, streng blickender Gentleman, dessen dunkles Haar an den Schläfen zu ergrauen begann. Viscount Ponsonby war ein blonder Gott mit leichtem Stottern und spöttisch erhobener Augenbraue. Der Earl of Berwick war ein junger Mann, vielleicht nur ein paar Jahre älter als Lord Darleigh, und wäre unglaublich gut aussehend, wenn da nicht diese wüste Narbe gewesen wäre, die sich diagonal über eine Seite seines Gesichts zog. Lady Barclay war eine hochgewachsene kühle Schönheit mit glattem dunkelblonden Haar, hohen Wangenknochen und einem ovalen Gesicht. Diese Menschen bildeten zusammen mit Lord Darleigh, Lord Trentham und dem abwesenden Sir Benedict Harper den Club der Überlebenden.

Sophia fand sie furchteinflößend, obwohl sich alle vor dem Hochzeitsfrühstück höflich vor ihr verneigt und den Rücken ihrer Hand geküsst hatten – außer Lady Barclay natürlich, die ihr nur Glück wünschte.

Sie war sicher, dass sie begutachtet und für unzureichend befunden worden war. Die anderen hielten sie bestimmt für eine gewissenlose Erbschleicherin, die nicht einfach nur einen guten Mann ausnutzte, sondern auch noch einen blinden guten Mann. Das hier waren seine besten Freunde, hatte er ihr erzählt. Sie standen ihm so nahe wie Brüder und eine Schwester. Vielleicht war ja genau das das Problem. Gewiss wollten sie ihn beschützen und dachten das Schlimmste von ihr. Plötzlich war ihr kalt.

Der Earl of Kilbourne, Lady Trenthams Bruder, war gleichfalls ein attraktiver, beeindruckend aussehender Gentleman. Auch er war Offizier gewesen.

Alle waren sehr höflich und gaben sich große Mühe, eine leichte, muntere Konversation am Laufen zu halten, an der sich jeder beteiligen konnte. Mrs Emes war die Tochter eines Kaufmanns und die Witwe eines erfolgreichen Unternehmers. Miss Emes war ihre Tochter. Mr Germane war auch Geschäftsmann und gehörte ebenfalls zur Mittelschicht. Sophia stellte fest, dass die drei nicht aus der Unterhaltung ausgeschlossen wurden, und keiner schien auf sie herabzublicken.

Und doch fühlte sie, die doch als Dame geboren war, sich förmlich erdrückt von ihren illustren Hochzeitsgästen, den Freunden ihres Mannes.

Ihr Mann!

Bis jetzt war es nur ein Wort – und ein seltsam ziehendes Gefühl im Magen. Seltsamer- und törichterweise war ihr erst während der Zeremonie in der Kirche richtig klar geworden, dass sie tatsächlich heiratete, dass sie sich also bereit erklärte, für den Rest ihres Lebens in den Besitz eines Mannes überzugehen. Sie wollte nicht so von ihrer Ehe denken. Lord Darleigh war nicht so. Aber die Gesetze sowohl der Kirche als auch des Staates verlangten es nun mal. Sie war sein Besitz, er konnte mir ihr machen, was er wollte, ob er diese Macht nun jemals ausüben würde oder nicht.

Sie wäre so gern froh und beschwingt gewesen. Für ein paar flüchtige Momente war sie es auch – als sie heute Morgen den Gang zwischen den Kirchenbänken entlanggeschritten war und sah, dass Lord Darleigh auf sie wartete, mit einem warmen Lächeln im Gesicht. Und nach der Trauung, als sie mit ihm aus der Kirche in den Sonnenschein trat und jubelnde Zuschauer sie mit Rosenblättern bewarfen. Als sie zum ersten Mal das Geklapper der Töpfe und Pfannen hinter dem Landauer hörte. Als Lord Darleigh sie küsste. Als ein älterer Gentleman, der auf dem Gehsteig stehen geblieben war, um ihre Kutsche vorbeifahren zu sehen, den Hut zog und ihr zuzwinkerte.

Aber das Hochzeitsfrühstück war eine einzige Tortur. Sosehr sie sich auch bemühte, sie konnte sich nicht dazu zwingen, an der Unterhaltung teilzunehmen. Wann immer man ihr eine Frage stellte, antwortete sie einsilbig. Sie wusste, dass sie keinen guten Eindruck machte. Wie konnte sie da erwarten, dass man sie mochte.

Sie aß wenig und schmeckte nichts davon.

Lord Trentham erhob sich, um einen Trinkspruch auf die Braut auszubringen, und Sophia zwang sich, zu lächeln und allen dankend zuzunicken. Viscount Ponsonby erhob sich, um einen Trinkspruch auf ihren Ehemann auszubringen, und erntete viel freundliches Gelächter. Sophia zwang sich, darin einzustimmen. Lord Darleigh erhob sich, um den Anwesenden dafür zu danken, dass sie diesen Tag zu einem unvergesslichen, glücklichen Erlebnis gemacht hatten, und er streckte die Arme aus und nahm ihre Hände und küsste sie unter dem beifälligen Gemurmel der Damen und Applaus von allen.

Anschließend zog man sich in den Salon zurück, und Sophia entspannte sich ein wenig, als Constance Emes neben ihr Platz nahm.

„Es ist schon ziemlich einschüchternd, nicht wahr?“, flüsterte Hugos Schwester ihr zu. „All diese Titel? Mein Bruder hat mich auf mein Bitten hin in diesem Jahr zu diversen Bällen und Gesellschaften des *ton* mitgenommen. Die ersten beiden Male war ich dort starr vor Angst, aber dann wurde mir klar, dass das auch nur Menschen sind. Und viele von ihnen, wobei ich die hier Anwesenden ausdrücklich ausnehme, sind ziemlich uninteressant, weil sie absolut nichts zu tun haben, außer reich zu sein und sich ihr Leben lang möglichst gut zu amüsieren. Ich habe einen Verehrer, müssen Sie wissen – nun, eine Art Verehrer. Er sagt, ich bin noch zu jung, um mir offiziell den Hof zu machen, und er findet, ich sollte mir höhere Ziele setzen, aber er wird mit der Zeit schon zur Vernunft kommen. Ich bin verrückt nach ihm, und ich weiß, dass er mich ebenfalls liebt. Ihm gehört der Eisenwarenladen neben dem Lebensmittelgeschäft meiner Großeltern, und ich bin nirgends so glücklich wie dort, in einem dieser beiden Läden. Jeder muss für sich selbst herausfinden, was ihn glücklich macht, oder? Lord Darleigh ist einer der nettesten, angenehmsten Gentlemen, die ich je getroffen habe. Außerdem ist er atemberaubend schön. Und er mag Sie.“

„Erzählen Sie mir von Ihrem Eisenwarenhändler“, bat Sophia, die spürte, wie ihre Anspannung sich weiter löste.

Während sie zuhörte, musste sie lächeln und dann lauthals lachen. Sie schaute auf, direkt in den nachdenklichen, abschätzenden Blick Lady Barclays. Die Dame nickte leicht, bevor sie sich abwandte, um auf etwas zu antworten, das der Earl of Kilbourne gesagt hatte.

Nach dem Tee war es Zeit zu gehen. Der Butler hatte gerade in Lady Trenthams Ohr gemurmelt, dass der Landauer bereitstehe. Sophia würde ihre Hochzeitsnacht in Stanbrook House verbringen, einem der vornehmen Häuser am Grosvenor Square. Zum Glück würde der Duke nicht dort sein und auch nicht sein Gast, Lady Barclay. Lady Trenthams Zofe hatte Sophias neue Kleider bereits am Morgen eingepackt und nach Stanbrook House geschickt. Die Sachen, die erst heute fertig werden sollten, würden direkt dorthin geliefert.

Sophia versuchte, die Tage rückwärts Revue passieren zu lassen. Gestern war der Einkaufstag gewesen. Der Tag davor war der zweite Tag ihrer Reise, der davor der erste. Dann hatte es den Tag des Antrags gegeben, den Tag des Dorffests und den Tag, an dem sie vor Morgengrauen auf den Hügel gegangen war und Lord Darleighs Ankunft in Covington House beobachtet hatte.

Sechs Tage.

Noch nicht mal eine Woche.

Vor einer Woche war sie noch die Maus gewesen, die Vogelscheuche mit selbstgeschnittenem Haar und schlecht sitzenden Kleidern aus zweiter Hand.

Nicht mal eine Woche.

Und jetzt war sie eine Braut. Eine Ehefrau. Ihr Leben hatte sich plötzlich und dramatisch geändert. Und sie benahm sich wie eine verwirrte Maus.

Manchmal musste man eine bewusste Anstrengung unternehmen, um nicht einfach weiter wie bisher durchs Leben zu treiben. In ihr Leben war Bewegung gekommen, und sie hatte nun die Chance, sich ebenfalls zu ändern – oder auf ewig die Maus zu bleiben.

Sie erhob sich.

„Lady Trentham, Lord Trentham, Mrs Emes, Miss Emes." Sie schaute jedem der Angesprochenen direkt ins Gesicht. „Ich danke Ihnen von ganzem Herzen, dass Sie mir Ihr Zuhause geöffnet haben und so freundlich waren, dieses wundervolle Hochzeitsfrühstück auszurichten. Und Mr Germane, Lord und Lady Kilbourne, Lady Barclay, Lord Ponsonby, Lord Berwick, Euer Gnaden, ich danke Ihnen, dass Sie zu unserer Hochzeit gekommen sind. Wir hatten mit einer stillen, hastigen Zeremonie gerechnet, aber es war alles andere als das. Es war unvergesslich, und ich werde mich immer mit Freude daran erinnern. Und ich danke Ihnen ganz besonders, Euer Gnaden, dass Sie uns Ihr Haus bis morgen zur Verfügung stellen."

Alle Gespräche waren verstummt, und jeder schaute sie an – sie waren überrascht, dachte sie und fragte sich, ob ihr Herz aufhören würde, wie verrückt zu hämmern, oder ob es schlicht und ergreifend ganz aufhören würde zu schlagen. Aber sie lächelte.

Viscount Darleigh war ebenfalls aufgestanden.

„Du hast mir die Worte aus dem Mund genommen, Sophie", sagte er. „Und ich habe nichts weiter hinzuzufügen."

„Du warst vorhin am Frühstückstisch schon geschwätzig genug", bemerkte Lord Ponsonby. „Jetzt ist deine Frau dran. Ich p…persönlich hoffe ja, dass du zumindest für die nächsten ein, zwei Wochen der letzte Überlebende bist, der in den Stand der Ehe tritt. Meinem Kammerdiener gehen langsam die trockenen Taschentücher aus, die er mir reichen kann."

„Es ist mir ein Vergnügen, Lady Darleigh." Der Duke of Stanbrook warf ihr einen Blick zu, der durchbohrend war und gleichzeitig … anerkennend?

Und dann standen alle; die Damen – sogar Lady Barclay – umarmten Sophia, und die Gentlemen küssten ihr noch einmal die Hand. Alle redeten und lachten durcheinander, und irgendwie wurden Vincent und sie auf die Straße und in den Landauer verfrachtet.

„Sind die Töpfe und Pfannen fort?", fragte Lord Darleigh.

„Ja."

„Und alles andere auch? Die Bänder und Schleifen und Blumen … nein, die Blumen sind noch da, ich kann sie riechen."

„Alles andere ist auch noch da", sagte sie.

„Du bist nur ein Mal im Leben ein Bräutigam, Vince", stellte Lord Trentham fest. „Und Lady Darleigh ist nur ein Mal eine Braut. Genießt doch, dass die ganze Welt daran Anteil nimmt."

Und dann fuhren sie los, begleitet von Gelächter und Glückwünschen.

„Vielen Dank." Lord Darleigh nahm ihre Hand. „Für das, was du gesagt hast, Sophie. Es war sehr schön. Ich weiß, dass die ganze Veranstaltung eine Qual für dich war."

„Das war es", bestätigte sie. „Aber mir wurde plötzlich klar, dass ich alles durch die Augen der Maus betrachtete, die ich fast mein ganzes Leben lang gewesen bin. Aber Kleinmut ist kein angenehmer Wesenszug, stimmt's?"

„Dann ist die Maus also für immer verbannt?", fragte er.

„Sie darf nur noch in der Ecke von manchen meiner Zeichnungen auftauchen. Aber diese Maus ist normalerweise ein freches kleines Ding, das zwinkernd oder spöttelnd oder geradezu selbstgefällig auf seine Umgebung schaut."

Er lachte.

„Hast du heute irgendwas Satirisches beobachtet?"

„Oh nein, Mylord", beteuerte sie. „An diesem Tag war nichts Lächerliches oder Lachhaftes."

Eine kurze Stille legte sich zwischen sie.

„Nein, das war es nicht", stimmte er dann zu. „Aber bin ich denn weiterhin Mylord, Sophie? Du bist meine Frau. Wir fahren unserer Hochzeitsnacht entgegen."

Sie verspürte ein seltsames, fast schmerzhaftes Stechen im Unterleib. Ihre inneren Muskeln zogen sich zusammen, und sie hatte plötzlich Mühe zu atmen.

„Vincent."

„Fällt es dir schwer, mich so zu nennen?"

„Ja."

„Obwohl dein Großvater ein Baronet war, dein Onkel ein Baronet ist und dein Vater ein Gentleman war?"

„Ja."

Sie fragte sich, was Sir Terrence Fry wohl sagen würde, wenn er wüsste, dass sie heute Viscount Darleigh geheiratet hatte. Ob er je davon erfuhr? Offenbar war ja eine entsprechende Notiz an die Morgenzeitungen geschickt worden. Würde er die Hochzeitsanzeige überhaupt zur Kenntnis nehmen, wenn er sie sah? Und würde Sebastian sie sehen? Was würde er wohl denken? Würde er es seinem Stiefvater erzählen?

Vincent hob ihre behandschuhte Hand an seine Lippen. Passanten lächelten und winkten ihnen zu.

„Dann betrachte mich doch einfach als den unartigen Jungen Vincent Hunt, der sich nachts heimlich durch ein Kellerfenster aus Covington House geschlichen hat, um nackt im Fluss zu schwimmen. Oder, falls diese Vorstellung gar zu schockierend ist, mal dir den überaus lästigen siebenjährigen Vincent Hunt aus, der auf Bäume kletterte und sich dort versteckte, um arglose Dorfbewohner mit Blättern, Zweigen und Eicheln zu bewerfen."

Sie lachte.

„Das ist schon besser. Sag es noch mal."

„Vincent."

„Danke." Er küsste ihre Hand. „Ich habe keine Ahnung, wie spät es ist. Ist es noch Nachmittag oder schon Abend?"

„Irgendwo dazwischen. Aber noch ganz hell."

„Das sollte es aber nicht", sagte er. „Es sollte dunkel sein, wenn wir in Stanbrook House ankommen, damit ich mit meiner Braut ins Bett gehen kann."

Sie sagte nichts. Was sollte sie auch sagen?

„Machst du dir Gedanken?", fragte er. „Wegen der Hochzeitsnacht?"

Sie biss sich auf die Unterlippe. Wieder spürte sie dieses ungewohnte, sehnsüchtige Ziehen tief in ihrem Leib.

„Ein bisschen", gestand sie.

„Möchtest du es nicht?"

„Doch", erwiderte sie wahrheitsgemäß. „Ich möchte schon."

„Gut. Ich freue mich darauf, dich besser kennenzulernen. In jeder Hinsicht natürlich, aber im Moment meine ich vor allem in körperlicher Hinsicht. Ich möchte dich berühren. Überall. Ich möchte mit dir schlafen."

Er wird so enttäuscht sein, dachte sie unwillkürlich.

„Habe ich dich schockiert?", fragte er.

„Nein."

Wieder küsste er ihre Hand und hielt sie dann ganz fest.

Sie hatten sich umgezogen und ein leichtes Abendessen eingenommen. Anschließend saßen sie zusammen im Salon und sprachen über den Tag. Sie schilderte die Kleidung einiger Gäste; er beschrieb die Gerüche in der Kirche. Sie schilderte, wie die Kutsche geschmückt war; er beschrieb die Geräusche der Straße, soweit er sie durch das Geklapper der Küchenutensilien hatte hören können, und den Duft der Blumen. Sie erzählte ihm von Constance Emes jungem Mann und von Mrs Emes und Mr Germanes aufblühender Romanze. Er erzählte von der ersten Begegnung zwischen Lord Trentham und der damaligen Lady Muir am Strand von Penderris. Und beide waren sich einig, dass es ein denkwürdiger Tag gewesen war.

„Ist es endlich dunkel draußen?", fragte er schließlich.

„Nein."

Es war Frühsommer; es würde erst am späten Abend dunkel werden.

„Wie spät ist es denn?"

„Kurz vor acht."

Erst kurz vor acht?

Sie hatte seinen Arm genommen, um ins Haus zu gehen und um ins Speisezimmer zu gehen, und dann, um in den Salon zurückzukehren. Davon abgesehen hatten sie einander nicht berührt. Dabei war dies doch ihr Hochzeitstag.

„Gibt es da eigentlich eine Regel, dass man sich erst nach einer bestimmten Uhrzeit ins Bett zurückziehen darf?", fragte er.

„Wenn es eine geben sollte", erwiderte sie, „habe ich jedenfalls noch nichts davon gehört."

Sein Körper vibrierte förmlich vor Verlangen, seine Ehe zu vollziehen, und sie hatte zwar zugegeben, ein wenig beunruhigt zu sein, ihm aber doch versichert, dass sie es ebenfalls wollte. Und je länger sie hier herumsaßen, desto nervöser würde sie werden.

Warum bloß hatte er sich verpflichtet gefühlt zu warten, bis eine angemessene Stunde erreicht war, um ins Bett zu gehen? War er vielleicht ebenfalls ein wenig nervös? Er war noch nie mit einer Jungfrau zusammen gewesen. Und es handelte sich schließlich nicht um ein beliebiges Experiment, das man nicht zu wiederholen brauchte, wenn es ihm oder ihr nicht gefiel. Er musste seine Sache gut machen. Nicht zu viel beim ersten Mal – er wollte ihr nicht wehtun, sie erschrecken oder gar abstoßen. Aber auch nicht zu wenig. Er wollte sie – und sich selbst – schließlich nicht enttäuschen.

Es war wichtig, dass er alles richtig machte.

„Wollen wir ins Bett gehen?"

„Ja."

Sie hatte in der Kutsche gesagt, dass sie die Maus, ihr Alter Ego, aus ihrem Leben verbannen musste. Er wusste, dass das nicht leicht für sie sein konnte, und musste ein bisschen lächeln, als er an die entschlossene kleine Ansprache dachte, die sie an ihre Gäste gerichtet hatte. Sie hatte das mit Anmut und Charme erledigt, und die wachsame Überraschung seiner Freunde war fast mit Händen zu greifen gewesen.

„Dann nimm meinen Arm", sagte er und erhob sich.

„Ja." Sie nahm seinen Arm.

Und dann überraschte sie ihn wieder. Sie hatten den Salon verlassen und stiegen die Stufen zur ersten Etage hoch, als sie plötzlich stehen blieb und das Wort an jemanden richtete, wahrscheinlich einen der Bediensteten.

„Schicken Sie Mr Fisk in Lord Darleighs Ankleidezimmer und Ella in meins", bat sie.

Ella musste die Zofe sein, die George ihr für den Abend zur Verfügung gestellt hatte.

„Ja, Mylady", antwortete eine Männerstimme in respektvollem Ton.

„Mylady", murmelte sie leise.

„Ich bin immer noch versucht, über meine Schulter zu schauen, wenn die Leute mich als Mylord anreden, um herauszufinden, wen sie meinen", erklärte er. „Wahrscheinlich würde ich es tun, wenn ich es könnte."

Er kannte den Weg zu seinem Zimmer, ihrem gemeinsamen Zimmer für heute Nacht. Er prägte sich Richtungen und Entfernungen immer rasch ein, wenn er in unvertrauter Umgebung war, denn er verabscheute das Gefühl, davon abhängig zu sein, dass jemand ihn dorthin brachte, wo er hinwollte.

Vor seinem Ankleidezimmer blieb er stehen. Als Nächstes kam die Tür zum Schlafzimmer und dann zu ihrem Ankleidezimmer, das bis heute nicht benutzt worden war.

„Ich kann den Rest des Weges allein gehen", versicherte sie ihm.

„Lass uns einen Kompromiss schließen", sagte er. „Ich bleibe hier stehen, bis ich höre, dass deine Tür geöffnet und wieder geschlossen wird. Und in einer halben Stunde treffen wir uns im Schlafzimmer. Oder weniger als einer halben Stunde?"

„Weniger." Sie löste ihre Hand von seinem Arm.

Er lächelte und lauschte auf das Geräusch ihrer Tür. Kaum war sie hinter ihr ins Schloss gefallen, hörte er Martins schwere Schritte im Flur hinter sich. Martin war heute Morgen sehr steif und förmlich gewesen – wie eigentlich immer seit der Verkündung der Verlobung.

Die Tür zu seinem Ankleidezimmer öffnete sich, und er ging vor seinem Kammerdiner hinein. „Martin, sind Sie meiner Bitte gefolgt und zu meiner Hochzeit gekommen?"

„Ja, Sir."

Vincent wartete darauf, dass er noch etwas sagte, aber alles, was er hörte, war das Klirren des Wasserkrugs auf dem Waschtisch. Er seufzte. Hatte er eine Frau gewonnen und einen Freund verloren? Denn das war Martin und war es immer gewesen.

„Sie hat heute nicht wie ein Junge ausgesehen", sagte Martin unvermittelt, während er Vincent dabei half, Halstuch und Hemd abzulegen. „Sie sah aus wie eine kleine Elfe."

Das klang immer noch steif und widerwillig. Aber *kleine Elfe* klang eher nach Kompliment als nach Beleidigung.

„Danke", erwiderte er. „Wissen Sie, Martin, sie hat das hier nicht absichtlich gemacht. Ich hingegen schon."

„Ich weiß", gab Martin zurück. „Sie sind nun mal ein Idiot. Halten Sie jetzt Ihren Kopf still, oder ich schneide Ihnen die Kehle durch. Dann müssen Sie sich die ganze Zeit fragen, ob ich es absichtlich getan habe. Falls Sie noch so lebendig sind, dass Sie sich überhaupt irgendwas fragen können."

„Ich vertraue Ihnen." Vincent grinste.

Martin knurrte.

„Das ist auch gut so angesichts der Tatsache, dass ich mich mindestens einmal am Tag mit einem scharfen Messer an Ihnen zu schaffen mache. Hören Sie jetzt gefälligst auf zu grinsen, sonst müssen Sie mit schiefer Rasur zu Ihrer jungen Dame gehen."

Vincent saß still und setzte eine ausdruckslose Miene auf.

Er nahm an, dass sie soeben Frieden geschlossen hatten.

Eine kleine Elfe. Er erinnerte sich daran, wie er sie an dem Gatter in Barton Coombs ganz eng an sich gezogen hatte. Ja, das konnte er sich gut vorstellen. Sie war ganz einfach das Gegenteil von üppig. Er hatte stets üppige Frauen bevorzugt – welcher heißblütige Mann tat das nicht? Dennoch spürte er jetzt großes Verlangen nach seiner Braut.

Eine kleine Elfe.

Nachdem er Martin entlassen hatte, öffnete er die Tür zum Schlafzimmer. Er kannte den Raum. Er wusste, wo das Bett war, wo sich der Kamin, das Fenster, die Beistelltische befanden. Und er wusste, sobald er die Schwelle überschritten hatte, dass er nicht allein war.

„Sophie?“

„Ja, ich bin hier.“ Er hörte ein leises Lachen. „Weißt du, wo *hier* ist?“

„Ich glaube schon. Du stehst am Fenster. Es ist noch immer nicht dunkel, nehme ich an?“

„Das Fenster geht zum hinteren Garten hinaus“, sagte sie, während er auf sie zuschritt. „Er ist sehr hübsch angelegt. Man könnte fast vergessen, dass man in London ist.“

Er streckte den Arm aus und berührte die Fensterbank. Er konnte Sophies Wärme spüren.

„Möchtest du das denn vergessen?“, fragte er. „Magst du London nicht?“

„Ich ziehe das Land vor. Dort fühle ich mich nicht so einsam.“

Eine seltsame Bemerkung, wenn man berücksichtigte, wie viele Menschen in der Stadt lebten und wie vergleichsweise wenige auf dem Lande.

„Ich komme mir dann weniger wie ein vereinzeltes Wesen vor“, erläuterte sie, „und mehr wie ein Teil eines großen Ganzen. Tut mir leid. Das ergibt nicht besonders viel Sinn, oder?“

„Liegt es vielleicht daran, dass der Schwerpunkt in der Stadt allein auf den Menschen und ihrem Tun und Treiben liegt, während die Menschen auf dem Lande eher zum großen Kreis der Natur und des Universums gehören?“

„Ja“, sagte sie. „Sie verstehen es.“

Er dachte an ihr Traumhäuschen mit dem hübschen Garten und ein paar freundlichen Nachbarn. Ach Sophie.

Er fand ihre Schultern und umfasste sie mit beiden Händen, dann zog er seine Frau an sich. Sie trug ein seidiges Nachtgewand. Gehörte es zu ihrer Brautausstattung? Er hoffte, dass es so war. Er hoffte, dass sie sich hübsch und begehrenswert fühlte. Er spürte, wie sie langsam und tief Luft holte.

Er trug nur einen Morgenmantel aus leichtem Brokat. Vielleicht hätte er Martin ja bitten sollen, ihm ein Nachthemd herauszulegen – falls er so etwas überhaupt dabeihatte. Gut möglich, dass gar keins eingepackt worden war, als er von zu Hause aufbrach. Er schlief immer nackt.

Er strich mit den Händen in Richtung ihres Halses, hob ihr Kinn mit seinen Daumen an und fand ihren Mund mit seinem – ihren schönen breiten Mund mit den großzügigen Lippen, an die er sich so gut erinnerte. Er wartete darauf, dass sie aufhörten, unter seinen zu zittern, und strich dann mit der Zungenspitze darüber, bis sie sich öffneten. Er ließ seine Zunge in ihren Mund gleiten und erbebte vor Lust, als er ihr leises, kehliges Stöhnen hörte.

Er ließ seine Hände durch ihr Haar gleiten, das seidig weich war und längst nicht mehr so dick wie beim letzten Mal, als er es berührt hatte. Es war sehr kurz.

„Sophie." Er küsste sie sanft auf die Lippen. „Bieten wir ein Schauspiel für jeden, der zufällig durch den Garten spaziert?"

„Ich glaube nicht", erwiderte sie. „Aber ich ziehe die Vorhänge zu."

Sie löste sich aus seinen Armen, und er hörte den Stoff in der Schiene gleiten.

„So", sagte sie. „jetzt kann uns keiner sehen."

Und sie kam zu ihm zurück und schlang die Arme um seine Taille. Ah. Demnach war sie nicht abgeneigt.

„Ich bin froh, dass du mich auch nicht sehen kannst." Sie schnappte erschrocken nach Luft. „Oh, ich wollte dich nicht beleidigen."

„Weil du es nicht wert bist, dass man dich ansieht?", fragte er. „Sophie, wer hat bloß all dein Selbstvertrauen zerstört? Und versuch bloß nicht mir einzureden, dass das dein Spiegel war. Nun, ich kann dich nicht sehen und werde es niemals können. Also kann ich dir auch niemals widersprechen – oder zustimmen. Aber ich kann dich berühren."

„Das ist fast genauso schlimm."

Er lachte leise, und sie stimmte zaghaft ein.

„Du bist so schön", sagte sie.

Er lachte wieder, schob seine Hände unter ihr Nachtgewand

und schob es über ihre Schultern und ihre Arme. Dann ergriff er ihre Hände, trat einen Schritt zurück, sodass sie ihre Arme gerade nach unten strecken musste, und hörte das Kleidungsstück an ihr herab zu Boden gleiten.

Sie atmete tief ein.

„Mach dir keine Gedanken. Ich kann dich nicht sehen.“ Sie atmete stoßweise aus.

Er berührte sie, erkundete ihren Körper mit leichten Händen und empfindlichen Fingerspitzen – dünne Schultern und Oberarme, kleine Brüste, die sich dennoch weich und warm in seine Handflächen schmiegten, eine schmale Taille, kaum breitere Hüften, ein weicher flacher Bauch, ein zierlicher Po, dessen Backen sich ebenso geschmeidig in seine Hände schmiegten wie ihre Brüste, und Beine, die, soweit er sie fühlen konnte, sowohl schlank als auch kräftig waren.

Ihre Haut war weich und glatt und warm. Anders als viele dünne Menschen war sie weder knochig noch eckig, einfach nur klein und nicht besonders weiblich geformt. Auf keinen Fall üppig. Dennoch spürte er, wie sein Begehren mit aller Macht erwachte. Sie war seine Braut. Sie gehörte ihm, und dieser Gedanke rief ein gewisses Hochgefühl in ihm hervor. Er hatte sie selbst gefunden und selbst geheiratet, ohne irgendwelche Hilfe von wem auch immer. Manches funktionierte auch ohne Augen.

Er ließ seine Hände zu ihrem Gesicht zurückkehren, umfasste zärtlich ihre Wangen und küsste sie wieder auf den Mund.

„Sind die Bettdecken zurückgeschlagen?“

„Ja.“

„Leg dich hin.“

„Ja.“

War sie etwa wieder die Maus? Ihre Stimme klang höher als sonst.

Oder war sie einfach nur eine jungfräuliche Braut in ihrer Hochzeitsnacht?

Er zog den Morgenmantel aus und legte sich neben sie. Es gab keine Möglichkeit festzustellen, ob sein Anblick sie schockierte. Ihr Atem war von Anfang an hörbar und etwas unregelmäßig gewesen.

Wieder erkundete er sie mit den Händen. Er senkte den Kopf, um sie zu küssen, auf den Mund, eine Wange, ein Ohr. Er nahm ein Ohrläppchen zwischen seine Zähne und knabberte daran. Dann küsste er ihre Kehle, ihre Brüste. Er saugte an einer Brustspitze, während er die andere sanft zwischen Daumen und Zeigefinger rieb.

Sie blieb passiv, aber ihr Atem war lauter, ihre Haut wärmer, und ihre Brustwarzen richteten sich unter seiner Berührung auf.

Er küsste ihren Bauch, fand ihren Nabel und umkreiste ihn mit der Zunge, während er seine Hand zwischen ihre warmen Oberschenkel gleiten ließ und einen Finger in das Zentrum ihrer Weiblichkeit tauchte, das heiß war und überraschend feucht.

Sie zog scharf die Luft ein und erstarrte.

„Sophie." Er hob den Kopf, ließ seine Hand aber, wo sie war, und hörte auch nicht auf, ihre zarte Mitte zu streicheln und mit den Fingern sanft zu öffnen. Mit einer Fingerspitze umkreiste er zart ihren Eingang. „Hast du Angst? Schämst du dich?"

„Nein." Ihre Stimme war jetzt eindeutig viel höher.

Er hatte den Verdacht, dass sie sowohl Angst als auch Scham empfand.

Und dass sie glaubte, körperlich nicht begehrenswert zu sein.

Er nahm eine ihrer Hände, führte sie an seine Erregung, schloss ihre Finger darum und hielt sie dort fest.

„Weißt du, was das bedeutet?", murmelte er an ihrem Ohr. „Es bedeutet, dass ich dich will, dass ich dich begehre. Meine Hände, mein Mund, meine Zunge und mein Körper haben dich berührt und dabei viel Vergnügen empfunden. Ich will dich."

„Oh." Sie hielt ihn noch einen kurzen Moment fest und ließ ihn dann los.

Aber er würde sie auch nicht belügen.

„Ich werde in dich eindringen", sagte er. „Und ich fürchte, dass ich dir bei diesem ersten Mal wehtue, auch wenn ich mir Mühe gebe, es zu vermeiden."

„Du wirst mir nicht wehtun", erwidert sie. „Selbst wenn es schmerzen sollte, Vincent, du wirst mir nicht wehtun. Oh bitte, komm."

Er lächelte überrascht. Sie wollte ihn auch.

Sie streckte die Arme nach ihm aus, als er sich über sie schob und langsam auf sie sinken ließ, und spreizte die Beine, bevor er sie mit seinen auseinanderdrücken konnte. Als er seine Hände unter ihr Kreuz schob, schmiegte sie ihre Pobacken in seinen Griff. Und als er sich vor ihrer Öffnung in Stellung brachte, drückte sie ihre Beine an seine und bog ihm ihre Hüften entgegen.

Seine Erregung war jetzt beinahe schmerzhaft. Er wünschte sich plötzlich, dass er nicht so groß wäre. Sie war so ein kleines, zierliches Ding. Als er sich langsam in sie hineinschob, umschloss ihn eine so enge Hitze, dass er gleichzeitig von Wonne und Angst erfüllt war. Wonne, weil kein Mann etwas Erotischeres und Verheißungsvolleres empfinden konnte als dies; Angst, weil sie viel zu schmal für ihn war und er sie förmlich zerreißen und ihr kaum erträgliche Schmerzen zufügen würde.

Sie stöhnte und presste sich noch enger an ihn.

Er spürte ihre Barriere. Sie kam ihm undurchdringlich vor. Er würde sie gewiss verletzen.

„Komm", drängte sie. „Oh bitte, komm."

Und er vergaß, dass er sanft und zärtlich sein wollte, und enterte sie mit einem einzigen heftigen Stoß. Sie keuchte auf und erstarrte kurz, entspannte sich dann aber nach und nach um ihn herum – bevor sie ihn mit ihren inneren Muskeln fest umschloss und ganz langsam einatmete.

„Vincent", flüsterte sie.

Er senkte seinen Mund auf ihren und küsste sie leidenschaftlich.

„Sophie", murmelte er an ihren Lippen. „Es tut mir leid."

„Mir nicht", sagte sie.

Er stützte sich auf die Unterarme, um sie nicht zu zerquetschen, und nahm sie mit harten, tiefen Stößen. Dabei bezwang er seine Lust, weil er wusste, dass noch mehr Wonne auf ihn wartete und dass sie alles von ihm wollte, auch wenn sie hinterher ziemlich wund sein würde.

Er hörte das erotische, gleitende Geräusch ihrer Vereinigung.

Sie war ganz und gar Frau, süß und heiß und feucht. Sie duftete nach Schweiß und Liebe. Und sie gehörte ihm.

Sie war seine Frau.

Eine kleine Elfe.

Und jeder Zentimeter von ihr barst vor sinnlicher Weiblichkeit.

Er bewegte sich lange Minuten in ihr, bis er es schließlich nicht mehr aushalten konnte. Er schob sich tief in sie hinein, fand seine Erlösung und tiefste, erschöpfte Entspannung.

Als er ein paar Minuten später wieder klar denken konnte, schien seine Selbstsucht ihm unfassbar. Er wollte doch beim ersten Mal zärtlich sein und sich ihr zuliebe zurückhalten. Stattdessen hatte er sich wie ein Wilder auf sie gestürzt und war viel zu lange in ihr geblieben. Und jetzt lag er mit seinem vollen Gewicht auf ihr. Sie fühlte sich wundervoll warm und feucht an und duftete verlockend.

So sanft wie möglich löste er sich von ihr und legte sich neben sie. Er suchte und fand ihre Hand und umschloss sie mit seinen Fingern.

„Sophie?“, sagte er.

„Ja.“

„Habe ich dir sehr wehgetan?“

„Nein.“

Er drehte sich auf die Seite, damit er ihr sein Gesicht zuwenden konnte.

„Sprich mit mir.“

„Was soll ich sagen?“, fragte sie. „Ich hatte gehört, dass es sehr schön ist. Lady Trentham hat es mir gesagt. Es war sogar noch schöner, als ich dachte.“

Würde sie nie aufhören, ihn zu überraschen und zu entzücken?

„Ich habe dir also nicht wehgetan?“

„Doch, schon. Am Anfang und gegen Ende. Und jetzt tut es auch weh. Aber es ist das schönste Gefühl auf der Welt."

Was?

„Schön?"

„Schön", wiederholte sie. „Mancher Schmerz fühlt sich schön an."

„Ist das dein Ernst?" Er grinste sie an.

„Ja", sagte sie. Und nach einer kurzen Pause: „Habe ich dich enttäuscht?"

Oh, sie waren also wieder bei diesem Thema, nicht wahr?

„Sehe ich enttäuscht aus?", fragte er. „Habe ich mich enttäuscht angefühlt?"

„Ich habe keine Figur. Ich bin noch fast so flach wie als kleines Mädchen. Irgendjemand – vielleicht der liebe Gott – hat vergessen, mich wachsen zu lassen."

Es wäre zum Lachen, wenn es nicht so traurig wäre.

„Sophie", beschwor er sie. „Du fühlst dich für mich hundertprozentig wie eine Frau an. Ich hätte unmöglich noch größeres Vergnügen empfinden können."

„Wie freundlich du bist."

„Das Einzige, was ich bedauere, ist die Tatsache, dass wir es heute Nacht nicht noch einmal tun können."

„Es ist doch noch nicht mal Nacht", wandte sie ein. „Es hat gerade erst angefangen zu dämmern."

Was wollte sie damit sagen? Hatte sie es wirklich ebenfalls genossen, trotz der Schmerzen, die er ihr zugefügt hatte? Er war kein besonders erfahrener Liebhaber und zweifellos weit davon entfernt, der beste der Welt zu sein. Aber vielleicht spielte das in Wahrheit gar keine Rolle. Sie waren beide einsame Menschen. Denn ja, wenn es um körperliche Liebe ging, war er einsam. Sie konnten einander Befriedigung und Vergnügen schenken, und das wog vermutlich schwerer als Erfahrung und Raffinesse.

„Vielleicht können wir es ja noch einmal versuchen, wenn die Nacht sich dem Morgen nähert", schlug er vor. „Aber nur, wenn du dich bereit dazu fühlst. Wenn du nicht zu wund bist."

„Das bin ich auf keinen Fall.“ Sie klang so überzeugt, dass er auflachte, sie in die Arme nahm und an seine Brust zog. Dann hörte er auf zu lachen und legte das Kinn auf ihren Kopf. Plötzlich war ihm eher zum Heulen zumute.

Dieses verdammte Arrangement. Konnte er es je vergessen? Konnte sie es? Würden sie irgendwann dazu imstande sein, sich entspannt in ihre Ehe fallen zu lassen?

„Schlaf jetzt“, sagte er. „Unser Hochzeitstag ist offiziell vorbei, Sophie. Er war doch alles in allem recht gelungen, nicht wahr?“

„Ja.“ Sie schmiegte sich an ihn und schlief erstaunlicherweise fast sofort ein.

Und so begann der Rest seines Lebens – als verheirateter Mann.

In guten wie in schlechten Tagen.

Er versuchte, nicht darüber nachzudenken, was wahrscheinlicher war.

12. KAPITEL

Als Sophia aufwachte, fühlte sie sich warm und geborgen und ein bisschen unbehaglich. Sie versuchte, das Unbehagen zu ignorieren. Sie lag in seinen Armen. Sein gleichmäßiger Atem deutete darauf hin, dass er schlief, und sie kuschelte sich an ihn, an all diese männliche, muskulöse Schönheit und erotische Kraft.

Und er gehörte ihr. Er war ihr Ehemann.

Wieder fing sie an, die Tage rückwärts zu zählen, sogar zweimal, weil sie dachte, sie hätte vielleicht beim ersten Mal ein paar Tage vergessen. Aber nein. Es war fast Morgen, sie konnte das leichte Grau der Dämmerung hinter den Vorhängen erkennen. Vor fast genau einer Woche hatte sie zwischen den Bäumen auf dem Hügel hinter Covington House gestanden und beobachtet, wie die Kutsche ankam, auf die jeder so gespannt gewartet hatte. Sie hatte erst Mr Fisk aussteigen stehen und dann Viscount Darleigh.

Ein Fremder. Und jetzt ihr Ehemann.

Es war erst eine Woche her.

Manchmal – meistens, wenn sie ehrlich war – konnte eine Woche vergehen, und sie war rückblickend nicht imstande, irgendetwas von Bedeutung zu erinnern, das in dieser Woche passiert war. Aber dies war keine dieser Wochen gewesen.

Sie wollte sich nicht bewegen. Sie wollte diesen Moment festhalten, damit er sich nicht heimlich davonstehlen und dann für immer verloren sein würde. Er hatte sie überall berührt. Er war in sie eingedrungen und dort viele Minuten lang geblieben. Er hatte sich nicht von ihr abgestoßen gefühlt. Er hatte sie genossen. Und er hatte sie in seinen Armen gehalten, die ganze Nacht lang. Sie waren beide immer noch nackt.

Sie schloss die Augen und versuchte, wieder in den Schlaf zu finden oder zumindest in schlaftrunkener Wärme weiter zu dösen und in dem Gefühl zu schwelgen, festgehalten zu werden und genossen worden zu sein. Aber das Unbehagen wurde stärker, und schließlich konnte sie ihre körperlichen Bedürfnisse nicht mehr missachten.

Sie schlüpfte aus seiner Umarmung und aus dem Bett, ohne ihn zu wecken, und hob ihr neues Seidennachthemd auf, das vermutlich nach einer Nacht auf dem Schlafzimmerboden schrecklich zerknittert war. Dann ging sie in ihr Ankleidezimmer und erleichterte sich. Sie war ein wenig wund, aber es tat nicht wirklich weh. Tatsächlich fühlte es sich sogar recht angenehm an, wenn sie daran dachte, was diesen Zustand verursacht hatte. Zum Glück war im Krug auf dem Waschtisch noch etwas Wasser, auch wenn es natürlich nicht mehr warm war. Und es gab saubere Waschlappen und Handtücher. Sie wusch sich und trocknete sich ab. Nein, da war kein scharfer Schmerz, nur ein dumpfes Pochen, der Beweis, dass sie eine Braut war, die ihre Hochzeitsnacht hinter sich hatte.

Sie zog sich das Nachthemd über und genoss das Gefühl der glatten Seide auf ihrer nackten Haut. Es war das bei Weitem schönste Nachtgewand, das sie je besessen hatte.

Sie hoffte, dass sie ihn nicht geweckt hatte, dass sie wieder ins Bett kriechen und sich an ihn schmiegen könnte und an die vergangene Nacht denken. Ihre Hochzeitsnacht. Der Vollzug war die Krönung der Zeremonie gewesen. Vielleicht würde es nie wieder so sein. Vielleicht …

Nein, daran wollte sie jetzt nicht denken. Sie würde zurück ins Bett gehen und sich daran erinnern, wie er in seinem seidenen Morgenmantel ausgesehen hatte. Wie konnte jemand, der vom Hals bis zu den Füßen in einem seidenen Morgenmantel steckte, so überwältigend männlich wirken?

Sie glitt vorsichtig unter die Decke und schob sich zu ihm hin. Einer seiner Arme war über ihrem Kissen ausgestreckt. Sie legte ihren Kopf darauf, und er murmelte etwas Unverständliches und zog sie an seine Brust. Sein Haar war, soweit sie das im Halbdunkel sehen konnte, hinreißend zerzaust. Seine Brust, seine Schultern und Oberarme waren muskulös. Offenbar hatte er eine Methode, sich fit zu halten – und mehr als nur fit.

Sie schloss die Augen und dachte daran, was sie empfunden hatte, als er ihr das Nachthemd auszog und sie nackt vor ihm stand. Erinnerte sich, wie er sie mit seinem Mund und seinen Händen berührt hatte, überall. Warm und prüfend und ... anerkennend? Er hatte nicht enttäuscht gewirkt, als er sie küsste und berührte, und sie konnte auch keine Enttäuschung in seinem Gesicht erkennen. Und als sie ihn hinterher fragte, hatte er es auch mit Worten beteuert.

Sie erinnerte sich daran, wie er aussah, als er seinen Morgenmantel abgestreift hatte. Prächtig und wohlproportioniert und schön. Und ...

Seltsamerweise war sie nicht erschrocken, obwohl dieser Teil von ihm ihr ziemlich groß vorkam. Und sich steinhart anfühlte. Nein, Stein war nicht der richtige Vergleich, denn es war gleichzeitig warm und seidig unter ihren Fingern gewesen. Und jeder harte Zentimeter hatte sich in sie hineingebohrt und sie gedehnt und ihr wehgetan – es war unbeschreiblich aufregend gewesen.

Wie merkwürdig, dass Schmerz einem so sehr wie Vergnügen vorkommen konnte. Intensiver Schmerz und intensives Vergnügen. Sie war hinterher schrecklich wund gewesen und schrecklich traurig, denn sie wollte nicht, dass es endete. Es kam ihr irgendwie unvollständig vor.

Sie war bestimmt viel zu gierig in diesen Dingen.

Vermutlich würde es nie wieder eine Nacht wie diese geben. Aber ihre Ehe würde weitergehen, zumindest für eine Weile, und damit auch der körperliche Aspekt einer solchen Gemeinschaft. Er brauchte eine Frau und eine Gefährtin, und sie war beides. Er brauchte dies hier. Männer hatten ihre Bedürfnisse, und sie war die Frau, die ihm dafür zur Verfügung stand. Er wollte Kinder, vor allem einen Erben. Und es war an ihr, sie ihm zu schenken, er hatte keine andere Möglichkeit. Denn keine andere Frau war seine Ehefrau, und keine würde es sein, solange sie lebte.

Sie würde alles in ihrer Macht Stehende tun, um ihn glücklich zu machen oder wenigstens zufrieden, solange sie bei ihm war.

War das überhaupt möglich?

Alles war möglich.

„Kippt das Bett?“, murmelte eine Stimme leise in ihr Ohr. „Du klammerst dich so eng an mich, dass ich dachte, dass unser Bett vielleicht kentert.“

„Oh.“ Sie lockerte ihren Griff. „Nein, tut mir leid.“

Jetzt hatte sie ihn geweckt, und ihre Hochzeitsnacht war vorbei. Wie dumm von ihr. „Ist es Morgen?“, fragte er.

Gestern Abend hatte er sie ein paarmal gefragt, ob es schon dunkel war. Zu den Millionen verstörenden Begleiterscheinungen der Blindheit gehörte gewiss der Verlust des Zeitsinns.

„Noch nicht richig“, erwiderte sie. „Es fängt gerade erst an, hell zu werden. Die Sonne geht in dieser Jahreszeit früh auf.“

„Hmm.“ Er seufzte schlaftrunken. „Du hast ja wieder dein Nachthemd an.“

„Ja.“

„Kommst du dir ohne nackt vor?“ Er rieb seine Nase in ihr Haar.

Sie lachte.

„Es ist eins der schönsten Dinge, die ich je besessen habe. Daher sollte ich es auch tragen. Und du hast es schließlich bezahlt.“

„Habe ich das? Ich muss ja völlig vernarrt in meine Braut sein.“

Es war nur heiterer Unsinn. Trotzdem wurde ihr warm ums Herz.

„Das will ich doch hoffen. Schließlich hast du ein Vermögen für mich ausgegeben.“

„Tatsächlich?“ Er legte seine Wange auf ihren Scheitel. „Spüre ich da womöglich den Einfluss von Lady Trentham? Ich darf nicht vergessen, mich bei ihr zu bedanken.“

„Ich war völlig schockiert“, bekannte sie. „Ich wäre mit zwei oder drei neuen Kleidern mehr als zufrieden gewesen. Ehrlich gesagt, wäre ich sogar überglücklich gewesen. Aber sie wies mich nachdrücklich darauf hin, dass ich künftig nicht mehr nur Sophia Fry bin, sondern Viscountess Darleigh, und dass es ein schlechtes Licht auf dich wirft, wenn ich mich nicht gut kleide. Ich bin es dir schuldig, das Beste aus mir zu machen, hat sie gesagt. Obwohl selbst mein Bestes nicht wirklich …"

Einer seiner Finger legte sich sanft, aber bestimmt auf ihren Mund.

„Du hast gestern in der Kirche versprochen, mir zu gehorchen", sagte er.

„Ja." Sie schluckte unbehaglich.

„Dann erteile ich dir jetzt einen Befehl, Sophie. Und ich werde ernsthaft wütend, wenn du ihn missachtest. Du wirst von diesem Moment an damit aufhören, dich selbst kleinzumachen. Ich kann dich nicht sehen, aber ich nehme dich beim Wort, wenn du sagst, dass du nicht konventionell schön bist. Vielleicht bist du auf den ersten Blick nicht mal auffallend hübsch, aber nach deinen eigenen Worten bist du auch nicht hässlich. Du bist von kleiner Statur und hast die schmale Figur, die dazu passt. Du hast kleine Brüste und schlanke Arme und Beine und eine schmale Taille und kaum breitere Hüften. Du hast dir selbst die Haare abgehackt, vermutlich um noch mehr wie ein Junge auszusehen, was du deiner Ansicht nach ja ohnehin tust. Ich stelle fest, dass es in Form gebracht wurde, obwohl es sogar noch kürzer ist als zuvor. Wie meine Hände und mein Körper festgestellt haben, bist du durch und durch Frau, Sophie, mit angenehmen Proportionen, warmer, glatter Haut und einem Mund, um den dich jede Frau beneiden könnte. Du riechst nach Frau und Seife. Und dein Inneres besteht aus heißer, feuchter, weicher, empfänglicher Weiblichkeit. Du gehörst mir, und du besitzt all die Schönheit, nach der ich mich sehne. Ich werde nicht zulassen, dass du kleinredest, was mir gehört. Und ich werde nicht zulassen, dass du das Wohlbefinden und Glück dessen gefährdest, was mir gehört. Hast du mich verstanden?"

Sie hatte ihn noch nie in so strengem Ton sprechen hören. Sie kniff die Augen fest zu und presste ihre Stirn gegen seine Brust.

Ich werde nicht zulassen, dass du das Wohlbefinden und Glück dessen gefährdest, was mir gehört.

Sie gehörte ihm.

„Ja." Ihre Stimme klang hoch und leise. Sie war so lächerlich glücklich, dass sie hätte weinen können.

„Ich werde ansonsten keinen Gehorsam verlangen", sagte er nach einer Weile. „So verstehe ich die Ehe nicht. Für mich ist die Ehe eine Partnerschaft, eine Lebensgemeinschaft."

Ja, eine Lebensgemeinschaft. Es gab schlimmere Erwartungen an eine Ehe.

„Lady Trenthams Friseur findet, dass ich mein Haar wachsen lassen und glatt zurückkämmen sollte", erzählte sie. „Er denkt, dass dann meine Wangenknochen besser zur Geltung kommen. Er hat sie klassisch genannt. Und er sagte, dass eine Hochsteckfrisur die Länge meines Halses und die Größe meiner Augen betonen würde. Was meinst du, soll ich sie wachsen lassen?"

Er ließ die Finger durch ihre Locken gleiten.

„Sie fühlen sich so sehr schön an", sagte er. „Aber lang würden sie sich auch schön anfühlen. Was möchtest du denn am liebsten mit deinen Haaren machen?"

„Ich glaube, ich lasse sie wachsen."

„Gut." Er küsste sie auf den Scheitel. „Waren sie eigentlich schon immer kurz?"

„Nein."

„Wann hast du sie abgeschnitten?"

„Vor vier Jahren."

Sie wartete auf die nächste Frage und fragte sich, wie sie sie wohl beantworten würde. Aber die Frage kam nicht.

„Ich lasse sie wohl wachsen", wiederholte sie.

Es war noch immer sehr früh. Sie erinnerte sich an die Uhr, die auf dem Kaminsims stand, und drehte den Kopf, um darauf zu schauen. Sie konnte die Zeiger im schwachen Licht des anbrechenden Tages gerade so eben erkennen. Es war kurz vor sechs.

Vielleicht können wir es ja noch einmal versuchen, wenn die Nacht sich dem Morgen nähert.

„Die Nacht hat sich dem Morgen genähert", sagte sie. „Es ist fast sechs Uhr."

Sie legte den Kopf in den Nacken, um in sein Gesicht schauen zu können. Sie sah ihm an, dass er sie genau verstanden hatte.

„Ich war heute Nacht ungestümer, als ich wollte, Sophie. Ich habe dir wehgetan."

„Es war wunderbar." Sie konnte ihre eigene Kühnheit kaum fassen.

Er lächelte. „Aber jetzt dürfte es nicht ganz so wunderbar sein. Vielleicht sollten wir besser etwas …"

Sie ließ ihn nicht ausreden. „Ich bin sicher, es wäre genauso wunderbar."

Sie konnte sein erwachendes Verlangen an ihrem Bauch spüren.

„Es kommt mir so … gierig vor", wandte er ein.

„Ja", stimmte sie zu.

Er grinste.

„Ich bin so froh, dass du es auch willst. Ich könnte es nicht ertragen, wenn du es nur als lästige Pflicht betrachten würdest."

„Auf keinen Fall", beteuerte sie.

Er hob die Hand zu ihrem Gesicht und umfasste mit Daumen und Zeigefinger sanft ihr Kinn.

„Du musst mir sofort Einhalt gebieten, wenn ich dir wehtue", bat er. „Versprochen?"

„Versprochen."

Dann küsste er sie, und sie küsste ihn zurück, wie Männer und Frauen einander küssen, es war so himmlisch, und sie hatte bis zu dieser Nacht nicht einmal gewusst, das es so etwas gab – mit geöffneten Lippen, sodass ihre Zungen einander umspielen und tief und heftig in den Mund des anderen eindringen konnten. Ihre inneren Muskeln zogen sich in plötzlichem, beinahe schmerzhaftem Verlangen zusammen, und zwischen ihren Schenkeln spürte sie eine ungemein erregende feuchte Hitze.

Sie hätte ihr Leben leben können, ohne dies hier jemals zu erfahren. In Wahrheit hatte sie sogar damit gerechnet, dass es so sein würde, auch wenn sie nicht die leiseste Ahnung hatte, was *dies hier* überhaupt war – abgesehen von einer vagen, unglücklichen Sehnsucht, die sie nicht wirklich verstand.

Er drehte sie auf den Rücken, und sie bog sich ihm entgegen und öffnete sich für ihn, und als er in sie eindrang, spürte sie ein schmerzhaftes Brennen – aber gleichzeitig die Magie der intimsten Berührung. Sie umschloss ihn mit ihrer heißen, empfänglichen Mitte.

„Tut es weh, Sophie?"

„Ja", sagte sie. „Hör nicht auf. Oh bitte, hör nicht auf."

Diesmal war er langsamer, sanfter. Und da sie den ersten Schock über etwas so Seltsames und Unvertrautes hinter sich hatte, konnte sie ihn nun besser fühlen, seine Härte, die sie ausfüllte, den Rhythmus seiner Bewegungen, das ziehende, süße Verlangen, das sich in ihr aufbaute und wie eine wonnevolle Woge ausbreitete, bis zu ihren Brüsten, in ihrer Kehle, sogar hinter ihrer Nase. Als er fertig war und sie diesen glühenden Quell in sich spürte, an den sie sich noch von der Nacht her erinnerte, hielt sie ihn weiter fest, ließ die so herrlich erregenden Empfindungen in ihrem Inneren abklingen und fragte sich, ob diese Gefühle jemals zu etwas anderem führen würden als zu einer leisen, unbestimmten … Enttäuschung.

Aber wie konnte sie denn enttäuscht sein? Sie fühlte sich … wundervoll.

Er löste sich von ihr und rollte sich neben sie, hielt sie dabei aber weiter in seinen Armen, sodass sie ebenfalls seitlich zu liegen kam, das Gesicht ihm zugewandt.

„Zufrieden?", erkundigte er sich.

„Hmm", murmelte sie schläfrig.

Als sie erwachte, war es halb neun.

Er strich mit den Fingern einer Hand zärtlich durch ihr Haar.

Wie verabredet, kehrte der Duke of Stanbrook um zehn Uhr in sein Haus zurück. Lady Barclay begleitete ihn, obwohl sie genauso gut mit Lord und Lady Trentham hätte kommen können, denn die beiden wurden zum Frühstück erwartet. Der Earl of Berwick und Viscount Ponsonby waren ebenfalls eingeladen worden.

„Schließlich soll uns keiner nachsagen können, dass wir einen von uns mit stiller Würde abreisen lassen, solange andere Überlebende in der Nähe sind, um zum Abschied ein großes B... Brimborium zu veranstalten", bemerkte Viscount Ponsonby, als alle um den Tisch herum saßen. „Oder *eine* von uns, wie ich eiligst hinzufüge, Imogen, bevor du mich korrigieren kannst."

„Das Brimborium ist herzlich willkommen, Flave", erwiderte Vincent. „Vorausgesetzt, es sind keine alten Töpfe und Pfannen im Spiel."

„Töpfe und Pfannen?" Visount Ponsonby runzelte indigniert die Stirn. „Wer würde denn so etwas Grässliches tun? Wenn ihr mit Riesengeschepper durch die Gegend fahrt, starren euch doch alle Leute an. Das wäre doch w...wirklich ziemlich peinlich."

„Hat eigentlich irgendwer etwas von Ben gehört?", erkundigte sich der Earl of Berwick. „Abgesehen davon, dass er bei seiner Schwester im Norden ist?"

Keiner wusste Näheres.

„Ich wünschte, er wäre hier gewesen", sagte Vincent. „Und hätte auf meiner Hochzeit getanzt."

Die anderen lachten.

„Sir Benedict Harper ist während einer Schlacht unter sein Pferd gestürzt", erklärte Lord Trentham Sophia. „Dabei wurden seine beiden Beine zerschmettert. Sie wollten sie ihm im Feldlazarett amputieren, aber er hat sich strikt geweigert, obwohl die Ärzte ihm sagten, dass er nie wieder würde gehen können. Aber er kann es doch, in gewisser Weise. Er schwört, dass er eines Tages wieder tanzen wird, und keiner von uns wagt es, ihm zu widersprechen. Denn unser Ben kann ganz schön rabiat werden, wenn man ihm querkommt. Manchmal auch, wenn man ihm nicht querkommt."

„Aber viel wichtiger ist die Tatsache, dass wir tatsächlich nicht an seinen Worten zweifeln, Lady Darleigh", fügte Lady Barclay hinzu. „Wenn er sagt, dass er tanzen wird, dann wird er tanzen. Wir glauben ihm."

„Wir würden auch g…glauben, dass in deinem Garten Feen leben, wenn du schwören würdest, da seien welche", sagte Lord Ponsonby.

„Das ist doch genau der entscheidende Punkt, Flavian", gab sie zurück. „Ich würde dergleichen niemals tun. Wir vertrauen einander so bedingungslos, weil wir immer ehrlich zueinander waren."

„Es sei denn, du hättest sie wirklich gesehen, Imogen", sagte Vincent und grinste.

„Das stimmt", räumte sie ein. „Sie halten uns bestimmt für schrecklich albern, Lady Darleigh. Feen im Garten, du meine Güte!"

„Keineswegs", beteuerte Sophia. „Ich kann sie mir sehr hübsch ausmalen. Ich könnte sie zeichnen, und Vincent denkt sich für seine Nichten und Neffen Geschichten über sie aus. Oder wir denken sie uns alle zusammen aus."

Sie beugte sich vor und schaute eifrig von einem zum anderen. Ihre Gäste musterten sie mit verblüfften und amüsierten Mienen. Oh Gott, sie würden denken, dass sie von allen guten Geistern verlassen war. Beschämt lehnte sie sich wieder in ihrem Stuhl zurück.

„Sophia zeichnet Karikaturen", erklärte Vincent. „Ich habe ihre Bilder natürlich nicht gesehen, aber ich gehe jede Wette ein, dass sie wunderbar böse sind. Und jetzt will sie ihre Begabung nutzen, um Geschichten zu erfinden und zu illustrieren."

Sophias Wangen glühten. Bestimmt war sie knallrot im Gesicht. Immerhin wurde sie gerade von einem Duke, einem Earl, einem Viscount, einem Baron, dessen Frau und der Witwe eines Adeligen begutachtet. Ganz zu schweigen von ihrem eigenen blinden Viscount.

Und noch vor einer Woche …

Aber jetzt war nicht vor einer Woche.

„Es ist nur so eine dumme Idee", murmelte sie in ihre Serviette hinein.

Der Duke schaute erst liebevoll zu Vincent hin und dann … nun ja, zumindest mit einer gewissen Freundlichkeit auf sie. Die anderen sahen sie ebenfalls so an. Keiner runzelte die Stirn oder bespöttelte ihre Torheit, und keiner starrte sie an, als ob sie plötzlich zwei Köpfe hätte.

„Begeisterung und Kreativität sind niemals dumm“, bemerkte Lady Barclay.

„Und es ist auch nicht dumm, sein Vergnügen mit anderen zu teilen“, fügte Lady Trentham hinzu. „Schon gar nicht mit dem eigenen Mann.“

„W…wie lange sind Sie doch gleich verheiratet, Lady Trentham?“, fragte Viscount Ponsonby und warf Lord Trentham einen spöttischen Blick zu. „Hugo, du alter Schwerenöter.“

„Erzählst du wirklich Geschichten, Vince?“, fragte der Earl of Berwick.

Vincent lächelte verlegen. „Na ja, wenn deine Nichten und Neffen dich darum bitten, ihnen eine Gutenachtgeschichte vorzulesen, und deine Schwester ihren arglosen Nachwuchs peinlichst berührt zur Ordnung ruft, ohne Zweifel mit vielsagenden Gesten in Richtung meiner Augen, während ihre Lippen tonlos den Satz *Onkel Vincent ist blind* formen, dann musst du schon aus reinem Selbstrespekt kreativ werden.“

„Sehen Sie bloß zu, dass er weiter beim Geschichtenerfinden bleibt, Lady Darleigh“, bat Viscount Ponsonby. „Dann vergisst er vielleicht seine G…Geige.“

„Ich werde aber nicht zulassen, dass er sie vergisst“, erwidert Sophia.

Das Frühstück dauerte eine gute Stunde. Anfangs war Sophia noch schrecklich unsicher gewesen, auch weil sie am Kopfende des Tisches saß, dem Duke gegenüber. Doch hinterher fühlte sie sich nicht mehr ganz so eingeschüchtert von den Überlebenden und war sogar ein bisschen stolz auf sich, weil sie nicht die ganze Zeit stumm dagesessen hatte wie gestern beim Hochzeitsessen.

Und sie kam sich nicht mehr wie eine komplette Hochstaplerin vor. Vielleicht war ihre Ehe ja doch keine vorübergehende

Angelegenheit. Vincent hatte gesagt, sie müssten aufhören, so darüber zu denken, und sie teilte diese Ansicht. Es war ein Fehler gewesen, diesem Arrangement überhaupt zuzustimmen. Eine Ehe war eine Ehe. Es war nicht richtig, sie bloß als Mittel zum Zweck zu betrachten.

Kurz darauf fuhr Vincents Kutsche vor, und die Diener luden unter Aufsicht von Mr Fisk weit mehr Gepäck ein, als sie bei ihrer Ankunft dabeihatten. Lady Trentham nahm Sophias Arm, und dann begann das große Abschiednehmen.

„Sie sehen in Ihrem neue Reisekleid wirklich ausgesprochen elegant aus, Lady Darleigh“, sagte Lady Trentham. „Und ich nehme für mich in Anspruch, zumindest ein klein wenig an dieser erfreulichen Tatsache mitgewirkt zu haben. Ansonsten kann ich natürlich keinerlei Anteil an Ihrem heutigen strahlenden Erscheinungsbild einklagen. Sie müssen immer so lächeln und so glücklich aussehen wie heute Morgen. Und so hübsch. Bitte werden Sie glücklich. Ich kenn Lord Darleigh kaum, aber ich bin ihm sehr zugetan, weil er in Penderris so freundlich zu mir war und weil Hugo ihn liebt.“

Sophia versank vor Verlegenheit fast im Boden. Wenn sie heute anders aussah als gestern, dann würde doch jeder denken …

Nun ja, natürlich würden sie es denken.

Aber … hübsch?

„Ich werde ihn glücklich machen“, versprach sie impulsiv. „Ich hatte noch nie zuvor die Chance, jemanden glücklich zu machen.“

„Aber Sie müssen ebenfalls glücklich sein. Und was Ihren Ehemann betrifft, denken Sie immer an Lizzies Hund.“ Lady Trentham tätschelte ihr die Hand, bevor sie ihren Arm freigab. Imogen umarmte sie, und alle Gentlemen küssten ihr die Hand, bis der Duke of Stanbrook sie schließlich in die Arme nahm und an sich zog. „Ich hoffe zuversichtlich, ja, sogar sehr zuversichtlich, dass Sie der Engel sind, um den ich für meinen Vincent gebetet habe, Lady Darleigh“, flüsterte er ihr ins Ohr.

Sie hatte keine Zeit, mehr zu tun, als ihn ungläubig anzustarren, denn die Kutsche wartete. Vincent stand schon in der geöffneten Tür, bereit, ihr die Hand zu reichen, damit sie einsteigen konnte.

Lizzies Hund, dachte sie, als sie in ihren Sitz sank. Lady Trentham und Lady Kilbourne hatten ihr vorgestern von der blinden Tochter einer Cousine erzählt, die munter und ohne größere Schwierigkeiten durch Haus und Garten tobte – dank ihres ebenso lebhaften Hundes, der dennoch zu begreifen schien, dass er für die Sicherheit des Kindes verantwortlich war, wenn sie ihn an der Leine hielt. Mit ein wenig mehr Training und Disziplin, hatte Lady Kilbourne erklärt, könnte das Tier Lizzie ein Leben ermöglichen, das kaum eingeschränkter war als das eines sehenden Menschen.

Mr Handry erklomm seinen Bock, Mr Fisk folgte ihm, und die Kutsche setzte sich in Bewegung. Sophie beugte sich aus dem Fenster, um dem Duke und seinen Frühstücksgästen zuzuwinken, die sich auf den Stufen und auf dem Gehsteig drängten, um ihnen nachzuschauen. Sie wirkten nicht mehr ganz so überwältigend wie gestern. Vincent lächelte und winkte ebenfalls.

Als die Kutsche Grosvenor Square hinter sich gelassen hatte, lehnte er sich in seinem Sitz zurück, ergriff eine von Sophias Händen und legte sie auf seinen Oberschenkel. „Ich habe dich nach London gebracht, um meiner überwältigenden Familie zu entkommen, Sophie“, sagte er. „Stattdessen musstest du nun das ungestüme Temperament meiner Freunde über dich ergehen lassen. War es sehr schlimm für dich?“

„Nein“, versicherte sie. „Sie waren sehr freundlich. Und ich konnte üben, nicht mehr die Maus zu sein.“

„Das habe ich bemerkt, und es hat mich sehr gefreut. War es schwierig?“

„Ja“, gab sie zu. „Jedes Mal, wenn ich den Mund aufmache, rechne ich damit, dass man mich entweder ignoriert, voller Unverständnis anstarrt oder wütend wird.“

„Meine Freunde mögen dich.“

Ihre erste Eingebung war, es abzustreiten. Aber sie hatte ihrem Ehemann gestern Nacht etwas versprochen, nämlich den einzigen Befehl zu befolgen, den er ihr bislang erteilt hatte – und der vielleicht auch der einzige bleiben würde. Außerdem stimmte es ja. Zumindest konnte es stimmen. Lord und Lady Trentham waren bei ihrer ersten Begegnung durchaus wachsam gewesen. Und die anderen Überlebenden hatten sie gestern zunächst ebenfalls sehr reserviert betrachtet, mit kaum verschleierter Sorge um ihren Freund. Heute Morgen waren alle sehr viel herzlicher gewesen, sogar der einschüchternd zynische Viscount Ponsonby und der strenge Duke of Stanbrook, der Vincent ganz offensichtlich liebte wie einen eigenen Sohn.

Ich hoffe zuversichtlich, ja, sogar sehr zuversichtlich, dass Sie der Engel sind, um den ich für meinen Vincent gebetet habe, Lady Darleigh.

Meinen Vincent.

Ihr war ein bisschen schwindlig geworden, als er das sagte.

„Ich mag sie auch", erwiderte sie. „Wird Sir Benedict Harper jemals tanzen?"

„Er geht an zwei Stöcken. Manchmal versucht er es ein paar Schritte weit ohne. Offenbar tut es beinahe körperlich weh, ihm dabei zuzuschauen. Aber es gibt auch Hoffnung, immerhin hatte man ihm gesagt, dass seine Beine für den Rest seiner Tage nutzlose Anhängsel sein würden, ja, dass sie sich sogar entzünden und sein Leben gefährden könnten. Er wird tanzen, Sophie, daran hege ich nicht den geringsten Zweifel."

„Und du? Wirst du tanzen?"

Er drehte den Kopf mit einer abrupten Bewegung in ihre Richtung. Dann lächelte er.

„Im Dunkeln?"

„Warum nicht? Ich habe zwar noch nie selbst getanzt, aber ich habe anderen dabei zugeschaut. Zum Beispiel bei dem Fest vorige Woche. Und ich habe Henrietta und ihren Tanzlehrer beobachtet, als er ihr Walzer beibrachte. Ich glaube, es muss eins der herrlichsten Gefühle der Welt sein, Walzer zu tanzen.

Ich würde es tun, wenn ich die Möglichkeit dazu hätte, sogar im Dunkeln."

„Oh Sophie, stimmt das? Ich habe auch noch nie Walzer getanzt, aber schon mal zugeschaut, bei einem Regimentsball, bevor … Nun, vor meinem einen ruhmreichen Kampfeinsatz. Ich dachte damals, dass es ein hinreißender Tanz wäre mit der richtigen Partnerin."

Sie schaute ihn wehmütig an.

13. KAPITEL

Reisen war eine langweilige Angelegenheit, vor allem wenn man nicht mal die Landschaft vorüberziehen sehen konnte. Außerdem war es unbequem, selbst wenn man eine gut gefederte Kutsche mit dicken, weichen Polstern besaß. Dennoch war Vincent nicht erpicht darauf, ans Ziel zu kommen.

Er war ein Feigling.

Doch ein Teil von ihm freute sich auch darauf, nach Hause zu kommen und ein vollkommen neues Leben zu beginnen. Und es würde ein vollkommen neues Leben sein, erstens, weil die Umstände sich geändert hatten, und zweitens, weil er entschlossen war, sich nicht mehr so treiben zu lassen wie bisher.

Sie legten den größten Teil der Fahrt schweigend zurück, aber es war kein unbehagliches Schweigen. Hin und wieder unterhielten sie sich auch. Sie beschrieb besonders interessante Aussichten, und einmal schilderte sie ihm eine halbe Stunde lang, was alles nicht interessant war – der graue, wolkenverhangene Himmel, ein Wäldchen voller kahler schwarzer Bäume, ein fliegenbedeckter Misthaufen, ein paar Kühe, die träge auf der Weide herumlagen, eine Wiese mit Dutzenden, vielleicht Hunderten von Schafen, darunter kein einziges schwarzes, ein Feld, das sich flach und lang hinstreckte, es gab nicht mal einen Maulwurfshügel, der die Monotonie unterbrach. Sie hörte erst auf, als er vor Lachen nicht mehr reden konnte.

Sie hatte ein wundervoll scharfes Auge fürs Lächerliche. Und ihr Humor war still, trocken und unwiderstehlich. Tatsächlich erinnerte ihn ihre Art von Witz an Flavian, und er war sehr erstaunt, dass seine Frau und ausgerechnet dieser spezielle Freund etwas gemeinsam hatten.

„Du hast mich gründlich davon überzeugt, dass es nicht immer von Vorteil ist, sehen zu können, Sophie."

„Zumindest bleibt dir eine ganze Menge langweiliges Zeug erspart", versicherte sie.

Auf sein Bitten hin erzählte sie ihm mehr von ihrem Vater. Er war ein attraktiver, charmanter, charismatischer Mann gewesen, immer voller Hoffnung, irgendwann ein märchenhaftes Vermögen zu gewinnen. „Mein Tag wird kommen, Maus", hatte er immer wieder gesagt. Ständig waren sie auf der Flucht vor geprellten Vermietern, geprellten Händlern und gehörnten Ehemännern. Aber zumindest hatte er seine Tochter ernährt und gekleidet, nachdem seine Frau ihn verlassen hatte, jedenfalls dann, wenn die Umstände es ihm gestatteten. Und er hatte ihr Lesen und Schreiben beigebracht. Und immerhin so viel Rechnen, dass ihr klar wurde, wie unzureichend ihre jämmerlichen Einkünfte waren. Doch eines Tages war er nicht schnell genug vor einem wütenden Ehemann weggelaufen, um eine Forderung zu vermeiden. Die Kugel hatte ihn genau zwischen die Augen getroffen, bevor er auch nur die eigene Pistole heben konnte.

„Wusstest du vorher von dem Duell?"

„Ja."

Daraufhin schwieg sie lange, und er konnte die Trostlosigkeit, die sie damals empfunden hatte, förmlich spüren.

„Ich habe gewartet", sagte sie dann. „Und gebetet. Und versucht, an etwas anderes zu denken. Und weiter gewartet. Und gebetet. Das Duell war im Morgengrauen, aber erst am späten Nachmittag ist jemand gekommen. Vermutlich hatten sie mich vergessen."

Dieser Tag musste ihr vorgekommen sein wie ein Monat. Das bittere Gefühl, verlassen und vielleicht auch wertlos zu sein, musste sich damals tief in ihre Seele gefressen haben.

„Er hatte drei Briefe geschrieben", fuhr sie fort. „Mr Ratchett, sein Freund und Sekundant bei dem Duell, sollte sie im Falle seines Todes abschicken. Sie waren an seinen Bruder, Sir Terrence Fry, und seine Schwestern, Tante Mary und Tante Martha, gerichtet. Sir Terrence war außer Landes, wie meistens. Tante Martha hat nicht geantwortet. Tante Mary auch nicht, aber sie lebte in London, und Mr Ratchett brachte mich zu ihr. Ich bin dort geblieben."

„Hat sie dich bereitwillig aufgenommen, nachdem du einmal da warst?“

„Sie hat mich zumindest nicht weggeschickt. Ich weiß nicht, was ich dann getan hätte. Aber ich bekam sie kaum je zu Gesicht. Als sie mich zum ersten Mal sah, erklärte sie, ich sei ein hoffnungsloser Fall. Aber sie kaufte mir Kleider, wenn ich welche brauchte, und hin und wieder gab sie mir Nadelgeld, das ich hauptsächlich für Papier und Zeichenkohle ausgab. Sie verbrachte die meiste Zeit in ihrem privaten Wohnzimmer oder bei Freunden.“

„Gab es keine Cousinen oder Cousins? Hatte sie keine Kinder?“

Sie zögerte kurz.

„Nein“, erklärte sie dann. „Sie war kinderlos.“

Er hatte gelernt, auf Geräusche zu achten und manchmal auch auf die Abwesenheit von Geräuschen. Und er reagierte sensibel auf Atmosphäre, auf diese merkwürdige und undefinierbare Spannung, die sich durch eine Stille ziehen konnte und gelegentlich auch durch einen Ton.

Warum dieses Zögern, wenn die Antwort ein schlichtes Nein war?

Er fragte nicht.

„Und dann zog sie sich eine Erkältung zu“, fuhr Sophia fort. „Drei Wochen später war sie tot. Sie hat ihr Vermögen wohltätigen Einrichtungen vermacht.“

„Und Lady March hat dich aufgenommen.“

„Sie und Sir Clarence waren auf der Beerdigung, und einige von Tante Marys Freundinnen sagten, wie großherzig es von ihr sei, diese *verhuschte kleine Maus* mit nach Hause zu nehmen. Es waren sehr einflussreiche Damen, bekannt dafür, jede Menge üblen Klatsch zu verbreiten. Mit einem Wort ins richtige Ohr konnten sie Existenzen vernichten.“

„Und damit war sie verpflichtet, dich mitzunehmen. Hast du eine Karikatur von den Klatschbasen?“

„Aber ja! Mit langen Körpern, langen Hälsen, zitternden

Nasen. Sie fuchteln mit ihren Lorgnetten herum, und Tante Martha kauert vor ihren Knien."

„Und die Maus schaut von ihrer Ecke aus zu?"

„Mit verschränkten Armen und verdrießlicher Miene", bestätigte sie. „Ich war damals achtzehn. Ich hätte mir eine Anstellung suchen sollen. Nur ... ich hatte keine Ahnung, wie man so etwas macht, ich weiß es immer noch nicht. Ich hätte vorige Woche nach London fahren sollen. Mit der Postkutsche, meine ich. Um mir eine Arbeit zu suchen."

„Gefällt dir unser Arrangement denn nicht?" Sofort wünschte er sich, er hätte nicht gerade dieses spezielle Wort gewählt.

„Im Augenblick ist es so unausgeglichen", sagte sie. „Ich habe nur genommen und nichts gegeben. Allein meine Kleider haben dich ein Vermögen gekostet."

„Unsere Hochzeitsnacht war alles andere als unausgeglichen", erinnerte er sie. „Und die letzte Nacht auch nicht."

Sei hatten sich in ihrem Gasthofzimmer drei Mal geliebt, und sie war zwar keine ausgesprochen aktive, aber doch eindeutig willige Partnerin gewesen. Zumindest hatte sie deutlich den Eindruck erweckt, das Ganze zu genießen.

„Ach das", murmelte sie wegwerfend – und vielleicht ein bisschen verlegen.

„Ja, das." Er runzelte die Stirn. „Und erzähl mir nicht, dass du es nicht mochtest, Sophie, denn dann müsste ich meine sorgsam anerzogenen Gentleman-Manieren vergessen und dich eine Lügnerin nennen. Doch selbst wenn man von deinem eigenen Vergnügen oder Nicht-Vergnügen einmal absieht – du hast mir große Freude bereitet."

„Aber das ist doch gar nichts", wandte sie ein.

Wenn ihn dieser weitere Beweis ihres mangelnden Selbstwertgefühls nicht so beunruhigt hätte, hätte er wohl gegrinst.

„Gar nichts?", wiederholte er. „Ich nehme an, du weißt nicht allzu viel über Männer, Sophie. Du hast keine Ahnung, wie wichtig körperliche Befriedigung für uns ist, oder? Verzeih mir meine Offenheit. Ich bin dreiundzwanzig Jahre alt. Und nun habe ich eine Frau. Ich hoffe sehr, dass du immer mehr für mich sein wirst als eine bequem verfügbare Bettgefährtin, aber unsere physische Vereinigung wird niemals nur *Oh, das* oder *Das ist doch gar nichts* sein."

Sie hatte leise zu lachen begonnen, und er stimmte ein.

„Das ist nicht gerade die Sorte Gespräch, die ein Gentleman zwei Tage nach der Hochzeit mit seiner Braut führen sollte", sagte er. „Es ist geschmacklos, um es gelinde auszudrücken. Verzeih mir bitte."

Schweigen legte sich zwischen sie, doch als sie es nach einigen Minuten brach, wurde ihm klar, dass ihre Gedanken sich auf denselben Pfaden bewegt hatten wie seine.

„Was wirst du tun, wenn das Jahr vorbei ist?"

Er schloss die Lider, als könne er dadurch die Zukunft, die sie beschwor, aussperren.

„Wirst du dir eine Mätresse nehmen?"

Er riss die Augen auf und wandte den Kopf in ihre Richtung. „Ich bin mit dir verheiratet."

„Das stimmt. Aber wenn wir getrennt voneinander leben …"

„Ich bin mit dir verheiratet", wiederholte er aufgebracht.

Aber was würde er tun, wenn sie ihn verließ? Nach einem Jahr. Nach fünf Jahren. Oder nach zehn. Großer Gott, selbst dann wäre er erst vierunddreißig.

„Wirst du dir einen Liebhaber nehmen?" Er stellte fest, dass er jetzt richtig wütend war.

„Nein."

„Warum nicht?"

„Weil ich mit dir verheiratet bin." Ihre Stimme war leise und tonlos.

„Würdest du es denn gern?"

„Nein. Du?"

„Keine Ahnung", sagte er brutal. „Vielleicht ja. Vielleicht nein."

Die Stille zwischen ihnen knisterte vor Spannung.

Vielleicht müsste er sich ja eine Mätresse zulegen. Er war schließlich kein Mönch. Aber allein der Gedanke machte ihn nur noch wütender.

Die stürmische Stille dehnte sich aus.

„War das unser erster Streit?“, fragte sie leise.

„Ja, verdammt, das war er.“

Er spürte, wie ihre Hand sich in seine schob, und lachte reumütig.

„Wir sind bald zu Hause“, sagte er ein paar Minuten später. „Und dann wirst du nicht länger das Gefühl haben, nur zu nehmen und nicht zu geben. Ich werde dich brauchen. Was meine persönliche Entwicklung betrifft, habe ich Fortschritte gemacht, auf die ich stolz sein kann, aber als Herr von Middlebury Park konnte ich mich bislang nicht gerade mit Ruhm bedecken. Ich habe zugelassen, dass andere in meiner Welt das Sagen haben, und es wird nicht leicht sein, das wieder zu ändern, da diese anderen mich entweder lieben oder das gut gemeinte Ziel verfolgen, mein Leben leichter zu machen. Aber die Dinge müssen sich ändern, und ich bin entschlossen, dafür zu sorgen. Allerdings brauche ich dazu deine Hilfe.“

„Ich soll die Rolle der anderen übernehmen?“

„Nein. Ich habe nicht vor, meine Abhängigkeit von meiner Mutter und meinem Verwalter auf dich zu übertragen. Ich will nur, dass du mir hilfst, so weit zu kommen, dass ich niemanden mehr brauche, nicht mal …“

„Nicht mal mehr mich?“, vollendete sie den Satz, denn er hatte sich abrupt unterbrochen, als ihm aufging, dass das, was er sagen wollte, vermutlich beleidigend klingen würde, auch wenn dies nicht in seiner Absicht lag.

„Ich möchte einfach nicht abhängig von dir sein“, erwiderte er. „Oder von sonst jemandem.“

„Ich hingegen bin vollkommen abhängig von dir. Ohne dich würde ich jetzt in den Straßen von London verhungern.“

„Das liegt nun mal in der Natur der Ehe, Sophie.“ Er seufzte. „Eine Frau ist in materiellen Dingen immer von ihrem Mann abhängig. Und er ist in anderen Dingen von ihr abhängig, manche davon sind konkret, die meisten nicht. Aber ich verabscheue das Wort *Abhängigkeit*. Man sollte es abschaffen. Ich ziehe es vor, die Ehe als gleichberechtigtes Geben und Nehmen zu verstehen."

Wieder senkte sich Schweigen über sie.

Nach einer Weile spürte er ihre Schulter an seiner, und er konnte an ihrem Atem hören, dass sie fast eingeschlafen war. Er drehte sich ihr zu, legte einen Arm um ihre Schultern und schob den anderen unter ihre Knie. Dann hob er sie auf seinen Schoß und stemmte seine Füße gegen den gegenüberliegenden Sitz.

Sie seufzte und schmiegte ihren Kopf an seine Schulter. Er beugte sich zu ihr herunter und küsste sie. Sie erwiderte den Kuss träge, innig und warm – und nicht etwa nur mit den Lippen. Und er wusste einfach, dass nichts und niemand ihn je von der Überzeugung abbringen würde, dass sie den schönsten Mund hatte, der je geschaffen wurde. Er war nicht erregt und wollte es auch gar nicht sein. Nicht hier. Aber er ließ seinen Mund auf ihrem verweilen und erkundete mit der Zunge ihre Lippen und das zarte, glatte Fleisch dahinter. Ihre Hand war an seiner Schulter und dann in seinem Nacken.

„Ich habe nie irgendwas aus meinem Leben gemacht", sagte sie. „Immer nur erduldet und beobachtet und geträumt – und über all die Dummheit um mich herum gelacht. Ich habe immer am äußeren Rand des Geschehens existiert. Und nun werde ich die Herrin von Middlebury Park. Oder vielmehr … ich werde es nicht. Ich bin es schon."

„Hast du Angst?"

Er spürte, wie sie an seiner Schulter nickte. Natürlich hatte sie Angst. Alles andere wäre auch seltsam gewesen.

Sie gähnte, und er schob ihren Kopf unter sein Kinn und rückte sie bequemer in seinem Schoß zurecht. Dann schloss er die Augen und dämmerte langsam weg.

Die Furche in der Straße war nicht mal besonders tief. Sie waren im Laufe der letzten eineinhalb Tage durch weit schlimmere Löcher gerumpelt. Aber es passierte just in dieser schwebenden Sekunde zwischen Wachen und Schlafen, und er schoss hoch, vollkommen desorientiert, und öffnete die Augen, um zu sehen, was los war.

Eine Welle der Panik überrollte ihn.

Er konnte nicht sehen.

Er konnte nicht atmen.

Er *konnte nicht sehen*.

„Was hast du denn?“, flüsterte eine Stimme in sein Ohr.

Konnte sie nicht lauter sprechen? *Lauter?* LAUTER!

Er stieß sie von sich weg und beugte sich vor, bis er die Wand hinter dem Sitz fühlen konnte. Er tastete seitwärts, bis er das Fenster fand und den Lederriemen daneben. Er packte ihn mit aller Kraft und rang keuchend nach Luft. Es gab nicht genug Luft.

Es gab nicht genug Luft.

„Vincent? Was ist denn los?“ Sie klang erschrocken. Furchtbar erschrocken.

Konnte sie nicht *lauter* sprechen?

Sie berührte seinen Arm, und er schlug ihre Hand weg, krallte sich verzweifelt an die Kante des Sitzes vor ihm und beugte den Kopf darüber.

Es gab keine Luft.

Er konnte nicht *sehen*.

„Vincent? Oh Gott, Vincent? Soll ich die Kutsche anhalten lassen und Mr Fisk rufen?“

Martin würde ihm einen Arm über die Brust legen, direkt unter dem Kinn, und ihm mit der anderen kräftig auf den Rücken klopfen. Und er würde ihm unverblümt und ruhig mitteilen, dass er blind war. Das war alles. Er war blind.

Hin und wieder ging er sogar so weit, Vincent einen albernen Dummkopf zu nennen, der einen Riesenzirkus machte. Dabei war doch gar nichts los. Er war einfach nur blind.

Martins Direktheit wirkte wahre Wunder. Aber es war demütigend, nach all diesen Jahren immer noch darauf angewiesen zu sein, dass sein Kammerdiener ihn beruhigte. „Nein“, japste er. „Nein.“

Und dann fand er seinen Atem wieder und konzentrierte sich eine Weile voll und ganz darauf, ihn nicht wieder zu verlieren. Er hörte, wie die Luft durch seine Nase in die Lungen strömte und durch seinen Mund wieder heraus.

Ein. Aus.

„Tut mir leid“, murmelte er.

Er spürte den zaghaften Druck ihrer Hand auf seinem Rücken. Als er sie nicht abschüttelte, fing sie an, ihn mit leichten, kreisenden Bewegungen zu streicheln. Sie sagte nichts und machte auch keine Anstalten, die Kutsche anzuhalten.

Ein. Aus.

Es gab natürlich jede Menge Luft. War doch klar.

Und dass er sie zunächst nicht richtig hören konnte, lag daran, dass sie sehr leise gesprochen, ja anfangs sogar geflüstert hatte und der Lärm der Räder und Hufe laut genug war, um ihre Stimme zu übertönen. Und er hatte den Lärm gehört. Alles war in bester Ordnung, wie Martin gesagt hätte, außer dass er eben blind war.

Eine Einschränkung, mit der man umgehen konnte.

Das Leben war noch immer lebenswert, voller Bedeutung und Verheißung.

Er stellte fest, dass er aufgehört hatte, sich auf jeden Atemzug zu konzentrieren. Er atmete wieder rein instinktiv.

Hatte er sie verletzt, körperlich oder seelisch? Hatte er sie erschreckt?

„Es tut mir leid“, wiederholte er, den Kopf immer noch über seine Hände gebeugt, die die Kante des gegenüberliegenden Sitzes umklammerten. „Habe ich dir wehgetan, Sophie?“

„Nein.“ Aber ihre Stimme klang ein bisschen zittrig.

Er setzte sich wieder aufrecht hin. Langsam beruhigte sich sein Herzschlag.

„Es tut mir leid“, sagte er noch einmal. „Ein paar Monate …“ Aber darüber sprach er nie. Für einen Moment hatte er das

Gefühl, dass ihm erneut der Atem stockte. Aber er zwang sich zum Weiterreden. „Für ein paar Monate war ich nicht nur blind, sondern auch taub. Und es schien nie genug Luft zu geben. Ah. Es tut mir leid, ich kann nicht …"

Sie nahm seine Rechte zwischen ihre beiden Händen und drückte sie an ihr Gesicht.

„Das musst du auch nicht", sagte sie.

„Nach einer Ewigkeit waren da plötzlich Arme", fuhr er fort. „Dieselben Arme, die ganze Zeit. Sie hielten mich und fütterten mich und verschafften mir Luft."

„Die Arme deiner Mutter?"

„Georges Arme. Die Arme des Duke of Stanbrook. Er hat mich am Leben und bei Sinnen gehalten, auch wenn ich gewiss verrückt geworden wäre, wenn mein Gehör nicht zurückgekommen wäre. Aber das tat es, erst schwach und verschwommen, dann richtig. Ich bin blind. Das ist alles. Damit kann ich leben. Aber manchmal …"

„… hast du Panikattacken", vollendete sie seinen Satz. „Musst du gehalten werden, wenn das passiert, Vincent, oder soll man dich in Ruhe lassen?"

Sie musste es wissen. Sie war seine Frau. Und es war gewiss nicht das letzte Mal in ihrer Gegenwart vorgekommen. Die Anfälle waren unberechenbar.

„Normalerweise hilft mir eine Berührung nach den ersten paar Momenten. Aber pass auf, dass ich dich in diesen ersten Momenten nicht verletze. Ach Sophie!"

Sie küsste seinen Handrücken.

„Ich bin froh, dass ich nicht die einzige Bedürftige in unserer Ehe bin", murmelte sie. „Ich meine nicht, dass ich froh darüber bin, dass du blind bist oder diese Attacken hast. Aber ich bin froh, dass du nicht dieser übermenschlich starke Fels in der Brandung bist. Dagegen könnte ich nie ankommen. Ich bin zu schwach, zu zerbrechlich. Aber vielleicht können wir alle beide in den Schwächen des anderen neue Kraft finden."

Er war zu erschöpft, um zu begreifen, was sie ihm sagte. Aber er fühlte sich dennoch auf wunderbare Weise getröstet. Gleichzeitig wäre er am liebsten in Tränen ausgebrochen.

„Komm wieder auf meinen Schoß", bat er. „Falls du keine Angst hast, dass ich dich wieder wegschleudere."

Sie krabbelte zu ihm herüber und schmiegte sich an ihn. Einen Arm hatte sie um seinen Hals gelegt. Er stemmte die Füße an den gegenüberliegenden Sitz, vergrub seine Finger in ihren Locken und fühlte sich sicher. Und in gewisser Weise wertgeschätzt.

Er schlief ein.

Sophia fühlte sich warm und geborgen, trotz des Schlingerns der Kutsche. Sie hatte sich in Vincents Arme gekuschelt, ihr Kopf lag in seiner Halsgrube, ihr Arm um seinen Nacken. Sie schlief nicht. Stattdessen rief sie sich in Erinnerung, wie sie ihn die ersten Male gesehen hatte. Natürlich hatte er sich in der einen Woche, die seither vergangen war, nicht geändert. Aber sie nahm ihn anders wahr.

Er war ihr so elegant vorgekommen. Schön, vornehm. Ein Viscount. Jemand, den man von Ferne bewunderte. Jemand aus einer anderen Welt, unberührbar. Sie dachte daran, wie bestürzt sie gewesen war, als er ihr vor dem Gasthof im Dorf den Arm bot und sie ihn tatsächlich berührt hatte.

Es war ihr vorgekommen, als dürfte sie einen Gott berühren.

Jetzt war sie seine Frau. Sie kannte ihn intim – sehr intim. Und trotz seiner unfassbaren Schönheit war er doch nur ein Mann. Ein Mensch. Genauso verletzlich wie sie. Und wie sie sehnte er sich danach, wirklich zu existieren, statt nur dahinzuvegetieren, das Leben zu erobern, statt es zu erdulden. Wie sie träumte er davon, frei und unabhängig zu sein …

Sie waren einander viel ähnlicher, als sie gedacht hatte.

Und nun befanden sie sich auf dem Weg in ihr gemeinsames Zuhause. Wie sie dieses Wort genoss. Sie hatte während der ersten fünfzehn Jahre ihres Lebens in zahllosen Häusern und Apartments gewohnt, manche prächtig, die meisten schäbig.

Danach lebte sie in Tante Marys Haus in London und dann in Barton Hall. Doch es hatte niemals etwas gegeben, das ein Zuhause für sie war.

Sie hatte immer von einem solchen Ort geträumt.

Aber würde Middlebury Park wirklich ihr Zuhause sein? Oder einfach nur ein weiteres Haus, in dem sie eine Weile wohnte, bevor sie weiterzog? Doch daran wollte sie jetzt nicht denken, nicht ans Weiterziehen. Er hatte recht gehabt mit dem, was er ihr an ihrem Hochzeitstag sagte: Sie waren *jetzt* verheiratet. Und für jetzt war Middlebury Park ihr Zuhause. Oh, wie sie sich wünschte, sie hätte ihm auf dem Dorffest nie von ihrem Traum erzählt. Denn dieser Traum basierte doch vollständig auf ihrer Überzeugung, dass sie niemals heiraten würde, dass niemand sie je würde heiraten wollen. Und es war ohnehin einer dieser unmöglichen und daher harmlosen Träume gewesen.

Sie konnten jeden Moment ankommen. Beim letzten Pferdewechsel hatte sie Mr Handry sagen hören, dass es wohl das letzte Mal vor ihrem Ziel wäre.

Sie hatte schreckliche Angst.

Und was gedachte sie dagegen zu unternehmen? Sollte sie sich in irgendeine sichere Ecke verkriechen?

Oder so tun, als ob sie absolut furchtlos war?

Plötzlich wurde ihr klar, dass sie kurz davor stand, festzustellen, aus welchem Holz sie wirklich geschnitzt war.

Sie sah das nächste Bild in ihrem Skizzenbuch förmlich vor sich: eine riesige Maus mit blankem Terror in den Augen und einem albernen, kläglichen Grinsen im Gesicht. Und ein paar Linien, die so zusammenliefen, dass sie wie ein Pfeil in die rechte untere Ecke des Blatts deuteten, wo dieselbe Maus, allerdings sehr viel kleiner, zusammengekrümmt kauerte – feige, aber in Sicherheit.

Sie versuchte krampfhaft, ihr Lachen zu unterdrücken, aber das Beben ihres Körpers weckte Vincent aus seinem Schlummer.

„Hmm“, murmelte er. „Habe ich geschnarcht?“

„Nein.“

„Irgendwas war aber lustig.“

„Nein. Nicht wirklich.“

„Hast du geschlafen?“

„Ich war zu sehr damit beschäftig, mich geborgen zu fühlen“, erwiderte sie. „Das ist der Vorteil, wenn man klein ist. Ich kann mich ganz leicht auf deinen Schoß kuscheln.“

Sie konnte sich bei ihm tatsächlich komplett entspannen. Das war eins der Dinge, die sie über sich entdeckt hatte.

„Du kannst es gern jederzeit tun, wenn dir danach ist. Nun ja, in vernünftigem Rahmen. Mein Verwalter könnte ein bisschen verstört sein, wenn du dich während einer Besprechung in seinem Büro auf meinen Schoß kuschelst. Aber Berührungen sind sehr wichtig für mich, Sophie, vermutlich wichtiger als für die meisten anderen Männer. Du darfst niemals Bedenken haben, mich zu berühren.“

Sie hatte sich nicht klargemacht, wie tief sein Bedürfnis nach menschlicher Wärme war. Einen Moment lang war ihr zum Weinen zumute. Doch dann bemerkte sie, dass die Kutsche langsamer wurde und von der Straße abbog.

„Oh.“ Sie setzte sich abrupt auf, und ihr Magen zog sich schmerzhaft zusammen.

„Wir müssen da sein“, sagte er. „Beschreib mir, was du siehst, Sophie.“

„Hohe Torpfosten aus Stein.“ Ihre Augen weiteten sich. „Mit schmiedeeisernen Toren. Sie sind geöffnet, sodass wir nicht anhalten müssen. An beiden Seiten erstreckt sich eine Steinmauer, halb versteckt unter Moos und Efeu. Eine schattige Auffahrt mit Bäumen an jeder Seite. Ich sehe Eichen und Kastanien und andere Bäume, deren Namen ich nicht kenne. Ich bin hoffnungslos mit Pflanzennamen.“

„Was völlig egal ist, denn Pflanzen geben sich selbst ja keine Namen, wie du mir vor einiger Zeit zu verstehen gegeben hast.“

Der Besitz musste riesig sein. Weder waren das Haus noch irgendwelche Parkanlagen zu sehen. Nur Felder und Wälder.

„Ich kann Wasser sehen." Sie glitt von seinem Schoß und setzte sich neben ihn, um besser durch beide Fenster schauen zu können. „Da muss irgendwo ein See sein, habe ich recht? Oh ja, da ist er. Ein großer See, sogar mit einer Insel, auf der ein kleiner Tempel oder so etwas Ähnliches steht. Wie malerisch! Und ein Bootshaus. Und Schilf. Und Bäume."

„Ich war schon mit einem der Boote unterwegs", erzählte er. „Natürlich muss ich jemanden mitnehmen, sonst rudere ich in Sandbänke, Sümpfe, Inseln oder andere Hindernisse, die darauf bestehen, sich mir in den Weg zu legen."

„Du musst lernen, zu gucken, wohin du steuerst. Oder besser: Nimm mich mit, und ich gucke, wohin du steuerst. Ich schreie einfach, wenn du drauf und dran bist, mit etwas zusammenzustoßen. Oh. Oh Vincent."

Sie war hin- und hergerissen zwischen Angst und Erstaunen.

Das Haus war endlich in Sichtweite. Haus … ha! Es war ein Anwesen. Ein Schloss. Es war … zweifellos Middlebury Park. Ihr neues Zuhause. Sie war hier die Hausherrin.

„Oh Vincent."

„Mein Charme und Witz haben dich wohl völlig überwältigt, was?", fragte er. „Oder siehst du etwas anderes, das dir die Sprache verschlägt?"

„Letzteres", erwiderte sie. „Ich kann das Haus sehen. Die Auffahrt führt jetzt geradewegs aufs Eingangsportal zu. Der Rasen zu beiden Seiten ist mit kleinen Topiari-Hecken gesäumt, sehr dekorativ in Form geschnitten. Weiter hinten sehe ich kunstvoll angelegte Parterres mit Statuen, noch mehr kleinen Bäumen und Blumen. Und das Haus. Oh, wie soll ich bloß dieses Haus beschreiben?"

„Es hat einen hohen, eindrucksvollen Mittelbau", sagte er. „Zwölf Stufen führen zu den massiven Doppeltüren. Es gibt zwei langgestreckte Seitenflügel, und an allen vier Ecken erheben sich runde Türme. Zur Linken befinden sich die Stallungen. Gleich werden wir rechts abbiegen und zwischen dem Rasen und den Parterres durchfahren, sodass wir uns dem Haus von der östlichen Seite nähern. Der Park hinter dem Gebäude erhebt sich zu bewaldeten Hügeln, es ist fast eine Art Wildnis. Jede der vier Seiten des Parks ist zwei Meilen lang. Man kann ihn in zweieinhalb Stunden umrunden, wenn man einigermaßen flott ausschreitet. Ich habe es in dreieinhalb Stunden geschafft. Hinter den Parkmauern liegen die Bauernhöfe."

„Du hast es dir heimlich angeschaut", sagte sie.

„Stimmt, aber jetzt ist mein Geheimnis gelüftet." Er ergriff ihre Hand. „Bist du beeindruckt vom Besitz deines Ehemanns, Sophie?"

Beeindruckt? Das war nicht ganz das richtige Wort für ihre derzeitigen Empfindungen, aber ihr fiel auch kein besseres ein.

„Oh Vincent", war alles, was sie sagen konnte. Die Kutsche war in der Tat nach rechts abgebogen, dann wieder nach links und noch einmal nach links, bevor sie am Fuß einer Marmortreppe zum Stehen kam. Sie würde ihm einfach mal glauben, dass es zwölf Stufen waren.

„Darf ich das als Ja verstehen?"

„Ich bin von *meinem* Besitz beeindruckt", sagte sie leichthin, im verzweifelten Bemühen, ihre Angst mit Humor zu überspielen. „Schließlich bin ich die Herrin des Ganzen, nicht wahr?"

Das stattliche Portal hatte sich geöffnet, und eine Dame tauchte im Türrahmen auf. Sie kam hastig zum Kopf der Treppe.

Vincents Mutter?

Mr Handry, der inzwischen von seinem Bock gesprungen war, öffnete die Kutschentür und legte die Trittleiter an.

Sophia reckte das Kinn – was blieb ihr sonst übrig?

14. KAPITEL

Vincent stieg aus der Kutsche und landete direkt in der innigen Umarmung seiner Mutter. Offenbar hatte sie die Kutsche kommen sehen. Sie musste danach Ausschau gehalten haben. Vermutlich hatte sie mittlerweile mindestens ein Dutzend Briefe aus Barton Coombs erhalten und hielt sich seit Tagen in der Nähe der Fenster auf.

Er fühlte die vertraute Mischung aus schlechtem Gewissen und Liebe.

„Vincent", rief sie. „Oh, endlich bist du wieder sicher zu Hause. Ich habe mir solche Sorgen gemacht." Sie hielt ihn noch eine Weile wortlos fest, dann gaben ihre Arme ihn frei, und ihre Hände legten sich auf seine Schultern. „Aber was hast du bloß angestellt? Sag mir, dass es nicht wahr ist. Bitte sag mir, dass du nichts derartig Dummes getan hast. Ich konnte nicht mehr schlafen, seit ich es gehört habe. Wir hatten alle schlaflose Nächte vor Sorge."

„Mama."

Er drehte sich leicht zur Seite und musste dadurch den Blick auf die Kutsche freigegeben haben. Ihre Hände glitten von seinen Schultern, und sie hörte auf zu reden. Er streckte den Arm aus, um Sophie aus der Kutsche zu helfen.

„Mama, ich möchte dir Sophia vorstellen. Meine Ehefrau. Sophie, das ist meine Mutter."

Er spürte ihre Hand auf seiner. Sie hatte ihre Handschuhe angezogen.

„Oh Vincent", murmelte seine Mutter mit schwacher Stimme, während Sophia die Trittleiter herunterkam. „Dann hast du sie also wirklich geheiratet."

„Mrs Hunt." Er fühlte, wie sie neben ihm in einen Knicks sank.

„Ich wollte es nicht glauben", fuhr seine Mutter fort. „Auch nicht, als Elsie Parsons selbst es mir schrieb. Ich war sicher, dass du zur Vernunft kommst, bevor es zu spät ist."

„Mama“, sagte er in scharfem Ton.

„Da kommen deine Großmutter und Amy. Was werden sie bloß dazu sagen?“

Amy war als Erste bei ihm.

„Vincent!“ Sie zog ihn in eine enge Umarmung. „Du verflixter Bengel. Mama war völlig außer sich, nachdem du dich mitten in der Nacht davongeschlichen hast wie ein unartiger Schuljunge. Und als sie von deiner jüngsten Eskapade hörte, war sie gleich noch mal außer sich. Was hast du dir nur dabei gedacht?“

Sophia war nach ihrer eigenen Aussage stets buchstäblich unsichtbar gewesen. Die stille Maus in ihrer stillen Ecke.

„Vincent. Mein lieber Junge.“ Die Stimme seiner Großmutter war warm und liebevoll. Amy gab ihren Bruder frei, damit die alte Dame ihn fest an sich drücken konnte.

„Großmama und Amy. Darf ich euch meine Frau Sophia vorstellen? Das ist meine Großmutter, Mrs Pearl, Sophie, und dies meine älteste Schwester Amy Pendleton.“

„Oh, du hast also tatsächlich geheiratet“, rief Amy. „Ich wollte es nicht glauben, obwohl Anthony sagte, dass du es auf jeden Fall tun würdest, nachdem du sie völlig kompromittiert hast, indem du ohne Anstandsdame mit ihr nach London gefahren bist.“

Er hätte wissen müssen, dass mindestens eine seiner Schwestern hier wäre, zweifellos angefordert, um mit dieser neuesten Krise fertigzuwerden, in die er die Familie gestürzt hatte. Und Amy wohnte am nächsten. Die anderen beiden waren vermutlich schon auf dem Weg nach Middlebury.

Die Erste, die ihre Manieren wiederfand, war seine Großmutter.

„Sophia, meine Liebe. Sie sind ja so blass, als würden Sie gleich zusammenbrechen. Sie sehen genauso aus, wie ich mich immer fühle, wenn ich eine lange Reise in der Kutsche hinter mich gebracht habe. Was Sie jetzt brauchen, ist eine schöne Tasse Tee und etwas zu essen, und beides finden wir oben im Salon.

Ihr Hütchen ist übrigens ganz entzückend. Ich nehme an, das ist jetzt der letzte Schrei, schließlich waren Sie ja in London."

„Ja, Mrs Pearl, wir sind zum Heiraten nach London gefahren, und Vincent bestand darauf, dass ich mich neu einkleide, da ich … Nun gut. Ja, eine Tasse Tee wäre ganz wunderbar, vielen Dank." Sie sprach leise, und ihre Stimme klang ein wenig zittrig.

„Sophia", sagte Amy steif. „Sie sind die Nichte von Lady March, nicht wahr?"

„Ja. Mein Vater war ihr Bruder."

„Ach, es ist nun mal passiert", erklärte seine Mutter in entschlossenem Ton. „Wir müssen eben alle das Beste daraus machen. Sophia, gehen Sie mit meiner Mutter hinein. Amy und ich helfen Vincent."

Zweifellos würden sie ihn in die Mitte nehmen und dann sehr langsam durchs Haus führen, um ihn auch ja vor jedem Hindernis zu schützen, das plötzlich und unerwartet in seinen Weg springen könnte. Schon fühlte er den alten Ärger in sich aufsteigen. Dabei war das so unfair. Sie meinten es doch nur gut. Sie liebten ihn.

„Mach dir keine Mühe, Mama", wehrte er ab. „Martin? Reichen Sie mir bitte meinen Stock. Sophie?" Er bot ihr den Arm und spürte, wie sie ihn nahm. „Ich geleite dich jetzt in den Salon. Das Gepäck kann derweil in unsere Zimmer gebracht werden. Eine Tasse Tee wäre in der Tat sehr willkommen, Großmama. Es war eine lange Reise. Es tut mir leid, dass ich euch solche Sorgen bereitet habe, Mama, aber ich habe euch ja durch Martin ein oder zwei Mal Nachricht zukommen lassen. Wir waren im Lake District. Ich erzähle euch von meinen Abenteuern, wenn wir in Ruhe beisammensitzen. Bist du gerade erst hier eingetroffen, Amy? Sind Anthony und die Kinder auch da?"

„Ja, wir sind gestern Abend angekommen. Wir sind sofort aufgebrochen, als wir davon erfuhren. Auch wenn ich bis zuletzt davon überzeugt war, dass du nicht wirklich so überstürzt heiraten würdest. Zumal du ja erst kürzlich schon vor der bloßen Aussicht auf eine Ehe davongelaufen bist."

„Das war Miss Dean, Amy", erwiderte er. „Und das ist Sophia. Miss Dean war nicht die Braut meiner Wahl, Sophia hingegen schon. Und sie ist es immer noch."

Noch während er sprach, ging er los. Martin hatte ihm nicht den Stock in die Hand gedrückt, sondern ihm auch mit einer leichten Berührung die richtige Richtung angezeigt. Er ertastete die unterste Stufe mit dem Stock und zählte, während er die Treppe erklomm und gleichzeitig redete.

„Es kommt mir so vor, als ob die Sonne scheint. Stimmt das?"

„Ja", antwortete Sophia.

„Ich spüre die Wärme auf meinem Rücken. Das freut mich, denn nun wirst du Middlebury Park von seiner schönsten Seite kennenlernen. Natürlich gibt es noch viel mehr zu sehen als die Parterres, die Fassade des Hauses, die Wälder und den See."

Als sie die Eingangshalle erreichten, blieb er stehen. Er wusste, dass der Anblick ziemlich eindrucksvoll war. Die Bodenfliesen bildeten ein schwarzweißes Muster, und es gab jede Menge weißen Marmors. In Wandnischen standen klassische Büsten. Die Deckengemälde stellten Szenen aus der Mythologie dar, und der Fries war vergoldet. Die beiden gewaltigen Marmorkamine verbreiteten an kalten Tagen zumindest die Illusion von Wärme.

„Nun?", fragte er.

„Oh." Ihre Stimme war kaum mehr als ein Flüstern. „Es ist herrlich."

Ja. Schließlich war es unter anderem dazu gedacht, niedere Besucher einzuschüchtern. Allerdings nicht unbedingt die neue Hausherrin.

„Es ist eine der schönsten Eingangshallen in England, zumindest hat man mir das gesagt", bemerkte Vincents Mutter.

Er ging weiter, stumm seine Schritte zählend, unter dem hohen Deckenbogen im hinteren Bereich der Halle hindurch, dann nach rechts, bis sein Stock die untere Stufe der Marmortreppen ertastete. Sophias Hand auf seinem Arm vermittelte ihm die beruhigende Gewissheit, dass sie jeden ernsthaften Fehltritt sofort korrigieren würde, ohne viel Aufhebens darum zu machen.

Der Salon befand sich über der Eingangshalle, im vorderen Teil des Hauses. Durch die drei hohen Fenster hatte man eine fantastische Aussicht auf den geraden Teil der Auffahrt, die Parterres – nach allen Regeln der Gärtnerkunst gestaltete Blumenbeete –, einen kleinen Rosengarten und entfernter stehende Bäume. Der Raum war tagsüber lichtdurchflutet.

Jedenfalls war es ihm so beschrieben worden. Er konnte von Glück sagen, dass er nicht von Geburt an blind war. Immerhin konnte er sich vorstellen, was die anderen sahen. Und wer weiß? Vielleicht waren die Bilder, die er im Kopf hatte, ja viel schöner als die Wirklichkeit.

„Die Wohnräume sind alle hier und im Westflügel", erklärte er, während sie die Treppe hinaufgingen. „Der Ostflügel wird kaum genutzt. Dort befinden sich die Prunkgemächer, die Galerie und der Ballsaal. Früher wurden hier glanzvolle Feste gefeiert."

Offenbar hatte ein Lakai vor dem Salon auf sie gewartet. Er hörte, wie die Tür geöffnet wurde, und führte seine Frau hinein.

Auf der Schwelle blieb sie abrupt stehen, und er hörte sie heftig einatmen.

„Vincent, mein Junge", dröhnte die herzliche Stimme seines Schwagers Anthony Pendleton. Vincent hörte Schritte, die quer durch den Raum auf ihn zukamen, und dann wurde sein Stock beiseitegeschoben und seine rechte Hand kräftig geschüttelt. „Was müssen wir denn da von dir hören? Nichts als Unfug im Kopf, sobald deine Mutter und deine Schwestern dich nicht mehr unter ihre Fittiche nehmen und kontrollieren können, was? Und wie es aussieht, hast du die Sache tatsächlich durchgezogen, wie ich Amy prophezeit habe. Oder ist die Dame an deinem Arm etwa nur deine Verlobte oder gar eine flüchtige Bekannte?"

„Anthony!", rief Amy peinlich berührt.

„Sophie, das hier ist Anthony Pendleton, Amys Mann. Anthony, dies ist meine Frau. Ja, wir haben vor zwei Tagen in London geheiratet, in St. George's am Hanover Square, um genau zu sein."

„Ich bin stolz auf dich." Anthony versetzte ihm einen anerkennenden Schlag auf die Schulter. „Du bist ja wirklich ein zierliches, winziges Ding, Sophia, wie all diese Klatschbasen das in ihren Briefen behauptet haben." Vincent hörte einen schmatzenden Kuss.

„Mr Pendleton", sagte Sophia.

„Du musst mich Anthony nennen, schließlich bist du meine Schwägerin", verlangte er.

„Anthony", sagte sie.

„St. George's?", wiederholte seine Mutter. „Dann war es also keine klammheimliche Angelegenheit, wie wir befürchteten? Aber hättest du nicht noch ein bisschen warten können, Vincent? Nun ja, jetzt ist es ohnehin zu spät." Wieder sprach sie in diesem entschlossenen Ton. „Sophia, setz dich neben den Kamin. Der Tee wird jede Minute serviert werden. Gib mir deine Handschuhe und deinen Hut, Anthony legt sie irgendwo ab. Oh, du meine Güte, dein Haar ist tatsächlich kurz. Na, zumindest lockt es sich sehr hübsch. Mutter, nimm neben Sophia Platz. Vincent, du setzt dich in den Ohrensessel am Fenster, wo du die Sonne spüren kannst. Das ist doch dein Lieblingsplatz."

Sie umfasste seinen Arm mit festem Griff.

Fast wäre er ihr gefolgt.

„Danke, Mama", sagte er stattdessen, „aber ich habe die ganze Zeit in der Kutsche gesessen und muss dringend meine Beine ausstrecken. Ich stelle mich vor den Kamin, neben Sophia."

Er ging allein los, ohne seinen Stock, und hoffte inständig, dass er keinen Narren aus sich machen und in den Kamin hineinlaufen würde. Aber er kannte den Raum gut genug. Er streckte den Arm aus und stellte erleichtert fest, dass der Kaminsims nur ein Stückchen weiter weg war, als er gedacht hatte. Er legte die

Hand darauf und drehte sich so, dass sein Gesicht dem Sessel zugewandt war, in dem seine Frau saß.

„Es ist kurz", bemerkte seine Großmutter, vermutlich in Bezug auf Sophias Haar. „Aber es hat eine schöne Farbe."

„Danke, Ma'am", sagte Sophia. „Lady Trentham, die mit einem von Vincents Freunden verheiratet ist, hat mich zu ihrem eigenen Friseur mitgenommen, und er hat meine Locken gezähmt. Vorher habe ich es immer selbst geschnitten, aber nicht besonders gut. Er hat mir geraten, es wachsen zu lassen."

„Dann solltest du diesen Rat vielleicht befolgen", sagte seine Großmutter. „Dann kommt die Farbe noch besser zur Geltung."

„Ich bin der Meinung, dass du es unbedingt wachsen lassen solltest", verkündete Amy. „Ich kann schon verstehen, warum sie in Barton Coombs fanden, dass du wie ein Junge aussiehst."

Anthony räusperte sich.

„Nicht, dass du jetzt wie ein Junge wirkst", fügte Amy hinzu. „Aber du siehst sehr … jung aus. Hast du dein Haar immer kurz getragen?"

„Nein. Aber es ließ sich so schwer bändigen."

„Eine gute Zofe kriegt jedes Haar in den Griff", erklärte Vincents Mutter. „Hast du keine mitgebracht?"

„Nein, Ma'am. Ich hatte niemals eine."

„Nun, das hatten wir früher auch nicht. Nicht bis meine Mädchen geheiratet haben und ich hierhergezogen bin. Außer Mrs Plunkett natürlich, die unsere Haushälterin in Covington House war und gleichzeitig die Köchin, das Kindermädchen, die Zofe, die Finderin verlorener Dinger und die Beschützerin jugendlicher Missetäter – ja, Vincent, damit bist du gemeint! – und auch sonst noch alles Mögliche."

„Sie war immer meine engste Verbündete", fügte Vincent hinzu. Sie war da gewesen, solange er denken konnte.

„Ich war sehr traurig, als sie beschloss, sich zur Ruhe zu setzen und bei ihrer Schwester zu leben, statt mit hierherzuziehen", fuhr seine Mutter fort. „Eines der Zimmermädchen hier ist die Schwester meiner Zofe, Sophia, und offenbar ist es ihr größter Ehrgeiz, ebenfalls Zofe zu werden. Sie hat mein Haar an dem einen Abend, als meine Zofe mit einer Erkältung zu Bett lag, sehr schön frisiert. Vielleicht könntest du es einmal mit ihr versuchen und sehen, ob sie dir gefällt."

Dankbar wandte Vincent das Gesicht ihn ihre Richtung. Sie schien sich von dem Schock zu erholen. Sie mochte verstimmt und bestürzt sein – zweifellos war sie das –, aber sie folgte ihrem eigenen Rat und versuchte, das Beste aus einer Situation zu machen, an der sie ohnehin nichts ändern konnte. Darin war seine Mutter immer gut gewesen.

„Danke, Ma'am", sagte Sophia.

„Du solltest wohl besser Mama zu mir sagen."

„Ja, Mama."

„Ah, hier kommt der Tee", rief Amy. Vincent hörte, wie die Salontür sich öffnete. „Soll ich einschenken Mama? Ach, entschuldige bitte. Soll ich einschenken, Sophia?"

„Oh. Ja, bitte tun Sie das, Mrs Pendleton."

„Amy, wenn es dir recht ist. Wir sind doch Schwägerinnen. Wie seltsam das klingt. Ich habe zwei Schwäger, aber bislang hatte ich keine Schwägerin. Vincent, du Schlingel. Ich werde dir nie verzeihen, dass du heimlich nach London gefahren bist und uns um die Qual und das Vergnügen gebracht hast, eine Hochzeit zu organisieren. Ellen und Ursula werden auch nicht gerade glücklich darüber sein. Warte nur, bis sie hier sind."

„Während Amy den Tee ausschenkt und Anthony den Kuchen herumreicht, möchte ich alles über die Hochzeit erfahren", sagte Vincents Mutter. „Jedes noch so kleine Detail."

„Angefangen beim Hochzeitskleid", fügte seine Großmutter hinzu. „Wenn du so liebenswürdig wärst, Sophia ..."

Sophia übernahm den größten Teil der Erzählung. Zunächst klang ihre Stimme noch dünn und atemlos, aber dann wurde sie immer kräftiger und ruhiger. Sophia berichtete von der Einkaufstour mit Lady Trentham und Lady Kilbourne, beschrieb ihre und Vincents Hochzeitsgarderobe, die Kirche, die Gäste.

Sie erzählte, wie er die Urkunde unterschrieben hatte und wie verblüfft der Geistliche ihm dabei zusah. Sie erwähnte die Tränen, die in den Augen Lord Trenthams und des Duke of Stanbrook geglitzert hatten, als sie die Kirche verließen, schilderte den Sonnenschein, die Rosenblätter und die Gentlemen, die sie warfen, die Dekoration des offenen Landauers und das Getöse der Töpfe und Pfannen, das Hochzeitsfrühstück, die Trinksprüche. Vincent sprang hin und wieder ein, um die Lücken zu füllen, erklärte, dass seine Freunde wegen Hugos Hochzeit in London waren und darauf bestanden, auch an seiner teilzunehmen und einen Empfang für ihn und Sophia auszurichten.

„Und es tut mir so sehr leid, dass ihr alle nicht auch dabei sein konntet", fügte Sophia hinzu, schon wieder ein bisschen atemlos. „Aber Lord Da… aber Vincent hat sehr rücksichtsvoll bedacht, dass ich keine eigene Familie habe – zumindest keine nennenswerte, und machte sich auch Gedanken darüber, dass ich keine anständige Kleidung besaß und wie eine Vogelscheuche herumlief, und wollte mich auf keinen Fall in diesem Zustand hier präsentieren. Und er wollte die Hochzeit nicht so lange hinauszögern, dass ihr alle hättet anreisen können, weil ich keinen Ort hatte, an dem ich bleiben konnte. Wie sich dann herausstellte, hätte ich zwar gewiss auch etwas länger bei Lord und Lady Trentham unterkommen können, denn beide waren überaus freundlich. Aber das wussten wir nicht im Voraus. Es tut mir wirklich sehr leid."

„Mir auch, Sophia", sagte seine Mutter und seufzte. „Und es tut mir leid, dass ihr beide euch nicht ein wenig mehr Zeit genommen habt, einander kennenzulernen, um auch wirklich sicher sein zu können, dass ihr es ein Leben lang miteinander aushaltet. Aber nun ist es zu spät, sich mit solchen Sorgen zu belasten."

„Sophia und ich sind auch nicht besorgt, Mama", versicherte Vincent. Irgendjemand, vermutlich Anthony, nahm ihm den leeren Teller aus der Hand und ersetzte ihn durch eine Tasse und

Untertasse. „Wir haben getan, was uns als das Beste erschien, und es bislang nicht eine Sekunde bereut."

Er hoffte, dass er damit auch für Sophia gesprochen hatte.

„Nach immerhin zwei Tagen Ehe?" Anthony lachte leise in sich hinein. „Das freut mich zu hören, Vince."

„Ich will versuchen, wiedergutzumachen, dass wir nicht in Middlebury geheiratet haben", verkündete Sophia, deren Stimme nun spürbar bebte. „Ich nehme an, die Nachbarn wären eingeladen gewesen? Ich werde sie aufsuchen, wenn ich darf. Das ist doch die korrekte Vorgehensweise, nicht wahr? Und sie werden uns womöglich einen Gegenbesuch abstatten. Und irgendwann in der näheren Zukunft könnten wir ja einige Leute zu einer Gesellschaft oder einem Empfang bitten. Vielleicht sogar einen Ball veranstalten, früher haben hier doch Bälle stattgefunden."

Für einen kurzen Moment herrschte verblüfftes Schweigen.

„Oh, meine Liebe", sagte seine Mutter dann. „Ich begleite dich gern zu einigen Besuchen, wenn das dein Wunsch ist, aber wir ermutigen niemanden hierherzukommen. Vincent geht nicht unter die Leute. Es ist nicht einfach für ihn. Und so etwas wie ein glanzvolles Fest verbietet sich praktisch von selbst."

Zugegeben, er war hier in Middlebury etwas eigenbrötlerisch geworden und hatte keinerlei aktiven Versuch unternommen, Kontakt zur hiesigen Gesellschaft aufzunehmen. Seine Einsamkeit war ganz allein sein Fehler.

„Das war vor nicht mal zwei Wochen in Barton Coombs aber ganz anders", widersprach er. „Die halbe Dorfgemeinschaft hat mich zu Hause besucht, und Martin hat uns Kaffee und die Kuchen seiner Mutter serviert. Im Foaming Tankard wurde zu meinen Ehren ein Ball gegeben, und obwohl ich nicht tanzen konnte, habe ich die Veranstaltung sehr genossen."

„Aber das war Barton Coombs", wandte seine Mutter ein. „Du kennst dort jeden."

„Und hier sollte ich auch jeden kennen. Immerhin wohne ich bereits seit drei Jahren in Middlebury. Mein Onkel war, soviel ich weiß, ein geselliger Mensch. Ich muss für die Leute hier eine Riesenenttäuschung sein."

„Sie verstehen das, Vincent", versicherte Amy.

„Was verstehen sie? Dass ich blind bin und demzufolge auch komplett behindert und ein geistiges und seelisches Wrack? Ich werde dich zu unseren Nachbarn begleiten, Sophie. Es ist höchste Zeit, dass ich mich ihnen einmal persönlich vorstelle, und dies ist die perfekte Gelegenheit. Middlebury Park hat eine neue Viscountess – wenn ich korrekt unterrichtet wurde, bist du die erste seit achtzehn Jahren. Und wir machen uns auch schon mal Gedanken über eine Gesellschaft und einen Ball."

„Gut gebrüllt, Vince", sagte Anthony. „Ich hatte schon immer den Verdacht, dass mehr in dir steckt, als man auf den ersten Blick sieht. Man denke nur an all diese wilden Geschichten aus deiner Jugend."

„Die Leute werden entzückt sein", bemerkte Vincents Großmutter. „Natürlich empfindet jeder tiefstes Mitgefühl für dich, das weiß ich. Zumal du ja im Krieg verwundet worden bist. Dennoch höre ich immer mal wieder, dass viele sich nach der guten alten Zeit zurücksehnen, als es einen Viscount gab, der sich nicht in Middlebury Park vergraben und den Rest der Welt ausgeschlossen hat."

Das war schrecklich. *Er* war schrecklich.

„Danke, Großmama. Von nun an wird sich das ändern. Wir werden es ändern, Sophia und ich."

Er wandte das Gesicht in Sophias Richtung und lächelte ihr zu. Sie hatte damit angefangen. Würde sie es auch durchstehen können? Aber sie musste es ja nicht alleine tun.

„Sophia, bist du zu müde, um meine Kinder kennenzulernen?", fragte Amy. „Sie haben gehört, dass Onkel Vincent wieder da ist, und sind vermutlich vor lauter Aufregung kaum zu bändigen, vor allem wenn sie schon wissen sollten, dass er eine neue Tante für sie mitgebracht hat. William ist vier, Hazel drei, zwei unermüdliche Wonneproppen, die einem keine ruhige Minute gönnen, es sei denn, sie schlafen."

„Nein, ich bin nicht zu müde“, beteuerte Sophia.

„Nun, Liebling“, sagte Amy, vermutlich zu Anthony, „dann wollen wir die beiden mal holen gehen. Ist dir das recht, Vincent?“

Sie *fragte* ihn? Normalerweise teilten ihm seine weiblichen Angehörigen mit, was er zu tun hatte. Obwohl das nicht immer so gewesen war. Der Junge, der er früher war, hatte sich kaum etwas sagen lassen. Er machte stets, was er wollte.

„Ich fand es immer schon merkwürdig, dass die Kinder in großen Herrenhäusern die meiste Zeit ins Kinderzimmer verbannt werden“, erwiderte er. „Bei uns war das doch nicht so, oder?“

„Ich hätte heute sehr wahrscheinlich ein paar graue Haare weniger, wenn das der Fall gewesen wäre, vor allem was dich betrifft, Vincent“, gab seine Mutter zurück, und alle lachten.

In diesem Moment wurde Vincent klar, wie selten hier in den vergangenen drei Jahren gelacht worden war. Auch das war früher anders gewesen, als sie noch alle in Covington House wohnten.

Er trank seinen Tee und wartete auf den Angriff der Kinder.

Sophia ließ sich dankbar in die bequemen Polster des Sofas sinken, das in Vincents – und nun auch ihrem – privatem Wohnzimmer stand. Ihre Räume befanden sich im südwestlichen Turm des Hauses, und niemand kam ungebeten hier herein, hatte Vincent versichert, außer Martin Fisk und Rosina, ihre neue Zofe.

Die ersten Stunden nach ihrer Ankunft in Middlebury Park waren eine einzige Qual gewesen. Das Haus schüchterte sie ein, und sie hatte sich im Kreis seiner Familie unbehaglich gefühlt, auch wenn alle nach den ersten paar Minuten sehr höflich, ja sogar ausgesprochen freundlich gewesen waren. Es wäre sehr viel einfacher gewesen, wenn man sie einfach ignoriert hätte, denn dann hätte sie sich in gewohnter Art in sich selbst zurückziehen können. Aber das kam natürlich nicht infrage, weder für sie selbst noch für die anderen. Sie war schließlich Vincents

Ehefrau, und sie liebten ihn. Da konnten sie seine junge Gattin nicht einfach ignorieren. Zudem war sie wild entschlossen, hier in Middlebury Park das Heft in die Hand zu nehmen, so wie es einer guten Hausherrin zukam. Und das war keine Aufgabe, die man auf morgen oder nächste Woche oder nächsten Monat verschieben konnte. Wenn sie sich hier nicht von Anfang an behauptete, dann würde sie es nie tun.

Sie war erschöpft.

Aber sie hatte sich auf den ersten Blick in den Ostturm verliebt. Er war rund, daher war auch das Wohnzimmer rund, und die ungewöhnliche Form sorgte für eine gemütliche Atmosphäre, obwohl der Raum nicht gerade klein war. Raumhohe Fenster überblickten den Garten und Park in drei verschiedenen Richtungen. Morgen würde sie herausfinden, was man von hier aus alles sehen konnte. Eine Etage höher gab es noch zwei gleich große Schlafgemächer und zwei Ankleidezimmer.

„Müde?" Vincent setzte sich neben sie.

Es war noch nicht spät. Nach dem Abendessen im großen Speisesaal waren sie noch ins Kinderzimmer gegangen, um Amys Kindern gute Nacht zu sagen und ihnen zwei Geschichten zu erzählen, wie sie es am Nachmittag beim Tee versprochen hatten. Auf speziellen Wunsch des Publikums musste Vincent zunächst die Originalgeschichte vom Drachen und der Feldmaus zum Besten geben, und zusammen hatten sie dann von Bertha und Dan und der Kirchturmspitze erzählt. Die Kinder hatten mit angehaltenem Atem gelauscht und mindestens eine Million Fragen gestellt. Anschließend nahmen sie im Salon den Tee, und dann bat Vincent, ihn und seine Frau zu entschuldigen. Alle stimmten überein, dass sie nach der langen Reise sehr erschöpft sein mussten.

„Ja", gab sie zu.

Er nahm ihre Hand.

„Es war ein ziemlich anstrengender Tag für dich. Erst die Kutschfahrt und dann das neue Zuhause und die neue Familie."

„Ja."

Seine Familie liebte ihn, und er liebte sie, das war offensichtlich gewesen. Als er beim Abendessen von seiner Zeit im Lake District berichtete, hingen sie förmlich an seinen Lippen. Ihr war es allerdings ähnlich gegangen. Vincent hatte tatsächlich steile Berge erklommen. Und geritten war er auch, sogar Galopp.

„Deine Nichte und dein Neffe sind wirklich entzückend", sagte sie. Bislang hatte sie kaum Erfahrung mit Kindern, und sie war verblüfft über die Lebhaftigkeit, die schnelle Zuneigung, die unglaublich kurze Aufmerksamkeitsspanne und die unverblümten Fragen der Kleinen. „Sie waren begeistert von den Geschichten, nicht wahr? Ich werde Bilder dazu zeichnen, und dann bekommen sie das Ganze als kleines Buch. Glaubst du, das würde ihnen gefallen? Am liebsten mögen sie natürlich die Geschichten, die du dir spontan für sie ausdenkst."

„Die *wir* uns für sie ausdenken", korrigierte er sie. „Ich glaube, die Bertha-und-Dan-Geschichte gefiel ihnen am besten."

„Dann müssen wir wohl noch mal darüber nachdenken, wie es mit den beiden weitergeht. Wir dürfen sie nicht so schnell miteinander verheiraten und die arme Bertha damit für den Rest ihrer Tage zu einer bodenständigen Existenz verdammen. Glücklicherweise haben wir die Hochzeit heute Abend gar nicht erwähnt."

„Dann sollten Bertha und Dan also noch weitere Abenteuer erleben?" Sein Gesicht war ihr zugewandt, und er grinste. Sie mochte diesen Gesichtsausdruck, er sah dann so jungenhaft aus – und natürlich unglaublich gut.

„Ja, zum Beispiel als das Kätzchen auf den Baum kletterte", erwiderte sie.

„Weil es so niedlich war, dass jeder es streicheln wollte, und es sich danach sehnte, endlich mal allein zu sein?"

„Ganz genau. Und dann traute es sich nicht mehr herunter, da half alles gute Zureden nichts, und es miaute ganz jämmerlich, während langsam die Nacht anbrach."

„Und dann hatte Bertha ihren großen Auftritt?“

„Und wie. Sie flog förmlich herbei und kletterte dem armen Kätzchen hinterher. Es war nicht leicht, denn der Baum war zwar hoch, aber nach oben hin wurde der Stamm immer dünner und wirkte alles andere als stabil.“

„Aber sie erreichte den Wipfel, der im Wind schwankte, ergriff das Kätzchen, steckte es unter einen ihrer Arme – und erstarrte.“

„Das Kätzchen hingegen, das sich ja bekanntlich nicht gern anfassen ließ, zappelte sich gänzlich unbeeindruckt frei, und dann rannte das undankbare kleine Ding schnell wie der Blitz nach unten. Womit Bertha sich jetzt in derselben Lage befand wie vorher die Katze. Allerdings konnte sie nicht so einfach nach unten laufen. Sie brachte es ja nicht mal fertig, nach unten zu gucken.“

„Dan eilte zur Rettung herbei?“

„Er musste sehr tapfer sein“, fuhr sie fort. „Denn er konnte zwar nicht sehen, wie hoch er geklettert war – und auch nicht die ziemlich weite Distanz bis zum Boden –, aber er konnte fühlen, wie der Baum schwankte. Tatsächlich wurde der Wind, nachdem Dan den Wipfel erreicht und seinen Arm fest um Berthas Taille gelegt hatte, so stark, dass der Baum sich von einer Seite auf die andere neigte, wie ein riesiges Schaukelpferd. Und einmal …“

„… bog er sich so weit zur Seite“, fiel er ihr ins Wort, „dass der Wipfel beinahe den Boden berührte, und Berthas Freunde schafften es, sie aus Dans Armen zu ziehen und in Sicherheit zu bringen, bevor der Stamm sich wieder aufrichtete und Dan mit nach oben trug.“

„Und diesmal blieb er aufrecht stehen, denn ganz plötzlich hatte sich der Wind gelegt. Dan kletterte ohne Probleme nach unten und wurde mit viel Beifall und anerkennendem Rückenklopfen in Empfang genommen. Und natürlich mit einer innigen Umarmung von Bertha.“

„Und einem Kuss?“

„Auf jeden Fall. Und zwar direkt auf den Mund. Ende."
„Amen."
Sie lachten leise, und ihre Schultern berührten sich.
„Diese Leute sind alles Fremde", sagte sie unvermittelt.
Einen Moment lang wirkte er ob des unvermuteten Themenwechsels leicht verwirrt.
„Unsere Nachbarn?", sagte er dann. „Für mich sind sie auch fremd, mehr oder weniger. Wir müssen einfach immer daran denken, wer wir sind: Viscount und Viscountess Darleigh of Middlebury Park. Wir sind mit Abstand die vornehmste Familie hier in der Gegend. Unter normalen Umständen hätte man gleich nach meiner Ankunft vor drei Jahren von mir erwartet, dass ich im hiesigen gesellschaftlichen Leben eine prominente Rolle spiele. Ich bin also eine große Enttäuschung für die Leute. Aber das wird sich von nun an ändern, und vielleicht vergeben sie mir ja. Schließlich war ich ein alleinstehender Mann, der mit einer vergleichsweise frischen Behinderung klarkommen musste. Doch jetzt habe ich eine junge Viscountess. Die Leute werden fast platzen vor Neugier und hoffen sehr wahrscheinlich, dass die Dinge eine erfreuliche Wendung nehmen."
„Du meine Güte. Ich bin wirklich nicht sicher, ob ..."
Er drückte ihre Hand.
„Ich habe keine Ahnung, wie man eine Viscountess ist oder die Hausherrin eines dermaßen stattlichen Anwesens", fuhr sie hastig fort. „Und ich habe erst recht keine Ahnung, wie man eine prominente Rolle im gesellschaftlichen Leben spielt."
„Ich habe vollstes Vertrauen in deine Fähigkeiten", beteuerte er.
„Gut, dass wenigstens einer von uns beiden mir das zutraut", gab sie zurück – und musste lachen.
Er stimmte ein.
„Mir ist heute Nachmittag während des Tees etwas klar geworden", verkündete er dann. „Etwas, das zumindest zum Teil erklären würde, warum ich hier in Middlebury Park nie wirklich ... glücklich war, in all den drei Jahren nicht, obwohl

ich doch von liebenden – und innigst geliebten – Angehörigen umgeben war, die mich mit ihrer Fürsorge förmlich überschüttet haben. Dies hier war ein Ort ohne Lachen, Sophie. Meine Blindheit lastete auf allen wie ein Schatten, zusammen mit dem Zwang, ständig gut gelaunt zu sein. Ich lache aber sehr viel, wenn ich in Penderris Hall bin. Mit dir habe ich ebenfalls gelacht, fast vom ersten Augenblick unserer Bekanntschaft an. Und wir beide sind nicht die Einzigen, die seit unserer Ankunft hier gelacht haben."

„Sie haben alle gelacht, als ich beschrieb, wie ich auf diesem Podium stand und die Schneiderin und ihre Gehilfinnen an mir herumgezupft und mich mit Stecknadeln traktiert haben. Dabei war das überhaupt nicht lustig."

„Aber du hast es lustig erzählt. Und wir haben alle gelacht. Das war ein gutes Gefühl, Sophie. Wir haben früher so viel zusammen gelacht in meiner Familie."

„Miss Dean war vermutlich hübsch", sagte sie.

„Man hat mir versichert, dass sie schön sei."

„Sie wollten ein schönes Mädchen für dich. Weil du auch schön bist."

Er lächelte. „Stattdessen habe ich mir selbst eine Frau gesucht – und zwar eine, die überhaupt nicht wie ein Junge aussieht, egal, was ein paar Leute aus Barton Coombs gesagt haben mögen, sondern sehr jung. Genau genommen wie eine kleine Elfe, das zumindest hat mir jemand an unserem Hochzeitstag zugeflüstert."

„Oh, wer war das denn?"

„Das spielt keine Rolle. Es war als Kompliment gemeint."

Sie seufzte und wechselte erneut das Thema.

„Gibt es hier Hunde oder Katzen?"

„Vermutlich gibt es ein paar Mäusefänger in den Ställen. Aber du meinst bestimmt Hauskatzen? Und Haushunde? Wir durften nie welche haben, als wir jung waren, obwohl Ursula und ich unsere Eltern fortwährend bekniet haben; sie wünschte sich eine Katze, ich wollte einen Hund. Aber meine Mutter sagte immer, sie hätte mit uns schon genug zu tun und keine Lust, auch noch über irgendwelche Haustiere zu stolpern."

„Wir sollten eine Katze haben, die sich hier auf der Fensterbank sonnen könnte. Oder schnurrend auf meinem oder deinem Schoß sitzen würde. Und einen Hund, der dich führt, sodass du nicht mehr davon abhängig bist, dass jemand dich begleitet. Du würdest nicht mal deinen Stock brauchen."

Er hob die Brauen.

„Lady Trentham und die Countess of Kilbourne haben eine Cousine, deren Tochter von Geburt an blind ist. Sie besitzt einen Hund, der ständig an ihrer Seite ist und sie davor bewahrt, gegen Hindernisse zu stoßen, die Treppe herunterzufallen oder sich anderweitig zu verletzen. Sie hat ihn nicht wirklich trainiert, und manchmal fällt er aus der Rolle und überlässt sie ihrem Schicksal. Aber ihr Vater trainiert jetzt einen anderen Hund, der größer ist, nicht so übermütig, dafür verlässlicher und gehorsamer. Stell dir vor, du hättest einen Hund, der dir deine Augen ersetzen könnte, Vincent." Sie war schon ganz aufgeregt, obwohl sie nur darüber sprachen.

„Und sie lassen sie einfach so allein herumlaufen?", hakte er nach.

„Nicht allein. Mit ihrem Hund. Ihr Vater ist der Marquess of Attingsborough."

„Was für ein Hund ist es denn?"

„Das weiß ich nicht", bekannte sie. „Vermutlich keiner, der klein und leicht abzulenken ist. Kein Pudel. Vielleicht ein Hirtenhund. Hirtenhunde hüten und führen schließlich ganze Schafherden, sie sind intelligent und gleichzeitig gehorsam."

„Schafe gibt es hier reichlich." Er machte eine halbe Drehung in ihre Richtung. „Also muss es auch Hirtenhunde geben. Und für dich eine Katze? Du hast doch vorhin gesagt, dass du gern eine hättest."

„Bei Tante Mary lebte eine alte Katze. Oder vielmehr ein Kater. Tom. Er durfte den Küchenbereich nicht verlassen, seine Aufgabe war es, die Speisekammer mäusefrei zu halten. Aber manchmal habe ich ihn heimlich mit nach oben genommen, und dann schnurrten wir ganz behaglich zusammen. Aber dann wurde er zu alt, um weiter Mäuse zu jagen, und damit nutzlos. Man … entsorgte ihn."

„Arme Sophie", sagte er. „Wir werden ein Kätzchen für dich finden."

„Oh, darf ich wirklich eins haben?"

Er lehnte sich zurück und seufzte.

„Du kannst alles haben, was du dir wünschst, Sophie. Alles auf der Welt. Du bist nicht mehr arm."

„Fürs Erste reicht mir ein Kätzchen. Es kann auch gern eine etwas ältere Katze sein."

„Und ein Hund für mich." Er hob den freien Arm und legte einen Handrücken an seine Stirn, direkt über den Augen. „Glaubst du, es wird funktionieren? Glaubst du es wirklich, Sophie?"

Sie biss sich auf die Unterlippe und blinzelte die aufsteigenden Tränen weg. Seine Stimme hatte so schwermütig und gleichzeitig so sehnsüchtig geklungen. Oh ja, sie würde ihm seine Bewegungsfreiheit zurückgeben, und wenn es bis ans Ende ihrer Tage dauern sollte. Er wollte, dass sie ihm half, unabhängig zu werden, damit er sie nicht mehr brauchte. Und genau das würde sie für ihn tun, sie würde hundert oder mehr Möglichkeiten für ihn finden. Er hatte ihr bereits so viel geschenkt – genau genommen sogar ein ganzes neues Leben. Und sie würde ihm dafür seine Unabhängigkeit schenken.

„Und ob ich das glaube", erwiderte sie. „Einen Versuch ist es auf jeden Fall wert."

Er gab ihre Hand frei, legte einen Arm um ihre Schultern, suchte mit dem Mund ihre Lippen und küsste sie.

„Ich glaube, dass du mir sehr guttun wirst", murmelte er dann. „Und ich kann nur hoffen, dass es umgekehrt genauso ist."

Seine Worte erfüllten sie mit einem solchen Verlangen, dass ihr die Kehle eng wurde.

„Ist es Zeit, ins Bett zu gehen?“, fragte er. „Bitte schau jetzt nicht auf die Uhr und sag mir, dass es noch zu früh ist. Sag einfach Ja.“

„Ja.“

Es war fünf vor halb zehn.

15. KAPITEL

Noch halb schlafend versuchte Sophia, sich in die Wärme zu kuscheln, die sie die ganze Nacht an ihrer Seite gespürt hatte. Doch sie fand nur eine kalte Leere. Das weckte sie vollends auf, und sie öffnete die Augen.

Er war weg. Draußen war es schon hell, aber der Tag konnte noch nicht weit fortgeschritten sein. Sie hob den Kopf, um auf die Uhr zu schauen. Erst Viertel nach sechs. Sie zog eine Grimasse und legte sich wieder hin.

Wo, um alles in der Welt …?

Aber sie wusste, wo er war. Im Keller, bei seinen sportlichen Übungen. Warum es unbedingt der Keller sein musste, obwohl es bestimmt jede Menge ungenutzte Räume im oberirdischen Bereich des Hauses gab, war ihr ein Rätsel. Aber er hatte ihr erzählt, dass er immer dort unten trainierte.

Sie erwog, noch einmal die Augen zuzumachen und ein bisschen weiterzuschlafen, aber sie war jetzt hellwach und verspürte ein leises Rumoren im Magen. Es war kein Hunger, tatsächlich mochte sie noch nicht mal ans Frühstück denken. Aber da draußen vor ihren Privaträumen wartete ein neues Leben darauf, in Angriff genommen zu werden, und sie hatte sich fest vorgenommen, es auch aktiv zu leben – statt still in der Ecke zu kauern und alles durch eine satirische Brille zu betrachten.

Sie schlug die Bettdecke zurück, setzte sich auf die Bettkante und fing in der kühlen Morgenluft prompt an zu zittern. Nackt zu schlafen war ja gut und schön, allerdings nur, solange man von irgendetwas bedeckt wurde.

Sie schlüpfte in ihr komplett zerknittertes Nachthemd, das auch letzte Nacht wieder am Boden neben dem Bett gelandet war, ging zum Fenster und zog mit einem Ruck die Vorhänge zurück.

Von hier aus blickte man nach Südwesten, über die Stallungen und eine große Grünfläche, die sich wellenförmig bis zum See hinunter erstreckte und hier und da von alten Bäumen beschattet wurde. Am jenseitigen Ufer bildeten dicht stehende Bäume und Büsche eine üppige grüne Wildnis. Die kleine Insel mit dem Tempel bildete den Mittelpunkt der prachtvollen Aussicht.

Der See, so riesig er ihr auch vorkam, musste von Menschenhand erschaffen worden sein, genau wie die Insel und der Tempel. Alles war sorgfältig positioniert worden, um vor dem Fenster des Hauptschlafzimmers genau dieses Panorama zu kreieren.

Ein Panorama, das ihr Ehemann niemals sehen würde. Plötzlich wurde Sophia von einer Welle der Traurigkeit und des Mitgefühls überrollt.

Entschlossen wandte sie sich den praktischen Problemen in Vincents Alltag zu. Wie sollte er jemals ohne Hilfe zum See gelangen können? Die Grünfläche bestand aus zahllosen kleinen Hügeln und Tälern, die nicht nur das Auge des Betrachters, sondern gewiss auch den müßigen Spaziergänger erfreuten – vorausgesetzt, dieser Spaziergänger konnte sehen.

Sie runzelte nachdenklich die Stirn. Da musste es doch eine Lösung geben.

Vom Fenster des anderen Schlafzimmers aus, das offiziell ihres war, musste man einen Blick nach Südosten haben, also über den kunstvoll angelegten Teil des Parks: die Parterres und Topiari. Aber das würde sie sich später anschauen. Im Augenblick hatte sie andere Prioritäten – nämlich Vincent finden und ihn bei seinen Übungen beobachten. Sie hatte keine Ahnung, wo der Keller war. Sie hatte auch keine Ahnung, wo fast alles andere war, aber es hatte keinen Sinn, sich davon einschüchtern zu lassen. Sie würde es schon herausfinden. Sie hatte einen Mund zum Fragen, außerdem würden die Diener in diesem Haus nicht einfach durch sie hindurchgucken, als ob sie gar nicht da wäre. Sie war immerhin Viscountess Darleigh, ihre Herrin.

Doch aus irgendeinem Grunde fand sie diese Tatsache alles andere als beruhigend.

Sie klingelte nicht nach Rosina, um sich beim Ankleiden helfen zu lassen. Die Vorstellung schien ihr absurd, schließlich hatte sie sich ihr ganzes Leben lang selbst angezogen. Ganz zu schweigen davon, dass es noch immer nicht halb sieben war. Sie wusch Hände und Gesicht in dem kalten Wasser vom Vorabend, schlüpfte in eins ihrer neuen Kleider – ohne Mieder – und fuhr rasch mit der Bürste durch ihr Haar.

Der Eingang zum Keller befand sich im Küchentrakt neben der Anrichte und war leicht zu finden, denn auf ihrem Weg durch die große Halle schreckte Sophia einen Bediensteten auf, der gerade dabei war, das Portal zu entriegeln. Der Mann brachte sie direkt bis zur Kellertür.

„Soll ich Seine Lordschaft heraufbitten, Mylady?", erkundigte er sich.

„Nein, vielen Dank. Ich will ihn nicht stören."

Die Treppe lag im Dunkeln, aber weiter unten brannte Licht. Sophia tastete sich vorsichtig weiter, bis sie alles überblicken konnte, setzte sich dann auf eine Stufe und legte die Arme um ihre angezogenen Knie.

Der Raum, in dem Vincent und Mr Fisk sich befanden, war groß und viereckig. Im Licht der drei Lampen konnte sie Wandregale erkennen, in denen Flaschen lagen. Natürlich, das war der Weinkeller, neben der Anrichte des Butlers.

Die Lampen brannten vermutlich Mr Fisk zuliebe. Plötzlich kam Sophia der schreckliche Gedanke, dass es für Vincent zwischen einem Ort wie diesem, der ohne die Lampen komplett finster wäre, und dem lichtdurchfluteten Salon in der ersten Etage keinen Unterschied gab. Für einen Moment beschleunigte sich ihr Atem, und sie fühlte sich einer Ohnmacht nahe. Kein Wunder, dass er hin und wieder Panikanfälle bekam.

Beide Männer waren barfuß und nackt bis zur Taille. Vincents einziges Kleidungsstück war eine eng anliegende Kniehose. Er lag rücklings auf einer Matte am Boden, die Füße unter eine Bank geklemmt, die Hände hinter dem Kopf verschränkt, und hob und senkte den Oberkörper in schneller Abfolge. Die Brust- und Bauchmuskeln spannten und streckten sich unter seiner schweißglänzenden Haut.

Mr Fisk übte sich derweil im Seilspringen, mal schneller, dann wieder langsamer, ohne sich auch nur ein einziges Mal zu verheddern.

Sophia zählte sechsundfünfzig Rumpfbeugen, bevor Vincent aufgab, und er war schon dabei gewesen, als sie in den Keller kam. Wie, um alles in der Welt …

„Puh", sagte er atemlos, „ich bin völlig aus der Übung, Martin. Mehr als achtzig schaffe ich heute nicht."

Mr Fisk gab ein ächzendes Geräusch von sich und legte das Seil zur Seite.

„Dann ist jetzt das Reck dran. Fünfundzwanzig Mal?"

„Sklaventreiber." Vincent stand auf.

„Schwächling."

Sophia hob die Brauen, aber Vincent lachte nur.

„Sechsundzwanzig", verkündete er. „Schon aus Prinzip."

Mr Fisk führte ihn zu einer Eisenstange, die an zwei Seilen waagerecht unter der Decke hing, und Vincent packte das Ding mit beiden Händen und zog sich daran hoch, bis sein Kinn auf einer Höhe mit der Stange war. Dann ließ er sich nach unten sinken, ohne dass seine Füße den Boden berührten – und zog sich wieder hoch. Sechsundzwanzig Mal.

Es sah aus wie die schlimmste Folter.

Seine Rippen und Bauchmuskeln glichen einem Waschbrett. Seine Schulter- und Armmuskeln wölbten sich vor Anstrengung. Seine Beine waren zusammengepresst, die Füße nach unten gestreckt wie bei einem Balletttänzer.

Er war kein besonders kräftig gebauter Mann, weder so groß noch so breit wie sein Kammerdiener. Aber sein Körper war straff und wohlproportioniert. Und wunderbar männlich.

Sophia senkte das Kinn auf ihre Knie.

„Sie haben dem Prinzip Genüge getan", räumte Martin ein. „Trotzdem lassen wir die Gewichte heute weg. Haben Sie genug geschwitzt?"

„Holen Sie sich die Polster", befahl Vincent. „Mal sehen, ob ich Ihnen durch die Dinger hindurch wehtun kann."

Mr Fisk schnaubte abfällig und machte eine derbe Bemerkung, die Sophia das Blut in die Wangen trieb. Dann griff er sich zwei große lederne Polster, streifte sie über seine Unterarme und hielt sie vor sich wie eine Art Schild. Vincent streckte die Hände aus, berührte die Polster und fuhr mit den Fingern an ihren Rändern entlang, um ein Gefühl für die Maße zu bekommen. Dann ballte er seine Finger zu Fäusten und stellte sich in Boxer-Positur. Seine Rechte traf hart auf Mr Fisks gepolsterte Arme.

Er war wie ein Ballett. Mr Fisk bewegte sich flink, duckte sich weg oder wich zur Seite aus, während Vincent leichtfüßig um ihn herumtanzte, mit der Linken Geraden schlug und gelegentlich mit der Rechten hart zustieß. Manche seiner Schläge gingen komplett daneben, aber eine seiner Geraden traf so kraftvoll durch die Deckung und auf die Schulter seines Kammerdieners, dass der erst laut aufstöhnte und dann lachte.

„Diesmal habe ich Sie erwischt, Martin. Geben Sie es zu."

„Kinderkram", spottete Mr Fisk, woraufhin Vincent seine gepolsterten Arme mit einem Hagel blitzschneller harter Schläge überzog, für die er beide Fäuste einsetzte.

„Sagen Sie einfach, wenn Sie genug haben", keuchte er. „Ich will Ihnen schließlich nicht zu viele blaue Flecken verpassen. Oder gar ein paar Rippen anknacksen. Sonst heißt es noch, ich würde meine Diener misshandeln."

Er lachte, und Mr Fisk lachte ebenfalls und schickte noch ein paar wüste Flüche hinterher. Dann schaute er auf und entdeckte sie auf der Treppe, trotz der Dunkelheit, die dort herrschte.

„Wir haben Gesellschaft", verkündete er in ruhigem Ton. „Mylady?" Er senkte die Arme und verschwand aus ihrem Blickfeld.

„Sophie?" Vincent drehte sich zielsicher zur Treppe um und hob fragend die Brauen.

„Oh." Sie rappelte sich beschämt auf. „Es tut mir schrecklich leid, dass ich euch gestört habe. Ich war einfach nur neugierig."

Zu spät ging ihr auf, dass sie in eine rein männliche Domäne eingedrungen war.

Er hatte ohne Schwierigkeiten den Fuß der Treppe erreicht, streckte eine Hand nach der Wand aus und wandte das Gesicht in ihre Richtung.

„Dann habe ich dich wohl doch geweckt. Verzeih mir bitte. Ich habe versucht, ganz leise zu sein. Wie lange bist du denn schon hier?"

Er begann, die Stufen zu erklimmen.

„Ich habe hier gesessen und zugeschaut", bekannte sie. „Das hätte ich nicht tun sollen. Ich hätte mich gleich wieder zurückziehen müssen." Nach Mr Fisks deftigem Fluch glühten ihre Ohren – für die er natürlich absolut nicht bestimmt war – immer noch.

Vincent blieb ein paar Stufen unter ihr stehen. Das Haar klebte ihm am Kopf und hing in feuchten Locken um seinen Hals herum. Er war völlig verschwitzt. Trotzdem fand sie ihn unwiderstehlich anziehend. Allerdings musste sie zugeben, dass sie ihn in der Dunkelheit nicht besonders deutlich sehen konnte.

„Wir sind für heute fertig", erklärte er.

„Ich gehe jetzt", verkündete sie im selben Moment. „Nach draußen. Ich möchte mich ein bisschen umschauen."

„Ich mache mich rasch fertig und komme dann nach. Die Familie eines der Küchenmädchen hat vergangene Woche einen streunenden Kater aufgenommen, und jetzt wissen sie nicht, was sie mit ihm machen sollen. Sie haben schon so viele eigene Katzen. Er ist getigert, ziemlich mager und ungepflegt und vermutlich keine große Schönheit."

„Ach, du hast schon danach gefragt?"

„Und der Bruder der Köchin, einer unserer Pächter, hat einen Wurf Shelties. Beide Eltern sind gute Hütehunde. Die Kleinen sind kaum entwöhnt, aber bis auf einen bereits vergeben. Das bedeutet vermutlich, dass er der Schwächlichste von allen ist, aber die Köchin hat mir versichert, dass sämtliche Gliedmaßen an der richtigen Stelle sitzen und auch sonst alles in Ordnung ist."

„Und nun sind alle vergeben?", fragte sie aufgeregt.

„Ja, jetzt sind alle vergeben."

Sie strahlte ihn an.

„Ich will dir nicht näher kommen, Sophie. Ich stinke, das kann ich sogar selbst riechen."

„Ja", bestätigte sie. „Das stimmt. Ich ziehe mich zurück."

Sie drehte sich um und lief die Treppe hoch.

Sie würde eine Katze haben. Einen dürren, ungepflegten, getigerten Kater, der überhaupt keine Schönheit war. Sie liebte ihn schon jetzt heiß und innig.

Und Vincent bekam einen Hund. Eine Hütehund, der keine Schafe führen würde, sondern ihn. Sie war sicher, dass man ihm das beibringen konnte. Damit hätte Vincent zumindest einen Teil seiner früheren Freiheit zurückgewonnen.

Bei dieser Vorstellung musste sie unwillkürlich lächeln, und der Bedienstete – es war derselbe, der sie zur Kellertür gebracht hatte und sich nun wieder in der Halle betätigte – erwiderte ihr Lächeln etwas unsicher und öffnete die Flügeltür, sobald ihm klar wurde, dass sie nach draußen wollte. Als ob sie das nicht selbst erledigen könnte! Noch nie hatte ihr jemand eine Tür geöffnet, weder bei Tante Mary noch bei Sir Clarence.

Sobald sie draußen war, stellte sie fest, dass sie an diesem doch recht frischen Morgen ihren Mantel gut gebrauchen könnte, aber sie hatte keine Lust, den ganzen Weg bis zu ihrem Ankleidezimmer zurückzugehen, um ihn zu holen. Auf den Gedanken, den Diener zu schicken, kam sie gar nicht.

Sie blieb am Kopf der Treppe stehen und schaute um sich. Der Park erstreckte sich, so weit das Auge reichte, in sämtliche Richtungen. Er war für berückende Eindrücke und entspannte Spaziergänge angelegt worden, zum luxuriösen Vergnügen derer, die sehen konnten. Ganz bestimmt hatte man ihn nicht für einen Blinden entworfen. Aber was viel entscheidender war: Man hatte ihn während der drei Jahre, die seit Vincents Einzug vergangen waren, auch nicht den Bedürfnissen eines Blinden angepasst. War das überhaupt möglich?

Sie nahm ihre Umgebung mit gesteigerter Aufmerksamkeit in Augenschein.

Vincent stand am Kopf der Treppe. In der rechten Hand hielt er den Stock, in der linken Sophias Mantel. Es konnte nicht viel später als halb sieben sein. Mit dem Rest seiner Familie war vorerst nicht zu rechnen.

Martin war mürrisch, offenbar als Folge akuter Beschämung.

„Ich hatte auch nicht mehr an als Sie", murrte er, sobald die Kellertür hinter Sophia ins Schloss gefallen war. „Und sie hat genau gehört, was ich gerade gesagt habe."

„Wir waren unter uns, zwei Männer, die nicht damit rechnen konnten, von einer Frau gesehen oder gehört zu werden", versuchte Vincent ihn zu beschwichtigen. „Das versteht sie bestimmt. Ich werde mich für Sie entschuldigen."

Martin hatte nur vage gegrunzt und ihm den Stock in die Hand gegeben. Dann war er davongeeilt, um sicherzustellen, dass Vincents Badewasser bereitstand.

„Ich bin hier", hörte er Sophias Stimme. „In den Parterres."

Interessanterweise hastete sie nicht an seine Seite, um ihm zu helfen, ebenfalls dorthin zu kommen. Und, verdammt noch mal, das gefiel ihm.

Er zählte die zwölf Stufen ab, dann überquerte er die geschotterte Veranda – zehn mittellange Schritte oder zwölf geschlurfte. Er machte zehn und ertastete mit dem Stock die steinerne Pflanzvase, die mit ihrem Gegenstück auf der anderen Seite den Eingang zu den barocken Blumengärten bildete. Hier gab es keine Stufen, man konnte also nicht stürzen und auch mit nichts zusammenstoßen, außer den Vasen selbst.

„Oh, du hast meinen Mantel mitgebracht." Ihre Stimme war ganz nah. Sophia nahm ihm den Mantel aus der Hand. „Vielen Dank. Es ist tatsächlich noch ziemlich kühl." Er bot ihr den Arm, und sie hakte sich bei ihm unter. „Möchtest du spazieren gehen oder ein bisschen hier sitzen?"

„Spazieren gehen", erwiderte er und wandte sich nach rechts. Mit dem Stock ertastete er den Rand des Schotterwegs. „Die Rosen blühen."

„Sie duften herrlich. Und es gibt sie in so vielen Farben, eine schöner als die andere. Ich kann mich nicht entscheiden, welche meine Lieblingsrosen sind."

„Die gelben."

„Bist du da ganz sicher?" Er hört das Lächeln in ihrer Stimme.

„Sie sind wie Sonnenschein. Das passt zu dir."

„Ein sehr nettes Kompliment."

„Was? Kein Wort über Spiegel und was sie dir zeigen, wenn du hineinschaust?"

„Ich habe meine Befehle", erinnerte sie ihn.

„Und ob, ich war nämlich ein sehr grimmiger Offizier. Meine Leute sprangen schon, bevor ich ihnen mein Kommando entgegenbrüllen konnte."

Sie mussten beide lachen. Oh ja, es gefiel ihm, sie bei sich zu haben. Das Leben fühlte sich … anders an.

Statt auf den Rand des Schotterwegs traf sein Stock plötzlich auf lockere Erde. Eine Ecke. Er bog ein und ging südwärts weiter. Sie hatte ihn nicht in die neue Richtung gezogen, stellte er dankbar fest.

„Was sind für dich die Grenzen des Parks, wenn du allein unterwegs bist?", wollte sie wissen.

„Die Parterres und der Topiari-Garten. Ich kann mich dort bewegen, ohne mir das Genick zu brechen oder mich zu fühlen, als sei ich über den Rand des Universums gefallen. Ich finde auch den Weg zu den Ställen und zurück, selbst wenn ich mich dabei mitunter auf meine Nase und den verführerischen Duft nach Mist verlassen muss. Ich bin also nicht ans Haus gefesselt."

Das klang ein bisschen wie eine Verteidigungsrede, dachte er.

„Vielleicht dehnt der Hund diese Grenzen ja ein wenig aus, wenn ich ihn entsprechend trainiert habe", fuhr er fort, „sodass ich nicht jedes Mal, wenn ich etwas weiter hinauswill, dich oder Martin oder meine Mutter in Anspruch nehmen muss."

„Du kannst mich jederzeit in Anspruch nehmen", sagte sie. „Aber du solltest es nicht tun müssen. Hat jemals jemand daran gedacht, den Park umzugestalten?"

„Umzugestalten?“ Sie stießen auf eine weitere Ecke. Er wandte sich nach Osten. Hier stand irgendwo eine Bank mit Blick aufs Haus. „Wollen wir uns eine Weile hinsetzen?“

„Noch drei Schritte.“

Sie setzten sich hin, und er lehnte seinen Stock neben sich.

„Wenn zwischen Veranda und See ein geschotterter oder sogar gepflasterter Weg angelegt würde, mit einem Zaun oder Geländer an der Seite, dann könntest du ans Wasser gehen, wann immer dir danach ist. Schwimmst du? Ja, natürlich, du bist ja früher in Barton Coombs im Fluss geschwommen, nachts. Hast du es hier schon einmal probiert?“

„Nein. Aber ich war mit dem Boot draußen. Zwei Mal.“

„Das heißt, du betätigst dich nur im Dunkeln sportlich.“

„Ja. Immer im Dunkeln.“

„Oh.“ Sie klang tief beschämt. „Es tut mir leid. Aber ich meinte, unten im Keller statt in oberirdischen Räumen, deren Fenster man öffnen kann. Oder noch besser im Freien, inmitten aller Geräusche und Gerüche der Natur und immer an der frischen Luft.“

„Ich war im Lake District wandern, klettern und reiten“, erinnerte er sie. „Und rudern. Es war herrlich. Bewegung, bei der man tatsächlich vorankommt, ist so viel beglückender als Übungen in geschlossenen Räumen. Einmal haben wir sogar einen echten Galopp gewagt, Sophie. Du kannst dir nicht vorstellen, wie aufregend das war. Und du kannst dir nicht vorstellen, wie sehr ich mich danach sehne, mit langen, schnellen Schritten zu gehen oder gar zu rennen.“

Er runzelte unmutig die Stirn, als ihm bewusst wurde, wie schwermütig er klang. Menschen, die sich selbst bemitleideten, wirkten auf andere nicht besonders anziehend.

„Ach, wie wundervoll es sein muss zu reiten.“ Sie seufzte. „Auf dem Rücken eines Pferdes zu sitzen und sich von all dieser Kraft und Schönheit tragen zu lassen.“

Sie klang jetzt auch ein bisschen schwermütig.

„Bist du niemals geritten?“

„Nein, nie. Aber ich habe Lady Trenthams Schneiderin damit schockiert, dass ich mir ein Reitkostüm mit Rock *und* Hosen bestellt habe. Ich dachte, du könntest es mir vielleicht beibringen."

„Im Herrensitz zu reiten?" Er grinste. Wer außer Sophia würde auf die Idee kommen, bei einem Blinden Reitunterricht zu nehmen. „Aber sicher könnte ich das. Und ich werde es auch tun."

„Und der Weg zum See?", fragte sie. „Er wird das Panorama des Parks ganz bestimmt nicht verderben, im Gegenteil. Wenn er der Wellenstruktur der Grünfläche folgt, wird das sehr apart aussehen. Mit einem gehämmerten Eisengeländer sogar richtig elegant. Wirst du ihn anlegen lassen?"

Wie befreiend würde es sein, jederzeit vom Haus zum See gehen zu können, ohne auf fremde Hilfe angewiesen zu sein. Warum hatte bislang keiner an so etwas gedacht? Warum hatte er nicht an so etwas gedacht?

„Umgehend. Ich treffe heute Morgen sowieso meinen Verwalter. Ich muss über so einiges mit ihm sprechen, denn ich habe fest vor, künftig mehr Anteil an der Organisation meines Besitzes zu nehmen, auch wenn der Löwenanteil der Arbeit natürlich weiterhin an ihm hängen bleibt. Ich werde den Weg und das Geländer erwähnen und Anweisung geben, so bald wie möglich mit dem Bau zu beginnen."

„Und ich verbringe den Vormittag mit deiner Mutter. Wir treffen uns mit der Haushälterin, dann führt sie mich durchs ganze Haus und …" Ihre Stimme erstarb.

Er tastete nach ihrer Hand, nahm sie und hielt sie ganz fest. „Meine Mutter wird dich sehr bald in ihr Herz schließen. Sie wird sich um meinetwillen darum bemühen, dich letztendlich aber um deinetwillen lieben. Du brauchst dir wirklich keine Sorgen zu machen. Bitte nicht. Ich glaube nicht mal, dass sie es wirklich genossen hat, hier die Hausherrin zu geben. Sie war glücklich in Covington House. Sie spricht ständig davon. Ihre besten Freunde leben alle in Barton Coombs. Sie ist hierhergekommen, weil sie dachte, dass ich sie brauche. Und sie hatte recht. Ich brauchte sie. Aber sie wird sehr erleichtert sein, dass sie ihre Verantwortung nun abgeben kann."

„Tatsächlich?", murmelte sie mutlos.

„Fühlst du dich von all dem hier überwältigt?"

„Wir sitzen hier, und ich schaue auf das Haus. Es ist ... gigantisch. Und hinter uns liegt das Dorf, und um uns herum leben unsere Nachbarn, und ich muss sie besuchen und mit ihnen reden und sie hierher einladen. Und dann schaue ich zu den Prunkgemächern hinüber und denke daran, dass dort einmal glanzvolle Gesellschaften gegeben und großartige Feste gefeiert wurden und dass wir beide jetzt hier Hausherrin und Hausherr sind. Und dann denke ich, dass wir dringend einige dieser Feste und Bälle geben sollten, und ich ... ich habe in Wahrheit nicht die geringste Ahnung, *was* ich eigentlich bin."

„Überwältigt." Er drückte ihre Hand. „Ich kenne das Gefühl. Aber weißt du, wir müssen ja nicht alles an einem Tag erledigen. Oder in einer Woche oder einem Monat. Wollen wir heute Nachmittag unseren ersten Besuch abstatten? Nur einen? Vielleicht im Pfarrhaus?"

„Ja. Gut. Womöglich sind der Vikar und seine Frau ja so freundlich wie Mr und Mrs Parsons."

„Ich habe sie schon kennengelernt. Sie sind sehr liebenswürdig", versicherte er.

Zur Bekräftigung drückte er noch einmal ihre Hand und ließ sie dann los.

„Lass uns frühstücken gehen", schlug er vor. „Ach ja, und ich habe versprochen, mich an Martins Stelle zu entschuldigen – sowohl für seine dürftige Bekleidung heute Morgen als auch für die speziellen Preziosen aus seinem Wortschatz, die er in deiner Hörweite zum Besten gegeben hat."

„Für mich sah es ganz danach aus, als ob ihr beiden viel Spaß hattet."

„Oh, den hatten wir", beteuerte er. „Wie immer. Es gibt tatsächlich schlimmere körperliche Verluste als das Augenlicht, Sophie."

Womöglich stimmte das sogar. Er dachte an Ben Harper und die rasenden Wutanfälle, die er in Penderris Hall manchmal bekam, weil seine Beine nutzlos waren und ihm trotz aller Anstrengungen nicht gehorchen wollten.

Er erhob sich, ergriff seinen Stock und bot Sophia den Arm.

Sie hakte sich bei ihm ein. „Du kannst Mr Fisk ausrichten, dass ich ihm verziehen habe“, sagte sie. „Und ihn für mich um Entschuldigung bitten, denn ich hätte gar nicht dort sein sollen. Künftig werde ich deine und seine Privatsphäre respektieren und nie mehr dort auftauchen, dessen kannst du ihn versichern.“

Es war so typisch für Sophia, sich Gedanken über die Gefühle – und die Privatsphäre – eines Dieners zu machen. Denn das war Martin offiziell, auch wenn er in Wahrheit Vincents bester Freund war. Gut, vielleicht teilte er sich diese Rolle mit den Überlebenden, aber mit denen verbrachte Vincent längst nicht so viel Zeit wie mit Martin.

16. KAPITEL

Der erste Monat ihres neuen Lebens in Middlebury Park war anstrengend und nicht selten verwirrend für Sophia. Sie fing an, sich im Haus zurechtzufinden; sie kam den Bediensteten näher, vor allem der Köchin und der Haushälterin, mit denen sie fast jeden Tag zu tun hatte. Sie studierte die Haushaltsbücher und das Inventar, bis sie alles verstand und sogar halbwegs intelligent darüber reden konnte. Sie besuchte gemeinsam mit Vincent die Nachbarn und empfing Gegenbesuche. Sie lernte ihre neue Familie besser kennen. Ellen war mit Mann und Kindern drei Tage nach ihnen eingetroffen und Ursula samt Familie eine Woche danach.

Sie wanderte allein durch den riesigen Park und begutachtete jeden Teil davon mit kritischem Blick. Der Schotterweg zum See war fast fertig, obwohl es ein ungewöhnlich regenreicher Monat gewesen war. Sie entdeckte, dass einmal ein Feldweg durch die Hügel hinter dem Haus geführt hatte. Der war inzwischen zwar fast völlig überwuchert, aber man könnte ihn wieder herrichten, den Untergrund sicher und eben machen und ein Geländer aus gehämmertem Eisen daran entlangziehen. Oder vielleicht doch lieber eins aus Holz, es würde besser in die Umgebung passen, die ja schließlich einer echten Wildnis gleichen sollte. Und man könnte besonders aromatisch duftende Bäume und Büsche pflanzen – Rhododendron, Lavendel und anderes. Sie wünschte, sie wüsste mehr über Botanik. Aber wohlriechende Pflanzen waren unverzichtbar, da ihr Mann die malerische Aussicht über den Park hinweg in die umliegende Landschaft hinein nicht genießen konnte.

Vincent ließ sich nicht mehr so treiben und lenken, wie er das offenbar vor seiner Heirat getan hatte. Er verbrachte einen Großteil seiner Zeit hinter verschlossenen Türen mit seinem Verwalter und diversen Pächtern. Oder er war mit dem Verwalter auf dem Anwesen unterwegs. Er pflegte freundschaftliche Beziehungen zu Nachbarn, die er vorher kaum gekannt hatte.

Sie taten füreinander, was sie zuvor abgesprochen hatten. Sophia wurde bestens umsorgt. Sie war nicht mehr die Maus, auch wenn sie sich oft nach Ruhe und Alleinsein sehnte. Sie war *Sophia* oder *Sophie* oder *Mylady*. Und Vincent wurde längst nicht mehr so verhätschelt. Schon bald würde er sich sehr viel freier bewegen können.

Ihre Ehe konnte wohl als Erfolg verbucht werden. Und dann waren da noch die Stunden, die sie allein miteinander verbrachten, auch wenn es für Sophias Geschmack viel zu wenige waren. Abgesehen natürlich von den Nächten, die nach wie vor wundervoll waren. Sie hatte mittlerweile sogar die unfassbare Tatsache akzeptiert, dass er sie attraktiv fand.

Eines Nachmittags machten Vincents Schwestern samt Anhang einen Ausflug in die nähere Umgebung, und Vincent erteilte Sophia im Musikzimmer wieder einmal Unterricht auf dem Pianoforte. Sie kam nicht wirklich voran, auch wenn sie immerhin gelernt hatte, eine saubere Dur-Tonleiter zu spielen, egal, mit welcher Taste sie begann. Aber warum es weiße und schwarze Tasten geben musste, um alles noch komplizierter zu machen, wollte ihr nicht recht einleuchten.

Vincents Musiklehrerin Miss Debbins weilte derzeit bei ihrem Bruder in Shropshire, wurde aber demnächst zurückerwartet. Er war ganz sicher, dass sie mit Freuden bereit wäre, Sophia ebenfalls Stunden zu geben.

„Sie wird wahrscheinlich sogar überglücklich sein", hatte er gesagt. „Denn du kannst sehen, und sie kann dir beibringen, Noten zu lesen. Bei mir musste sie unendlich geduldig und erfinderisch sein."

Er spielte auf der Geige, während Sophia Feen im Garten zeichnete, die, wie sie fand, schwieriger zu fassen waren als ein Drachen und eine Feldmaus, aber nicht so schwierig wie Bertha und Dan, die auf dem Papier nie so aussahen wie in ihrem Kopf. Aber sie würde weitermachen. Die Kinder liebten die Geschichten, die sie und Vincent ihnen fast jeden Abend erzählten, und sie schrien vor Vergnügen über die Bilder.

Hin und wieder unterbrach sie ihre Arbeit, um ihren Mann zu beobachten oder Tabs Rücken zu streicheln. Ihr dürrer, hässlicher Tigerkater hatte sich, seit er bei ihr war, ein seidig glänzendes Fell zugelegt.

Shep lebte noch nicht bei ihnen. Als der Pächter, dem er gehörte, erfuhr, was Viscount Darleigh vorhatte, bestand er darauf, dem Tier erst eine Art Grundausbildung zu vermitteln, schließlich könne das keiner so gut wie er, der schon sein Leben lang Hütehunde erzog. Sobald das erledigt war, würde er, mit Erlaubnis seiner Lordschaft, täglich ins Herrenhaus kommen, und dann könnten sie sich gemeinsam um die spezielleren Punkte des Trainings kümmern, während Herr und Hund einander näherkamen.

Er war völlig begeistert von der Idee und sah absolut keinen Grund, warum es nicht funktionieren sollte, auch wenn er noch nie einen Hund zu diesem Zweck trainiert hatte.

„Wenn man einem Hund beibringen kann, auf ein Pfeifen oder einen Ruf zu reagieren und riesige Schafherden über alle möglichen Hindernisse und durch enge Gatter an einen ganz bestimmten Ort zu führen, dann sollte er das doch wohl auch für einen Menschen tun können, der ihn an der Leine hält, oder etwa nicht?“, hatte er gesagt. „Darauf verwette ich glatt meinen Ruf als bester Hirtenhund-Trainer des Landes. Und keiner hat mir je falsche Bescheidenheit vorgeworfen.“ Er lachte herzlich, schüttelte Vincents Hand und sah Sophia freudestrahlend an.

„Das reicht mir als Garantie, Mr Croft“, hatte Vincent erwidert. „Vielen Dank.“

Ein schiefer Ton riss Sophia aus ihren Gedanken. „Autsch“, rief sie. Er versuchte gerade etwas hinzubekommen, was Ellen ihm gestern Abend wieder und wieder auf dem Pianoforte vorgespielt hatte. Irgendwas von Beethoven.

Er senkte die Geige.

„Tab heult doch noch gar nicht“, begehrte er auf. „So schlecht kann ich also gar nicht sein.“

„Ich habe auch nur einen falschen Ton gehört. Einen von wie vielen? Fünfhundert? Andererseits braucht es natürlich auch nur einen falschen Ton, um das ganze Stück zu ruinieren."

„Ein überkritisches Publikum ist genau das, was ich brauche, wenn ich versuche, etwas Neues zu lernen", beklagte er sich. „Mein Repertoire ist jämmerlich klein."

„Spiel es noch einmal. Und spiel diesen einen Ton richtig."

„Zu Befehl, Ma'am."

Sie wandte sich lächelnd wieder ihren Feen zu und zeichnete einen auf dem Kopf stehenden Blumentopf mit einer kleinen Tür und einem runden Fenster, aus dem eine karierte Gardine flatterte. Ein Feen-Häuschen. Die Tür wurde von einem querstehenden Zauberstab aufgehalten.

Sie neckte ihn gern – und genoss es, von ihm geneckt zu werden. Sie hatten einander gern. Das war ein wundervolles, wärmendes Gefühl, von dem sie zehren konnte, wenn ihr wieder mal alles über den Kopf zu wachsen drohte. Seine Familie war freundlich, sogar liebevoll, und alle achteten peinlichst darauf, ihr den Respekt zu zeigen, der ihr als Vincents Frau zustand. Sie mochte ihre neuen Verwandten, ohne Ausnahme.

Aber sie waren nicht ihre eigene Familie.

Nur Vincent gehörte ihr.

Sie mochte auch fast alle Nachbarn, die sie kennengelernt hatte. Diese Leute schienen sich wirklich über ihre Bekanntschaft zu freuen. Sie blickten voller Mitgefühl und sogar Bewunderung zu Vincent auf, der unglaublich charmant sein konnte. Und sie behandelten Sophia achtungsvoll, als würde sie ihnen eine Ehre erweisen. Es war praktisch unmöglich, sie nicht zu mögen.

Einige der älteren Nachbarn hatten erzählt, dass der vorletzte Viscount – Vincents Großvater – den Park einmal in der Woche für die Allgemeinheit geöffnet hatte, sodass jeder, der wollte, über die Wiesen spazieren, am See picknicken oder durch die Hügel wandern konnte. Vincent hatte angekündigt, diese Sitte wieder einzuführen, und Sophia hatte vorgeschlagen, im nächsten Sommer ein Picknick für alle zu organisieren, mit Wettbewerben und Preisen und allen möglichen Vergnügungen. Vermutlich hatten sich beide Neuigkeiten bereits wie ein Lauffeuer in der Gegend verbreitet. Sobald der Weg zum See fertig war, sollte der Park wieder an jedem Sonntag öffentlich zugänglich sein.

Erst hinterher war Sophia eingefallen, dass sie ja im nächsten Sommer vielleicht gar nicht mehr hier wäre.

Als jemand die glanzvollen Bälle erwähnte, die früher hin und wieder in den Prunkräumen veranstaltet wurden, hatte Sophia versichert, dass so etwas wieder stattfinden würde. Vielleicht sogar schon in diesem Jahr, hatte Vincent hinzugefügt. Zum Beispiel nach der Ernte, die so gut zu werden versprach, dass gewiss alle in Feierlaune wären.

Es war wie bei den Geschichten, die sie zusammen erfanden – sie spornten sich gegenseitig zu immer noch wilderen Ideen an. Aber wie, um alles in der Welt, sollte sie einen Ernteball und womöglich auch noch ein Sommer-Picknick organisieren? Manchmal war sie kurz davor, den Mut zu verlieren. Aber das würde sie sich nicht gestatten. Sie hatte diese eine Chance bekommen, ihr Leben auch wirklich zu leben, und die würde sie nicht vergeuden.

Ein paar Reitstunden lagen bereits hinter ihr. Sie hatte ihre Hosen getragen, was ihre Schwiegermutter offenbar schockierte, Vincents Großmutter hingegen sehr amüsierte. Bislang hatte sie nur auf einem ruhigen Pony gesessen, und auch das nur auf der Koppel hinter den Stallungen. Vincent zeigte ihr, wie man richtig aufstieg und korrekt saß. Er hatte die Steigbügel so angepasst, dass sie ihre Füße bequem hineinstellen konnte, und ihr beigebracht, wie man die Zügel hält und wofür sie gedacht waren – auf keinen Fall, um sich daran festzukrallen, als ob ihr Leben davon abhing, aber der Boden schien so beängstigend weit weg zu sein. Er lachte, als sie ihm das sagte, und erinnerte sie daran, dass sie auf einem Pony saß. Dann führte er sie über die Koppel, wobei er sich mit seiner freien Hand am Zaun orientierte. Nach einer Weile hatte er es sie allein versuchen lassen, aber natürlich hatte der Stallmeister die ganze Zeit ein wachsames Auge auf sie. Und schließlich zeigte Vincent ihr, wie man abstieg. Inzwischen stieg sie eigenständig aufs Pony und ritt auch allein, aber immer noch ausschließlich auf der Koppel, während Vincent und der Stallmeister um sie herumschwirrten.

Trotzdem war sie stolz auf sich und geradezu überwältigt von ihrem Mut. Aber wie konnte jemand bloß so tollkühn sein, auf den Rücken eines echten Pferdes zu klettern und es dann auch noch zum Galopp anzuspornen?

Inzwischen waren auch alle ihre neuen Kleider aus London eingetroffen, und Rosina geriet vor Begeisterung schier außer sich, während sie die Sachen auspackte und liebevoll aufhängte oder zusammenfaltete.

„Das reicht für heute." Vincent ließ die Geige sinken. „Ich muss Ellen wohl darum bitten, mir das Stück noch ein paarmal vorzuspielen, damit ich es richtig lerne. Ich will dem armen Beethoven nicht noch mehr Schaden zufügen, als ich es ohnehin schon tue, indem ich mich an seiner Musik vergehe. Wenn ich es erst mal korrekt beherrsche, werde ich es auch genießen können und ein Gefühl dafür bekommen. Und dich mit meinem Talent schwer beeindrucken. Kannst du schwimmen?"

„Nein." Sie hatte wirklich jämmerlich wenige Fähigkeiten.

„Willst du es lernen?"

„Jetzt?"

„Es regnet doch nicht etwa schon wieder, oder? Amy und Ellen waren sicher, dass die Sonne heute den ganzen Tag lang scheint."

„Nein, das Wetter ist immer noch schön. Ich glaube nur, dass ich mich ein bisschen vor dem Wasser fürchte."

„Umso mehr Grund, schwimmen zu lernen. Auf der anderen Seite der Insel ist das Ufer ziemlich flach, jedenfalls hat Martin das erzählt, als wir einmal dort waren. Das Wasser sollte also seicht genug sein, um dir keine Angst einzujagen. Natürlich müssen wir erst mal zur Insel kommen. Kannst du rudern?"

„Nein." Sie lachte.

„Dann muss ich wohl ran." Er grinste, verstaute seine Geige und ließ den Kasten zuschnappen. „Das wird ein Abenteuer."

„Ich werde einfach die Augen schließen und die Hände davor schlagen", sagte sie. „Dann sehe ich die Katastrophe nicht kommen."

„So mache ich es auch", erwiderte er. „Aber erst müssen wir ein paar Handtücher auftreiben."

„Und worin schwimmen wir?"

„Du meinst, abgesehen vom Wasser?" Er hob die Brauen. „Nun ja, du kannst dein Hemd anbehalten, wenn du fürchtest, dass ich sonst zu viel von dir zu sehen kriege. Dein Mieder solltest du allerdings ausziehen."

Tab sprang vom Sofa und folgte ihnen in ihre Räume, wo er sich auf dem sonnigsten Fensterbrett im Salon zusammenrollte. Vincent und Sophia gingen nach oben, um sich fertig zu machen.

Es war tatsächlich ein wunderschöner Tag. Eine Gruppe von Gärtnern war gerade dabei, das Eisengeländer neben dem Seeweg aufzustellen. Sophia nahm Vincents Arm, und sie schlenderten ein Stück weiter über die Grünfläche, bevor sie zum Bootshaus hinuntergingen.

„Fühlst du dich inzwischen mehr in Kontrolle über deinen Besitz als früher?", erkundigte sie sich.

„Auf jeden Fall. Oh, ich weiß, dass meine Leute mich stets vor allem beschützen werden, was auch nur die geringste Bedrohung meiner Person darstellen könnte, von rasenden Stieren bis zu hackenden Hühnern. Aber ich bestehe darauf, zu erfahren, was auf meinen Höfen vor sich geht, und ich bestehe darauf, selbst mit den Leuten zu reden. Ich komme mir noch immer schrecklich dumm vor, wenn ich Fragen stelle, deren Antworten ihnen so offensichtlich erscheinen, aber ich werde weiter fragen. Nur so kann ich einen Punkt erreichen, an dem ich nicht mehr fragen muss. Vermutlich entwickele ich mich gerade zu einem sterbenslangweiligen Gutsherrn, der keine anderen Themen kennt als die aktuellen Getreidepreise und die neuesten Schurmethoden für Schafe."

„Gibt es denn da unterschiedliche Methoden?"

„Ich habe nicht die leiseste Ahnung."

Sie lachten.

„Mrs Jones hat mich gebeten, Ehrenpräsidentin des Näh-Kränzchens zu werden", berichtete sie dann. Mr Jones war der Vikar.

„Nein!" Er blieb stehen und richtete seine Augen mit gespielter Überraschung auf ihr Gesicht. „Ist das eine große Ehre, Sophie?"

„Nun, du kannst gern Witze darüber machen, aber ich bin ziemlich sicher, dass es tatsächlich so ist. Vielleicht keine Ehre im engeren Sinn, aber doch eine Anerkennung. Kaum jemand hat mich jemals für irgendetwas haben wollen. Ich weiß natürlich nicht, was genau eine ‚Ehrenpräsidentin' zu tun hat. Ich werde mich erkundigen. Wenn es nur darum geht, mit meinem Namen und Titel Frauengruppen aus anderen Dörfern zu beeindrucken, lehne ich höflich ab. Aber wenn sie wollen, dass ich mit in ihrem Kränzchen sitze und gemeinsam mit ihnen nähe, dann werde ich akzeptieren, auch wenn meine Fähigkeiten mit Nadel und Faden sich in Grenzen halten. Ich habe noch nie, wirklich niemals, eine Freundin gehabt. Mir ist schon klar, dass die Frauen im Ort vermutlich nicht unbedingt meine Busenfreundinnen werden wollen. Ich nehme an, sie denken törichterweise, dass ich zu weit über ihnen stehe. Aber ein paar gute Bekannte wären ja auch schon etwas."

Sie waren immer noch nicht weitergegangen. Sophia war klar, dass sie ein bisschen plapperte. Tatsächlich hatte Lady Trentham ihr schon mehrfach geschrieben und war auf bestem Wege, eine Freundin zu werden. Allerdings eine, die weit entfernt lebte.

„Oh Sophie, das tut mir leid", sagte Vincent. „Ich habe Martin, und ja, er ist ein Freund, und das seit frühester Kindheit, und ich habe die Überlebenden, und dann sind da die zahllosen Freunde in Barton Coombs, die ich sechs Jahre lang vernachlässigt habe. Ich habe einfach nicht bedacht, dass ich allein nicht genug für dich bin."

„Oh nein, das ist nicht, was …“

„Ich weiß, dass du es nicht so gemeint hast“, unterbrach er sie. „Aber ich glaube auch nicht, dass du allein für mich genug wärst, Sophie.“

Sie fühlte einen Stich im Herzen, eine plötzliche Enttäuschung. Denn da war sie wieder, die Erinnerung, dass sie niemals alles füreinander sein würden. Ja, dass sie trotz ihrer heiteren Kameradschaft in Wahrheit niemals auch nur Freunde sein könnten, geschweige denn …

„Wir brauchen alle Freunde oder zumindest gute Bekannte unseres eigenen Geschlechts“, fuhr er fort. „Denn diese Beziehungen sind von ganz anderer Art als mit jemandem vom anderen Geschlecht und sollten unbedingt gepflegt werden. Ich will eigentlich nur sagen, dass ich dich verstehe und mich für dich freue, Sophie. Ich bin sicher, dass dir das Näh-Kränzchen gefallen wird. Und dein beredtes Schweigen sagt mir, dass ich mich mit jedem Wort, das ich sage, tiefer in die Patsche reite. Ich habe dich doch nicht etwa verletzt, oder?“

„Nein, natürlich nicht. Schließlich habe ich ja davon angefangen, dass ich in das Näh-Kränzchen eintreten will, weil ich mich nach weiblicher Gesellschaft sehne.“

Eine Weile sagte keiner etwas, und keiner bewegte sich von der Stelle.

„Ich mag deine Gesellschaft auch sehr“, sagte er schließlich. „Wir kommen doch gut miteinander aus, nicht wahr?“

Er wirkte fast ein wenig ängstlich.

Wir kommen doch gut miteinander aus …

Ja, das taten sie wohl. Sie lächelte ein bisschen traurig.

„Aber ja. Wollen wir uns jetzt den Schrecken der Bootsfahrt stellen? Oder für den Rest des Nachmittags hier stehen bleiben?“

„Unbedingt die Bootsfahrt.“ Wieder bot er ihr den Arm. „Du kannst von Glück sagen, dass wir keinen Ozean zu überqueren haben.“

„Wir würden vielleicht einen neuen Kontinent entdecken.“

„Atlantis?“

„Oder etwas völlig Unbekanntes. Aber ich glaube, für heute Nachmittag begnüge ich mich damit, die Insel sicher zu erreichen.“

„Du bist in den besten Händen“, versicherte er ihr.

„Ich mache mir auch keine Sorgen wegen deiner Hände.“

Er lachte, und sie gingen weiter.

Sophia war eher nach Weinen zumute.

Sie hätte sehr viel beunruhigter sein müssen, als sie war. Immerhin konnte sie nicht schwimmen. Aber sie war viel zu sehr damit beschäftigt, Anweisungen zu geben. Vincent ruderte kraftvoll und geschickt, aber natürlich hatte er absolut keinen Orientierungssinn. Zunächst schien das nicht weiter schlimm zu sein, solange er sich ungefähr in Richtung der Insel hielt, aber sobald sie etwas näher kamen, sah sie, dass es nur eine sehr kleine Anlegestelle gab. Überall sonst sah das Ufer ziemlich steil aus.

Dank seiner Fähigkeiten und ihrer Führung landeten sie sicher. Er stieg aus, nahm ihr das Tau aus der Hand und band es an einen stabil wirkenden Pfosten.

„Madam?“ Er verneigte sich und streckte eine Hand aus, die sie dankbar ergriff. Das Boot hatte beängstigend gewackelt, als sie versuchte, ohne Hilfe auszusteigen.

„Du meine Güte“, murmelte sie. „Und später müssen wir wieder zurückrudern.“

„Wir?“ Er hob spöttisch die Brauen und beugte sich vor, um nach den Handtüchern zu tasten. „Wenn du dich als besonders gelehrige Schülerin erweist, kannst du ja zurückschwimmen.“

Sie nahm ihm die Handtücher ab und hakte sich bei ihm unter. Er hatte seinen Stock im Bootshaus gelassen.

„Ich glaube, dieser Tempel ist ein reiner Zierbau, der nur deshalb errichtet wurde, damit man vom Haus aus eine noch malerische Aussicht hat“, sagte er, während sie auf das zierliche Gemäuer zugingen. „Doch eine frühere Viscountess, oder vielleicht war es auch ihre Mutter, jedenfalls eine meiner Altvorderen, war, wie man sich erzählt, sehr gläubig und machte einen echten kleinen Schrein daraus. Sie war katholisch."

Der Tempel hatte eine Tür und Buntglasfenster. Innen hing ein Kruzifix an der Wand, auf einem Tisch darunter fanden sich Kerzen und ein altes ledergebundenes Gebetsbuch. Daneben stand ein Stuhl, an dessen Rückenlehne ein Rosenkranz befestigt war. Mehr hätte man in dem winzigen Raum auch nicht unterbringen können.

„Ob die Dame wohl gerudert ist?", fragte Sophia.

„Oder geschwommen."

„Ich wage mal zu behaupten, dass sie einen getreuen Gefolgsmann hatte, der sie hergebracht hat, wann immer sie wollte. Unsere Vorfahren hatten doch immer getreue Gefolgsmänner, nicht wahr?"

„Wenn sie in Geschichten lebten, dann schon", räumte er ein. „Ich frage mich, ob Martin der Titel ‚getreuer Gefolgsmann' gefallen würde."

Die Sonne schien durch eins der Fenster und tauchte alles in vielfarbiges Licht. Der Effekt war prachtvoll.

„Es riecht ein bisschen modrig hier drin", stellte er fest.

„Das stimmt. Wo ist nun dieses seichte Wasser?"

Es war hinter dem Tempel, am anderen Ende der Insel, wo das Ufer flacher war als auf der Vorderseite. Sophia konnte sich dennoch nicht mit dem Anblick anfreunden.

„Vielleicht sollten wir einfach hier sitzen bleiben und uns sonnen", schlug sie vor. „Das Rudern sah ziemlich anstrengend aus."

„War es etwa ebenso anstrengend, sich die ganze Zeit so fest an die Bootswand zu krallen, dass die Fingerknöchel weiß hervortraten?"

„Das kannst du auf keinen Fall gesehen haben", gab sie zurück. „Selbst wenn es zuträfe, was keineswegs der Fall ist. Was machst du denn da?"

Das war eine selten dumme Frage, schließlich war mit ihrem Augenlicht alles in Ordnung. Er zog sich aus.

„Fürchte dich nicht." Er wandte den Kopf in ihre Richtung und grinste. „Ich lasse meine Unterhosen an, damit du nicht vor Scham vergehst. Und du kannst dein Hemd anlassen, um dich vor meinen lüsternen Blicken zu schützen."

Sie öffnete den Mund, um zu widersprechen, klappte ihn aber unverrichteter Dinge wieder zu. Er würde sich ohnehin nicht von seinem Vorhaben abbringen lassen. Und wenn er ins Wasser ging, musste sie mit ihm gehen. Er konnte nichts sehen. Manchmal vergaß sie es beinahe.

Sie entkleidete sich bis aufs Hemd. Warum kam es ihr bloß draußen so viel unschicklicher vor als in ihrem Schlafzimmer? Sie war ja nicht mal richtig nackt. Und es bestand nicht die geringste Gefahr, beobachtet zu werden. Selbst wenn jemand es darauf anlegen sollte – es gab keinen Aussichtspunkt, von dem aus man sie hätte erspähen können.

Er leuchtete im Sonnenschein wie ein junger Gott. Was für ein zärtlicher und törichter Gedanke! Aber wenn er tatsächlich einen Muskel im Leib haben sollte, der nicht durch stetes Training gestrafft und gestärkt worden war, dann war er ihr noch nicht aufgefallen. Und dennoch war Vincent so schlank und schmal und nicht besonders groß – was ihr sehr entgegenkam.

Er war perfekt.

„Du bist so still", sagte er. „Willst du etwa kneifen?" *Nein, ich will dich bloß stumm bewundern.*

Sie ging zu ihm und schob ihre Hand in seine.

Sie hatte damit gerechnet, dass das Wasser kalt war. Sie hatte sich innerlich gegen den Schock gewappnet. Aber das hier …

„Es ist eisig!"

„Ziemlich eisig", stimmte er zu. „Es fühlt sich recht kühl um die Knöchel an. Ich frage mich, wie es erst an den Knien und Hüften sein wird."

Sie fanden es schnell heraus. Das Ufer fiel unter Wasser doch steiler ab, als auf den ersten Blick ersichtlich war. Tausendmal steiler. Sophia schnappte nach Luft und vergaß prompt, wie man wieder ausatmet.

„Ich g…g…glaube, wir sollten lieber z…z…z…zurückgehen“, schnatterte sie zwischen klappernden Zähnen.

Ohne ihre Hand loszulassen, hielt er sich die Nase zu und tauchte unter, bis nur noch sein Haar an der Oberfläche trieb. Dann kam er wieder hoch und schüttelte den Kopf. Eisige Tropfen fielen auf Sophias Schultern.

„Im Wasser ist es besser als draußen“, beteuerte er. „Oder es wird rasch besser.“

Er tauchte erneut ab und Momente später wieder auf.

„Da unten ist es besser“, wiederholte er. „Vertrau mir. Sind das deine Zähne, die ich da klappern höre?“

Wohl kaum. Sie hatte sie fest zusammengebissen.

„Ach, verflixt“, sagte sie resigniert, ging in die Knie und tauchte unter, bis sie spürte, wie sich das Wasser über ihrem Kopf schloss.

Prustend und spuckend tauchte sie wieder auf.

„Lügner“, schrie sie, „du Lügner!“

Er lachte.

„Runter“, sagte er und ergriff auch ihre andere Hand. „Wenigstens bis zum Hals. Damit sich dein Körper an die Wassertemperatur gewöhnt. Oh Sophie, das fühlt sich *so* gut an.“

Trotz ihres eigenen Unbehagens sah sie ihn genauer an. Sein Haar klebte am Kopf, Wassertropfen liefen über sein Gesicht, die Augen waren weit geöffnet, und er sah so strahlend aus. So sorglos. Ihr Herz schmolz dahin.

Sie tauchte unter, bis das Wasser ihre Schultern bedeckte. Es kam ihr schon etwas weniger kalt vor. Auf der Oberfläche tanzten die Sonnenstrahlen. Wie herrlich und befreiend musste es sein, schwimmen zu können.

„Komm“, sagte er. „Lass uns ein bisschen tiefer reingehen. Ich zeige dir, wie man sich treiben lässt.“

„Ach, ich wünschte, das wäre möglich, aber ich fürchte, es geht nicht.“

Doch sie watete weiter mit ihm in den See, allein wegen dieses Ausdrucks in seinem Gesicht. Er genoss das hier so sehr.

„Oh, du zögerliche Zauderin, wo bleibt dein Vertrauen?“, rief er. „Leg dich aufs Wasser. Ich halte dich. So. Nein, zieh nicht die Knie an, sonst gehst du unter wie ein Stein. Streck dich auf dem Wasser aus. Leg den Kopf zurück. Breite die Arme aus. Und jetzt entspann dich. Ich lasse dich nicht los. Entspann dich. Stell dir vor, du liegst auf der weichsten, bequemsten Matratze der Welt.“

Es war unglaublich schwierig, sich zu entspannen, wenn man wusste, dass unter einem nur Wasser war. Und seine Hände. Aber es fühlte sich wirklich wunderbar an. Und sie vertraute diesen Händen und seinem Wort, dass er sie nicht loslassen würde.

Sie hielt die Augen fest geschlossen.

„Du bist nicht vollkommen locker“, kritisierte er.

Nun ja, da waren die Muskeln, die ihre Lider zusammenpressten. Und die Bauchmuskeln wirkten auch noch leicht verspannt.

Sie öffnete die Augen und drehte ihren Kopf ein kleines Stück. Sein Kopf war halb über sie gebeugt. Und …

Oh Gott, sie liebte ihn.

Sie starrte zu ihm auf, erschüttert und gleichzeitig entspannt.

Denn natürlich liebte sie ihn. Er hatte sie gerettet. Er hatte sie geheiratet. Und er war schön und freundlich und zärtlich. Da wäre es doch sehr merkwürdig, wenn sie ihn nicht lieben würde. Es war gar keine so weltbewegende Erkenntnis.

Und es änderte gar nichts.

Außer dass ihr Herz nun noch ein bisschen mehr wehtat.

„Na also“, sagte er leise. „Jetzt hast du’s. Vertraue dir selbst. Vertraue dem Wasser.“

Sie spürte, wie seine Hände unter ihr wegglitten.

Sie sah ihm weiter unverwandt ins Gesicht. Sie ging nicht unter. Und sie brauchte seine Hände nicht. Sie würde sich niemals gestatten, sie zu brauchen. Oder ihn, abgesehen vom rein Materiellen, denn ohne seine Unterstützung würde sie verhungern. Aber in keiner anderen Hinsicht. Sie wollte ihn vielleicht, aber wollen war etwas anderes als brauchen.

Sie konnte allein auf dem Wasser treiben.

Sie konnte allein leben.

Er trieb neben ihr, seine Hand berührte hin und wieder ihre, und Sophia schaute hinauf in den Himmel, der riesig und tiefblau war, mit ein paar flaumigen weißen Wolken.

So entspannt. So schön. Mit einem dumpfen Schmerz in der Kehle.

Sie drehte den Kopf, um ihn anzuschauen, schluckte einen Mundvoll Wasser und kam strampelnd und spritzend auf die Beine. Das Wasser reichte ihr bis zum Kinn. Sie mussten ein wenig hinausgetrieben sein. Einen Augenblick stieg Panik in ihr auf, sie musste husten und watete näher ans Ufer.

„Du hast dich mindestens fünf Minuten ganz allein treiben lassen", sagte er. „Gut gemacht. Wenn du erst mal treiben kannst, lernst du ganz schnell schwimmen."

„Aber heute nicht mehr", erwiderte sie. „Ich möchte mich lieber an einem Triumph nach dem anderen weiden."

„Ich gehe schwimmen", verkündete er, drehte sich um und schwamm mit kraftvollen Zügen in den See hinaus.

Sophia stand im knietiefen Wasser und schaute ihm nach. Sie konnte seine Freude förmlich spüren.

Aber wie wollte der dumme Kerl zurückfinden? Er hatte heute keinen Mr Fisk dabei.

Sie stieg aus dem Wasser und wickelte sich ein Handtuch um die Schultern. Aber sie setzte sich nicht hin und ließ ihn auch nicht aus den Augen, die sie mit einer Hand gegen die Sonne abschirmte.

17. KAPITEL

Für ein paar Minuten fühlte Vincent sich wie ein Vogel oder ein wildes Tier, das dem Käfig entflohen war. Er ließ seine ganze überschüssige Energie in die Schwimmbewegungen fließen und schwelgte in Freiheit, Muskelkraft und dem kalten Wunder des Wassers.

Die Euphorie währte naturgemäß nicht lange. Hatte die Tatsache, dass Martin nicht bei ihm war, anfangs noch zu seinem Überschwang beigetragen, wurde ihm nur allzu bald klar, wie leichtsinnig er gewesen war.

Wo genau befand er sich eigentlich? Wie sollte er zur Insel zurückgelangen? Er wusste nicht, wie weit er geschwommen war oder in welche Richtung.

Er hörte auf zu schwimmen und fing an, Wasser zu treten. Er hatte keinen Grund mehr unter den Füßen. Die Versuchung, in Panik zu geraten, war groß. Aber Panik würde ihm nicht weiterhelfen, und es handelte sich auch nicht um eine der üblichen Attacken, die aus heiterem Himmel und ohne nennenswerten Grund über ihn hereinbrachen. Nein, dies war eine potenzielle Panik aus sehr handfesten Gründen. Etwas, das er kontrollieren konnte.

Ihm schoss der tröstliche Gedanke durch den Kopf, dass er schlimmstenfalls so lange weiterschwimmen konnte, bis er irgendein Ufer erreichte. Er würde zwar nicht wissen, wo er war, aber er könnte zumindest aus dem Wasser steigen und darauf warten, dass man ihn fand. Es war ja nicht so, dass keiner wusste, wohin es ihn verschlagen hatte.

Aber die arme Sophia wäre auf der Insel gefangen.

Und er würde sich wie der letzte Idiot fühlen.

Plötzlich hörte er ihre Stimme, aus beträchtlicher Distanz, wie ihm schien. „Ich bin hier“, rief sie.

Das Problem war nur, dass es im Freien nicht so einfach war, genau zu bestimmen, woher eine Stimme kam, vor allem wenn sie weit entfernt war.

„Hier“, schrie sie wieder.

Er entschied sich für eine Richtung und schwamm los.

„Weiter nach links“, rief sie, und er passte seinen Kurs an.

Es dauerte seine Zeit. Aber sie führte ihn mit ihrer Stimme, die sich nach und nach vom Schreien zu beinahe normaler Sprechlautstärke senkte.

„Du müsstest jetzt eigentlich stehen können“, sagte sie schließlich. „Wate nach links. Ich bin hier.“

Sie kam nicht, um ihn abzuholen. Dafür war er dankbar.

Hatte er sie erschreckt? Er würde jede Wette darauf eingehen.

Endlich spürte er festen, trockenen Boden unter den Füßen. Sie kam zu ihm und warf ihm ein Handtuch um die Schultern.

„Oh, ich freue mich auf den Tag, an dem ich wenigstens halb so gut schwimmen kann wie du“, sagte sie. „Es muss das herrlichste Gefühl der Welt sein.“

Aber er hörte das leichte Beben in ihrer Stimme.

„Danke, dass du mich zurückgeleitet hast. Ohne dich wäre ich womöglich am jenseitigen Ufer gelandet und in die entlegenste Ecke des Parks gelaufen.“

„Ich war nicht besonders erpicht darauf, mich selbst nach Hause zu rudern. Aber dort hinter dem See ist es wirklich sehr schön, Vincent. Ich dachte zunächst, dass da nur Bäume stehen, die gepflanzt wurden, damit sie sich im Wasser spiegeln. Aber dahinter gibt es weitere Grünflächen und eine Allee und ein Sommerhaus. Man weiß gar nicht, was man mit so viel Platz anfangen soll. Obwohl – ich hätte da eine Idee.“

Noch immer zitterte ihre Stimme ein wenig. Sie wusste, dass er zumindest ansatzweise in Schwierigkeiten gewesen war. Und sie hätte ihn weder retten noch Hilfe holen können.

„Und die wäre?“, fragte er, während er sich mit dem Handtuch trockenrieb.

„Das sage ich nicht. Es ist ein Geheimnis. Eine Überraschung. Vielleicht ist es auch einfach nur verrückt, aber ich glaube, es könnte funktionieren.“

„Ich hasse Überraschungen, wenn ich ewig darauf warten muss“, erklärte er.

Sie lachte, und er merkte, dass sie sich ins Gras gesetzt hatte. Er breitete sein Handtuch aus und ließ sich neben ihr nieder.

„Es tut mir leid, Sophie“, sagte er nach einer Weile.

„Was denn?“

„Dass ich dich beunruhigt habe. Dass du gezwungen warst, mit Adleraugen über mich zu wachen, während ich da draußen meinen Spaß hatte. Es war unverantwortlich von mir, und es wird nicht wieder vorkommen.“

„Du solltest nicht solche Versprechungen machen. Du könntest dich verpflichtet fühlen, sie zu halten. Ich weiß genau, wie du dich eben gefühlt hast.“

„Tatsächlich?“ Er wandte ihr das Gesicht zu.

„Manche Leute klettern auf unzugängliche Berge. Manche Leute gehen auf irrwitzige Expeditionen. Und das nur deshalb, weil sie dem Lockruf der Gefahr nicht widerstehen können, weil sie die Herausforderung lieben, weil es sie glücklich macht, das scheinbar Unmögliche zu wagen. Und du kannst eben manchmal dem Drang nicht widerstehen, dich von deiner Blindheit zu befreien oder zumindest bis an ihre Grenzen zu stoßen.“

„Vielleicht wollte ich aber auch einfach nur schwimmen“, murmelte er kleinlaut.

„Oh. Nun gut, so viel zu meiner tollen Ansprache.“ Sie lachte.

Martin hätte nicht versucht, Entschuldigungen für ihn zu finden. Er hätte ihn wüst beschimpft und jedes Wort so gemeint.

Aber er konnte nicht leugnen, dass er sich nach dieser Aktion gut fühlte, und zwar anders gut als nach einem Training im Keller. Außerdem war er schläfrig. Er konnte Gras und Wasser riechen. In der Ferne, vermutlich in den Bäumen am Seeufer, sangen Vögel. Insekten zirpten und surrten, und irgendwo ganz in der Nähe summte eine Biene.

Das Leben konnte so schön sein.

Warme, federleichte Finger schoben ihm das feuchte Haar aus der Stirn. Er lag ganz still, bis sie wieder fort waren. Sie hatte sich nicht hingelegt, sondern saß neben ihm. Sie musste auf ihn herabblicken.

Ihm wurde plötzlich klar, dass es eine gute Entscheidung gewesen war, sie zu heiraten. Bei ihr konnte er sich stets entspannen. Er genoss ihre Unterhaltungen, er mochte ihren Humor. Er fühlte sich wohl mit ihr. Er mochte sie. Er war ziemlich sicher, dass sie ihn auch mochte. Er genoss die körperliche Liebe mit ihr.

Wie töricht waren sie doch gewesen, zu glauben, dass Träume, die entstanden waren, als sie allein und nicht besonders glücklich waren, eine Ehe überleben würden, die ihnen beiden so viel Befriedigung gab.

Er hoffte, dass diese Träume ein für alle Mal tot und begraben waren und niemals wieder erwähnt würden.

Er wandte ihr das Gesicht zu und streckte eine Hand aus. Sie traf auf ihre nackten Knie, und ihm wurde bewusst, dass sie neben ihm kniete und auf ihn herabschaute.

Warum?

„Sophie“, sagte er.

Sie nahm seine Hand in ihre beiden Hände.

Ein Schatten schob sich vor das Sonnenlicht in seinem Gesicht, und dann küsste sie ihn.

Er konnte sich nicht vorstellen, dass es einen süßeren Mund zu küssen gab als ihren. Er schlang seine Arme um sie, und sie fiel halb über ihn und legte ihre Hände auf seine Schultern. Sie nahmen sich Zeit für diesen Kuss, träge, sinnlich, dann heftiger und tiefer. Sie genossen einander.

„Hmm“, murmelte er.

„Hmm“, stimmte sie zu.

„Ich nehme an, dass alle meine Gärtner und vermutlich auch noch ein paar andere Bedienstete am Seeufer Schlange stehen, um die Aufführung zu genießen?“

„Kein Mensch ist zu sehen. Außerdem müsste sich jeder Beobachter erst mal eine Schneise durch den Dschungel am jenseitigen Seeufer schlagen. Auf der anderen Seite blockiert der Tempel die Sicht."

„Wir sind also ganz unter uns?"

„Ja." Ihre Lippen berührten seine. „Ganz unter uns."

Er machte Anstalten, seine Unterhose abzustreifen, aber sie kniete wieder neben ihm, und ihre Finger glitten unter den Bund und schoben den Stoff nach unten. Er hob die Hüften, und sie zog ihm die Hose aus.

Seit wann war sie so kühn?

Sie beugte sich über ihn und küsste seinen Bauchnabel. Dann ließ sie ihre Lippen aufwärts gleiten, ein Kuss nach dem anderen, bis sie wieder bei seinem Mund angekommen war.

Oh ja, hmm!

„Der Boden hier ist keine weiche Unterlage für deinen Rücken, Sophie", sagte er. „Leg dich auf mich."

Leicht beschämt ging ihm auf, dass er nicht sonderlich einfallsreich war. Ihre körperliche Vereinigung war für ihn niemals langweilig oder routiniert gewesen; jede Begegnung fühlte sich anders an als die vorherige. Aber Sophia hatte dabei jedes Mal auf dem Rücken gelegen, er war stets oben gewesen. Nein, er würde garantiert niemals Preise als spektakulärer Liebhaber gewinnen.

Er zog sie an sich, und sie lag auf ihm, klein und warm, nach Seewasser und Sommer duftend. Er küsste sie, schob dabei seine Hände über ihren Po nach unten, bis er ihre Oberschenkel fassen und so weit spreizen konnte, dass sie rechts und links neben seinen zu liegen kamen. Ihr Hemd war nicht sehr lang. Sie trug nichts darunter.

Sie zog die Knie an und stemmte sich leicht hoch, sodass sie nun rittlings auf ihm saß.

Es kam ihm vor, als ob jemand die Sonne noch weiter angeheizt hätte, während er langsam, aber sicher die Kontrolle verlor. Noch nie war er derart erregt gewesen. Er zog die Knie an, legte seine Hände um Sophias Hüften, versuchte, sie in die richtige Position zu schieben, doch sie berührte ihn bereits, er spürte ihre Finger, so federleicht, dass es ihn fast wahnsinnig machte. Er bog den Kopf zurück und überließ ihr die Führung.

Sie zog ihn an sich und nahm ihn mit einer festen, geschmeidigen Bewegung in sich auf. Um ein Haar hätte er sich blamiert und wäre ohne weitere Umstände zum Höhepunkt gekommen.

Sie gab einen tiefen, kehligen Laut von sich.

Dann richtete sie sich auf, aber nicht so weit, dass er aus ihr herausglitt, und sank wieder auf ihn und wiederholte diese Bewegung wieder und wieder. Sie ritt ihn in sicherem, kraftvollem Rhythmus, umschloss ihn dabei mit ihren inneren Muskeln und ließ die Hüften kreisen, ohne jemals aus dem Takt zu kommen.

Das war *Sophie*?

Sie war heiß und feucht und pulsierte um ihn. Wenn er den schmerzhaften Druck extremer Erregung ignorierte – was ihm eine ganze Weile lang glückte –, war die Wonne schier überwältigend.

Er kam jeder ihrer Bewegungen entgegen, stieß zu, wenn sie sich auf ihn senkte, zog sich zurück, wenn sie sich aufrichtete, bis er spürte, dass ihr Rhythmus sich änderte, als versuche sie etwas zu erreichen, von dem sie nicht wusste, was es war, oder das sie nicht verstand. Er packte ihre Hüften fester, stieß fester zu, schneller, zog sich zurück, stieß wieder zu, heftiger diesmal, und blieb, wo er war. Sie spannte sich an und schrie auf und erbebte auf ihm und schien sich vor Verzückung schier aufzulösen. Und er stieß noch einmal zu, mit aller Kraft, und folgte ihr auf den Gipfel der Erlösung.

Sie kniete noch immer über ihm. Er legte die Hände um ihre Taille und zog ihren Oberkörper zu sich herunter. Dann streckte er ihre Beine neben seinen aus. Er fuhr mit den Fingern durch ihr Haar und drückte ihr Gesicht sanft an seine Schulter.

Du lieber Gott!

„Glücklich?“, fragte er.

„Hmm“, murmelte sie.

Sie schliefen wohl beide ein. Als er erwachte, fühlte er sich ausgesprochen unbehaglich.

„Sophie?“

„Hmm?“

„Wir sind beide schrecklich verschwitzt, stimmt's?“

Sogar ihr Hemd war feucht und klebrig.

„Hmm.“

„Dann steh auf, Weib, und bring mich zum See.“

Als sie bis zur Taille im Wasser standen, bespritzte er sie. Sie spritzte zurück. Natürlich war sie im Vorteil, weil sie sehen konnte, wohin sie zielte. Andererseits konnte er unter Wasser schwimmen und ihr die Beine wegziehen, sodass sie komplett abtauchte und spuckend und prustend wieder an die Oberfläche kam.

Er klopfte ihr auf den Rücken und schlang einen Arm um ihre Schultern.

„Wirst du es überleben?“

„Wenn ich jemals aufhören kann zu husten“, sagte sie und hustete wieder. „Habe ich den ganzen See geschluckt?“

„Keine Ahnung. Ich kann nicht sehen.“

„Aber du kannst fühlen.“ Ihr Fuß traf ihn unerwartet und direkt in die Kniekehlen, und er hatte ausgiebig Gelegenheit festzustellen, dass sie nicht den ganzen See geschluckt hatte.

Als er wieder auftauchte, lachte sie – ziemlich schadenfroh, wie er fand –, statt ihn zu gebührend zu bedauern.

Miss Debbins wirkte wahre Wunder. Nach zwei Musiklektionen und einer täglichen Übungsstunde ergaben die Linien und Symbole und die kleinen Punkte mit den unterschiedlich gefiederten Schwänzen auf dem Notenblatt Sinn für Sophia. Noch besser: Sie war imstande, die Töne, für die die jeweiligen Noten standen, auf den Klaviertasten nachzuspielen, sogar mit beiden Händen, was ihr zunächst unmöglich erschienen war.

Außerdem gelang es Miss Debbins mit viel Geduld, Vincents Harfenspiel so weit zu verbessern, dass er ein paar einfache Melodien fehlerfrei darbieten konnte.

Die Musik würde aber nie ihre Lieblingsbeschäftigung werden, das wurde Sophia rasch klar. Sie machte weiter, weil sie die Gelegenheit dazu hatte – und ihr ohnehin so viele Fähigkeiten fehlten, die von einer Dame erwartet wurden. Und auch, weil ein Musikinstrument, sofern man es ordentlich beherrschte, schöne, harmonische Geräusche produzierte und Geräusche so unendlich wichtig für ihren Mann waren.

Mit ihrer tatsächlichen Lieblingsbeschäftigung konnte sie ihm keine direkte Freude machen, auch wenn er ihr gern zuhörte, wenn sie darüber sprach. Denn das war und blieb das Zeichnen. Miss Debbins hatte von ihrem Besuch bei ihrem Bruder eine jüngere verwitwete Schwester mitgebracht, die vorhatte, künftig bei ihr zu leben. Und Agnes Keeping war Malerin. Sie arbeitete überwiegend mit Wasserfarben, und ihr bevorzugtes Motiv waren Wildblumen. Sophia fand ihre Bilder bezaubernd, und Agnes bewunderte Sophias Karikaturen und lachte entzückt über ihre Illustrationen, vor allem wenn sie die Geschichten dazu las. Sophia legte Wert auf die Feststellung, dass Vincent zu gleichen Teilen an der Entstehung dieser Geschichten beteiligt war, abgesehen von der originalen Erzählung vom Drachen und der Maus, an der er allein das Urheberrecht hielt.

„Sie und Ihr Mann sind so talentiert", schwärmte Agnes. „Es ist wirklich ein Jammer, dass nur Lord Darleighs Nichten und Neffen diese Bilder zu sehen und diese Geschichten zu hören bekommen. Zumal die Kinder ja in den nächsten Tagen nach Hause zurückkehren, wie Sie sagten. Die kleinen Bücher sollten veröffentlicht werden."

Sophia lachte, erfreut über die Anerkennung.

„Ich habe einen Cousin", fuhr Agnes fort. „Eigentlich ist er der Cousin meines verstorbenen Mannes. Er lebt in London. Er … Nun gut. Ich werde ihm schreiben, wenn Sie es gestatten. Darf ich?"

„Natürlich." Sophia klappte die Bücher zu. Agnes hatte nicht erklärt, warum der Cousin daran interessiert sein könnte, und sie fragte nicht nach. Sie ließ die erste Bertha-und-Dan-Geschichte bei Agnes und ging nach Hause.

Agnes wurde ihre erste richtige Freundin.

Und die Damen aus dem Näh-Kränzchen wurden ihre ersten guten Bekannten, auch wenn Sophia einigermaßen eingeschüchtert zur Kenntnis nehmen musste, dass jede, wirklich ausnahmslos jede von ihnen weit besser mit Nadel und Faden umgehen konnte als sie. Zum Glück schien sie den Damen dadurch nur um so sympathischer zu werden, sie rissen sich geradezu darum, ihr zu helfen, und überschlugen sich vor Lob über ihre Fortschritte, die in der Tat dank der kompetenten Lehrerinnen enorm waren. Allmählich machte ihr die Sache sogar richtig Spaß.

Und sie begriff, dass Vincent an jenem Nachmittag recht gehabt hatte: Jeder brauchte Freundschaften mit Menschen seines eigenen Geschlechts.

Er selbst fand ebenfalls neue Freunde unter den Nachbarn. Mr Harrison, der nur wenige Jahre älter war als Vincent – seine Frau gehörte ebenfalls zum Näh-Kränzchen –, nahm ihn einmal mit zum Angeln, es waren auch noch einige andere Gentlemen dabei, und sie überlegten sich alle zusammen eine Methode, mit der Vincent durchaus erfolgreich Fische fangen konnte. Mr Harrison kam jetzt alle paar Tage vorbei, um Vincent die Zeitungen vorzulesen, und danach saßen die beiden noch länger zusammen und diskutierten über Politik und Wirtschaft.

Es war aber nicht so, dass sie und Vincent sich durch diese anderen Kontakte voneinander entfernten. Sie verbrachten so manchen späten Abend in ihrem privaten Wohnzimmer, sie unternahmen gemeinsame Spaziergänge oder übten zusammen im Musikzimmer. Einmal ritten sie auch miteinander aus, dabei waren sie allerdings nicht allein. Der Stallmeister blieb ständig in Sophias Nähe, und Mr Fisk ritt neben Vincent her. Dennoch erinnerte sie sich gern an diesen Ausflug. Vincent war so glücklich und sorglos gewesen, und sie war völlig beschwingt von ihrer eigenen Kühnheit, auch wenn Vincent erklärt hatte, dass sie, wenn sie noch ein bisschen langsamer kriechen würden, nur noch rückwärts weiterkämen.

Als Sophia eines Nachmittags zu Fuß vom Näh-Kränzchen zurückkam, entdeckte sie Mr Fisk, der allein von den Ställen zum Haus ging. Vermutlich hatte er das Training mit Shep auf der Koppel beobachtet. Mr Croft kam nun, da die Ausbildung des Tiers fast abgeschlossen war, jeden Tag herüber, und der Hund und Vincent wurden immer vertrauter miteinander und bewegten sich immer sicherer als harmonische Einheit. Zunächst war Sophia ein bisschen enttäuscht über Mr Crofts strenge Anweisung gewesen, Shep nicht als Haustier zu betrachten. Keiner außer Vincent durfte ihn streicheln, und man durfte ihn auf keinen Fall dazu ermutigen, jemand anderem zu folgen oder bei jemand anderem zu sitzen.

Aber natürlich war das nur sinnvoll. Wenn der Hund sich leicht ablenken ließ, konnte man nicht darauf vertrauen, dass er jederzeit und unter allen Umständen für Vincent in die Welt blickte. Dass er seine Augen ersetzte.

Mr Fisk neigte den Kopf in ihre Richtung und machte Anstalten, im Haus zu verschwinden, bevor sie ihn erreichte.

„Mr Fisk", rief sie. „Bitte warten Sie."

Sie konnte nie sagen, ob er sie mochte oder nicht. Und sie hatte, ehrlich gesagt, ein bisschen Angst vor ihm, auch wenn sie wusste, dass er ihr nie etwas tun oder auch nur respektlos mit ihr sprechen würde. Doch Vorurteile waren oft hartnäckig, und natürlich war er Vincent tief verbunden und hatte sie anfangs eindeutig nicht als würdige Braut für seinen Herrn und Freund betrachtet. Sie hatte keine Ahnung, ob das immer noch so war, und es sollte eigentlich auch keine Rolle spielen – aber natürlich tat es das doch.

Er hob seine Brauen und blieb stehen.

„Macht Shep weiter Fortschritte?", fragte sie.

„Croft ist der Meinung, dass er ihm jetzt nichts mehr beibringen kann, Mylady", erwiderte er. „Seine Lordschaft ist gerade zum See und wieder zurück gegangen, nur in Begleitung des Hundes und ohne auch nur ein einziges Mal an das Geländer zu fassen."

„Dann ist das Geländer also praktisch überflüssig?"

„Nein, Mylady. Nichts, was Seiner Lordschaft ein bisschen mehr Freiheit verschafft, ist überflüssig, und es wäre unklug von ihm, sich nur auf eine Person oder eine Sache zu verlassen. Menschen können sterben. Hunde auch. Und Zäune fallen um."

„Ich wollte Sie um Rat fragen", sagte sie.

Er sah sie argwöhnisch an.

„Nachdem der Pfad zum See nun fertiggestellt ist", fuhr sie fort, „fangen bald die Arbeiten an dem Feldweg durch die Hügel hinter dem Haus an. Der Untergrund muss geebnet werden, damit mein Mann sicher gehen kann, außerdem soll der Wald stärker duften. Der Obergärtner hat vorgeschlagen, neben entsprechenden Bäumen und Büschen auch Kräuter zu pflanzen. Aber mir schwirrt noch eine ganz andere Idee durch den Kopf, die möglicherweise vollkommen töricht und unmöglich umzusetzen ist. Wahrscheinlich werden die Leute mich auslachen, wenn sie sie nur hören. Aber Sie können mir bestimmt sofort sagen, ob diese Idee wirklich so dumm ist."

Sie biss auf ihre Unterlippe und wartete auf eine Antwort. Aber er sagte nichts. Er sah sie nur unverwandt an. Und er war beängstigend groß und breit.

„Auf der Ostseite des Parks wächst nicht besonders viel neben der Mauer", fuhr sie fort. „Im Grunde nur Gras. Und auf der Südseite reicht der Wald nicht ganz bis zur Mauer, es gibt ein relativ breites Stück nackten Boden. Dasselbe im Norden: Die Hügel stoßen nicht direkt an die Mauer, es gibt einen Streifen Flachland dazwischen. Im Grunde kann man, wenn man im Süden anfängt, bis zum nordwestlichen Ende des Parks immer an der Mauer entlanggehen, ohne auf ein nennenswertes Hindernis zu treffen. Das sind beinahe fünf Meilen."

Sie wusste, wovon sie sprach, denn sie war eines regnerischen Nachmittags, als Vincent mit seinem Verwalter beschäftigt war und keine seiner Schwestern Lust auf einen Spaziergang hatte, die gesamte Distanz abgeschritten.

„Mylady?“ Er wirkte verwirrt.

„Rennstrecken gehen doch um die Kurve, nicht wahr? Pferde laufen also normalerweise vom Start zum Ziel nicht strikt geradeaus. Sie würden doch auch um die Kurve laufen, wenn man sie nicht lenkt, oder? Ich meine, statt geradeaus in die Streckenbegrenzung zu brechen?“

„Wenn es eine sanfte Kurve ist.“ Er runzelte die Stirn. „Ist es das, was Ihnen vorschwebt, Mylady?“

„Ja. Glauben Sie, dass so etwas sich verwirklichen lässt, Mr Fisk? Er könnte dort ohne Risiko reiten, und das über eine beträchtliche Entfernung. Er könnte sogar galoppieren. Und wenn die Strecke auf jeder Seite von einem Zaun begrenzt wäre, was sie wohl sein müsste, dann könnte er dort auch laufen. Er könnte fünf Meilen rennen, wenn er das will, ohne jemals anhalten zu müssen. Sogar zehn Meilen, wenn er auch zurückläuft.“

Jetzt blickte er ihr direkt ins Gesicht, direkt in die Augen. Sie konnte seinen Gesichtsausdruck nicht deuten. In dieser Hinsicht war er ein typischer Bediensteter.

„Ist es eine dumme Idee?“ Wieder biss sie auf ihre Unterlippe.

„Haben Sie ihn gefragt?“, wollte er wissen.

Sie schüttelte den Kopf. „Noch nicht.“

„So etwas würden die Gärtner allein nicht hinkriegen“, sagte er und zog die Brauen zusammen. „Man müsste viele weitere Leute anheuern. Es würde ein Vermögen kosten.“

„Er hat ein Vermögen.“

Seine Lippen zuckten, und er hätte fast gelächelt.

Und dann überraschte er sie.

„Lieben Sie ihn?“ Seine Stimme klang rau, sogar barsch.

Es war eine unverschämte Frage, aber es wäre ihr nie in den Sinn gekommen, ihn zurechtzuweisen oder sich beleidigt zu fühlen. Sie öffnete den Mund, um zu antworten, und schloss ihn wieder.

„Er ist mein Mann, Mr Fisk“, sagte sie dann.

Er nickte.

„Ich denke, es ließe sich machen“, erklärte er. „Aber was weiß ich schon? Jedenfalls klingt es nach einem riesigen Projekt. Aber für ihn würde ein Traum in Erfüllung gehen, nicht wahr?“

„Ja. Vielen Dank.“

Sie drehte sich auf dem Absatz um und ging zu den Stallungen. Sie spürte, dass er ihr nachstarrte. Er hielt sie jetzt bestimmt für eine Idiotin, dachte sie verlegen. Aber …

Für ihn würde ein Traum in Erfüllung gehen, nicht wahr?

Das Training war offenbar vorbei. Vincent und Mr Croft standen am anderen Ende des Stalltrakts und unterhielten sich. Shep, der schwarzweiße Schottische Schäferhund, saß still, aber wachsam neben Vincent, der ihn an einer kurzen Leine hielt. Mr Croft stand außerhalb ihres Blickfelds, sie konnte ihn aber hören.

„… mit dem Geländer, das hat sich alles Ihre Lady ausgedacht“, sagte er gerade. „Und das mit dem Hund auch. Und nun will sie auch noch den Feldweg durch die Hügel für Sie planieren und bezäunen lassen?“

„Ich kann mich sehr glücklich schätzen“, erwiderte Vincent. Sophia verlangsamte ihren Schritt und lächelte.

„Sie haben ein ganzes Haus voller Damen, die sich um all Ihre Bedürfnisse kümmern.“ Mr Croft lachte herzlich. „Welcher Mann würde Sie nicht beneiden, Mylord?“

„Das stimmt.“ Vincent lachte ebenfalls. „Ich bin ständig von Frauen umgeben, die auf mich aufpassen. Und jetzt habe ich auch noch meine Gattin. Aber nach und nach befreie ich mich. Oder, um fair zu sein, meine Frau ermöglicht mir Wege in die Freiheit.“

Sophia wünschte sich jetzt, sie wäre nicht langsamer geworden, um zu belauschen, wie er Gutes über sie sagte.

Und jetzt habe ich auch noch meine Gattin.

Aber nach und nach befreie ich mich.

Immerhin hatte er nicht gesagt, dass er sie verabscheute. Ganz im Gegenteil. Er hatte gewürdigt, dass sie ihm dabei half, sich mehr Bewegungsfreiheit zu verschaffen.

Und sie hatte es gern getan, für ihn. Am Anfang war es ihr vor allem darum gegangen, ihm zu vergelten, was er für sie getan hatte, indem sie Möglichkeiten fand, seine Blindheit erträglicher zu machen.

War sie womöglich allzu erfolgreich in ihren Bemühungen gewesen?

Oh, sie wollte nicht an dieses verflixte Arrangement denken, das sie getroffen hatten. Schließlich hatte er ihr selbst gesagt, sie solle es vergessen. Aber das hieß ja nicht, dass es nicht existierte, oder? Ganz offensichtlich sehnte er sich noch immer nach Freiheit.

„Guten Tag, Mylady." Mr Croft zog seinen Hut und neigte lächelnd den Kopf.

Vincent wandte ihr sein Gesicht zu und lächelte liebevoll.

„Sophie? Hattest du es nett im Näh-Kränzchen?"

„Oh ja. Julia Stockwell hat ihr Baby mitgebracht, und wir haben mindestens so viel Zeit damit verbracht, über ihrem Körbchen zu gurren, wie mit Nähen. Warum haben Babys bloß immer diese Wirkung auf Menschen? Hat die Natur es etwa so eingerichtet, damit sie nicht vernachlässigt werden? Wie geht es Ihnen, Mr Croft? Geht es Mrs Crofts verbrannter Hand inzwischen etwas besser?"

„Die Narben sind noch da, Mylady, aber das Schlimmste ist überstanden. Vielen Dank, ich werde ihr ausrichten, dass Sie sich nach ihr erkundigt haben. Meiner Meinung nach war Ihre Idee mit dem Hund ein Volltreffer. Er hat Mylord gerade ohne ein einziges Missgeschick den ganzen Weg zum See und wieder zurück gebracht. Obwohl er noch so jung ist."

„Und ich bin der Meinung, dass Sie nicht übertrieben haben, als Sie sich als besten Hundetrainer des Landes bezeichneten, Mr Croft."

„Vielen Dank, Mylady", sagte er. „Und ab heute bleibt der Hund hier."

„Und ob er das tut", bekräftigte Vincent. „Sie werden meine Augen nicht mehr mit nach Hause nehmen, Croft. Ich brauche sie hier."

Mr Croft ging zum Stall, um sein Pferd und seinen Einspänner zu holen, und Sophia und Vincent machten sich auf den Weg zum Haus. Kein Gehstock weit und breit. Nur Shep neben seinem Herrn. Anders als sonst hakte Sophia sich nicht bei Vincent ein.

Meine Augen.

„Sophie", er griff nach ihrer Hand. „Wie kann ich dir jemals danken?"

„Dafür, dass ich dir von Lizzie und ihrem Hund erzählt habe?", fragte sie. „Aber warum hätte ich es für mich behalten sollen?"

„Und für den Pfad zum See. Und bald wird es einen gesicherten Feldweg durch die Hügel geben. Und duftende Kräuter und Bäume? Wessen Idee war das?"

„Die Bäume waren meine Idee. Ich habe nicht an Kräuter gedacht, aber sie machen das Ganze noch viel besser. Ich bin sicher, dass du deine Spaziergänge dort sehr genießen wirst." Sie zögerte kurz. „Und ich habe noch etwas anderes vor", fügte sie mit schwerem Herzen hinzu. „Ich erzähle dir später davon."

„Das große Geheimnis? Das du am See erwähnt hast?"

„Mr Fisk hält es für eine gute Idee."

„Martin?" Er drehte den Kopf in ihre Richtung. „Du hast mit ihm gesprochen?"

„Gerade eben."

„Das freut mich." Er lächelte. „Er findet, dass du mir guttust, weißt du das? Die ersten paar Male, als er es sagte, klang er fast widerwillig. Inzwischen nicht mehr. Er hat mir seinen Segen gegeben und eingeräumt, dass ich eine gute Wahl getroffen habe."

„Oh", sagte sie, aber das unerwartete Lob konnte ihre Stimmung nicht aufhellen.

Sie war nur eine weitere Frau in seinem Leben. Er liebte seine Mutter und seine Großmutter und seine Schwestern, und sie war sicher, dass er sie ebenfalls gernhatte. Aber trotzdem war sie nichts anderes als eine weitere Frau, die zwischen ihm und seiner ersehnten Unabhängigkeit stand.

Sie blieb am Fuß der Treppe stehen. Vincent blieb ebenfalls stehen, und der Hund schob sich vor ihn, führte ihn zur untersten Stufe, hielt erneut an und führte ihn dann die Treppe hinauf.

„Lass uns in den Salon gehen“, sagte Vincent. „Ist es schon Zeit für den Tee? Wir haben ihn doch nicht verpasst, oder?“

„Nein“, versicherte Sophia. „Ich habe darauf geachtet, rechtzeitig zurückzukommen. Heute sind alle zu Hause. Wir werden sie vermissen, wenn sie weg sind.“

„Ich glaube, sie sind gleichermaßen erleichtert und enttäuscht. Erleichtert, weil du die Frau bist, die sie sich immer für mich gewünscht haben, und enttäuscht, weil sie jetzt nicht länger gebraucht werden, um mein Leben zu regeln.“

Nein. Das würde Sophia jetzt für sie tun.

Mr Croft hatte die beiden letzten Tage mit Shep im Haus verbracht und ihm antrainiert, Vincent in die meistgenutzten Räume zu bringen. Nun führte der Hund sie durch die Halle, die Treppe hinauf und in den Salon, wo sie überschwänglich begrüßt wurden. Tatsächlich waren heute alle hier versammelt, einschließlich der fünf Kinder im Alter zwischen zwei und fünf Jahren. Ellens Caroline und Ursulas Percival spielten mit Tab. Sophia hatte den Kindern erlaubt, ihn aus ihrem Wohnzimmer zu holen, denn der Kater hatte ganz offensichtlich nichts dagegen, umarmt und gestreichelt und herumgereicht zu werden wie ein heißgeliebtes Spielzeug.

Jetzt setzte er sich aufrecht hin, beäugte Shep misstrauisch und machte einen Buckel, bereit, jederzeit loszufauchen. Shep starrte geringschätzig zurück, und dann wurde, wie schon gestern bei ihrer ersten Begegnung, eine Art Waffenstillstand geschlossen. *Wenn du mich in Ruhe lässt, dann lass ich dich auch in Ruhe.*

Sophia ließ sich auf das Sofa sinken, Vincent nahm neben ihr Platz.

Seine Mutter war entsetzt gewesen, als sie hörte, dass ihr Sohn nur von einem Hund geführt werden sollte, ohne weitere Hilfen, und sie hatte aus ihrem Herzen keine Mördergrube gemacht. Sie warf Sophia vor, dass es unverantwortlich von ihr sei, Vincents Sicherheit derart aufs Spiel zu setzen. Aber sie hatte den Hund gestern im Haus in Aktion gesehen, und vermutlich hatte sie am Nachmittag zusammen mit Vincents Großmutter aus dem Fenster geschaut und den Ausflug zum See beobachtet.

Die kleine Ivy, Ellens zweijährige Tochter, krabbelte auf Vincents Schoß, und er gab ihr seine Taschenuhr zum Spielen. Sophia fand es rührend, dass er sie ständig trug, obwohl er doch nicht daraufschauen konnte, um festzustellen, wie spät es war.

„Es ist ein Brief für dich gekommen, Sophia", sagte Vincents Mutter, nachdem der Tee serviert worden war. „Ich habe ihn in dein Wohnzimmer bringen lassen."

Sophia fand es immer aufregend, einen Brief zu bekommen. Vor ihrer Heirat hatte sie nie einen erhalten, und auch jetzt passierte es eher selten. Aber sie hatte Nachricht von Mrs Parsons aus Barton Coombs gehabt – ihre Tante, Sir Clarence und Henrietta waren offenbar für den Rest der Saison nach London zurückgekehrt. Lady Trentham hatte ihr ein paarmal geschrieben, Lady Kilbourne einmal, und sogar die ernste Lady Barclay hatte von sich hören lassen, aus Cornwall, wo sie zu Hause war.

„Danke." Sie lächelte. Sie würde den Brief später lesen und sich dann mit großem Vergnügen an den kleinen Sekretär im Wohnzimmer setzen, um ihn zu beantworten.

„Tab hat zugenommen", sagte sie und nahm einen Schluck aus ihrer Tasse. „Und sein Fell ist ganz glatt und glänzend geworden."

„Du hast auch zugenommen, Sophia", bemerkte Anthony.

„*Anthony.*" Amy verdrehte entrüstet die Augen. „Das ist genau der Satz, den jede Frau liebend gern hört."

„Nein, nein", wehrte er ab. „Ich meine nicht, dass du dick wirst, Sophia. Nur, dass du nicht mehr diesen beinahe ausgemergelten Eindruck erweckst wie bei deiner Ankunft. Dein

Gesicht ist etwas runder geworden, was viel besser zu deinen Zügen passt. Die Extrapfunde stehen dir gut. Und nun versiegele ich meine Lippen, bevor Amy es für mich tut."

Vincent grinste in ihre Richtung, und seine Großmutter nickte lächelnd und zwinkerte Sophia sogar ein bisschen zu. Seine Mutter nickte ebenfalls lächelnd.

War es schon so offensichtlich, obwohl sie selbst noch keinerlei Gewichtszunahme bemerkt hatte? Wie konnte das überhaupt sein? Sie war noch nicht mal zwei Monate verheiratet. Aber es traf zweifellos zu. Sie hatte gut zugehört, wenn die Frauen im Näh-Kränzchen darüber sprachen, und sie hatte alle Symptome. Sofern man von Symptomen sprechen konnte, schließlich handelte es sich nicht um eine Krankheit.

Sie blickte auf ihre Hände und hoffte, dass sie nicht allzu auffallend errötete. Und plötzlich fühlte sie sich ganz elend. Gut, Vincent wäre gewiss erfreut über die Aussicht auf einen Erben. Aber das änderte nichts an der Tatsache, dass er in Wahrheit nicht mit Frau und Kind belastet werden wollte. Diese Bürde hatte er nie gewollt, noch nicht jedenfalls. Und dann war da noch diese eine Sache, die sie bei ihrem Arrangement nicht bedacht hatten: Wenn sie irgendwann beschließen sollten, sich zu trennen – *wer bekäme dann das Kind?*

Am Ende würden sie wohl der Einfachheit halber zusammenbleiben, dabei aber nicht wirklich glücklich sein. Aber Glück war ja auch nicht Bestandteil ihres Handels. Zufriedenheit also. Sie würden nicht wirklich zufrieden miteinander leben.

Tab hatte sich neben ihr zusammengerollt, und Percival kletterte auf ihren Schoß, damit er mit einer kleinen Hand über den schimmernden Pelz des Katers streichen konnte.

Sophia lächelte ihm zu, aber in ihrer Kehle brannten die unterdrückten Tränen.

18. KAPITEL

Bald würden Vincents Schwestern und ihre Familien nach Hause fahren, und seine Großmutter plante, im Herbst wieder nach Bath zu ziehen. Sie vermisste ihre Freunde und das Leben, das sie dort führen konnte. Aus ganz ähnlichem Grund zog seine Mutter ernsthaft in Erwägung, nach Barton Coombs zurückzukehren. Sie war sicher, dass Mrs Plunkett sich dazu bewegen lassen würde, mit ihr in Covington House zu leben.

Vincent würde sie alle vermissen. Er liebte seine Verwandten, jetzt, da sie nicht mehr ständig überfürsorglich um ihn herumflatterten, sogar mehr denn je.

Sie hatten seine Frau akzeptiert, er glaubte sogar, dass sie sie inzwischen richtig gern mochten. Seine Mutter sprach in anerkennendem Ton davon, was Sophia in zwei kurzen Monaten alles für ihn erreicht hatte – auch wenn ihr die Sache mit dem Hund noch immer nicht recht geheuer war.

Ja, er würde sie alle vermissen, wenn sie weg waren, aber er wäre auch glücklich, und zwar für alle Beteiligten. Seine Angehörigen würden in Ruhe ihr eigenes Leben führen können, ohne sich ununterbrochen Gedanken über seines machen zu müssen. Und er wäre endlich allein mit Sophia. Schon vor der Hochzeit hatte er ihr gesagt, er sei sicher, dass sie gut miteinander auskommen würden, und er hatte recht behalten. Zumindest er war äußerst zufrieden mit der Situation, und er hatte das Gefühl, dass Sophia das Leben mit ihm ebenfalls gefiel.

Er hoffte aus vollem Herzen, dass diese gemeinsame Zufriedenheit noch sehr, sehr lange währen würde. Ein ganzes Leben lang, wenn es nach ihm ging. Denn obwohl er immer unabhängiger wurde, was nicht zuletzt den Bemühungen seiner Frau zu verdanken war, konnte er sich ein Dasein ohne Sophia gar nicht mehr vorstellen. Tatsächlich war ihm allein der Gedanke daran unerträglich.

Am Abend des Tages, an dem Croft Sheps Training für beendet erklärt hatte, saßen sie nebeneinander auf dem schmalen Sofa in ihrem privaten Wohnzimmer. Die Katze hatte sich zu Füßen seiner Frau zusammengerollt, ihr Schwanz lag auf Vincents Füßen. Shep saß neben dem Sofa, ganz nah bei ihm. Wenn Vincent seinen Arm über die Seitenlehne fallen ließ, konnte er den Kopf des Hundes berühren. Er hörte, wie das Tier tief seufzte und sich zum Schlafen zurechtlegte. Noch immer kam ihm das alles wie ein Wunder vor. Es war fast, als hätte er seine Augen wieder. Nun ja, natürlich nicht ganz so, aber Shep würde ihm ganz gewiss einen großen Teil seiner Bewegungsfreiheit zurückgeben.

Im Moment dachte er jedoch weder an den Hund noch an seine neue Unabhängigkeit. Er hörte Sophia zu, die aus Henry Fieldings „Joseph Andrews“ vorlas, einem Buch, das sie beide seit etwa zwei Wochen bestens unterhielt. Als sie das Kapitel, bei dem sie gerade waren, beendet hatte, legte sie den Band beiseite. „In einem Haus mit einer großen Bibliothek zu leben ist ein bisschen so, wie ihm Paradies zu wohnen“, stellte sie fest.

„Ich hingegen würde mich womöglich wie im Paradies fühlen, wenn ich nicht von einem ungelösten Geheimnis verfolgt würde“, gab er zurück.

„Ach das.“ Sie zögerte. „Du hältst mich jetzt vielleicht für töricht oder aufdringlich. Aber ich dachte, wir könnten entlang der östlichen und nördlichen Parkmauer und auch noch ein Stück weiter an der südlichen, wo keine Bäume stehen, eine halbe Rennstrecke bauen lassen. Mit ganz sanfter Kurve, ordentlich planiert und mit einem Zaun an beiden Seiten, sodass ein Pferd dem Verlauf automatisch folgen würde, auch ohne dass man es lenkt. Die Strecke wäre fast fünf Meilen lang, und du könntest dort ganz allein reiten, sogar im Galopp. Du könntest sie sogar als Laufbahn nutzen, wenn du wolltest, und dich dabei mit einer Hand am Geländer orientieren. Oder einfach mit Shep, der bestimmt begeistert von so viel Auslauf wäre. Du würdest auf jeden Fall sehr viel mehr Freiheit gewinnen.“

Fast hätte er losgelacht. Nur Sophia konnte auf eine so grotesk pompöse Idee kommen …

Aber er lachte nicht. Er ließ so eine Rennstrecke an seinem geistigen Auge vorüberziehen. Fast fünf Meilen lang. Ohne Hindernisse. So geformt, dass ein Pferd dem Verlauf von sich aus folgen würde – und dass auch er selbst darauf laufen konnte, so schnell er wollte. Er käme ungehindert voran, Meile um Meile, und könnte dabei die frische Luft im Gesicht spüren.

Freiheit.

„Die Gärtner allein wären mit dem Projekt überfordert", fuhr sie fort. „Wir müssten mehr Leute einstellen. Und jemanden, der das Ganze entwirft. Vermutlich würde die Umsetzung lange dauern, und es wäre sehr teuer."

Vincent schluckte und leckte über seine Lippen.

Er konnte beinahe spüren, wie es wäre, allein zu reiten; das Pferd erst traben, dann galoppieren zu lassen. Fünf Meilen weit. Und er konnte förmlich fühlen, wie er rannte, wie seine Muskeln sich streckten, ihren Rhythmus fanden, wie er sich verausgabte, über fünf Meilen hinweg. Vielleicht sogar zehn, wenn er auch zurücklief. Oder einfach nur kräftig ausschritt, ohne sich darum sorgen zu müssen, wohin sein nächster Schritt ihn bringen würde.

Er war seit sechs Jahren blind. Warum dachte er erst jetzt …

Weil er Sophia vorher nicht kannte, deren lebhafte Fantasie nicht nur dazu gut war, sich Geschichten auszudenken.

„Mr Fisk hält es für eine gute Idee." Ihre Stimme klang seltsam tonlos, und ihm wurde klar, dass er keinen seiner Gedanken laut ausgesprochen hatte. „Vielleicht bist du ja anderer Meinung. Womöglich findest du, dass ich mich gerade ein bisschen zu sehr in dein Leben einmische."

Er wandte ihr das Gesicht zu und lächelte.

„Wirst du dort mit mir reiten, Sophie? Wir könnten einen Picknickkorb mitnehmen und auf halber Strecke zu Mittag essen."

„Du schrecklicher Mensch! So langsam bin ich zu Pferd nun auch wieder nicht."

„Ich bringe dir bei, zu reiten wie der Wind", versprach er.

„Findest du, es ist eine lächerliche Idee? Oder eine zu viel? Sollte ich mich künftig vielleicht lieber um meine eigenen Angelegenheiten kümmern?"

Sie klang merkwürdig unsicher. Und er dache schon, dass sie ihre Selbstzweifel inzwischen überwunden hätte.

„Ich bin starr vor Ehrfurcht", beteuerte er. „Wo kriegst du diese Ideen nur immer her?"

„Ich glaube, das liegt daran, dass ich mein Leben lang immer nur beobachtet habe und nie selbst etwas tun konnte. Ich muss zwanzig verlorene Jahre nachholen."

„Dann möge der Himmel mir beistehen. Demnächst baust du mir noch eine Flugmaschine, die sich selbst durch die Luft steuert und von allein nach Hause findet."

„Oh Vincent, das wäre gewiss eine Idee zu viel. Aber wir könnten ein paar wundervolle Geschichten rund um diese Maschine erzählen. Wir könnten ..."

Er lachte laut auf, und sie unterbrach sich und stimmte ein.

„Ich finde deine Idee brillant", erklärte er. „Ich finde *dich* brillant. Hast du deinen Brief gelesen?"

„Mein ... Oh, mein Brief. Den habe ich komplett vergessen." Sie sprang auf. „Er hat mich die ganze Zeit vom Kaminsims aus angestarrt."

Er hörte, wie sie durch den Raum ging.

„Ich kenne die Handschrift nicht", sagte sie. „Wer hat mir wohl ..."

„Du weißt aber schon, dass es eine Möglichkeit gibt, deine Neugier zu befriedigen, nicht wahr?", bemerkte er.

Er hörte das Siegel brechen und dann das Rascheln von Papier.

„Vielleicht ist er ja von einem deiner Freunde, Vincent, der mir schreibt, damit ich dir den Brief vorlese."

Das war schon ein paarmal vorgekommen. George hatte ihm geschrieben und Ralph ebenfalls.

Die Stille dehnte sich auffallend lange aus.

„Was ist denn?“, fragte er.

„Mein Onkel. Der Brief ist von Sir Terrence Fry.“

Er spürte, wie der Zorn in ihm aufstieg.

„Er ist wieder in England“, fuhr sie fort, „und hat von meiner Heirat gehört.“

Wieder war es eine lange Weile still.

„Komm her“, sagte er schließlich und streckte einen Arm nach ihr aus.

Sie setzte sich neben ihn, ohne seine Hand zu ergreifen.

„Gratuliert er dir? Oder drückt er dir sein Beileid aus?“

Er spürte ihr Zögern.

„Im Grunde beides, glaube ich. Er ist froh, dass ich gesellschaftlich und materiell abgesichert bin.“

Aber er bedauerte, dass sie einen blinden Mann geheiratet hatte. Sophia sprach es nicht aus. Das brauchte sie auch gar nicht.

„Dazu hat er kein Recht.“ Ihre Stimme zitterte. *„Überhaupt* kein Recht.“

Nein, das hatte er zweifellos nicht. Vincent hob eine Hand, fand ihren Nacken und strich mit den Fingern beruhigend darüber.

„Er hat mit Tante Martha gesprochen. Oder vielmehr, sie hat mit ihm gesprochen. Sie hat ihm erzählt, wie ich dich eingefangen habe.“

„Ist sie von allen guten Geistern verlassen?“

„Aber er weiß nicht, ob er ihr glauben soll. Er möchte die Geschichte aus meinem Mund hören.“

„Erwartet er etwa von dir, dass du seinetwegen extra nach London fährst?“

„Nein. Er möchte hierherkommen.“

Er öffnete den Mund, um ihr zu sagen, was genau er von dieser dreisten Idee hielt. Aber dann klappe er ihn unverrichteter Dinge wieder zu. Sir Terrence Fry war ihr Verwandter, einer der wenigen, die sie hatte.

„Ist er verheiratet?“

„Seine Frau ist seit vielen Jahren tot.“

„Kinder?“

„Nein, sie sind alle sehr jung gestorben. Er hat nur Sebastian.“

„Sebastian?“

„Sein Stiefsohn“, erläuterte sie. „Seine Frau war verwitwet, als er sie heiratete.“

„Und er hat dich bislang noch nie kontaktiert? Hat niemals deinen Vater besucht und war auch nicht bei seiner Beerdigung? Oder bei deiner Tante, seiner Schwester?“

„Er war außer Landes. Er ist Diplomat. Und nein, ich habe ihn nie getroffen oder direkt von ihm gehört. Bis jetzt.“

„Direkt?“ Er runzelte die Stirn. „Und indirekt?“

„Er hat Sebastian geschrieben und ihn gebeten, mich aufzusuchen, nachdem ich zu Tante Mary gezogen war. Er wollte sichergehen, dass ich gut versorgt und glücklich war.“

„Ach ja?“ Noch immer waren seine Brauen zusammengezogen. „Und hat sein Stiefsohn dich aufgesucht?“ Aber das musste er wohl, sonst wüsste sie ja nichts von dieser Bitte ihres Onkels.

„Ja. Viele Male.“

Aus irgendeinem Grund erinnerte er sich daran, dass er sie gefragt hatte, ob Tante Mary Kinder hatte, ob es Cousinen oder Cousins in London gab. Sie hatte Nein gesagt, aber erst nach einigem Zögern. Das war ihm aufgefallen. Ein Zögern konnte mehr sagen als tausend Worte.

„Ist er älter als du?“, wollte er wissen.

„Acht Jahre älter.“

Sie war fünfzehn gewesen, als ihr Vater starb. Der Stiefcousin demnach dreiundzwanzig. So alt wie Vincent heute.

Er streichelte ihren Nacken und spürte, dass ihr Kopf tiefer gesenkt war, als das Lesen eines Briefs es erforderte. Vermutlich hatte sie das Kinn auf die Brust gepresst und die Augen geschlossen.

„Erzähl mir von ihm“, bat er. „Erzähl mir von diesen Besuchen bei dir.“

„Er war sehr attraktiv“, sagte sie. „Und liebenswürdig. Lebhaft, voller Selbstvertrauen.“ Er wartete.

„Er war auch sehr freundlich“, fuhr sie fort. „Wir freundeten uns an, und wir redeten und redeten. Er ging mit mir spazieren und kutschierte mich in seinem offenen Zweispänner herum. Er nahm mich mit in Galerien und alte Kirchen, und einmal waren wir Eis essen. Ich war so verzweifelt über den Tod meines Vaters. Er half mir ein wenig über den Schmerz hinweg.“

Wieder wartete er, dass sie weitersprach. Die Atmosphäre war plötzlich wie aufgeladen von einer schrecklichen Pein. Er hoffte, dass es nicht das war, was er vermutete.

„Ich war sehr albern. Ich habe mich in ihn verliebt. Wahrscheinlich war das keine sehr überraschende Entwicklung. Es wäre wohl erstaunlicher gewesen, wenn ich mich nicht in ihn verliebt hätte. Aber ich habe es ihm gesagt. In meiner verblendeten Torheit glaubte ich, er habe sich auch in mich verliebt. Ich habe es ihm gesagt.“

„Du warst fünfzehn, Sophie.“ Er ließ seine Hand in ihrem Nacken liegen.

„Er hat mich ausgelacht.“

Ah, arme Sophie. So jung und verwundbar. In diesem Alter wäre sie selbst dann verwundbar gewesen, wenn der Rest ihres Lebens nicht so katastrophal verlaufen wäre.

„Er lachte und sagte, ich sei ein dummes, undankbares kleines Ding. Was natürlich stimmte. Ich wäre in jedem Fall am Boden zerstört gewesen, verletzt und gedemütigt, und ich hätte bei der Erinnerung an meine Naivität auf jeden Fall noch lange innerlich gelitten. Aber ich wäre wohl darüber hinweggekommen. Ich nehme an, es ist nichts so Ungewöhnliches für junge Mädchen, sich hoffnungslos in gut aussehende Männer zu verlieben und dann vor den Scherben ihrer Träume zu stehen.“

„Warum bist du nicht darüber hinweggekommen?“, hakte er nach, als sie innehielt.

„Wir saßen in Tante Marys Wohnzimmer, und da war ein Spiegel. Ein sehr langer Spiegel. Er schob mich davor und stellte sich hinter mich. Und dann erklärte er mir sehr ausführlich, warum es absurd und sogar ein wenig beleidigend war, dass ich mich in ihn verliebt hatte und erwartete, dass er meine Gefühle erwiderte. Er führte mir meine Figur vor Augen und mein Gesicht und mein Haar, das wie ein wilder Busch um meinen Kopf und auf meine Schultern fiel, weil ich es nie bändigen konnte. Er erklärte mir, dass ich ein dürres, hässliches kleines Ding sei. Er räumte ein, dass er mich ganz gern mochte, aber nur als jüngere Cousine, auf die er, weil sein Stiefvater ihn darum gebeten hatte, ein bisschen aufpasste. Er sagte das alles lachend. Es war sogar ein liebevolles Lachen, glaube ich, aber in meinen Ohren klang es grotesk. Nachdem er gegangen war, lief ich in mein Zimmer, nahm eine Schere und schnitt mir die Haare ab. Er kam nie wieder, und wenn er gekommen wäre, hätte ich ihn nicht sehen wollen."

Er legte beide Arme um sie und zog sie an sich, bis ihr Kopf an seiner Schulter lag.

„Entschuldige bitte meine Ausdrucksweise, Sophie, aber was für ein Mistkerl! Ich wünschte, ich könnte ihn mir wenigstens fünf Minuten lang allein vorknöpfen."

„Das ist doch schon so lange her."

„Er war damals in meinem Alter. Dein Vater war gerade gestorben. Deine Tante vernachlässigte dich. Du warst fünfzehn. Noch nicht mal richtig erwachsen. Und abgesehen von all dem: Du warst ein menschliches Wesen. Und er war ein Gentleman. Ach Sophie. Meine süße Sophie. Selbst damals musst du schön gewesen sein. Ich weiß, dass du es jetzt bist."

Sie lachte an seinem Hals, und dann weinte sie.

Und weinte und weinte.

Dieser Mistkerl. Dieser … *verdammte Mistkerl.*

Er tastete nach seinem Taschentuch und drückte es ihr in die Hand.

„Sophie", sagte er beschwörend, als ihre Schluchzer zu einem gelegentlichen Schluckauf abgeklungen waren. „Du bist schön. Das kannst du einem blinden Mann gern glauben. Du bist die schönste Frau, die ich je gekannt habe."

Sie lachte und hickste, und er lachte leise in ihr Haar, obwohl er am liebsten mit ihr geweint hätte. Schließlich putzte sie sich energisch die Nase und legte das Taschentuch zur Seite.

„Dein Hemd und dein Halstuch sind ganz nass."

„Das trocknet schon wieder." Er legte einen Arm um ihre Schultern. „Dann hat dein Onkel dich also nicht vollkommen ignoriert."

„Nein, offenbar nicht."

„Er ist deine Familie. Der Bruder deines Vaters."

„Ja."

„Dann sollten wir ihn einladen, uns hier zu besuchen", schlug er vor. „Sodass ihr euch endlich persönlich kennenlernt. Danach kannst du entscheiden, ob du ihn jemals wiedersehen willst. Du solltest ihn in deinem eigenen Heim treffen und zu deinen Bedingungen. Dann kann er selbst seine Schlüsse ziehen, ob ich von einer durchtriebenen Erbschleicherin eingefangen wurde und ob du in einer trostlosen Ehe mit einem halben Mann gefangen bist."

„Er hätte niemals auch nur Notiz von mir genommen, wenn ich nicht geheiratet hätte. Noch dazu einen Viscount."

„Kann schon sein", räumte er ein. „Vielleicht hatte er aber auch immer vor, sich um dich zu kümmern, sobald er einmal für eine längere Zeit in England wäre. Du hast schließlich bei seinen Schwestern gelebt, erst bei einer Tante, dann bei der anderen – mit einer Cousine, die ungefähr in deinem Alter ist. Womöglich nahm er an, dass du dich dort am wohlsten fühlen würdest. Vielleicht dachte er aber auch, dass er seine Pflicht und Schuldigkeit getan hat, indem er sich vergewisserte, dass du von Verwandten versorgt wirst."

„Er ist nie auf die Idee gekommen, mich zu fragen."

„Nein, das ist er nicht."

Er hörte, wie sie den Brief zusammenfaltete.

„Du vermisst eine eigene Familie." Er zog sie noch enger an sich. „Jedes Mal, wenn du mit meiner zusammen bist, habe ich recht?"

„Ja“, bekannte sie nach kurzem Zögern. „Es ist schrecklich, ganz allein in der Welt zu sein. Deine Verwandten waren sehr freundlich zu mir, ich habe sie auch liebgewonnen. Aber … manchmal fühle ich so eine Leere. Womöglich würde ich das gar nicht so stark empfinden, wenn ich tatsächlich keine Familie hätte. Wenn alle tot wären.“

„Lass deinen Onkel herkommen. Auch wenn es vielleicht kein glücklicher Besuch wird. Aber wer weiß, vielleicht ja doch. Jedenfalls wirst du es nie erfahren, wenn du ihn nicht einlädst.“

Er wusste, dass er den Besucher aus tiefster Seele verabscheuen würde. Er hegte keinerlei freundliche Gefühle gegenüber ihrer Verwandtschaft. Aber er dachte daran, wie Sophia vor einigen Wochen hierhergekommen war, um sich seiner Familie zu stellen, in dem Wissen, dass sie unter den obwaltenden Umständen nicht unbedingt mit offenen Armen empfangen werden würde. Und sie hatte es dennoch getan, hatte seine Angehörigen für sich eingenommen, obwohl ihr das, wie er sehr wohl wusste, nicht leichtgefallen sein konnte. Ihr ganzes Leben lang war sie die stille Maus gewesen, aber hier musste sie sich von Anfang an behaupten, um akzeptiert zu werden.

Sie seufzte.

„Ich werde ihm morgen schreiben“, sagte sie dann. „Ich lade ihn zum Ernteball ein, das ist doch gar nicht mehr so lange hin, oder?“

Also hatte sie die Idee nicht aufgegeben? Nein, natürlich nicht. Sie hatte schon zu vielen Leuten davon erzählt, um jetzt noch einen Rückzieher machen zu können. Außerdem war es nicht ihre Art, sich aus einer Verpflichtung herauszuwinden.

„Ja, er soll zum Ball kommen. Meine Familie wird dann auch wieder vollzählig hier versammelt sein. Da passt es sehr gut, dass deine ebenfalls da ist. Es wird so etwas wie eine nachträgliche Hochzeitsgesellschaft sein. Vielleicht könnten wir es sogar so nennen. Vielleicht könntest du sogar die Marchs einladen. Kann gut sein, dass sie die Einladung ausschlagen, aber ein Vermögen würde ich nicht drauf wetten.“

Sie schnappte schockiert nach Luft. „Bist du verrückt geworden?“

„Wahrscheinlich“, räumte er ein. „Ich habe sogar das deutliche Gefühl, dass sie eine Einladung der Viscountess Darleigh, ihrer Nichte, nicht ablehnen würden.“

„Du *bist* verrückt geworden“, beschied sie ihn. Ihr Lachen klang ziemlich wässrig, aber doch fröhlich.

Er drehte ihr Gesicht in seine Richtung und küsste sie.

„Es ist höchste Zeit, ins Bett zu gehen, stimmt’s?“

„Ja, das stimmt“, erwiderte sie, ohne sich nach der Uhr umzuwenden.

Diesen Teil des Tages mochte er am liebsten.

Am nächsten Morgen saß Sophia am Sekretär und wischte nachdenklich mit der Feder über ihr Kinn. Wie sollte sie den Brief bloß formulieren? Bislang war sie über „Lieber Onkel“ nicht hinausgekommen. Zuvor hatte sie „Lieber Sir Terrence“, „Geehrter Sir“ und „Lieber Onkel Terrence“ verworfen. „Lieber Onkel“ schien ihr gerade die richtige Balance zwischen Formalität und Vertrautheit zu halten.

Tab hatte seinen Lieblingsplatz auf der Fensterbank verlassen, als sie ins Wohnzimmer herunterkam, und sich am Boden über einem ihrer Füße ausgestreckt.

Sie hatte noch nicht entschieden, ob sie Tante Martha, Sir Clarence und Henrietta ebenfalls nach Middlebury Park einladen wollte, denn sie war sich ihrer Motive nicht sicher. Wäre die Einladung ein Friedensangebot? Eine Gelegenheit, sich vor den Marchs zu brüsten? Oder ein verzweifelter Versuch, so etwas wie eine eigene Familie zu erschaffen?

Es wäre in der Tat ein verzweifelter Versuch. Aber vielleicht doch eine winzige Möglichkeit? Sie hatte Vincents Verwandte wirklich liebgewonnen. Aber mit anzusehen, wie nahe sie einander standen, wie eng diese Familie zusammenhielt, machte die Leere, die sie um sich herum empfand, nur noch spürbarer.

Und Vincent verstand das.

Einen Moment lang lenkten die Erinnerungen an letzte Nacht sie von ihrer Aufgabe ab. Er war stets ein kraftvoller, befriedigender Liebhaber, vor allem seit jenem Nachmittag auf der Insel – an den sie noch immer jeden Tag denken musste. Es war so wundervoll gewesen, er war so wundervoll gewesen, und seitdem war sie jedes Mal …

Nun ja.

Aber letzte Nacht war anders gewesen. Seine Berührungen waren so sanft, und als er sie liebte, war er so … zärtlich gewesen.

Vielleicht war seine Bemerkung Mr Croft gegenüber ja gar nicht so gemeint gewesen, wie sie sie verstanden hatte. Aber vielleicht eben doch. Vielleicht …

Oh, sie wünschte, sie könnte aufhören, darüber zu grübeln.

„Ich habe Ihren Brief gestern erhalten", schrieb sie.

Sie kam wirklich rasant voran.

Ich habe mich sehr darüber gefreut?

Stattdessen schrieb sie: „Es war sehr freundlich von Ihnen zu schreiben."

War es das wirklich? War es *freundlich*? Aber eigentlich spielte das auch gar keine Rolle. Es gab nun mal bestimmte Höflichkeitsregeln, die man befolgen musste.

Warum hatte er ihr wohl in Wahrheit geschrieben? Nur weil sie jetzt eine Viscountess und ihr Gatte vermögend war? Weil ihm doch ein wenig an ihr lag und er fürchtete, dass sie mit einem blinden Mann unglücklich war? Oder weil das Gespräch mit Tante Martha ihm einen realistischen Eindruck von ihrem Leben in Barton Hall vermittelt hatte?

Vincent hatte recht. Sie musste ihn treffen, um Antworten auf all ihre Fragen zu finden. Aber sie wollte ihn nicht treffen, obwohl sie sich gleichzeitig nach ihm sehnte. Er war Papas Bruder. Manchmal hatte ihr Vater Geschichten aus seiner Kindheit erzählt, nicht oft, aber doch hin und wieder. Und Onkel Terrence war immer in diesen Geschichten vorgekommen. Als Jungen waren die beiden unzertrennlich gewesen.

„Ich würde mich freuen, dich zu sehen", schrieb sie und starrte dann stirnrunzelnd auf die Worte. Aber das musste reichen. Sie hatte keine Lust, noch einmal von vorn anzufangen.

Sie hörte Schritte, die sich der Tür näherten. Feste, sichere Schritte. Mr Fisk? Ein Diener? Aber der Ankömmling blieb nicht stehen, um anzuklopfen. Die Tür wurde geöffnet, und Vincent trat ein, mit Shep an der kurzen Leine.

„Sophie?"

„Ich bin hier. Am Sekretär. Ich schreibe gerade an meinen Onkel."

„Gut." Er kam näher und legte eine Hand auf ihre Schulter. Seine Wangen hatten eine frische Farbe, und seine schönen blauen Augen funkelten. „Wir sind bis zum See gegangen, Shep und ich, und dann über die Allee zum Sommerhaus. Dort haben wir eine Weile gesessen und sind dann wieder umgekehrt. Ich hätte dich ja gern gebeten, mitzukommen, aber ich wollte mir etwas beweisen."

„Und das ist dir offenbar gelungen. Du bist nicht nass. Daraus schließe ich, dass du nicht in den See gestolpert bist."

„Und ich bin auch nicht gestürzt und habe mir die Nase gebrochen", fügte er hinzu. „Du hast noch geschlafen, als ich vom Training hochgekommen bin. Mama sagt, du bist erst spät zum Frühstück erschienen. Fühlst du dich nicht wohl?"

„Ganz im Gegenteil." Sie legte die Feder zur Seite und stand auf. „Es geht mir sehr gut. Sogar mehr als gut."

Er hob fragend die Brauen.

Sie ergriff mit beiden Händen seine freie Hand und küsste sie.

„Wir bekommen ein Kind", sagte sie. „Ich habe noch keinen Arzt konsultiert, aber ich bin ganz sicher."

Er schien ihr direkt in die Augen zu sehen. Seine eigenen waren geweitet. Sie konnte fühlen, wie seine Hand sich anspannte, und sah ihn bang an.

„Sophie?" Er lächelte breit und brach dann in Lachen aus.

„Ja." Wieder küsste sie seinen Handrücken.

Er ließ Sheps Leine fallen, zog seine Hand aus ihrem Griff und streckte beide Arme nach ihr aus. Dann zog er sie so fest an sich, dass ihr Körper von den Schultern bis zu den Knien an seinen gedrückt wurde.

„Sophie“, flüsterte er. „Wirklich? Ein Kind?“

„Ja. Wirklich.“

Sie hörte ihn schlucken.

„Aber du bist so zierlich. So klein.“ Er flüsterte immer noch.

„Auch kleine Frauen können sicher Babys zur Welt bringen“, beteuerte sie.

Sie konnte nur hoffen, dass sie recht hatte. Bei Geburten gab es nie eine Garantie. Aber jetzt war es zu spät für Ängste und Sorgen.

Er legte das Kinn auf ihren Scheitel.

„Ein Kind.“ Wieder lachte er. „Oh Sophie, ein *Kind*!“

Sie blieben eine lange Weile eng umschlungen stehen. Der Brief an ihren Onkel war vergessen. Shep legte sich zu Vincents Füßen schlafen. Tab sonnte sich auf der Fensterbank.

19. KAPITEL

Ein paar Stunden später hatte er eine Panikattacke. Sophia war mit Ursula und Ellen ins Dorf gegangen. Seine Schwestern wollten irgendwas einkaufen, und Sophia wollte Agnes Keeping ein paar Illustrationen für eine neue Bertha-und-Dan-Geschichte zeigen, die sie sich vor einer Woche ausgedacht hatten – es ging um einen Kaminfeger, der in einen hohen Schornstein auf einem hohen Gebäude feststeckte. Eine der Zeichnungen zeigte wohl, wie Bertha ihn von oben rettete, so tief in den Kamin hineingebeugt, dass nur ihr Hinterteil und ihre Beine zu sehen waren.

Sie erwarteten Andy Harrison und seine Frau zum Tee. Bis dahin hatte er ein paar freie Stunden zu füllen, denn sein Verwalter war geschäftlich unterwegs. Er beschloss, den Feldweg durch die Hügel zu erkunden, auch wenn die Arbeiten daran erst kürzlich begonnen hatten. Schließlich hatte auch keiner für ihn die Wege im Lake District geebnet. Allerdings hatte er dort auch nie den Versuch unternommen, allein zu wandern.

Er wanderte auch heute nicht allein. Es kam ihm so vor, als ob er Martin in letzter Zeit etwas vernachlässigt hatte. Was natürlich ein unsinniger Gedanke war, da Martin ein bisschen mehr freie Zeit vermutlich gut gebrauchen konnte. Vincent hatte munkeln hören, dass er sich um die Tochter des Hufschmieds bemühte – was ja gut passen würde.

Aber er nahm Martin mit – und auch seinen Stock –, um den Feldweg auszuprobieren. Sobald sie den Abschnitt, an dem schon gearbeitet wurde, hinter sich gelassen hatten, wurde es tatsächlich sehr steinig, auch schien der Pfad von den Seiten her fast zugewuchert zu sein.

„Es dauert nicht lange, bis die Natur sich ihr Recht zurückholt, nicht wahr?“, bemerkte er.

„Das gönne ich der Natur von Herzen“, gab Martin zurück. „Die Menschen stellen schreckliche Dinge mit ihr an, wenn sie nur die geringste Chance dazu wittern.“

„Sie denken wohl an Kohlebergwerke und derlei Dinge?"

„Nein, eher an diese albernen Bäume an der Auffahrt. Sie sehen so zurechtgestutzt und in Form geschnitten einfach lächerlich aus, genau wie manche Pudel."

„Sie meinen die Topiari?" Vincent lachte. „Sind die wirklich so absurd? Man hat mir erzählt, dass sie sehr hübsch und malerisch wirken."

Martin gab ein grunzendes Geräusch von sich.

„Noch vier Schritte, dann kommt ein großer Stein", warnte er dann. „Weichen Sie nach links aus. Wenn Sie nach rechts gehen, kullern Sie womöglich den ganzen Hügel runter."

„Sophia hat mir von ihrer Idee mit der Rennstrecke erzählt. Glauben Sie, dass das funktionieren kann, Martin?"

„Vermutlich wird niemals ein Derby darauf stattfinden. Aber es wird funktionieren. Sie könnten dort selbstständig reiten, ohne das wir alle fürchten müssen, dass Sie sich den Hals brechen."

„Sophia hat Sie um Ihre Meinung gefragt."

„Sie kam zweifellos zu dem Schluss, dass es besser ist, von mir ausgelacht zu werden als von Ihnen, wenn diese Idee sich als Hirngespinst erweisen sollte. Sie verehrt Sie nämlich sehr."

„Ach was." Vincent lachte. „Sie erwartet ein Kind, Martin."

„Das haben die Köchin und die Dienstmädchen schon länger gesagt. Es hätte irgendwas mit der Rundung des Gesichts und dem Glanz in den Augen oder sonstigem Unsinn zu tun. Aber sie liegen mit ihren Vermutungen immer richtig. Keine Ahnung, wie Frauen es schaffen, immer über diese Dinge Bescheid zu wissen."

„Ich werde Vater."

„Das will ich doch schwer hoffen, wenn Ihre Ladyschaft ein Kind erwartet."

Und dann blieb Vincent stehen, völlig überwältigt von dem Gedanken, wie schlank seine Frau war, wie schmal ihre Hüften waren. Und wie viele Schwangerschaften mit Fehlgeburten oder dem Tod der Mutter endeten. Oder mit beidem. Und er dachte daran, dass er sein Kind niemals sehen würde, selbst wenn es überlebte, dass er nie mit ihm spielen könnte wie ein normaler Vater, nie …"

Martin umfasste Vincents rechten Oberarm.

„Da drüben ist eine Bank", sagte er. „Schon ziemlich baufällig, aber für Ihr Gewicht dürfte es noch reichen."

Es war zu spät. Es gab keine Luft mehr zum Atmen, und er *konnte nicht sehen*. Er krallte seine Finger in Martins Hand, ohne zu wissen, ob er sie wegschieben oder packen wollte.

Die Bank konnte ihn offenbar tragen. Jedenfalls saß er auf ihr, als seine Kontrolle zurückkehrte.

Ein. Aus. Ein. Aus.

Er war nur blind. Das war alles.

Es war wie ein Mantra.

Es war der erste Anfall seit jener Attacke in der Kutsche. Die Abstände wurden größer. Vielleicht hörten diese Panikschübe irgendwann ganz auf. Vielleicht gelang es ihm irgendwann, mit Leib *und* Seele, Verstand *und* Gefühl zu akzeptieren, dass er niemals wieder sehen würde.

„Habe ich Sie verletzt?", fragte er.

„Nichts, was ein bisschen Salbe nicht heilen würde, Sir", erwiderte Martin. „Wenigstens haben die Mädchen in der Küche jetzt etwas, womit sie mich necken können. Sie werden so tun, als glaubten Sie, Sal hätte mich gekratzt."

„Die Tochter des Hufschmieds? Ist sie hübsch?"

„Das ist sie. Da hat man ordentlich was im Arm. Aber das ist leider auch alles, was sie mir zugesteht; sie im Arm zu halten. Ich sage Ihnen, das Mädchen ist auf Hochzeit aus, so wahr ich hier stehe."

„Und?"

„Ich habe es nicht so eilig damit. Vielleicht verliere ich ja demnächst das Interesse an ihr. Oder sie wird meiner überdrüssig. Vielleicht bin ich aber auch eines Tages so weit, dass ich denke: Nun gut, wenn sie mich wirklich nur ranlässt, wenn ich sie heirate, dann … Aber noch bin ich nicht so tief gesunken, und wenn ich abends immer schön brav bete, so wie meine Mutter es mir beigebracht hat, dann werde ich womöglich niemals derart tief sinken. Aber sie hat so einen schrecklich aufreizenden Hüftschwung, Vince."

Vincent lachte. „Beim Beten sollten Sie aber schon genau wissen, was Sie wollen, Martin. Sonst ist Gott womöglich verwirrt."

Statt zu antworten, seufzte Martin nur. Interessant.

Inzwischen würden ihn seine Beine wohl wieder tragen, dachte Vincent und erhob sich mithilfe seines Stocks. Das Zittern war fast vorbei.

Kleine Frauen bekamen ständig Babys, das hatte Sophia selbst gesagt.

Und man brauchte ein Baby nicht zu sehen, wenn man es berühren wollte. Oder auf den Arm nehmen.

Oder mit ihm spielen.

Oder es lieben.

Es.

Würde es wohl ein Junge oder ein Mädchen?

Es war ihm egal. Es war ihm wirklich vollkommen egal, solange es nur überlebte und gesund war.

Und solange Sophia überlebte.

Bitte, lieber Gott, lass sie leben. Sein Gebet ließ nicht den geringsten Zweifel an dem, was er wollte.

„Ich fange auf jeden Fall schon mal an, für ein Hochzeitsgeschenk zu sparen", verkündete er.

Martin knurrte etwas Unverständliches.

Für den Rest des Spaziergangs dachte er fröhlicher an seine bevorstehenden Vaterfreuden. Es hatte nicht den geringsten Sinn, über all die Dinge zu grübeln, die schiefgehen konnten. Und noch weniger Sinn hatte es, darüber zu jammern, dass er keins seiner Kinder jemals sehen würde.

Wenigstens würde er ein Kind haben.

Er und Sophia würden ein Kind haben.

Das hieß natürlich auch, dass sie bei ihm bleiben würde und sie endlich dieses mehr als absurde Arrangement vergessen konnten, mit dem er sie zur Ehe überredet hatte. Denn obwohl sie damals übereingekommen waren, dass eine Schwangerschaft alle Trennungspläne auf unbestimmte Zeit verschieben würde, war keiner von ihnen auf den Gedanken gekommen, sich zu fragen, was mit dem Kind geschehen sollte, wenn ihre Wege sich tatsächlich trennten.

Auf gar keinen Fall würde er sich sein Kind entreißen lassen, auch wenn er es niemals sehen konnte. Und er war bereit, sein gesamtes Vermögen darauf zu verwetten, dass Sophia genauso empfand.

Sie würden also zusammenbleiben müssen.

Er war so froh, dass dieser Blödsinn damit vom Tisch war. Und er vermutete, dass sie ebenfalls froh wäre. Vielleicht konnte er das Thema ja nachher, wenn sie wieder da war, anschneiden, damit es ein für alle Mal erledigt war.

Plötzlich hörte er weibliche Stimmen, die seiner Einschätzung nach aus der Richtung der Parterre-Gärten kamen. Er erkannte Ursula und Ellen. Ah, und dann Sophia. Sie waren also von ihrem Ausflug ins Dorf zurückgekehrt. Inzwischen hatte er sich ihnen so weit genähert, dass er verstehen konnte, was sie sagten.

„Oh, wie hübsch", rief Ursula gerade. „Gibt es dieses Häuschen wirklich?"

„Nein, es ist mein Traumhäuschen", erwiderte Sophie. „Der Ort, an dem ich am liebsten leben würde."

„Ich mag Häuser mit strohgedeckten Dächern", sagte Ellen. „Wie hübsch all diese Zeichnungen sind, Sophia. Du hast wirklich ein großes Talent. Schau nur, diese Blumen. Oh, und da ist deine Katze. Und in der offenen Tür sitzt ein kleines Hündchen."

„Aber ziehst du es nicht doch vor, in Middlebury Park zu wohnen?", fragte Ursula und lachte.

„Ach, Middlebury ist die Wirklichkeit. Dieses Häuschen ist mein Traum. Ich werde natürlich nie dort leben. Ich tue nur so. Aber dieser Frieden dort. Die Ruhe. Das *Glück*."

Vincent fühlte sich wie versteinert. Martin schien verschwunden zu sein.

„Ich hoffe, du bist hier in der Wirklichkeit nicht weniger glücklich", sagte Ellen. „Du wirkst jedenfalls glücklich, und wir haben Vincent noch nie so zufrieden erlebt."

„Wir müssen doch alle lernen, Fantasie und Realität zu trennen", gab Sophia zurück. „Sonst sind wir auf ewig unzufrieden. So ist es nun mal. Ich fühle mich hier überaus wohl. Ich habe wirklich großes Glück gehabt."

„Deine Zeichnungen sind wirklich sehr beeindruckend, Sophia", schwärmte Ursula. „Die Kinder werden sie vermissen, wenn wir wieder zu Hause sind, und auch die Geschichten, die du zusammen mit Vincent so einträchtig erzählst. Ah Vincent, pass bloß auf. Sophia zeigt uns gerade ein Bild des Häuschens, in dem sie wohnen will, wenn sie das Leben mit dir nicht mehr ertragen kann."

„Da bist du ja", sagte Sophia. „Hast du einen Spaziergang gemacht?"

„Ich bin mit Martin über den Feldweg gelaufen – und habe es überlebt. Hattet ihr eine schöne Zeit im Dorf?"

Sophia hakte sich bei ihm unter, und sie gingen zum Haus.

Seine Stimmung war so tief gesunken, dass sie sich ungefähr auf Höhe der Sohlen seiner Stiefel befand.

„Ich habe das Häuschen gezeichnet, weil die Kinder so neugierig sind, dass sie wirklich alles immer ganz genau wissen wollen", erklärte Sophia. „Sie haben schon angefangen zu fragen, in welchem Garten die Feen denn eigentlich wohnen. Ich dachte, man könnte das Haus auf dem Umschlag des ersten Buchs dieser Reihe zeigen. Hattest du Spaß auf deinem Spaziergang? War Martin bei dir?"

Sie wusste, dass er sie gehört hatte.

Sir Terrence Fry nahm die Einladung an.

Sir Clarence und Lady March sagten ebenfalls zu. Henrietta würde mit ihnen kommen, obwohl sie mit Einladungen zu Sommerfesten geradezu überschüttet wurde. Scharen von heiratsfähigen Gentlemen belagerten sie, allesamt adelig, aber keiner genügte ihren hohen Ansprüchen.

Sophia musste lächeln, als sie den Brief ihrer Tante las, aber gleichzeitig war sie bestürzt über die Aussicht auf diesen Besuch. Wollte sie überhaupt, dass sie herkamen? Aber sie hatte sie nun mal eingeladen, also würde sie sie herzlich empfangen und aufmerksam behandeln.

Wollte sie, dass ihr Onkel herkam?

Sie erkannte, dass sie seinen Besuch aus einem ganz bestimmten Grund fürchtete: Sie hatte Angst, dass er sie enttäuschen würde. Womöglich hatte er mit seinem Brief an sie gar nicht das Andenken seines Bruder ehren wollen – oder auch seinem Bedauern Ausdruck verleihen, dass er sich nicht früher um sie gekümmert hatte. Und vielleicht gab es keine befriedigende Erklärung dafür, dass er sie so lange vernachlässigt hatte. Vielleicht kam er einfach nur her, um seinem Missfallen darüber Ausdruck zu verleihen, dass sie Vincent Henrietta unter der Nase weggeschnappt hatte – falls das die Geschichte war, die Tante Martha ihm aufgetischt hatte. Vielleicht …

Nun ja, es blieb ihr nichts anderes übrig, als abzuwarten, wie die Dinge sich entwickeln würden.

Und doch sehnte sie sich danach, ihn zu treffen. Sie erwartete ein Kind. Ihr Sohn oder ihre Tochter würde von sämtlichen Verwandten väterlicherseits mit Liebe und Aufmerksamkeit überschüttet werden. Aber was war mit ihrer Seite? Würde sich irgendein Mitglied ihrer Familie um das Kind scheren?

Oder um sie?

Vincents Schwestern und ihre Familien waren nach Hause gefahren, würden aber zum Ernteball wiederkommen. Seine Großmutter war bereit, nach Bath zurückzukehren. Sie hatte dort sogar schon ein Haus angemietet. Gleich nach dem Ball wollte sie abreisen. Seine Mutter neigte mehr und mehr dazu, wieder nach Barton Coombs zu ziehen, aber sie würde bis zu Sophias Niederkunft warten, mit der im Vorfrühling zu rechnen war.

Der Ernteball wurde in der ganzen Gegend mit Spannung erwartet, auch wenn ihn niemand mehr so nannte. Stattdessen sprach man von einer nachträglichen Hochzeitsgesellschaft mit Ball. Einer sehr nachträglichen, immerhin war inzwischen allgemein bekannt, dass die Braut in gesegneten Umständen war, auch wenn die sehr kleine Wölbung ihres Bauchs unter ihren locker fallenden Kleidern mit der hohen Taillennaht noch nicht auszumachen war.

Ihre Schwiegermutter half bei den Vorbereitungen, aber im Grunde hatte sie mit der Organisation großer Gesellschaften auch nicht mehr Erfahrung als Sophia. Ihre Hauptsorge galt Vincent.

„Du hast einen bemerkenswerten Einfluss auf ihn, Sophia", räumte sie beinahe widerwillig ein, als die beiden Damen zusammen in der Bibliothek saßen und Listen erstellten, die alles abdeckten, was zu tun war – oder zumindest alles, was ihnen einfiel. Immer wieder kam entweder die eine oder die andere auf etwas Neues, was jedes Mal zu hektischer, beinahe panischer Betriebsamkeit führte. „Ich weiß nicht, wie du das machst. Und manchmal wünschte ich, du tätest es nicht. Wie, um alles in der Welt, bist du auf die Idee gekommen, im Park eine Rennstrecke anzulegen? Und wie soll Vincent auf dem Empfang essen oder sich im Ballsaal zurechtfinden?"

„Er wird beides mit Leichtigkeit bewältigen, Mama", versicherte Sophia ihr. „Es ist ihm in Barton Coombs gelungen, und es wird ihm hier gelingen. Er ist schließlich unter Verwandten und Freunden."

„Ich hoffe, du hast recht", erwiderte ihre Schwiegermutter und seufzte.

Der Ernteball oder der Hochzeitsempfang, oder wie immer man es nun nennen wollte, sollte Anfang Oktober stattfinden. Wie immer ging der Sommer viel zu schnell in den Herbst über, aber auch der Herbst hatte schließlich seine schönen Seiten. Das Laub würde sich erst bunt färben, dann zu Boden fallen, und noch bevor die Bäume wieder grüne Blätter treiben würden, gäbe es ein neugeborenes Baby in Middlebury Park. Aber noch war es zu früh, daran zu denken.

Sir Terrence und die Marchs würden am selben Tag eintreffen, obwohl sie nicht gemeinsam anreisten. Vincents Schwestern wurden ein paar Tage später erwartet, wie auch Viscount Ponsonby, der ganz in der Nähe einen älteren Verwandten besuchte und von der Aussicht, ein paar Tage in Middlebury zu verbringen, ganz entzückt war.

„Man wird tatsächlich heiser, wenn man den ganzen Tag in ein Hörrohr brüllen muss“, hatte er geschrieben. „Meine Stimmbänder brauchen dringend Erholung, ganz zu schweigen vom Rest meiner Person. Schon aus diesem Grund nehme ich eure freundliche Einladung dankend an.“

Viscount Ponsonby betrachtete die ganze Welt durch eine satirische Brille, dachte Sophia, als sie Vincent den Brief vorlas. Lag es, wie früher bei ihr, daran, dass er unglücklich war? Sie wusste nicht viel über ihn, abgesehen davon, dass er einer von Vincents besten Freunden war, einer der Überlebenden. Er wirkte körperlich unversehrt, bis auf sein leichtes Stottern. Aber seine Augen blickten, als sei er der Welt überdrüssig, dabei war er höchstens dreißig Jahre alt, wahrscheinlich sogar jünger.

Die Marchs trafen als Erste ein, am frühen Nachmittag. Sophia und Vincent gingen nach draußen, um sie zu begrüßen. Vincent wurde von Shep geführt.

„Tante Martha.“ Sophia ging auf die Schwester ihres Vaters zu, sobald der Kutscher ihr beim Aussteigen geholfen hatte, und umarmte sie zum ersten Mal in ihrem Leben.

„Sophia?“ Ihre Tante hob überrascht die Brauen, als sie ihre Nichte von Kopf bis Fuß betrachtete. „Du hast es ja wirklich zu etwas gebracht. Middlebury Park ist wirklich so stattlich, wie man sich erzählt. Fast so groß wie Grandmaison Hall, wo Henrietta kürzlich zwei Wochen verbrachte, auf besonderen Wunsch des Earl of Tackaberry.“

„Ich hoffe, eure Reise war nicht zu anstrengend“, sagte Sophia freundlich.

„Lord Darleigh", rief Tante Martha, während Sophia sich umdrehte, um ihren Onkel zu begrüßen, der stocksteif dastand, die Hände auf dem Rücken verschränkt, und um sich blickte.

„Wie ich sehe, bist du weich gelandet, Mädchen", sagte er. Sie erwog kurz, ihn ebenfalls zu umarmen, nahm aber dann Abstand von der Idee. Stattdessen bedachte sie ihn mit einem Lächeln.

„Ich hoffe, du hattest eine angenehme Reise, Onkel."

Henrietta stieg die Trittleiter hinunter. Doch plötzlich blieb sie stehen und kreischte.

„Papa, ein Hund!"

„Er ist mein Beschützer, Miss March", erklärte Vincent. „Er bleibt stets an meiner Seite und ist vollkommen harmlos."

„Mama?" Henrietta kauerte sich auf die unterste Stufe der Trittleiter.

„Henrietta hatte als Kind ein schlimmes Erlebnis", erklärte Tante Martha. „Sie wollte einen bösen Hund aus dem Dorf streicheln, als wir aus der Kirche kamen, aber er hat nach ihr geschnappt und hätte sie gebissen, wenn ihr Vater ihn nicht mit dem Stock vertrieben hätte. Sein Besitzer schwor ebenfalls, dass das Tier harmlos sei, Lord Darleigh."

„Ich bringe ihn in unsere Privaträume, während Sophia Ihnen Ihre Zimmer zeigt", sagte Vincent. „Sie möchten sich gewiss erfrischen und vielleicht ein wenig ausruhen. Es wird mir ein Vergnügen sein, Sie zum Tee im Salon etwas ausführlicher zu begrüßen. Sie brauchen keine Angst zu haben, Miss March. Shep würde weder Ihnen noch irgendjemanden sonst etwas zuleide tun. Er ist nichts anderes als meine Augen. Ich bin froh, dass Sie alle sicher angekommen sind. Sophia hat sich sehr darauf gefreut, ihre Familie um sich zu haben."

Er drehte sich um und ging mit Shep die Treppe hoch ins Haus.

„Seine Augen?" Sir Clarence hob die Brauen. „Merkwürdige Formulierung."

Henrietta kam endlich die Trittleiter herunter, und Sophia umarmte sie.

„Willkommen in Middlebury Park."

„Ich kann nur hoffen, dass du hier glücklich bist", sagte Henrietta. „Immerhin hast du einen blinden Mann geheiratet, um es zu bekommen. Hoffentlich war es das wert."

„Ja." Sophia lächelte. „Ich habe Vincent geheiratet, und ich bin glücklich hier. Kommt doch bitte rein. Onkel Terrence wird bald hier sein."

Sie hakte sich bei ihrer Tante unter und führte sie ins Haus.

Sie fragte sich nicht, warum sie überhaupt gekommen waren. Es war schließlich offensichtlich: Die Neugier hatte sie hergetrieben und die Hoffnung, dass Sophia ihre Heirat mit Vincent inzwischen bereute oder dass Vincent bedauerte, sie geheiratet zu haben. Oder dass Middlebury Park gar nicht so großartig war, wie behauptet wurde. Kurz: Sie hofften, es würde sich irgendwie herausstellen, dass es besser war, ihre Nichte mit Lord Darleigh verheiratet zu sehen als Henrietta.

Wir furchtbar musste es doch sein, dachte sie, eine solche Unzufriedenheit mit sich herumzuschleppen und ein Leben lang gegen alles und jeden zu verteidigen. Die Erkenntnis, dass ihre Tante, ihr Onkel und ihre Cousine niemals wirklich eine Familie für sie sein würden, machte sie traurig. Aber sie nahm sich vor, die drei für die kurze Dauer ihres Besuchs mit Aufmerksamkeit, Höflichkeit und sogar Zuneigung zu überschütten.

Ihr Onkel kam eine Stunde später an. Sophia und Vincent gingen erneut vor die Tür, um ihn zu begrüßen. Vincent hatte diesmal seinen Stock bei sich. Als sie nach draußen kamen, wurde gerade die Trittleiter angelegt, und ein hochgewachsener eleganter Gentleman entstieg der Kutsche.

Einen Moment lang stockte Sophia der Atem, und sie dachte, man hätte sie damals belogen. Ihr Vater war gar nicht in diesem Duell gestorben. Doch der Eindruck währte nur wenige Sekunden. Das Gesicht dieses Mannes war attraktiv, aber ernst. Er verströmte nicht den warmen, lächelnden Charme, der so typisch für ihren Vater gewesen war, selbst wenn er Berge von Schulden und gerade ein Vermögen am Spieltisch verloren hatte. Andererseits hatte er eine Präsenz, die auf ihre Art genauso machtvoll war.

Und er sah genauso aus wie ihr Papa.

Sie löste sich von Vincent und ging auf ihn zu.

„Onkel Terrence?"

Er stand vor ihr, betrachtete sie von Kopf bis Fuß, so wie Tante Martha es getan hatte. Dann zog er seinen hohen Hut und neigte den Kopf.

„Sophia? Du bist ja ein richtig niedliches kleines Ding. Ganz und gar nicht das, was ich erwartet habe."

Sollte sie lächeln? Knicksen? Nach dem Verlauf seiner Reise fragen? Ihn umarmen? Sie war wie gelähmt.

Er streckte ihr eine unbehandschuhte Hand entgegen, und sie legte ihre Rechte hinein, die er an seine Lippen hob. Die höfliche Geste brachte sie dazu, auf ihre Unterlippe zu beißen.

„Ich habe deinen Vater nach deiner Geburt nur ein einziges Mal getroffen", sagte er. „Bei dieser Gelegenheit beschrieb er dich als seinen kleinen wuschelköpfigen Schatz, der ihm selbst in den verzweifeltsten Situationen Mut zum Leben gab. Hat er dir das jemals gesagt, Sophia?"

Sie schüttelte den Kopf und biss noch heftiger auf ihre Unterlippe. Vor ihren Augen verschwamm alles, und ihr wurde klar, dass sie Tränen in den Augen hatte.

„Gerade denen, die uns am nächsten stehen, offenbaren wir unsere wahren Gefühle oft nicht." Er tätschelte ihre Hand, bevor er sie losließ.

Sie riss sich zusammen.

„Onkel Terrence, darf ich dir meinen Mann vorstellen? Vincent, Lord Darleigh."

Vincent streckte eine Hand aus und lächelte.

„Ich freue mich, Ihre Bekanntschaft zu machen, Sir."

Ihr Onkel trat einen Schritt vor, und Sophia hatte freien Blick auf die Kutsche. Erst jetzt bemerkte sie, dass er nicht allein gekommen war. Ein anderer Mann stand in der Mitte der Trittleiter. Ein äußerst gut aussehender, lächelnder junger Mann.

„Sophia“, sagte Sebastian, mit dieser besonderen Betonung auf dem letzten Buchstaben ihres Namens, die sie einst so hinreißend fand. „Du bist ganz schön erwachsen geworden, seit ich dich zuletzt gesehen habe.“

Sie fühlte sich, als sei das ganze Blut aus ihrem Gesicht und Körper gewichen.

„Sebastian?“ Sie verkrampfte die Hände vor ihrem Körper, als er auf sie zutrat. Seine Brust war breiter als vor sechs Jahren. Er sah sogar noch besser aus als damals. Noch selbstsicherer. Und sein Lächeln war noch charmanter.

„Ich konnte der Versuchung nicht widerstehen, Vater zu begleiten“, erklärte er. „Ich wollte unbedingt wissen, wie Viscountess Darleigh aussieht. Und ich muss schon sagen, sie sieht zuckersüß aus.“

„Ich hoffe, es macht dir nichts aus, Sophia“, sagte ihr Onkel. „Sebastian war sehr erpicht darauf, dich wiederzusehen. Darleigh, darf ich Ihnen meinen Stiefsohn vorstellen, Sebastian Maycock.“

Sophia hatte Vincent nie so eiskalt gesehen. Seine Nasenflügel waren gebläht, sein Mund war zu einer schmalen Linie zusammengepresst. Seine Augen waren direkt auf Sebastians Gesicht gerichtet. Sebastian trat auf ihn zu, mit ausgestreckter Hand und einem Lächeln auf den Lippen.

„Maycock“, sagte Vincent nur, und das Eis war auch in seiner Stimme.

Sebastian ließ seine Rechte fallen.

Sophia fragte sich, ob ihr Onkel die Veränderung in Vincents Betragen bemerkt hatte.

„Natürlich macht es uns nichts aus, Onkel Terrence“, beteuerte sie. „Wir sind froh, euch beide hierzuhaben, und es gibt jede Menge leere Gästezimmer. Tante Martha, Sir Clarence und Henrietta sind bereits da, sie werden gleich zum Tee in den Salon kommen. Wollen wir gleich dorthin gehen, oder würdet ihr euch lieber erst in eure Zimmer zurückziehen?"

Sie hakte sich bei ihm ein.

„Dann sind sie also wirklich hergekommen?" Er klang belustigt. „Ich muss schon sagen, ich bin überrascht, dass du sie eingeladen hast, Sophia. Andererseits bin ich auch überrascht, dass du mich eingeladen hast. Überrascht und dankbar. Ich wäre jetzt sehr für eine Tasse Tee. Was ist mit dir, Sebastian?"

„Geht voran, ich folge euch."

Sophia sah, dass er überlegte, ob er Vincent führen sollte oder nicht. Doch Vincent drehte sich um, ohne auf ihn zu warten, und schritt mithilfe seines Stocks hinter Sophia und Sir Terrence sicher die Stufen hoch. Sebastian bildete die Nachhut.

Sir Terrence Fry klang wie ein vernünftiger Mann. Er verstand es, eine Unterhaltung am Laufen zu halten, und es schien, zumindest nach seinem ersten Eindruck zu urteilen, als sei er wirklich froh, Sophia endlich kennengelernt zu haben. Sebastian Maycock klang selbstsicher und charmant. Binnen kürzester Zeit hatte er Vincents Mutter und Großmutter um den kleinen Finger gewickelt, und Lady March und Miss March himmelten ihn schamlos an, woraus Vincent schloss, dass er in der Tat attraktiv und vermutlich auch reich war.

Der Tee im Salon verlief ohne Störungen, was Vincent um Sophias willen freute. Selbst der Hauch eines zivilisierten, höflichen Umgangs zwischen ihr und ihren Verwandten wäre schon ein Riesenfortschritt, und vielleicht konnte ja sogar mehr daraus werden, zumindest was ihren Onkel betraf. Vincent konnte keinerlei Ähnlichkeit im Ton oder im Verhalten zwischen ihm und seiner Schwester feststellen.

Aber natürlich hatte der Mann noch so einiges zu erklären.

Für Vincent war die Teestunde dennoch eine Tortur. Er hätte sich interessiert mit Sir Terrence unterhalten können. Er hätte sich über die oft bissigen Bemerkungen der Marchs amüsieren können. Aber er schäumte innerlich vor Wut, weil er gezwungen war, Sebastian Maycock unter seinem Dach willkommen zu heißen und den freundlichen Gastgeber zu mimen. Doch er hatte keine andere Wahl. Der Mann war zwar ungebeten erschienen, aber mit Sophias Onkel. Er hatte ein Recht, hier zu sein. Er war Frys Stiefsohn.

Vincent hätte ihm mit großer Genugtuung einen Handschuh ins Gesicht geschlagen.

Der Vorfall lag mehrere Jahre zurück, versuchte er sich zu beruhigen. Maycock konnte sich in der Zwischenzeit geändert haben. Schließlich war er damals noch viel jünger gewesen. Aber, verdammt noch mal, er war trotzdem bereits *dreiundzwanzig gewesen*. Und er hatte nicht im Geringsten beschämt gewirkt, als er Sophia eben draußen auf der Veranda begrüßte. War es möglich, dass er es einfach vergessen hatte? Oder dass Sophia übertrieben hatte, als sie ihm davon erzählte? Doch selbst wenn er nur die Hälfte von dem gesagt haben sollte, woran sie sich erinnerte, waren seine Worte unverzeihlich.

„Jetzt wüsste ich aber doch gern, inwiefern der Hund Ihre Augen sein kann, Darleigh“, dröhnte Sir Clarence betont herzlich und heiter, als spräche er zu einem Kind oder einem Trottel. „Ist er sozusagen Ihr Augapfel? Oder ist es gar eine Sie? Dann sollten Sie vielleicht besser nicht so gefühlvoll von ihr sprechen, wenn Ihre Gattin dabei ist.“

Er lachte lauthals über seinen eigenen Scherz, und Vincent lächelte.

„Shep ist ein Schottischer Schäferhund“, erklärte er. „Und er wurde von einem Experten trainiert, mich so sicher zu führen, wie er unter anderen Umständen und mit einer anderen Ausbildung eine Schafherde geführt hätte. Vermutlich bedeutet das, dass ich mich gar nicht so sehr von einem Schaf unterscheide, eine Tatsache, für die ich aber unendlich dankbar bin. Shep hat mir einen großen Teil meiner Bewegungsfreiheit wiedergegeben.“

Wieder lachte Sir Clarence herzlich.

„Und eines Tages erspäht er ein Kaninchen und prescht davon, um es zu jagen, und Sie laufen in einen Baum oder fallen über eine Klippe, Darleigh. Wie sind Sie bloß auf so eine verrückte Idee gekommen?“

„Eigentlich ist meine Frau darauf gekommen. Sie hörte von einem kleinen Mädchen, das von Geburt an blind ist und einen Hund hat, der ihr durch den Alltag hilft, und hat mich überredet, es ebenfalls mit einem zu versuchen. Ja, ich habe Shep als meine Augen bezeichnet. Aber in Wahrheit ist es Sophia, der diese Bezeichnung zusteht. Sie hat mir zu Shep verholfen, sie hat den bezäunten Pfad zum See anlegen lassen und lässt auch den Feldweg durch die Hügel für mich ebnen und mit einem Geländer versehen. Die Arbeiten sollen noch vor dem Winter abgeschlossen sein. Und sie hat auch vorgeschlagen, eine Rennstrecke innerhalb der Parkmauern zu bauen, sodass ich ohne fremde Hilfe reiten und sogar galoppieren kann. Sir Terrence, ich habe gehört, wie Sie erzählten, dass Ihr Bruder Sophia seinen Schatz nannte. Sie ist auch mein Schatz.“

„Ich bin hocherfreut zu hören, dass sie sich angemessen dankbar zeigt, Lord Darleigh. Immerhin haben Sie sich dazu herabgelassen, auf ihre ziemlich dreisten Avancen einzugehen, während Sie in Covington House waren“, sagte Lady March. „Wie tröstlich für mich. Denn ich muss bekennen, dass ich mich doch ein wenig für sie geschämt habe, immerhin war ich zu diesem Zeitpunkt sowohl ihre Tante als auch ihr Vormund.“

„Ganz im Gegenteil, Ma’am.“ Vincent lächelte in ihre Richtung. „Es waren meine Avancen, denen man eine gewisse Dreistigkeit nachsagen könnte. Immerhin hat Miss Fry meinen Antrag mehr als einmal abgelehnt, bevor ich sie schließlich dazu überreden konnte, sich meiner zu erbarmen.“

„Und wir sind überaus froh darüber, dass sie es getan hat“, fügte seine Großmutter hinzu. „Sophia ist wie ein leuchtender kleiner Engel in das Haus meines Enkels gekommen, Lady March. Ich empfinde durchaus Mitleid mit Ihnen, weil sie Ihnen dadurch abhandenkam, aber man muss, wie Sie wissen, immer damit rechnen, dass ein Mädchen heiratet, sobald es ein gewisses

Alter erreicht hat. Vincent kann sich glücklich schätzen, dass er sie gefunden hat, bevor ein anderer ihm zuvorkam."

Sophia erhob sich von ihrem Platz neben Vincent. „Tante Martha, Henrietta, ihr sehnt euch doch sicher nach ein bisschen frischer Luft nach der langen Reise. Wie wäre es, wenn ich euch die Parterre-Gärten und die Topiari zeige? Das Wetter ist wirklich schön für Ende September, nicht wahr?"

„Ich würde gern mitkommen, wenn ich darf, Sophia", sagte Sir Terrence.

Bevor sein Stiefsohn sich ebenfalls anschließen konnte, erhob Vincent das Wort.

„Maycock, mein Hund braucht Auslauf, nachdem er den größten Teil des Nachmittags in unseren Privaträumen eingesperrt war. Kommen Sie mit mir zum See, wenn Sie mögen."

„Mit Vergnügen", erwiderte der Mann – und klang so, als ob er es auch meinte.

20. KAPITEL

Gute alte Sophia", sagte Sebastian Maycock, wobei er einen seltsamen Nachdruck auf den letzten Buchstaben ihres Namens legte. „Dieser Hund war eine brillante Idee von ihr. Ich habe überhaupt nicht den Eindruck, neben einem Blinden zu gehen."

Sie spazierten gemächlich über den Seeweg. Maycock ging auf der Seite mit dem Geländer, Vincent hatte Shep.

„Ich würde nicht sagen, dass ich nicht den Eindruck habe, blind zu sein", erwiderte Vincent. „Aber ich kann mit Fug und Recht sagen, dass der Hund mir einen Großteil meiner Freiheit und meines Selbstvertrauens wiedergegeben hat. Und ja, es war Sophia, die herausgefunden hat, dass so etwas möglich ist, und mich dazu überredet hat, es zu versuchen."

„Und nun wollen Sie eine Rennstrecke anlegen lassen? Der Park scheint mir groß genug dafür zu sein. Sie haben hier ein sehr schönes Anwesen."

„Ja", bestätigte Vincent. „Ich kann mich glücklich schätzen."

Sie plauderten angeregt miteinander, und unter anderen Umständen hätte Vincent den Mann vermutlich gemocht. Sebastian war freundlich und gut gelaunt. Vielleicht ging er ja zu hart mit ihm ins Gericht? Vielleicht wollte er damals gar nicht grausam sein. Womöglich wusste er nicht mal, wie sehr seine Worte Sophia verletzt hatten.

„Sophia hatte schon immer eine lebhafte Fantasie", kommentierte Maycock, als Vincent ihm von ihrem Plan erzählte, duftende Bäume und Kräuter entlang des Feldwegs zu pflanzen, damit er die Natur genießen konnte, auch ohne sie zu sehen. „Ich fand sie immer sehr amüsant. Einmal bin ich mit ihr in eine Galerie gegangen, und sie stand vor einem gefeierten Meisterwerk, runzelte die Stirn, legte den Kopf schräg und kritisierte dann ein Detail, das man hätte besser machen können. Das war, kurz nachdem sie bei Tante Mary eingezogen war, diesem alten

Drachen, und unmittelbar bevor ich meinem Stiefvater nach Wien gefolgt bin."

Shep war stehen geblieben, was bedeutete, dass sie das Seeufer erreicht hatten.

„Ja", sagte er. „Sie hat mir von Ihnen erzählt."

„Tatsächlich?" Maycock lachte leise. „Sie war ein komisches kleines Ding."

„Komisch?"

Maycock musste sich gebückt haben, um ein paar Steine aufzusammeln. Vincent hörte, wie einer davon über die Wasseroberfläche hüpfte.

„Sie war ziemlich dürr", fuhr Maycock fort. „Mit einem blassen, spitzen Gesicht und großen Augen. Sie hätte wie ein Junge ausgesehen, wenn da nicht all dieses Haar gewesen wäre. Mindestens so viel Haar wie Sophia, würde ich sagen. Sie konnte es einfach nicht bändigen."

Er lachte.

„Sie war wohl auch hässlich", bemerkte Vincent und wandte sich nach rechts, um am Ufer weiterzugehen.

„Wie bitte?"

„Sie war hässlich", wiederholte Vincent. „Jedenfalls haben Sie ihr das gesagt."

„Habe ich das?" Er lachte leise in sich hinein. „Und sie erinnert sich noch daran? Ja, das muss sie wohl, sonst hätte sie es Ihnen nicht erzählt. Aber wissen Sie, sie war wirklich hässlich. Ich hatte meinem Stiefvater versprochen, ein Auge auf sie zu haben, und das habe ich auch getan. Tante Mary war kalt wie ein Fisch, sie kümmerte sich überhaupt nicht um sie. Ich fand Sophia amüsant, es machte mir Spaß, sie herumzukutschieren und mich mit ihr zu unterhalten. Aber ich muss gestehen, dass ich mich schon etwas beleidigt fühlte, als sie sich einbildete, ich sei in sie verliebt. Ich meine, es war absolut lächerlich, Darleigh. Meine damalige Mätresse war eine gefeierte Halbwelt-Schönheit. Alle haben mich um sie beneidet. Und dann war da Sophia ... Nun ja." Er lachte wieder.

„Sie war erst fünfzehn“, sagte Vincent.

„Verzeihen Sie bitte. Ich wollte Ihnen mit meinem Lachen nicht zu nahe treten. Sie sieht jetzt wirklich richtig gut aus, das versichere ich Ihnen. Sie haben ihr ordentliche Kleider gekauft, was Tante Mary niemals tat, und jemand hat es geschafft, ihr Haar unter Kontrolle zu bringen. Außerdem hat sie ein bisschen zugenommen. Ich wage mal zu behaupten, es spielt für Sie keine besonders große Rolle, dass Sie keine umwerfende Schönheit geheiratet haben, oder?“

„Oh, aber genau das habe ich getan“, erwiderte Vincent.

Maycock lachte noch einmal.

„Oh, verflixt“, sagte er, als Vincent nicht weitersprach, und seine Stimme bebte noch immer vor Lachen. „Ich habe Sie tatsächlich beleidigt. Das wollte ich nicht, alter Knabe. Sie ist ein liebenswertes kleines Ding. Sobald ich hörte, dass mein Stiefvater hierherkam, dachte ich, dass es schön wäre, sie wiederzusehen. Ich mochte sie, bevor sie versucht hat, einen Trottel aus mir zu machen. Und ich merke ja, dass Sie sie richtig gern – haben. Es ist schwer, Sophia nicht gernzuhaben. Sie kann sich glücklich schätzen, jemanden gefunden zu haben, für den das Aussehen nicht alles bedeutet. Ich freue mich für sie.“

War er absichtlich so beleidigend? Zu seiner eigenen Verblüffung musste Vincent einräumen, dass dem wohl nicht so war. Maycock war ein netter Kerl, vermutlich gut aussehend und attraktiv für Frauen. Das Einzige, was ihm fehlte, war Charakter. Er blieb stehen und wandte sich zu seinem Begleiter um.

„Sophia hatte gerade auf ziemlich brutale Weise ihren Vater verloren“, sagte er. „Er war ihr einziger Halt in einem ziemlich merkwürdigen Leben und kein besonders stabiler Halt. Sie war zu einer Tante geschickt worden, die sie ignorierte. Außerdem war sie gerade mal fünfzehn, unsicher und verwundbar wie jedes Mädchen in diesem Alter. Und plötzlich hatte sie einen Freund, jemanden, der mit ihr redete und ihr zuhörte und sie an interessante Orte brachte. War es wirklich so erstaunlich, dass sie sich in Sie verliebt hat?“

„Oh, ich muss schon sagen …"

Vincent hob die Hand, um ihn zu unterbrechen.

„Natürlich waren Sie nicht in sie verliebt", fuhr er fort. „Sie war ja kaum mehr als ein Kind. Sie hat Sie in Verlegenheit gebracht, als sie Ihnen ihre Liebe gestand. Sie mussten ihr die Wirklichkeit vor Augen führen. Sie konnten nicht zulassen, dass sie sich weiter etwas vormachte, stimmt's? Aber Sie wollten sie dennoch nicht verletzen. Oder doch?"

„Sie war eine kleine Vogelscheuche, Darleigh." Maycock schnaubte belustigt durch die Nase. „Sie hätten Sie damals sehen sollen. Dann würden Sie jetzt auch lachen, vor allem bei der Vorstellung, dass sie glaubte, ich sei in sie verliebt. Was habe ich hinterher gelacht. Aber damals war ich verteufelt aufgebracht. Guter Gott, all die Nachmittage, die ich ihr geopfert hatte. Ich dachte, Sie wäre mir dankbar."

Vincent öffnete den Mund, um etwas zu erwidern. Aber welchen Sinn hätte das? Sogar jetzt konnte Maycock nur daran denken, welche Wirkung Sophias Liebeserklärung auf ihn hatte. Brachte die Tatsache, dass sie sich noch heute daran erinnerte, ihn nicht auf den Gedanken, dass er sie damals tief verletzt haben könnte?

Wie konnte er für die arme kleine fünfzehnjährige Sophia Rache nehmen? Indem er den Mann in den See stieß? Vermutlich würde es ihm gelingen, immerhin hatte er den Überraschungseffekt auf seiner Seite. Aber es kam ihm doch kindisch vor. Und es wäre nicht befriedigend.

Was bleibt mir denn sonst? dachte er. Er war schließlich blind.

Plötzlich begann eine Idee in ihm zu keimen. Er schob sie vorerst beiseite.

„Hier im Bootshaus liegen ein paar Boote", sagte er. „Vielleicht haben Sie Lust, einmal auf den See hinauszurudern, wenn das Wetter hält?"

„Vielleicht komme ich darauf zurück", erwiderte Maycock. „Es geht doch nichts über ein bisschen Sport, um das Blut in

Wallung zu bringen. Ich könnte Henrietta mitnehmen. Sie sieht dekorativ aus, auch wenn sie eine ziemlich scharfe Zunge hat."

„Welchen Sport üben Sie denn aus? Reiten? Boxen? Gehen Sie zu Gentleman Jackson, wenn Sie in London sind?"

„Ich bin einer seiner besten Schüler. Ich schlage meinen Gegner immer nieder. Manchmal gewährt er mir sogar höchstpersönlich ein paar Sparring-Runden, und das macht er nicht mit jedem, das können Sie mir gern glauben."

„Kommen Sie morgens einmal in meinen Übungsraum." Vincent signalisierte Shep, das er zum Haus zurückkehren wollte. „Mein Kammerdiener, der früher mein Bursche war, ist auch mein Trainer. Er ist ein leidenschaftlicher Boxer. Und er ist sehr gut darin; der Mann ist gebaut wie eine Scheune. Er leidet sehr darunter, dass sich praktisch nie ein würdiger Gegner für ihn findet. Vielleicht ..."

„Das klingt ganz so, als sei er mein Mann", sagte Maycock. „Aber er soll das Riechsalz mitbringen, Darleigh. Er wird es brauchen."

„Ich werde es ihm ausrichten." Vincent lächelte. „Auch wenn er vermutlich der Meinung ist, dass Sie es brauchen werden."

Maycock lachte.

„Ich bin wirklich froh, dass ich hergekommen bin", beteuerte er. „Ich werde meinen Aufenthalt hier sehr genießen. Und ich muss daran denken, Sophia zu versichern, dass sie nicht mehr hässlich ist. Ordentliche Kleider und ein guter Haarschnitt können wahre Wunder wirken, nicht wahr?"

Martin würde ihn als Idioten, Volltrottel und noch Schlimmeres beschimpfen, dachte Vincent. Aber nein, wahrscheinlich doch nicht, wenn er die näheren Umstände kannte. Das Einzige, was Martin nicht gefallen würde, war die Tatsache, dass nicht er es sein würde, der gegen Maycock antrat.

Erst am Nachmittag des folgenden Tages hatte Sophia Gelegenheit, ungestört mit ihrem Onkel zu reden. Sie hatte Tante Martha, Sir Clarence und Henrietta die Prunkräume gezeigt, und alle waren der Meinung gewesen, dass sie wirklich beeindruckend waren, wenn auch leider völlig verschwendet an einen blinden Besitzer. Und sie hatte sich kurz mit Sebastian unterhalten, der ins Musikzimmer gekommen war, während sie mit der besonders schwierigen Hausaufgabe kämpfte, die Miss Debbins ihr gestellt hatte. Warum hatten ihre Finger bloß die Tendenz, sich in zehn Daumen zu verwandeln, sobald sie sich ans Pianoforte setzte? Aber wenn Vincent die Harfe meistern konnte – und er war auf dem besten Wege, das hinzukriegen –, dann konnte sie auch das Pianoforte besiegen. Oder zumindest lernen, einigermaßen kompetent zu spielen.

„Sophia, du wirst ja eine richtige wohlerzogene Dame", hatte Sebastian gesagt.

„Ich bezweifle, dass ich mit dieser speziellen Fähigkeit je an die Öffentlichkeit treten werde", gab sie zurück.

„Früher hast du gezeichnet. Einige deiner Bilder waren wirklich sehr gekonnt."

„Ich illustriere jetzt Geschichten. Kindergeschichten. Vincent und ich denken sie uns zusammen für seine Nichten und Neffen aus. Und ich zeichne die Bilder dazu und mache Bücher daraus."

„Tatsächlich?" Er lächelte, und um seine Augen bildeten sich attraktive Falten. „Das musst du mir zeigen. Ich bin damals nach Wien gegangen, weißt du, um meinen Stiefvater zu besuchen, und dann länger geblieben, als ich ursprünglich vorhatte. Die Unterhaltungsmöglichkeiten dort waren unglaublich fesselnd. Als ich zurückkam, war der Drache tot, und du lebtest bei Tante Martha. Was ungefähr so gewesen sein muss, wie vom Regen in die Traufe zu kommen. Ich hätte dich dort besuchen sollen. Schließlich hatten wir einander gern."

„Ich wusste nicht, dass du England verlassen hast." Sie drehte sich auf der Klavierbank um, damit sie ihn besser sehen konnte. „Aber ich war froh, dass du nicht mehr gekommen bist, Sebastian."

„Weil ich dir gesagt habe, dass du hässlich bist?" Er zog eine Grimasse und lächelte dann wieder. „Aber das warst du, Sophia.

Seither hat jemand irgendetwas mit deinem Haar gemacht, du hast hübsche Kleider und bist nicht mehr ganz so dünn. Du siehst bedeutend besser aus. Heute würde ich dich nicht mehr als hässlich bezeichnen.“

„Aber weißt du, Sebastian, ich mochte dich, und ich glaubte dir.“

„Wie konntest du mir nicht glauben?“, fragte er belustigt. „Dein Spiegel muss dir doch bestätigt haben, dass ich nichts als die Wahrheit gesagt habe. Aber das ist lange her. Du bist jetzt wirklich beinahe hübsch.“

Oh. Das war ja mal ein Kompliment. Sie erwiderte sein Lächeln.

„Vermutlich wird es dich sehr erleichtern zu hören, dass ich dich nicht mehr liebe, Sebastian. Und jetzt muss ich meinen Hut holen. Ich gehe mit Onkel Terrence spazieren.“

„Nun ja, ich bin froh zu hören, dass du die Enttäuschung überwunden hast.“ Er hielt ihr die Tür auf. „Darleigh ist gewiss besser für dich.“

„Weil er mich nicht sehen kann?“, fragte sie.

Er lachte, als habe sie einen Scherz gemacht.

Schon erstaunlich, was fünf Jahre ausmachen konnten, wenn es darum ging, einen Menschen zu beurteilen. Er war attraktiv, er war charmant, er war liebenswürdig. Und er hatte nicht das geringste Einfühlungsvermögen.

Ihr Onkel erwartete sie in der Halle.

„Ich kann verstehen, warum Middlebury Park als eins der schönsten Anwesen Englands gilt“, sagte er, als sie die Treppe herunterkam. „Deine Schwiegermutter hat mir vorhin die Prunkräume gezeigt.“

„Der Park ist genauso prachtvoll“, erwiderte sie und schritt ihm voran durch das Portal und die Treppen hinunter. „Lass uns zum See gehen, und wenn du dann noch bei Kräften bist, können wir durch die Zedernallee zum Sommerhaus gehen. Auf den ersten Blick könnte man meinen, dass der Park bei den Bäumen hinter dem See endet, aber dem ist nicht so.“

Er bot ihr seinen Arm, und sie nahm ihn. Nun, da sie ihren Onkel ein paarmal gesehen hatte, sah er ihrem Vater nicht mehr so ähnlich. Er besaß auch nicht den Charme ihres Papas oder sein einnehmendes Wesen. Aber er war elegant und hatte makellose Manieren.

„Lass uns auf dem Weg bleiben, solange es geht", sagte sie.

Am Morgen hatte es genieselt, sodass das Gras noch nass war, aber die Wolken hatten sich bis zum Mittag aufgelöst, und es war ein angenehm warmer Nachmittag mit einem Hauch von Herbst in der Luft.

„Der Weg ist neu? Er fügt sich sehr gut in die Landschaft ein. Ich habe gehört, das war deine Idee, Sophia."

„Vincent war auf die Parterres beschränkt, es sei denn, jemand führte ihn. Es kann sich nicht gut anfühlen, so sehr von anderen abhängig zu sein, nicht wahr?"

„Und doch ist das das Schicksal eines jeden Kindes." Er sprach ruhig, wie zu sich selbst. „Was ja gut und schön ist, wenn das Kind geliebt und umsorgt und zu einem unabhängigen Erwachsenen herangezogen wird. Sophia, es gehört zu den schmerzlichsten Erfahrungen meines Lebens, drei kleine Kinder verloren zu haben. Ich habe meinen Bruder beneidet. Nein, Eifersucht ist wohl das treffendere Wort. Wir haben miteinander gebrochen, als wir beide noch sehr junge Männer waren. Es war nicht sein wilder Lebensstil, der dazu geführt hat – der war seine Angelegenheit, in die ich mich nie einmischte. Es passierte, als er die Frau stahl – zumindest habe ich es damals so genannt – oder vielmehr als er die Frau heiratete, die ich als die meine betrachtete. Wusstest du, dass ich deine Mutter liebte? Und sie hatten dich, und du überlebtest. Das habe ich ihnen verübelt. Und dir. Ich verabscheute sie, und ich verabscheute dich. Wenn du mich gehasst haben solltest, Sophia, dann habe ich mir das redlich verdient."

Sie fühlte sich ganz taub im Kopf, so sehr hatte der Schock ihr zugesetzt. Ihr Vater hatte ihr nie erzählt, was zwischen ihm und seinem Bruder vorgefallen war. Ihre Vermutungen waren falsch gewesen. Hatte ihre Mutter jemals bereut, nicht ihren Onkel geheiratet zu haben?

„Nachdem deine Mutter euch verlassen hatte, bot ich an, dich zu mir zu nehmen. Damals hatten meine Frau und ich bereits zwei unserer Kinder verloren."

„Du wolltest mich zu dir nehmen?" Sie starrte ihn erstaunt an.

„Die Lebensweise meines Bruders schien kaum das Richtige für ein kleines Kind zu sein, vor allem nachdem deine Mutter nicht mehr bei euch war. Natürlich lehnte er ab. Ich kann es ihm nicht mal verübeln. Ich hätte an seiner Stelle dasselbe getan. Aber es trug nicht gerade dazu bei, unsere Differenzen zu überbrücken. Im Gegenteil, mein Angebot und seine Ablehnung machten alles nur noch schlimmer."

Sie schwiegen, während Sophia versuchte, diese Neuigkeiten zu verdauen. Wie wenig kleine Kinder doch über die Dramen der Erwachsenen wussten, die um sie herum stattfanden.

„Wer immer diesen See entworfen hat, mit der Insel und dem Tempel darauf, hatte eindeutig Sinn fürs Pittoreske", bemerkte ihr Onkel. „Gibt es Boote?"

„Ja." Sie hoffte, er würde nicht vorschlagen, hinüberzurudern. Sie war nicht mehr dort gewesen seit jenem Nachmittag, als Vincent ihr zeigte, wie man sich treiben lässt, und sie sich auf eine neue Art liebten. Seit sie sich endgültig in ihn verliebt hatte.

Sie gingen am Bootshaus vorbei und weiter am Seeufer entlang.

„Wir waren eine marode Familie, Sophia", sagte er. „Ich weiß nicht genau, woran das lag, aber keiner von uns hatte besonders viel für die anderen übrig, auch wenn dein Vater und ich als Heranwachsende gute Freunde waren. Ich vermute, es war ebenso mein Fehler wie der meiner Geschwister. Ich wirke oft ziemlich unnahbar. Meine Frau warf mir einmal vor, ich sei kalt, und ich war verletzt, weil ich mich nicht kalt fühlte. Aber als ich nach dem Streit über ihren Vorwurf nachdachte, musste ich mir eingestehen, dass mein Verhalten diesen Schluss nahelegte. Ich habe mich immer lieber am Rande des Geschehens aufgehalten, als wirklich daran teilzunehmen. Vielleicht bin ich deshalb Diplomat geworden und nicht Politiker oder Offizier."

Sophia sagte nichts. Es schien auch nichts zu sagen zu geben.

„Ah", rief er, als sie das jenseitige Ufer erreichten und zwischen den Bäumen hindurchgingen. „Jetzt sehe ich, was du meinst. Und ich begreife auch, warum die Architekten dieses Parks die Allee so angelegt haben, dass man sie vom Haus aus nicht sehen kann. Hier kann man ganz für sich sein. Es ist ein guter Platz, um in Ruhe nachzudenken oder zu lesen. An diesen Vorschlägen erkennst du schon, wie es um mich bestellt ist. Das Erste, woran ich denke, sind Ruhe und Lesen. Natürlich ist es auch ein guter Ort für Liebespaare, die einmal ganz unter sich sein wollen."

„Ja."

„Kommst du mit Darleigh hierher?"

„Ja, manchmal."

Ein paarmal waren sie zu dem Sommerhaus gegangen, und sie hatte ihm vorgelesen, während sie dort saßen. Einmal hatte es ein wenig geregnet, während sie dort waren, und Vincent sagte, dass das Prasseln von Regentropfen auf ein Glasdach ganz bestimmt das gemütlichste Geräusch der Welt sein musste. Dann zog er sie auf seinen Schoß, und sie legte ihren Kopf an seine Schulter, und sie saßen still beisammen, bis der Regen weiterzog.

Als sie daran dachte, bildete sich ein Kloß in ihrem Hals, wie bei so vielen Erinnerungen.

Aber er wollte ja frei sein. Sie war nur eine weitere Frau, die sich in sein Leben einmischte. Und er hatte gehört, wie sie sich mit seinen Schwestern über ihre Zeichnung des Häuschens unterhalten hatte, das einst ihr Traum gewesen war.

Doch nun erwartete sie ein Kind. Sie würden zusammenbleiben. Sie würde ihn nicht verlassen, und sie war ziemlich sicher, dass er sie auch nicht verlassen würde.

Sie hatten ein gutes Leben miteinander. Sie waren Freunde.

Sie redeten und lachten zusammen. Sie waren Liebhaber. Sie bekamen ein Kind, das sie beide wollten. Sie hatten Familie und freundliche Nachbarn und ein paar enge Freunde. Sie hatten … alles.

Warum war *alles* bloß so ein gewichtiges Wort?

„Führt ihr eine gute Ehe, Sophia?“, fragte ihr Onkel.

„Ja.“

Es war eine gute Ehe. Sie log ihn nicht an.

„So kommt es mir auch vor. Es ist ganz offensichtlich, dass ihr einander zugetan seid. Hast du ihn dir gezielt ausgesucht und dann dreist eingefangen?“

„Hat Tante Martha es dir so erzählt?“

„Ich würde dir keinen Vorwurf machen, wenn es so gewesen wäre“, versicherte er. „Schließlich finden die meisten von uns auf diese Weise ihre Ehepartner. Aber ich nehme an, dass es in deinem Fall nicht so war. Ich vermute, Henrietta wollte ihn, oder Martha und Clarence wollten ihn für Henrietta, und du bist da irgendwie hineingeraten, und er hat dich geheiratet. Zumindest ist das meine Interpretation der Geschichte, die sie mir erzählt haben.“

„Es gab ein Dorffest, und Henrietta überredete Vincent, sie nach draußen an die frische Luft zu bringen. Sie führte ihn dann in eine einsame Gasse. Ich lief den beiden mit einem Schal nach, den ich angeblich für ihren hielt.“

Er lachte leise.

„Es gab vermutlich einen riesigen Aufstand, und Darleigh hat angeboten, dich vor Marthas Zorn zu retten.“

„Ich sagte Nein. Aber er bestand darauf, dass diese Ehe für ihn genauso viele Vorteile hätte wie für mich. Das stimmte natürlich nicht, aber ich habe ihn trotzdem geheiratet.“

„Nein, es stimmte nicht“, sagte er. „Ich glaube, er hatte mehr Vorteile davon als du.“

„Was für ein Unsinn.“ Sie lachte. „Ohne Vincent wäre ich vermutlich in London in der Gosse gelandet.“

Er blieb stehen und schaute auf sie herab.

„Sag mir, dass du das nicht ernst meinst. Martha hat doch nicht etwa angedroht, dich aus dem Haus zu werfen, oder?"

„Sie hat mich aus dem Haus geworfen, mitten in der Nacht, nach dem Dorffest. Ich bin dann in die Kirche gegangen, wo der Vikar mich am nächsten Morgen fand. Vincent kam ins Pfarrhaus, sobald er davon hörte."

Er schloss die Augen und legte einen Arm um ihre Schultern.

„Ach Sophia, das ist alles meine Schuld. Sebastian hat mir erzählt, dass Mary dich sträflich vernachlässigt hat, als du bei ihr lebtest. Ich war sehr beschäftigt in Wien und habe es immer wieder hinausgezögert, nach England zu reisen, um selbst nach dem Rechten zu sehen. Und dann starb sie, und Martha nahm dich auf. Sie hatte eine Tochter, die ungefähr in deinem Alter war, und ich beschloss zu glauben, dass du dort viel glücklicher sein würdest als vorher. Aber ich hätte es wirklich besser wissen müssen. Schließlich habe ich immer wieder diskret bei Bekannten in London nachgefragt, und während sie von Henriettas Teilnahme an zahllosen Veranstaltungen des *ton* zu berichten wussten, hatte keiner je von dir gehört. Wurdest du denn nicht in die Gesellschaft eingeführt? Haben sie dich nie zu Bällen oder anderen Festlichkeiten mitgenommen?"

„Nein, Tante Martha hatte Angst, die Leute könnten sich an Papa und sein unrühmliches Ende erinnern."

„Verstehe." Er schwieg eine Weile. „Es ist ausschließlich meine Schuld. Aber es wäre zu leicht, einfach nur um Verzeihung zu bitten."

Sie waren weitergegangen und näherten sich nun dem Sommerhaus.

„Wenn die Menschen einander nicht um Verzeihung bitten", sagte sie, „dann gibt es keine Vergebung, und alte Wunden schwären immer weiter."

„Bist du tief verletzt worden, Sophia? Habe ich dich verletzt?"

„Ja."

Er atmete scharf ein und wieder aus.

Sie war froh, dass er nicht vorschlug, ins Sommerhaus zu gehen. Er drehte sich um, und sie schlenderten langsam zurück zum See.

„Und jetzt ist es zu spät für mich, irgendetwas für dich zu tun. Du brauchst meine Hilfe nicht mehr. Du hast Darleigh."

„Und seine Mutter und seine Großmutter und seine drei Schwestern und deren Familien. Aber ich habe niemanden, der zu mir gehört, Onkel Terrence. Nur Tante Martha, Sir Clarence und Henrietta, mit denen ich auf ein einigermaßen freundliches Verhältnis hoffe, auch wenn es nie ein herzliches sein wird. Und vielleicht dich."

„Deine Familie hat dich auf entsetzliche Weise im Stich gelassen. Vielleicht wäre es besser für dich, wenn du uns ein für alle Mal den Rücken kehrst, Sophia."

„So wie du und Papa es miteinander gemacht habt?", fragte sie. „Und ihr alle beide mit euren Schwestern? So sollten Familien nicht sein. Ich will doch nichts anderes als eine Familie, die ich lieben kann und die mich liebt. Eine eigene Familie. Ist das wirklich zu viel verlangt?"

„Ich habe nicht viel Erfahrung mit zwischenmenschlicher Wärme", erklärte er.

„Kannst du es nicht wenigstens versuchen? Du hast gesagt, dein größter Schmerz war der Verlust deiner Kinder. Aber du hast eine Nichte. Ich kann dir die eigenen Söhne und Töchter nicht ersetzen, aber ich sehne mich nach deiner Liebe. Und ich sehne mich danach, dich zu lieben."

Sie schluckte und hörte ein peinliches Glucksen in ihrer Kehle.

Er blieb stehen und wandte sich ihr zu.

„Sophia, ich glaube nicht, dass ich jemals einen so liebenswerten Menschen wie dich gekannt habe. Vielleicht meine eigenen Kinder … Aber sie sind nicht hier und werden es niemals sein. Ich bin nicht gut mit Umarmungen."

„Ich schon." Sie schmiegte sich an ihn, legte ihre Arme um seine Taille und ihr Gesicht an seine Schulter.

Seine Arme schlossen sich eng um sie, und beide standen eine lange Weile reglos da, bevor sie sich voneinander lösten.

„Verzeihst du mir?“, fragte er.

„Ja.“

„Und gestattest du mir, Teil deines Lebens sein?“

„Ja.“

„Liebst du ihn, Sophia?“, wollte er wissen. „Kannst du mich beruhigen, indem du mir sagst, dass es wirklich eine gute Ehe ist?“

„Ja und ja“, sagte sie.

Es war wirklich eine gute Ehe. Sie würden wegen ihres Kindes zusammenbleiben, vielleicht in naher Zukunft wegen ihrer *Kinder*. Aber es wären nicht nur die Kinder, die ihre Ehe zusammenhielten, daran wollte sie ganz fest glauben. Sie würden eine richtige Familie sein und einander lieben, wie Familien einander lieben sollten. Und sie und Vincent würden ihren Kindern Liebe und Kameradschaft und Toleranz vorleben.

„Darleigh ist ein sehr glücklicher Mann“, sagte ihr Onkel.

Sie lächelte und nahm seinen Arm.

„Wir verpassen noch den Tee, wenn wir nicht rasch zurückgehen.“

Vincent rollte sich vorsichtig aus dem Bett. Sophia war gerade erst wieder eingeschlafen. Sie habe seit halb vier wach gelegen, hatte sie ihm erzählt, als er um kurz vor sechs aufgewacht war – sie schaute auf die Uhr, um zu sehen, wie früh es noch war –, und sich dann für ihre Ruhelosigkeit entschuldigt, falls die ihn geweckt habe.

„Hast du Angst?", hatte er wissen wollen.

„Und ob", hatte sie gesagt und ein bisschen gestöhnt. „Und aufgeregt bin ich auch. Und ... ich habe Angst."

Die Gesellschaft und der Ball sollten in zwei Tagen stattfinden. Soweit Vincent das beurteilen konnte, war alles bis in wirklich allerkleinste Detail durchgeplant. Seine Schwestern und ihre Familien würden heute später am Tag eintreffen, auch Flavian wurde heute erwartet. Alle Nachbarn, die im Umkreis von zehn Meilen lebten, waren eingeladen worden, einige der entfernter wohnenden würden über Nacht bleiben. Nur eine einzige Einladung war abgelehnt worden, und auch die nur deshalb, weil der Adressat das Pech hatte, vor Schreck vom Dach seiner Scheune zu fallen, als seine Frau mit lautem Hallo die Karte aus Middlebury Park schwenkte. Der arme Kerl erlitt einen zweifachen Beinbruch.

Andy Harrison und ein paar andere Männer, mit denen Vincent sich angefreundet hatte, behaupteten, dass sich nach dem Ball eine gespenstische Stille über die Gegend legen würde. Denn es gäbe dann nichts, absolut nichts mehr, über das man reden konnte. Bei dieser Aussicht hatten alle herzlich gelacht.

Vincent küsste und umarmte seine schlaflose Frau und versicherte ihr, dass alles gut war und absolut nichts schiefgehen konnte. Natürlich würde das Orchester aus Gloucester pünktlich eintreffen. Und selbstverständlich würden die Speisen nicht nur perfekt zubereitet sein, sondern auch rechtzeitig fertig werden. Natürlich würden alle kommen. Und, ja, es war absolut angemessen und wünschenswert, dass sie den Tanz mit ihrem

Onkel eröffnete. Und, nein, sie würde ganz bestimmt weder ihre Schritte vergessen noch über ihre eigenen oder irgendwelche anderen Füße stolpern. Miss Debbins war die Schrittfolge schließlich sorgfältig mit ihr durchgegangen, und Sophia hatte im Musikzimmer mit ihrem Onkel geübt, der ein erfahrener und kompetenter Tänzer war, nicht wahr? Und, nein, er bedauerte absolut überhaupt nicht, dass sie ihn in diese ganze Sache hineingezogen hatte.

„Was meinst du überhaupt mit ‚hineingezogen', Sophie?", hatte er gefragt. „Soweit ich mich erinnere, haben wir beide beschlossen, dass es höchste Zeit ist, die Tradition glanzvoller Feste wieder aufzunehmen und die Prunkräume mit Leben zu füllen. Sind wir nicht gemeinsam auf die Idee gekommen, diesen Ball zu geben?"

„Es ist sehr freundlich von dir, das zu sagen", hatte sie an seiner Brust gemurmelt, „aber ich fürchte, dass es meine Idee war. Ich wollte beweisen, dass ich eine würdige Herrin von Middlebury bin, und allen zeigen, dass ich es mit den früheren Viscountesses aufnehmen kann."

„Und das ist dir bewundernswert gelungen", beteuerte er und küsste ihre jetzt schon viel längeren Locken. „Beziehungsweise es wird dir bewundernswert gelingen."

„Genau das ist ja das Problem. Dieses *es wird dir gelingen*. Schlaf weiter, Vincent, ich wollte dich nicht wecken. Ich liege jetzt ganz still, auch wenn ich bezweifle, dass ich, bis alles vorbei ist, auch nur ein Auge zukriege."

Keine drei Minuten später war sie eingeschlafen, und Vincent schlüpfte aus dem Bett und schlich sich zu seinem Ankleidezimmer. Er hörte, wie Shep aufsprang, und spürte gleich darauf eine kalte Nase an seiner Hand. Er kraulte den Kopf des Hundes und zog ihn sanft an den Ohren.

„Guten Morgen, alter Junge", flüsterte er und beugte sich so weit runter, dass Shep ihm die Wange lecken konnte. „Wir beide gehen jetzt kurz raus, aber dann habe ich eine Verabredung einzuhalten."

Tatsächlich hatte auch er einen guten Teil der Nacht wach gelegen, allerdings früher als Sophia. Würde er sich gleich vollkommen zum Narren machen? Er hatte die letzten Tage mit Martin trainiert, und der fluchte dabei, dass die Balken krachten.

„Keine Ahnung, wie Sie das machen, Sir", hatte er geknurrt. „Aber Sie tun es, was mir kein bisschen gefällt, wenn ich mich am anderen Ende Ihrer Fäuste befinde. Wenn es hingegen diesen grinsenden Mistkerl trifft, gefällt es mir umso besser. Steigt mit Gentleman Jackson persönlich in den Ring, was? Ich hoffe nur, er hat nicht geprahlt, als er Ihnen das erzählte. Denn dann wird er umso tiefer fallen."

Sollte er nicht geprahlt haben, bedeutete das allerdings auch, dass er gleich auf einen eindrucksvollen Gegner treffen würde. Und dieser Gedanke hatte Vincent den Schlaf geraubt und seinen Magen dazu bewogen, sich unbehaglich zusammenzuziehen. Es war nicht der körperliche Schmerz, den er fürchtete. Vincent hatte eine wilde Jugend hinter sich und war in Faustkämpfen ebenso oft niedergeschlagen worden, wie er die Oberhand behielt. Allerdings war er fast immer sofort wieder aufgesprungen und hatte weitergemacht. Nein, was er in diesem speziellen Fall fürchtete, war das Gefühl des Versagens – wenn er nicht erreichte, was er sich so fest vorgenommen hatte.

Er hatte Angst davor, dass seine Blindheit ihn entmannt haben könnte.

Natürlich waren derlei Grübeleien vollkommen sinnlos. Aber Nachtgedanken ließen sich nur schwer vertreiben.

Martin wartete bereits im Keller auf ihn.

„Sind Sie ganz sicher, Sir?", fragte er. „Ich würde es liebend gern auf traditionelle Weise tun. Ihn im Handumdrehen flachlegen, sodass er durch die Kellerdecke und alle anderen Decken darüber die Sterne zählen könnte."

„Trotz Gentleman Jackson?"

Sein Kammerdiener sagte etwas, das man besser nicht wiederholen sollte.

„Haben Sie kein Zutrauen zu mir, Martin?"

„Alles Zutrauen der Welt", gab Martin zurück. „Ich sehe nur nicht ein, dass Sie allen Spaß haben sollen, nur weil Sie der verdammte Viscount sind."

„Und weil die Viscountess meine Frau ist."

„Das ist natürlich ein Argument", räumte Martin ein. „Wenn es Sal wäre, würde ich auch darauf bestehen, es mit eigenen Fäusten zu erledigen."

Vincent grinste, aber bevor er eine Bemerkung über die fortlaufende Romanze zwischen seinem Kammerdiener und der überaus heiratswilligen Tochter des Hufschmieds loswerden konnte, öffnete sich die Kellertür über ihnen, und eine fröhliche Stimme ertönte.

„Darleigh? Sind Sie da unten? Ist Ihr Bursche bei Ihnen?"

„Wir sind beide da", rief Vincent zurück. „Kommen Sie runter, Maycock. Es sollte hell genug sein. Martin hat die Lampen entzündet."

„Ah, was für eine wundervolle Höhle." Sebastians Stimme klang jetzt näher. „Hier trainieren Sie, Darleigh? Und das ist Ihr Trainer?"

„Martin Fisk", sagte Vincent. „Freund, Bursche, Kammerdiener, Trainer. Er hat viele Aufgaben."

„Sie sind wirklich beeindruckend kräftig", stellte Maycock fest. „Diese Arm- und Schultermuskeln sehen aus, als ob sie regelmäßig auf Trab gehalten werden."

„Ich tue, was ich kann", gab Martin zurück.

„Sie glauben also, dass Sie mich beim Sparring besiegen können?" Maycock lachte. „Dazu braucht man aber nicht nur Muskeln, sondern auch Talent. Wussten Sie das?"

„Ich glaube, ich habe schon ein oder zwei Mal davon gehört."

„Nun gut. Wie ich sehe, haben Sie sich bereits freigemacht. Ich ziehe nur rasch Hemd und Stiefel aus, und dann können wir loslegen. Hat Darleigh Sie gewarnt, dass Sie Riechsalz und Verbandszeug brauchen werden?"

„Er hat es erwähnt", sagte Martin.

„Eine Runde, ohne Unterbrechungen?“, fragte Vincent. „Nur Fäuste, keine Schläge unter der Gürtellinie? Und sobald einer am Boden liegt und in angemessener Zeit nicht wieder hochkommt, ist das Sparring zu Ende?“

„Das klingt fair“, erwiderte Maycock. „Ich gehe allerdings nicht davon aus, dass das hier sehr lange dauern wird. Hoffentlich bereitet Ihre Köchin ein zeitiges Frühstück vor, Darleigh. Es gibt nichts Appetitanregenderes als ein gutes Kampftraining. Versuchen Sie, nicht zu schnell zu Boden zu gehen, Fisk. Bereit?“

„Ich bin fertig“, gab Martin zurück. „Die Lampen habe ich auch schon zusammengeschoben.“

„Nein, verteilen Sie sie wieder so wie vorher“, forderte Maycock. „Wenn all drei am selben Platz stehen, gibt es zu viel Schatten. Wir passen schon auf, dass wir sie nicht umwerfen. Darleigh, alter Knabe, ich schlage vor, Sie setzen sich auf die Treppe, nicht allzu weit unten. Wir wollen Sie schließlich nicht versehentlich treffen, oder? Das wäre unsportlich.“

Er lachte. Der Mann lachte wirklich entsetzlich oft.

„Ich glaube, Sie haben da etwas missverstanden, Maycock“, erklärte Vincent. „Sie treten nicht gegen Martin an. Sondern gegen mich.“

Nach einer kurzen Stille kam wieder dieses Lachen. Brüllendes Lachen diesmal.

„Guter Witz, Darleigh. Das wäre ein Blutbad, nach nicht mal einer Sekunde. Wollen wir, Fisk? Schieben Sie die Lampen auseinander. Es ist ziemlich dunkel hier.“

„Es wird noch dunkler werden“, sagte Vincent. „Offenbar habe ich mich nicht deutlich genug ausgedrückt. Sie und ich treten gegeneinander an, Maycock. Und natürlich wäre ein Sparring zwischen uns unter normalen Bedingungen lachhaft. Sie können sehen. Ich kann es nicht. Und leider ist es nicht möglich, in meinen Augen für eine kurze Weile das Licht zu entzünden. Doch man kann es Ihren Augen zwischenzeitlich entziehen. Dann sind die Bedingungen gleich, und es wird ein fairer Kampf. Ich sage übrigens bewusst *Kampf* und nicht Sparring. Wenn Sie einer trauernden, verwundbaren Fünfzehnjährigen sagen, dass sie hässlich ist, Maycock, und sie dann auch noch vor einen lebensgroßen Spiegel zwingen, um ihr zu demonstrieren, dass Sie recht haben, dann verletzen Sie sie nicht nur. Dann zerstören Sie sie. Und wenn Sie das dem Mädchen antun, das inzwischen meine Frau ist, dann machen Sie sich mich zum Feind. Und ich werde Ihnen eigenhändig die verdiente Strafe erteilen."

„Ach was." Maycock lachte wieder. „Das ist doch Jahre her, alter Knabe, und außerdem entsprach es nun Mal der Wahrheit. Wäre es Ihnen lieber, wenn ich sie belogen hätte? Hätte ich vormachen sollen … Also hören Sie mal!"

„Die Lampen sind aus, Sir", verkündete Martin. „Drei Schritte vorwärts, leicht nach rechts."

„Es ist pechschwarz hier unten", rief Maycock. Er klang aufgebracht. „Zünden Sie sofort wieder die Lampen an, Mann."

„Ich würde Ihnen raten, sich zu verteidigen", sagte Vincent, der drei Schritte vorwärts gemacht und sich leicht nach rechts gewendet hatte. Das war die einzige Hilfe von außen, die er erhalten würde. Er benutzte beide Fäuste und kurze Geraden, um seinen Gegner zu lokalisieren, und versetzte ihm dann einen Haken direkt aufs Kinn.

„Oh, ich muss schon sagen! Das ist unsportlich."

„Sind Ihnen etwa die Hände gebunden?", gab Vincent zurück. „Sind Ihre Beine gefesselt? Oder Ihre Ohren verstopft?"

Er landete eine Gerade auf der nackten Brust vor ihm und setzte mit einem linken Haken und einem rechten Aufwärtshaken nach.

Zu seiner Ehre sei gesagt, dass Maycock sich relativ zügig von seinem Schock erholte und die Fäuste zur Deckung hob. Dann tanzte er außer Reichweite – und entzog sich Vincents wohlfeilen Schlägen.

Aber natürlich war es in Wirklichkeit kein fairer Kampf. Vincent hatte Erfahrung mit der Dunkelheit, er war daran gewöhnt, sich über das Gehör zu orientieren – und über jenen sechsten Sinn, der anschlug, sobald jemand oder etwas ihm nahe kam. Aber meist waren es Laute, die ihn leiteten – das Klatschen nackter Fußsohlen auf dem Boden, schwerer werdendes Atmen. Hilfreich war auch die Stimme seines Gegners, die protestierte oder auch spottete, vor allem wenn Maycock einen Schlag landete, was mehr als einmal passierte, aber nicht wirklich wehtat. Kein Treffer im Gesicht. Vincent redete auch. Das war schließlich nur fair.

„Das Problem mit Ihnen, Maycock, ist, dass Sie nur auf Oberflächen reagieren. Sie sehen Schönheit und glauben, die betreffende Person ist tatsächlich schön. Sie sehen Unscheinbarkeit und sind sicher, dass die betreffende Person langweilig ist und keine tieferen Empfindungen hat. Sie würden eine Auster betrachten und nicht im Entferntesten auf die Idee kommen, dass sich darin eine unbezahlbare Perle verbergen könnte."

Er vergewisserte sich mit einer Serie schneller linker Geraden, dass Maycock jetzt direkt vor ihm war. Der Mann wehrte sich redlich, vernachlässigte darüber aber seine Deckung. Vincents Rechte traf ihn am Kinn. Er fiel um wie ein Baumstamm.

„Reiner Glückstreffer." Er rappelte sich wieder auf. „Ich wünschte, ich könnte Sie nur eine Minute lang zu meinen Bedingungen in ‚Jackson's Saloon' haben, Darleigh. Dann würden wir ja sehen, wer der bessere Boxer ist."

„Und Gentleman Jackson und all Ihre Freunde und Bekannten würden Ihnen Beifall zollen", kommentierte Vincent und schlug ihn erneut nieder.

Es war schwer für ihn, genau abzuschätzen, wo Maycocks Kinn war und wo der Rest seines Gesichts. Vincent gab sich große Mühe, das Gesicht zu vermeiden. Schließlich hatte sein Gegner Familie da oben im Haus, und in zwei Tagen sollten eine Gesellschaft und ein Ball stattfinden. Aber diesmal konnte es gut sein, dass er die Nase getroffen hatte.

Wieder rappelte Sebastian sich schnell auf. Zumindest war er kein Feigling.

Vincent empfing einen harten Schlag auf den Kiefer, taumelte einen Moment und tanzte dann außer Reichweite.

„Sie haben ein einsames junges Mädchen gesehen, um das sich keiner kümmerte", fuhr er fort. „Und obwohl sie Sie anbetete, entdeckten Sie nur Hässlichkeit. Ich kann die Frau, zu der dieses Mädchen herangewachsen ist, noch nicht mal sehen, und doch erkenne ich all die Schönheit, die in ihr ist, und sie raubt mir den Atem."

„Vielleicht ist es ja grausam, ehrlich zu sein", erwiderte Maycock verärgert. „Wenn Sie wirklich glauben, dass es eine Rolle spielt, dann werde ich mich bei ihr entschuldigen. Ich habe ihr bereits gesagt, dass sie nicht mehr hässlich ist."

Der Mann kapierte es einfach nicht, oder? Wahrscheinlich war er gar nicht dazu imstande, zu begreifen, was Vincent ihm sagen wollte. Er schlug ihn erneut zu Boden, aber nach zwei Sekunden stand Maycock schon wieder.

„Ich habe nicht nur ihre Schönheit erkannt, sondern auch ihren Schmerz", sagte Vincent. „Den Schmerz eines Menschen, der sich für hässlich hält und nicht glaubt, dass er es wert ist, geliebt zu werden."

„Wenn Sie Augen hätten, Darleigh, dann würden Sie selbst sehen, dass …"

Diesmal versetzte Vincent ihm einen Schlag, von dem er möglichst nicht mehr aufstehen sollte.

Was er auch nicht tat.

Einen Moment lang hörte Vincent nur seinen eigenen schweren Atem.

„Maycock?"

Ein dumpfes Stöhnen war die einzige Antwort.

„Eine Lampe, Sir?", schlug Martin vor.

„Ja, zünden Sie bitte eine an."

„Er ist nicht völlig bewusstlos", vermeldete Martin kurz darauf.

Maycock stöhnte wieder.

„Lassen Sie sich helfen", sagte Martin. „Hier, setzen Sie sich auf die Stufen. Sie haben mein vollstes Mitgefühl. Ich bin auch schon gegen ihn angetreten, ohne den geringsten Erfolg. Als wir beide noch Jungen waren, habe ich ihn ebenso oft niedergeschlagen wie er mich. Aber damals konnte er noch sehen. Jetzt ist er viel gefährlicher."

Vincent rieb sich mit einem Handtuch trocken.

„Habe ich viel Schaden angerichtet?", erkundigte er sich bei Martin.

„Nur ein bisschen Nasenbluten. Ein paar Tage lang wird seine Nase wie ein Leuchtturm aussehen. Aber sonst nur ein paar Abschürfungen am Kinn. Kein blaues Auge. An Brust und Armen dürften sich in absehbarer Zeit recht farbenfrohe Blutergüsse bilden, aber das sieht ja keiner unter dem Hemd."

„Man hat mich unter falschen Voraussetzungen hierhergelockt", beklagte sich Maycock.

„Man hat Sie hierhergelockt, um Sie zu bestrafen", widersprach Vincent. „Ich hätte Martin genauso gut anweisen können, Sie zu fesseln, damit ich Sie verprügeln kann. Stattdessen gab es einen fairen Kampf."

„Fair!", gab Maycock gereizt zurück. „Sie haben mich ganz schön vorgeführt."

„Das will ich doch hoffen." Vincent grinste. „Ich glaube, die beste Erklärung, die wir oben im Haus abgeben können, ist eine Variante der Wahrheit. Sie und ich hatten eine freundschaftliche Sparring-Runde, nachdem Sie sportlicherweise vorgeschlagen hatten, dass wir im Dunkeln boxen."

„Es gefällt mir überhaupt nicht, zum Narren gemacht zu werden."

„Das gefällt keinem", räumte Vincent ein. „Aber keiner muss erfahren, was passiert ist, außer Ihnen, mir und Martin. Und Sophia. Ich werde es ihr erzählen."

Er hörte Schritte auf der Treppe, dann öffnete und schloss sich die Kellertür.

„Ich bin froh, dass er kein Feigling war", sagte Martin. „Jedes Mal, wenn er zu Boden ging, habe ich gehofft, dass er sich noch einmal aufrappelt."

„War es unfair?"

„Nicht wenn man es als Bestrafung versteht", sagte Martin. „Er ist nicht schlimm verletzt. Nur sein Stolz. Und er hat ganz offensichtlich nichts begriffen, oder?"

„Ich glaube, dazu ist er schlichtweg nicht imstande", stimmte Vincent zu.

„Sie kriegen da übrigens einen hübschen Bluterguss am Kiefer", bemerkte Martin. „Lassen Sie mich mal kurz dieses feuchte Tuch draufpressen. Ich habe gesagt, dass sie wie ein Junge aussieht, Sir. Als Sie mir erzählten, dass Sie sie heiraten würden. Wollen Sie mich auch verprügeln?"

„Sie haben es seither wiedergutgemacht", versicherte Vincent. „Außerdem haben Sie es nicht zu ihr gesagt und würden so etwas auch niemals tun. Autsch! Das brennt ganz schön. Und vermutlich sah sie ja wirklich aus wie ein Junge, meine arme kleine Vogelscheuche, mit ihrem geschorenen Haar. Aber jetzt lässt sie es wachsen."

„Ich nehme an, dass Sie für heute Morgen genug trainiert haben, Sir? Dann gehe ich mal hoch und kümmere mich um Ihr Badewasser, in Ordnung?"

„Ja, bitte, Martin."

Er streckte seine Finger, deren Knöchel sich etwas wund anfühlten, und lockerte seinen Kiefer, der gewiss eine Weile schmerzen würde.

Ich liebe sie, dachte er. Der Gedanke traf ihn wie ein Blitz aus heiterem Himmel.

Nun ja, natürlich liebte er sie. Sie war seine Frau, und sie fühlten sich wohl miteinander. Sie redeten und lachten zusammen. Im Bett war es wundervoll mit ihr, und nun erwartete sie sein Kind. Natürlich liebte er sie.

Aber nein. Das war nicht das, was dieser plötzliche Gedanke bedeutete.

Er *liebte* sie.

Und sie träumte insgeheim immer noch von ihrem Häuschen auf dem Lande.

Sophia hatte lange geschlafen, und jetzt kam es ihr so vor, als ob ihr die Zeit davonlief. Obwohl sie selbst nicht zu sagen vermochte, was sie eigentlich zu versäumen fürchtete. Zwei Tage vor dem Ball war alles erledigt, was zu erledigen war, und ihr blieb im Grunde nichts anderes übrig, als abzuwarten und zu hoffen, dass alles gut klappen würde und nichts vergessen worden war.

Und es war nichts vergessen worden. Noch gestern waren sie und Vincent zu Mr und Mrs Latchley geritten – er war der unglückliche Landwirt, der vom Scheunendach gefallen war. Ja, sie waren geritten, Sophia im Damensitz auf der ruhigen Stute, die man ihr mittlerweile zugeteilt hatte, an Vincents einer Seite und Mr Fisk an seiner anderen. Als sie wieder zu Hause angekommen waren, hatte Mr Fisk sogar angemerkt, dass sie den Weg selbst zu Fuß kaum schneller hätten zurücklegen können.

Sie war zu dem Schluss gekommen, dass sie Mr Fisk trotz allem mochte. So ruppig und unverblümt er auch war, mitunter konnte sie in seinen Augen doch so etwas Ähnliches wie ein Lächeln erkennen, wenn er sie anschaute.

Sie hatten Mr Latchley dazu überredet, sich eine Kutsche schicken zu lassen, damit er und seine Frau doch am Ball teilnehmen konnten. Sie versprachen, für ihn ein Sofa in einer ruhigen Ecke des Ballsaals aufzustellen, sodass er sein geschientes Bein hochlagern, die Tänzer beobachten und mit seinen Nachbarn plaudern konnte. Mrs Latchley hätte derweil Gelegenheit zu tanzen und sich mit ihren Freundinnen zu amüsieren. Selbstverständlich würden sie über Nacht bleiben und am nächsten Tag wieder nach Hause gebracht werden.

Sophia hatte keinen Hunger. Sie beschloss, auf das Frühstück zu verzichten, auch wenn sie wusste, dass sie das nicht sollte. Schließlich musste sie jetzt für zwei essen. Vielleicht etwas später. Aber jetzt wollte sie ein paar Minuten für sich sein. Es sah nach einem kühlen Morgen aus, aber es regnete nicht. Sie nahm vorsichtshalber einen Mantel mit.

Eine Weile schlenderte sie durch die Parterre-Gärten. Sie wollte sich nicht zu weit vom Haus entfernen. Nach ihren Maßstäben waren ihre und Vincents Verwandte zwar keine Frühaufsteher, aber so langsam würden sie wohl doch aus ihren Schlafgemächern auftauchen. Außerdem erwarteten sie heute noch mehr Gäste.

Sie hatte eine eigene Familie. Noch immer erfüllte der ungewohnte Gedanke sie mit tiefer Befriedigung. Sie hatte einen Onkel. Und außerdem eine Tante, eine Cousine und einen angeheirateten Onkel, die ebenfalls von nun an Teil ihres Lebens waren, und sei es nur aus dem simplen Grund, weil sie sie nicht einfach so gehen lassen würde. Manche Leute mochten das für töricht halten. Schließlich waren die drei keine besonders liebenswerten Menschen, und sie hatten sich ihr gegenüber ganz gewiss nicht mit Ruhm bekleckert. Aber sie wollte es ihnen nicht nachtragen. Und auch ihren Groll gegen Sebastian vergessen. Er war ein liebenswürdiger, schwacher, ziemlich selbstsüchtiger Mann, der ihrer damaligen Bewunderung nicht würdig gewesen war, aber er gehörte doch auch irgendwie zu ihrer Familie, und sie war froh, ihn hierzuhaben.

Sie wollte gerade wieder ins Haus gehen, als sie jemanden schnellen Schrittes die Auffahrt entlangeilen sah. Eine Frau. Als sie näher kam, erkannte Sophia Agnes Keeping. Es war noch recht früh für einen Besuch, aber Agnes war ihr immer willkommen. Sie lief ihr ein Stück entgegen.

„Agnes“, rief sie, sobald sie in Hörweite war.

Ihre Freundin lächelte strahlend und schwenkte ein zusammengefaltetes Stück Papier.

„Ich konnte einfach nicht bis zu einer schicklicheren Stunde warten“, japste sie. „Die Post kam früh, und daher bin ich auch früh. Dennis hat sich endlich gemeldet, nachdem ich schon alle Hoffnung aufgegeben hatte, je wieder von ihm zu hören. Männer sind wirklich furchtbar nachlässige Briefeschreiber, nicht wahr?“

Sophia lächelte, und beide Frauen blieben stehen. Wer war doch gleich Dennis?

„Dennis Fitzharris", erklärte Agnes. „Mein angeheirateter Cousin. Der Verleger."

Ach ja, der Cousin. Aber Agnes hatte damals nicht gesagt, dass er tatsächlich Verleger war. Sophia hob fragend die Brauen.

„Er möchte Ihre erste Bertha-und-Dan-Geschichte veröffentlichen. Und er möchte mehr davon sehen. Hier. Lesen Sie selbst." Sie drückte Sophia den Brief in die Hand.

Der Cousin wollte es wirklich veröffentlichen. Er mochte den Text und die Bilder, und er glaubte, dass es für solche Geschichten eine große Nachfrage geben könnte, vor allem da so wenig Bücher speziell für Kinder herausgebracht wurden, schon gar keine, die so gekonnt und amüsant illustriert waren. Er schlug vor, das Buch unter dem Namen „Mr Hunt, Gentleman" zu veröffentlichen, da Viscount Darleigh seinen Titel zweifellos nicht mit etwas so augenscheinlich Trivialem in Verbindung bringen würde und Lady Darleigh gewiss nicht als vulgär betrachtet werden wolle. Er bot einen recht großzügigen Vorschuss auf den späteren Verkaufserlös an.

Sophia schaute auf und direkt in Agnes lächelndes Gesicht. Sie lächelte ebenfalls, dann grinste sie, und dann lachten beide und umarmten einander und tanzten auf der Auffahrt im Kreis herum.

„Ist es tatsächlich vulgär, Bücher zu schreiben?", fragte Sophia.

„Schrecklich vulgär, meine Liebe. Und noch weit schlimmer ist es, Bücher zu illustrieren. Gibt es vielleicht ein noch abfälligeres Wort als vulgär? Wenn ja, dann sind Sie das oder wären es, wenn Ihr Name auf dem Umschlag Ihres Buchs stünde."

„Mein Buch." Sophia starrte sie an. „Mein Buch. Mein und Vincents Buch. Oh Agnes!"

„Ich weiß. Das ist wirklich eine großartige Sache, nicht wahr? Aber jetzt muss ich dringend los. Ich habe meiner Schwester versprochen, dass ich nicht länger als eine halbe Stunde wegbleibe. Ich soll ihr dabei helfen, für den Ball übermorgen eine neue Bordüre an ihr bestes Abendkleid zu nähen, und sie ist sicher, dass wir den ganzen Tag dafür brauchen. Ein schrecklicher Gedanke."

Sie drehte sich um und hastete den Weg zurück, den sie gekommen war. Sophia lief zum Haus.

„Haben Sie meinen Mann gesehen?", fragte Sie den Diener in der Halle.

Der Mann vermutete, dass Seine Lordschaft sich mit Mrs Pearl und Lady March im Morgensalon aufhielt, aber als Sophia sich dem besagten Raum näherte, sah sie gerade noch, wie Vincent auf den Flur trat und die Tür hinter sich zuzog.

„Vincent", rief sie.

Er drehte sich in ihre Richtung, legte den Kopf schräg und runzelte die Stirn.

„Was ist denn? Du klingst ja richtig verzweifelt."

„Eher atemlos", keuchte sie. „Der Postbote hat gerade einen Brief zu Miss Debbins' Haus gebracht, und er will uns veröffentlichen, Vincent, aber nicht unter meinem Namen, weil das vulgär wäre."

Seine Brauen zogen sich noch weiter zusammen.

„Er?", fragte er. „Der Postbote? Was wäre vulgär?"

„Ein Frauenname auf dem Buchumschlag. Offenbar macht man das nicht. Und du könntest es trivial finden, mit deinem Titel dort zu erscheinen. Also schlägt er vor, einfach nur Mr Hunt, Gentleman draufzuschreiben."

„Das ist sehr freundlich von ihm", sagte Vincent und grinste plötzlich. „Sophie, wer, um alles in der Welt, ist *er*? Und wovon, um alles in der Welt, redest du? Was haben der Postbote und Miss Debbins damit zu tun, was immer es auch sein mag?"

„Gar nichts", versicherte sie.

Er lachte lauthals los, und nach einem Moment stimmte sie ein.

„Der Brief war an Agnes Keeping gerichtet", erklärte sie dann. „Ich hatte dir doch erzählt, dass sie eine Kopie von *Bertha & Dan und das Abenteuer mit dem Cricketball* an ihren angeheirateten Cousin geschickt hat, der in London lebt. Wie sich nun herausstellte, ist der tatsächlich Verleger und mag das Buch und möchte es uns abkaufen und veröffentlichen, und zwar unter dem Namen Mr Hunt, Gentleman, um dir die Peinlichkeit zu ersparen und mir die Vulgarität. Er möchte es veröffentlichen, Vincent, damit Kinder im ganzen Land es lesen und anschauen können. Und er möchte noch mehr von uns sehen."

Er sah sie ernst an, aber um seine Mundwinkel zuckte ein leichtes Lächeln.

„Er möchte also deine Bücher veröffentlichen, Sophie?"

„Unsere Bücher."

„Dann sollte er es wohl besser unter den Namen Mr und Mrs Hunt tun, oder aus der Sache wird nichts."

„Bist du sicher?"

„Ganz sicher."

Sein Lächeln vertiefte sich, er breitete die Arme aus – er hatte weder Shep noch seinen Stock bei sich –, und sie warf sich an seine Brust. Seine Arme schlossen sich ganz eng um sie, und er hob sie hoch und wirbelte sie im Kreis herum. Als er sie wieder absetzte, hatten sie sich ein gutes Stück vom Morgensalon entfernt.

Beide lachten.

„Macht dich das glücklich?", fragte er.

„Dich?"

„Ja."

„Mich auch."

Doch dann erlosch ihr Lächeln plötzlich. Der Flur war nicht besonders hell erleuchtet, aber es reichte doch, um den geschwollenen Bluterguss an der Seite seines Gesichts zu sehen.

„Was ist passiert?" Sie legte ihre Hand ganz zart an die verletzte Stelle. Er zuckte zusammen und wich zurück.

„Ich bin in eine Tür gelaufen?" Es klang wie eine Frage. Er hob eine Hand und betastete die Schwellung vorsichtig mit den Fingerspitzen.

Sie ergriff die Hand und drehte sie so, dass der Rücken nach oben zeigte.

„Auch mit den Fingerknöcheln?"

„Es war eine schwere Tür."

Sie schnappt sich seine andere Hand und hielt sie fest in beiden Händen.

„Eine sehr schwere Tür", fügte er hinzu.

„Was ist passiert?"

„Eine Sparring-Runde im Keller. Maycock kam heute Morgen dazu, und wir dachten, dass es kurzweilig sein könnte, ein wenig miteinander zu boxen. Maycock war so sportlich, vorzuschlagen, dass wir ohne Licht kämpfen, damit ich nicht im Nachteil bin, und Martin löschte die Lampen. Ich fürchte, Maycock ist nicht so gut weggekommen wie ich, aber das war wohl nicht anders zu erwarten. Schließlich habe ich mehr Erfahrung mit der Dunkelheit als er."

Er grinste.

Sie starrte suchend in seine blauen Augen, die beinahe direkt in ihre zu schauen schienen.

„Es war kein freundschaftliches Sparring, nicht wahr?", fragte sie. „Es ging um mich."

Es dauerte einen Moment, bis er antwortete.

„Du warst damals fünfzehn, Sophie. In Trauer und einsam und verwundbar, und er ist mit Nagelstiefeln über dein Herz getrampelt. Und noch schlimmer: Er hat dein Selbstvertrauen zerstört. Er hat dir eingeredet, dass du hässlich bist, dabei warst du doch in Wahrheit eines der schönsten kleinen Wesen, die je geschaffen wurden."

„Oh Vincent." Ein Tropfen lief über ihr Kinn und wurde vom Stoff des Mantels aufgesaugt. Ein anderer lief über ihre Wange. „Das war vor so langer Zeit. Er meint es nicht böse, weißt du. Er ist nur nicht besonders einfühlsam. Es war nicht nötig, ihn zu bestrafen."

„Doch, das war es. Ich kann zwar nicht sehen, Sophie, aber ich bin immer noch ein Mann. Und wenn meine Frau verteidigt werden muss, dann bin ich da, um sie zu verteidigen."

Wie besitzergreifend das klang. Einen Augenblick lang sah

sie einen primitiven Wilden vor sich, der seine Frau mit einer Hand an den Haaren festhält, während er mit der anderen eine Keule schwingt, um Höhlenmensch Nummer zwei eins überzuziehen. Vielleicht würde sie das irgendwann mal zeichnen.

Aber sie verstand Vincents Bedürfnis, zu sein wie andere Männer. Vincent Hunt war immer ein Anführer gewesen, zu allen möglichen Schandtaten bereit und der Erste bei jedem jugendlichen Faustkampf. Sie brachte es nicht übers Herz, ihm zu sagen, dass Sebastian seine Wut gar nicht wert war.

„Danke“, sagte sie leise. „Danke, Vincent. Hast du irgendeine Salbe für deine Knöchel? Oder dein Gesicht?“

„Martin weiß es besser, als mir so was vorzuschlagen.“

Noch so ein Männerding, nahm sie an.

„Nun, dann muss ich dir deine Blessuren wohl wegküssen.“

Sie fing gleich damit an.

Er hatte für sie gekämpft. In der Dunkelheit. Und gewonnen. Und sich dann eine Geschichte ausgedacht, um die Blutergüsse und wund geschlagenen Knöchel zu erklären, sodass nur die drei Männer, die im Keller gewesen waren, die Wahrheit kannten. Und nun auch sie.

Sie sollte sich eigentlich nicht darüber freuen. Gewalt war schließlich niemals eine Lösung. Außerdem war sie längst über diese Sache hinweg, Vincent hatte ihre Seele geheilt. Sie war erwachsen geworden. Die Gewalt war also völlig unnötig gewesen.

Trotzdem freute sie sich.

Vincent hatte für sie gekämpft.

Weil sie ihm gehörte.

Und weil sie eins der schönsten kleinen Wesen war, die je geschaffen wurden.

22. *KAPITEL*

Sophia war bereits für den Ball gekleidet. Sie konnte sich nicht darauf besinnen, je eine solche Aufregung verspürt zu haben, während ihr gleichzeitig schlecht war und sie sich im Großen und Ganzen wahnsinnig beschwingt fühlte. Ach was, sie wusste einfach, dass es ihr noch nie zuvor so gegangen war.

„Sehen Sie, Mylady?" Rosina tat geradezu so, als ob Sophia sich mit ihr angelegt hätte. „Ich habe es Ihnen doch gesagt."

„Das haben Sie in der Tat." Sophia betrachtete sich im Wandspiegel ihres Ankleidezimmers. Rosina schaute ihr über die Schulter, und sie fühlte sich an jene andere Gelegenheit erinnert, als sie sich in einem hohen Spiegel sah – und jemand hinter ihr stand.

Sebastian hatte sie gestern nach dem Mittagessen zur Seite genommen. Seine Nase war nicht mehr ganz so geschwollen wie am Vortag, und die Blutergüsse an seinem Kinn und auf beiden Seiten des Gesichts wirkten inzwischen eher blau als schwarz. Am Tag davor er hatte er gute Miene zu den Neckereien gemacht, die auf ihn niederprasselten, und fröhlich verkündet, dass er, sollte er jemals wieder auf den Gedanken kommen, einen blinden Mann zu einer Sparring-Runde herauszufordern, darauf achten würde, den Kampf draußen und am hellen Mittag eines Sommertages stattfinden zu lassen.

„Sophia", sagte er, als sie mit ihm allein war. „Darleigh ist der Meinung, dass ich dich tief verletzt habe, als du noch bei Tante Mary lebtest. Ich hätte es nicht komplett vermeiden können, dir wehzutun. Mir war vorher nicht klar gewesen, dass du dich zu mir hingezogen fühlst, und ich durfte dich auf keinen Fall dazu ermutigen, diese Gefühle noch zu vertiefen. Weißt du, für mich warst du damals noch ein Kind, und ich konnte dich nicht auf diese Weise betrachten."

„Nein, natürlich konntest du das nicht", stimmte sie zu. Er hatte völlig recht. Allerdings ging es darum auch gar nicht.

„Du hast doch damals sicher verstanden, dass ich dich nur necken wollte, als ich sagte, du seist hässlich."

Das Einfachste wäre gewesen, jetzt Ja zu sagen. Es spielte keine Rolle mehr, nach all dieser Zeit. Aber dann würde sie das abwerten, was Vincent gestern getan hatte. Es würde sogar regelrecht albern wirken. Außerdem spielte es sehr wohl eine Rolle. Seine Worte hatten sie noch Jahre später verfolgt.

„Nein, Sebastian, das habe ich keineswegs so verstanden. Denn du wolltest mich nicht necken."

Er starrte sie unbehaglich an. „Also, ich muss schon sagen ... Aber, ja, gut, vielleicht hast du recht. Du hattest mich in Verlegenheit gebracht, und ich war verärgert, weil ich nicht wusste, wie ich reagieren sollte. Und du hast als Mädchen wirklich komisch ausgesehen. Das hat sich inzwischen deutlich gebessert. Ich bitte dich inbrünstig, meine Entschuldigung anzunehmen. Vermutlich habe ich dir damals sogar einen Gefallen getan. Ich nehme an, dass du wegen meiner Bemerkung anfingst, mehr auf dein Äußeres zu achten, und dich dadurch sehr zu deinem Vorteil verändert hast. Das stimmt doch, oder?"

Was würde es bringen, ihm ihre Vergebung zu verweigern? Er lächelte sie liebenswürdig an, seine Nase leuchtete rot. Und Vincent hatte ihn zur Rechenschaft gezogen.

„Ich nehme deine Entschuldigung an, Sebastian", sagte sie. „Und du siehst im Moment auch nicht besonders hübsch aus, weißt du. Aber vielleicht gibt sich das ja noch bis morgen."

Sie hatte ihm lachend ihre Rechte entgegengestreckt, und er hatte sie ergriffen und in das Lachen eingestimmt.

„Ich bin ja *so* froh, dass ich Ihre Zofe sein darf", sagte Rosina jetzt. „Man kann so viel aus Ihnen machen."

Bevor sie sich noch weiter in ihre Ekstase hineinsteigern konnte, klopfte es leise, und Vincent trat ein.

„Mylord", Rosina knickste.

„Rosina", erwiderte er, und sie zog sich zurück.

Vincent war stets elegant und geschmackvoll gekleidet. Doch heute Abend sah er geradezu prachtvoll aus in seinem schwarzen Frack, der silberbestickten Weste und den hellgrauen Kniehosen. Letztere waren zwar mittlerweile etwas aus der Mode, aber Sophia war sehr froh, dass er sie dennoch trug. Er konnte es sich zweifellos leisten, seine Beine zur Schau zu stellen, und er hatte auch die richtige Taille – und die richtigen Schultern – für den schmal geschnittenen Abendrock, der so gut saß, als sei er ihm buchstäblich auf den Leib geschneidert worden. Sein blondes Haar, das wie immer etwas zu lang war, lag ausnahmsweise ordentlich gekämmt um seinen Kopf, würde aber gewiss sehr bald wieder so attraktiv zerzaust sein wie üblich.

„Sie sehen atemberaubend aus, Mylord", sagte sie.

Er lachte. „Findest du das wirklich?"

„Oh ja."

„Dann bin ich jetzt dran." Er richtete seine blauen Augen auf ihr Gesicht. „Beschreib dich."

„Ich sehe einfach hinreißend aus." Ihr Ton war nur ein klein bisschen selbstironisch. „Mein Kleid ist leuchtend türkisfarben, mit kleinen Puffärmeln. Der Rock fällt weich und weit, mit einem weiten Volant am Saum. Vorn und hinten ist es tief ausgeschnitten. Meine Tanzschuhe und Handschuhe sind silbern, der Fächer ist aus feinstem chinesischen Bambus und wunderschön bemalt. Und mein Haar, Vincent! Rosina hat wirklich magische Hände, das würde ich jederzeit beschwören."

„Sollte ich ihren Lohn also verdoppeln?", fragte er.

„Mindestens! Sie hat geschafft, dass es lang aussieht, obwohl es mir doch in Wahrheit erst bis knapp unters Kinn reicht. Ich habe keine Ahnung, wie sie das macht. Es ist an den Seiten ganz glatt zurückgekämmt, und alle Locken türmen sich auf meinem Scheitel auf, sodass das Ganze wirkt, als sei da eine riesige Masse Haar. Über beiden Ohren kringeln sich kunstvoll ein paar Löckchen, und ich vermute, binnen kürzester Zeit werden sich auch welche an meinem Nacken kräuseln. Ich trage vermutlich ein paar hundert Nadeln auf dem Kopf, aber im Spiegel kann ich nicht eine einzige erkennen. Lady Trenthams Friseur hatte recht und Rosina auch. Dieser Stil betont meinen langen Hals.

Und ich habe in der Tat gute Wangenknochen. Ich wirke älter. Erwachsener, meine ich. Irgendwie …

„Schön?“, schlug er vor, als sie sich unterbrach. „Und das aus deinem Munde, Sophie.“

„Doch ja, ich glaube schon.“

„Du kannst auf keinen Fall noch schöner sein, als du sonst schon bist“, erklärte er entschieden.

Sie lachte, und er grinste sie an.

„Glücklich?“

Ihr Lächeln verschwand.

„Frag mich das noch Mal, wenn der Abend vorbei ist“, erwiderte sie. Das Baby wählte just diesen Moment, um etwas auszuprobieren, das sich wie ein Seitwärts-Purzelbaum anfühlte. „Wenn keine größeren Katastrophen passieren, dann sollte die Antwort positiv ausfallen.“

„Komm her.“ Er streckte eine Hand aus und zog Sophia an sich.

„Pass auf, dass du meine Frisur nicht zerquetschst“, mahnte sie.

Er senkte den Kopf und küsste sie. Sie erwiderte den Kuss und klammerte sich an Vincent, die Arme um seine Taille gelegt.

„Pass auf, dass du meinen Frack nicht zerquetschst“, murmelte er an ihren Lippen und vertiefte den Kuss.

Sie löste sich von ihm, trat einen Schritt zurück, ergriff ihren Fächer und hakte sich dann bei Vincent ein.

Sie mussten ihre Gäste empfangen.

Sophia schilderte ihm die Szenerie. Natürlich hatte man Vincent die Prunkräume schon früher beschrieben. Aber er war nicht oft hier gewesen. Sie hatten ihn nicht sonderlich interessiert, abgesehen von der Tatsache, dass es ihm eine gewisse Genugtuung bereitete, der Besitzer solch prachtvoller Gemächer zu sein.

Doch heute Abend war die Beschreibung sehr viel lebhafter als damals. Zum einen, weil sie von Sophia stammte, zum anderen, weil die Räume nun wieder ihrem eigentlichen Zweck dienten, nämlich Gästen Vergnügen zu bereiten.

Der Große Salon war für jene Besucher hergerichtet worden, die sich eine Weile vom Trubel des Ballgeschehens zurückziehen wollten. Es gab vier Kartentische und diverse Sofas. Im großen Marmorkamin flackerte ein Feuer. An den Wänden prangten Malereien zwischen schmalen Eichenpaneelen. Die hohe gewölbte Decke war ebenfalls bemalt. Überall glitzerten Vergoldungen. Den Mittelpunkt des Raums bildete ein gewaltiger Kristalllüster. Zur Feier des Tages waren sämtliche Kerzen entzündet worden.

Im Kleinen, aber ebenso prächtigen Salon nebenan waren die Erfrischungen angerichtet worden: süße und herzhafte Leckereien, Weine und Liköre, Limonade und Tee.

Im Speisesaal würde es später ein Abendessen, Reden und Trinksprüche geben. Hier stand auch die vierstöckige Hochzeitstorte, die seine Großmutter unbedingt haben wollte. Eine Hochzeitstorte, wo Sophia doch längst schwanger war, was sich, sofern er seinen Händen trauen konnte, auch nicht mehr verbergen ließ!

Er hoffte, dass man es bereits sehen konnte. Er platzte geradezu vor Stolz – auch wenn die unterdrückte Angst, dass etwas schiefgehen könnte, immer dabei war.

Der Ballsaal hatte die doppelte Ausdehnung des Großen Salons und war ganz ähnlich gestaltet, nur dass zwischen den schmalen Paneelen keine Wandmalereien angebracht worden waren, sondern Spiegel. An der Decke hingen drei Kronleuchter, und an einem Ende des Saals befand sich das Orchester-Podium. Der frisch polierte Holzboden schimmerte. Französische Türen führten auf die Veranda.

Es musste ein wahrhaft überwältigender Anblick sein, vor allem weil die herrlichen Räume heute Abend voller festlich gekleideter Menschen waren. Wobei gewiss nicht so ein Gedränge herrschte wie auf den großen Londoner Bällen während der Saison. Aber seine ganze Familie war da und Sophias Familie und

Flavian. Und die gesamte Nachbarschaft. Inzwischen waren auch die letzten Nachzügler im Ballsaal eingetroffen.

Sophia beschrieb ihm das Funkeln der Juwelen, die leuchtenden Farben, die wippenden Federn. Sie hatte gehört, dass es in Londoner Ballsälen selbst für die jüngsten Damen und pickligsten jungen Herren zum guten Ton gehörte, möglichst gelangweilt zu wirken. Henrietta hatte diese Miene vor ihrer Einführung in die Gesellschaft regelrecht geübt. Aber heute Abend tat niemand gelangweilt.

„Nicht mal deine Tante und deine Cousine?“, fragte Vincent.

„Nein.“ Sie lachte. „Die sind viel zu sehr damit beschäftigt, überlegen auszusehen. Aber sie haben Spaß, Vincent. Sie sind hier sehr bedeutende Leute. Unsere Nachbarn blicken respektvoll und bewundernd zu ihnen auf. Die Federn, die Tante Martha auf dem Kopf trägt, sind bestimmt über einen Meter lang, und sie bewegen sich auf sehr majestätische Art.“

„Da spricht wieder Mal die Karikaturistin aus dir“, bemerkte Vincent.

„Na gut, vielleicht sind sie auch nur fast einen Meter lang“, räumte sie ein. „Jedenfalls spricht sie mit jedem. Sir Clarence ebenfalls. Wenn er sich noch mehr in die Brust wirft, platzen sämtliche Knöpfe von seinem Frack. Ach du liebe Zeit. Verbiete mir bitte sofort den Mund!“

„Um keinen Preis der Welt. Was ist mit Henrietta?“

„Sie hat Viscount Ponsonby ins Visier genommen. Aber wie es aussieht, hat er Agnes Keeping um den ersten Tanz gebeten.“

„Da wir gerade vom ersten Tanz sprechen …“

„Ja.“ Sogar über den sie umgebenden Stimmenlärm hinweg konnte er hören, wie sie tief einatmete. „Wo ist denn Onkel Terrence? Ach, da kommt er ja.“

„Soll ich dem Orchester das Zeichen geben, zum ersten Set aufzuspielen, Darleigh?“, erkundigte sich Sir Terrence. „Sophia, mir scheint, der Abend wird ein großer Erfolg.“

„Ja, wenn Sie so freundlich wären", erwiderte Vincent. Er nahm Sophias Hand und führte sie an seine Lippen.

„Ich wünsche dir viel Vergnügen."

Er blieb in der Tür stehen und lauschte der Musik und dem rhythmischen Geklapper der Sohlen auf dem glatten Parkett. Sein eigener Fuß wippte im Takt mit, und er lächelte.

Genug Unterhaltung hatte er auch. Immer wieder kamen Nachbarn, um ihn dazu zu beglückwünschen, dass er die alte Tradition der glanzvollen Feste wieder aufleben ließ, und jeder verweilte ein wenig und plauderte mit ihm. Eine Zeit lang leistete ihm seine Großmutter Gesellschaft. Und Andy Harrisons Frau brachte ihm ein Glas Wein.

Er hatte so viel erreicht in den letzten paar Monaten. Das hatte er Sophia zu verdanken. Aber nicht nur. Er durfte nicht ungerecht sich selbst gegenüber sein. Er hatte sich wirklich angestrengt, und es war ihm gelungen, sich aus der erdrückenden Umarmung seiner Angehörigen zu lösen, ohne jemanden zu verletzen. Er hatte hart mit Shep trainiert, um sich mehr Bewegungsfreiheit zu verschaffen. Er hatte viele Stunden mit seinem Verwalter verbracht, sowohl in dessen Büro als auch draußen auf dem Anwesen, und nahm nun aktiv an der Organisation seines Besitzes teil. Er hatte seine Nachbarn, seine Pächter und seine Angestellten kennengelernt und ein paar echte Freunde gefunden. Er war Angeln gegangen. Er hatte Sophia geholfen, über ihre schlimmen Erfahrungen und vielleicht auch manche Unsicherheit hinwegzukommen. Sie fühlte sich wohl mit ihm, da war er ganz sicher, auch wenn er ihr nicht das ganz große Glück bescherte. Aber er konnte ihr Vergnügen bereiten, und das nicht nur im Bett. Außerdem konnte er inzwischen immerhin so gut auf der Harfe spielen, dass er nicht alle zwei Minuten den Drang verspürte, sie aus dem Fenster zu werfen. Es war sogar nicht ganz ausgeschlossen, dass es ihm innerhalb des nächsten Jahres gelingen würde, dieses vertrackte Instrument einigermaßen kompetent zu beherrschen. Und demnächst war er sogar ein veröffentlichter Schriftsteller.

Der letzte Gedanke brachte ihn zum Grinsen. Sein Fuß wippte noch immer im Takt. Sophia tanzte, wie man ihm erzählte, gerade mit Flavian.

Er war sehr froh darüber, einen der Überlebenden hier in Middlebury zu haben. Sie hatten gestern mindestens zwei Stunden lang zusammen im Parterre-Garten gesessen, obwohl es ein für die Jahreszeit recht kühler Tag war. Nach einer Weile hatte sich Sophia zu ihnen gesellt, und Flavian sagte, es sei wirklich ein Jammer, dass Vincent im nächsten Frühjahr nicht zum üblichen Treffen des Clubs der Überlebenden nach Penderris Hall kommen konnte.

„Aber natürlich hat er dann Besseres zu tun", fügte er hinzu, und seine Stimme klang amüsiert. „Ich nehme an, man darf Ihnen gratulieren, Lady Darleigh? Oder s…sollte ich gar nichts davon wissen?"

Er hatte ihm nichts davon erzählt. Aber einen Flavian musste man nicht eigens mit der Nase darauf stoßen, dass Sophia schwanger war.

„Wie kommen Sie denn darauf, dass er nicht hinfahren wird?", erwiderte sie. „Selbstverständlich fährt er nach Penderris. Das muss sein."

„Der Termin wäre kurz nach deiner Niederkunft, Sophie", widersprach Vincent. „Nicht mal eine Herde wilder Pferde könnte mich dann von deiner Seite reißen."

Daraufhin hatte sie eine Weile geschwiegen. Flavian ebenfalls.

„Nun gut", verkündete sie schließlich. „Dann müssen eben alle stattdessen hierherkommen. Oder würde das die Sache ruinieren? Muss es denn unbedingt in Penderris sein? Ich weiß, dass ihr dort diese schwierigen Jahre miteinander verbracht habt, da liegt es natürlich nahe, euch dort zu treffen. Aber muss es wirklich sein? Ist das Zusammensein als solches nicht wichtiger als der Ort, an dem es stattfindet? Vincent, können wir die Überlebenden nicht einfach nach Middlebury einladen? Würden Sie kommen, Lord Ponsonby? Oder doch lieber nach Cornwall gehen, auch wenn Vincent das, eine Mal nicht teilnehmen kann?“

„Natürlich können wir das Sophie“, antwortete Vincent. „Aber ...“

„Kein Wenn und Aber, Vince“, fiel Flavian ihm ins Wort. „Eine wirklich b...brillante Idee, Lady Darleigh. Geradezu preisverdächtig. Wir hätten uns alle s...sieben ewig die Köpfe zerbrechen können, und w...wären nie darauf gekommen. Stimmt's, Vince?“

„Vielleicht finden die anderen den Vorschlag ja nicht so gut“, gab Sophia zu bedenken.

„Das kann schon s...sein. Aber fragen kostet ja nichts.“

„Hat eigentlich irgendjemand etwas von Ben gehört?“, fragte Vincent.

„Er ist wie vom Erdboden verschluckt. Es ist genauso wie bei dir in diesem Frühling, Vince. Seine Schwester wurde zwar in London gesichtet – die, die er angeblich im Norden Englands besucht –, aber Ben w...war nicht bei ihr. Womöglich wandert er ja ebenfalls im Lake District über die Heide und kommt mit einer Braut zurück, so wie du. Ich hoffe allerdings, dass dem nicht so ist. Es k...könnte ansteckend sein.“

Der Ball war inzwischen in vollem Gange, und Vincent entspannte sich, in der Gewissheit, dass Sophia glücklich über den Erfolg ihrer Bemühungen sein würde.

Und das war das Einzige, was heute Abend zählte. Dass sie glücklich war.

In Wahrheit war es das Einzige, was jemals zählte, dachte er ein bisschen traurig.

Sophia war so glücklich wie noch nie in ihrem Leben. Der Abend war fast zu Ende, und nichts war schiefgegangen. Sie beschloss mutig, davon auszugehen, dass auch nichts mehr schiefgehen würde.

Aber dann wollte sie es lieber doch nicht beschreien. Denn einer der größten Momente kam ja noch.

Sie selbst hatte keinen Tanz ausgelassen und – gemeinsam mit Vincents Mutter und seinen Schwestern – auch dafür gesorgt, dass alle anderen tanzen konnten, sofern sie wollten. Auf einem Middlebury-Ball waren keine Mauerblümchen erlaubt!

Sogar Henrietta tanzte jedes Set, obwohl sie ihre jeweiligen Partner, mit Ausnahme von Viscount Ponsonby, der sie einmal zum Tanz bat, als gesellschaftlich minderwertig betrachten musste.

Mit Agnes hatte Flavian zweimal getanzt.

Beim Abendessen hatte alles wunderbar geklappt. Der Speisesaal sah prachtvoll aus, das Essen war großartig. Es hatte diverse Trinksprüche und Reden gegeben – auch Vincent hatte eine gehalten. Und die Hochzeitstorte war so sorgfältig aufgeschnitten und serviert worden, dass auch wirklich jeder ein Stück abbekam. Sie selbst hatte die Tabletts herumgereicht, und Vincent war an ihrer Seite gewesen, auch wenn er keinen Kuchen verteilt hatte. Stattdessen hatte er jeden mit seinem Charme bezaubert. Wirklich erstaunlich, dass er sich drei Jahre lang in Middlebury Park praktisch eingegraben hatte, dachte Sophia. In den letzten paar Monaten war er äußerst beliebt geworden, genau wie früher in Barton Coombs.

Nach dem Essen waren noch zwei Tänze angesetzt, der erste davon ein Walzer, der einzige des Abends, da der beschwingte Dreivierteltakt auf dem Lande immer noch nicht sehr verbreitet war. Sophia hatte die Schritte mit ihrem Onkel im Musikzimmer geübt, Vincent war dabei gewesen, und sie hatte gesehen, wie sein Fuß sich im Takt der Melodie bewegte, die Miss Debbins auf dem Pianoforte spielte.

Als der Tanz angekündigt wurde, stand sie an Vincents Seite. Er lächelte freundlich nach allen Seiten, doch sie vermutete, dass der Abend ziemlich anstrengend für ihn war. Vielleicht aber auch nicht. Er schien Spaß daran zu haben, sich mit seinen Gästen zu unterhalten. Womöglich trug die Tatsache, dass er in seinem eigenen Ballsaal stand, ja zu seinem Vergnügen bei.

„Es ist ein Walzer, Vincent", sagte sie.

„Ah.“ Er lächelte sie an. „Dann musst du tanzen, Sophie. Mit deinem Onkel? Du hast ja mit ihm geübt.“

„Mit dir. Ich muss ihn mit dir tanzen.“

Sie ergriff eine seiner Hände und zog ihn ein Stück Richtung Tanzfläche.

„Mit mir?“ Er lachte. „Lieber nicht, Sophie. Das wäre wirklich ein Spektakel, an das die Leute noch lange denken würden.“

„Oh ja“, stimmte sie zu und zog ihn noch einen Schritt weiter.

Noch war kein anderes Paar auf die Tanzfläche getreten, und sie hatten bereits die Aufmerksamkeit der Umstehenden erregt. Es wurde merklich leiser im Saal.

„Nein“, protestierte er lachend. „Sophie ...“

„Ich möchte Walzer tanzen. Mit meinem Mann.“

Jemand – Mr Harrison? – fing an, langsam zu klatschen. Viscount Ponsonby tat es ihm nach. Und kurz darauf hörte es sich so an, als ob die Hälfte der Gäste im Saal seinem Beispiel gefolgt war.

Ach du liebe Güte. Sophia hatte nicht vorgehabt, eine öffentliche Vorführung daraus zu machen. Aber nun war es zu spät, die Sache abzublasen.

„Tanz Walzer mit mir“, bat sie, so leise sie konnte.

Es war nicht leise genug.

„Tanzen Sie mit ihr“, rief Mr Harrison – diesmal bestand kein Zweifel daran, dass er es war.

Und dann stimmten die Umstehenden ein, es klang fast wie eine Beschwörung.

„Tanzen Sie mit ihr. Tanzen Sie mit ihr.“

„Sophie ...“ Vincent lachte laut los.

Sie musste ebenfalls lachen.

Und dann ging er mit ihr auf die Tanzfläche.

„Falls ich gleich einen schrecklichen Narren aus mir mache“, sagte er so laut, dass jeder ihn hören könnte, „wäre es sehr freundlich, wenn Sie so täten, als würden Sie es nicht bemerken.“

Das Orchester wartete nicht auf weitere Paare, sondern fing an zu spielen.

Zunächst bewegten sie sich unbeholfen und gehemmt, und Sophia fürchtete schon, dass sie ihn wirklich in eine peinliche Situation gebracht hatte – ganz zu schweigen von sich selbst. Aber sie hatte die Schritte sehr sorgfältig geübt. Und auch, mit voller Unterstützung ihres Onkels, wie man führt, ohne es so aussehen zu lassen.

Seine Füße fanden die Schrittfolge, und sein Griff um ihre Hand wurde etwas entspannter. Die Finger seiner anderen Hand spreizten sich in ihrem Rücken. Er hob den Kopf und lächelte beinahe direkt in ihre Augen. Dann schwang er sie in eine Drehung, und sie versuchte lachend, dafür zu sorgen, dass beide auf ihren Beinen und im Bereich der Tanzfläche blieben.

Es war vermutlich nicht der eleganteste Walzer aller Zeiten, aber es war trotzdem wundervoll. Sie hatten den gesamten Tanzboden für sich. Sophia wusste nicht, ob das daran lag, dass die anderen Gäste Angst hatten, mit ihnen zusammenzustoßen, oder ob sie es einfach genossen, ihnen zuzuschauen. Aber sie hörte mit halbem Ohr, dass die meisten im Takt der Musik mitklatschten.

„Vincent“, sagte sie nach einigen Minuten. „Wirst du mir das jemals verzeihen?“

„Vielleicht in hundert Jahren“, erwiderte er.

„Ist das dein Ernst?“

„Nun ja, vielleicht in zehn Jahren.“

Und dann wirbelte er sie noch einmal herum, aber diesmal war Sophia darauf vorbereitet und führte sie sicher über die Tanzfläche.

„Das wollte ich schon so lange tun“, bekannte sie.

„Walzer tanzen?“

„Mit dir Walzer tanzen.“

„Ach Sophie.“ Seine Hand presste sich etwas fester gegen ihren Rücken. „Es tut mir so leid, dass ich nicht …“

„Aber du kannst es doch“, gab sie zurück. „Du kannst mit jedem Teil von dir sehen, außer mit den Augen. Nun sag schon, dass es dir Spaß macht.“

„Es macht mir Spaß." Er zog sie so eng an sich, dass ihre Körper sich beinahe berührten. „Und wie."

Über ihnen drehte sich das Kerzenlicht, um sie herum ein leuchtendes Kaleidoskop aus bunten Gewändern, und die Spiegel vervielfältigten das Gefunkel der Lichter und Juwelen bis ins Unendliche.

„So viele Düfte und Geräusche", sagte er. „Ich werde diesen Moment nie vergessen, Sophie. Ich tanze tatsächlich Walzer."

Sie biss sich auf die Unterlippe. Denn es wäre ganz bestimmt peinlich, vor allen Gästen zu weinen. Und dann fiel ihr Blick auf seine Mutter, die neben Ursula an der Tür stand. Über Mrs Hunts Wangen liefen Tränen.

Die Musik machte eine kurze Pause, bevor der nächste Walzertakt angespielt wurde, und andere Paare gesellten sich zu ihnen aufs Parkett.

Als Sebastian Maycock Sophia um den letzten Tanz des Abends bat, ließ Vincent ihr ebenso viel Entscheidungsfreiheit wie sie ihm eben beim Walzer.

„Ich fürchte, meine Frau ist schon vergeben, Maycock", sagte er. „An mich."

Er konnte ihren überraschten Blick beinahe spüren.

„Das stimmt", erklärte sie nach einem beinahe unmerklichen Zögern. „Aber danke, dass du an mich gedacht hast, Sebastian. Es sieht so aus, als habe die ältere Miss Mills keinen Partner. Die Dame in Grün."

Nachdem Maycock sich zurückgezogen hatte, vermutlich um Miss Mills zum Tanz aufzufordern, wandte sie sich an Vincent. „Du ziehst doch nicht ernsthaft in Erwägung, den Heumacher-Jig zu tanzen, oder?"

„Ich ziehe in Erwägung, mit meiner Frau einen kurzen Ausflug auf die Terrasse zu machen", erwiderte er. „Aber vermutlich ist es draußen zu kalt für dich."

„Ich lasse unsere Mäntel holen", verkündete sie und ließ ihn prompt stehen.

Ein paar Minuten später war sie zurück, bedankte sich mit gedämpfter Stimme bei jemandem und reichte Vincent seinen Mantel. Sowohl die Musik als auch der Lärm im Saal wurden lauter. Der Ball ging seinem Ende entgegen.

Offenbar war außer ihnen niemand auf der Veranda. Sophia bestätigte auf Nachfrage, was seine Ohren ihm sagten. Kein Wunder, es war zwar keine wirklich kalte Nacht, aber es wehte doch eine recht frische Brise.

„Glücklich?", fragte er. Sie hakte sich bei ihm ein und führte ihn, wie er annahm, in Richtung der Parterres.

Er hörte, wie sie tief Luft holte.

„Glücklich", sagte sie dann. „Alles ist gut gegangen, nicht wahr? Mehr als gut sogar. Oh Vincent, wir müssen so etwas öfter machen. Vielleicht im Frühjahr, wenn deine Freunde kommen. Sie werden doch kommen, oder nicht?"

Er antwortete nicht auf ihre Frage.

„Sophie, du bleibst doch, nicht wahr? Dem Baby zuliebe? Ich könnte es nicht ertragen, mich von ihm zu trennen, und ich glaube, du könntest es auch nicht ertragen, es bei mir zurückzulassen."

„Natürlich könnte ich das nicht", sagte sie. „Und natürlich bleibe ich. Es tut mir nur leid …"

„Es tut mir wirklich sehr leid wegen deines Häuschens auf dem Lande", versicherte er. „Ich weiß, dass du dort lieber leben möchtest als irgendwo sonst auf der Welt, aber …"

„Oh Vincent", unterbrach sie ihn. „Das stimmt doch gar nicht."

„Aber als du Ursula und Ellen neulich hier im Garten deine Zeichnungen gezeigt hast …"

„Ich habe das Haus für unsere *Geschichten* gezeichnet", erklärte sie. „Es sollte eigentlich gar nicht unbedingt aussehen wie mein Traumhäuschen, aber irgendwie ist es doch so geworden. Und dann konnte ich einfach nicht widerstehen und habe Tab hineingemalt. Ja, es ist ein Traum von einem Häuschen, Vincent. Als mein Leben so schrecklich leer und einsam war, dachte ich, es könnte nichts Wünschenswerteres geben. Aber im Vergleich zu meiner jetzigen Wirklichkeit kommt es mir … nun ja, ein wenig mitleiderregend vor."

„Heißt das, dass du es dir nicht länger wünschst? Auch wenn du nicht schwanger wärst?"

„Nein", sagte sie mit einigem Nachdruck. „Wie könnte ich denn? Aber, Vincent, ich wünschte, ich wäre keine Frau."

„Was?" Er lachte. Ihm war ein bisschen schwindelig.

„Ich bin doch einfach nur eine weitere Frau, die zwischen dir und deiner Freiheit steht."

„Wovon sprichst du eigentlich?"

„Das hast du zu Mr Croft gesagt, an dem Tag, an dem er Shep bei dir ließ. Du sagtest, ich wäre nur eine weitere Frau, die sich in dein Leben einmischt und dir deine Unabhängigkeit raubt."

„Ich bin ganz sicher, dass ich nichts dergleichen gesagt habe", erwiderte er indigniert, während er versuchte, sich daran zu erinnern, was er tatsächlich von sich gegeben haben könnte. „Denn das wäre eine glatte Lüge gewesen."

„Aber du hast es gesagt", beharrte sie. „Ich habe es gehört."

„Sophie, meine Mutter und meine Schwestern haben alles für mich getan und mich dadurch, ohne dass es in ihrer Absicht lag, vollkommen eingeengt. Du hingegen bist mit all deinen wundervollen Ideen gekommen und hast genau das Gegenteil gemacht. Du hast mir meine Freiheit zurückgegeben und ein großes Stück Unabhängigkeit dazu. Was immer du an jenem Tag gehört haben magst – du hast es völlig missverstanden, du dumme Gans. Ich würde niemals sagen, dass du meine Freiheit einschränkst. *Niemals*, Sophie. Du hast das Licht zurück in mein Leben gebracht."

„Dann macht es dir also nichts aus, wenn ich hierbleiben muss?"

Sie waren stehen geblieben. Er stieß einen tiefen Seufzer aus und wünschte, er könnte sich an die genauen Worte erinnern, die er gegenüber Croft geäußert hatte.

„Weißt du, ich liebe dich", sagte er.

Sie hielt noch immer seinen Arm. Jetzt legte sie den Kopf schräg, sodass er an seiner Schulter zu liegen kam.

„Ja, ich weiß. Du bist immer sehr gut zu mir. Und ich liebe dich auch."

„Ach, die Unzulänglichkeit der Worte." Er seufzte wieder. „Und die trügerische Natur der Worte, die so viele unterschiedliche Bedeutungen haben, dass sie buchstäblich bedeutungslos werden. Erinnerst du dich an dieses Lied, das ich in Covington House gesungen habe? *Ich würde für dich auf Königreiche verzichten*? Erinnerst du dich an diese Zeile?"

„Ja." Ihre Hand lag nicht mehr auf seinem Arm.

„Genau das würde ich tun, ohne auch nur eine Sekunde darüber nachzudenken", sagte er. „Wenn ich ein Königreich hätte oder auch mehrere Königreiche, so wie in dem Lied, dann würde ich sie alle aufgeben. Für dich. Das meine ich, wenn ich sage, dass ich dich liebe."

Er hörte, wie sie unbehaglich schluckte.

„Aber du hast kein Königreich."

„Dann würde ich Middlebury Park aufgeben. Und meinen Titel. Wenn ich zwischen meinem Besitz und dir wählen müsste, dann wäre das nicht mal eine Konkurrenz. Ich weiß, das kann man leicht sagen, wenn keine offensichtliche Gefahr besteht, dass man diese Entscheidung wirklich treffen muss. Aber ich würde es dennoch tun. Ohne jeden Zweifel. Ich liebe dich."

„Vincent." Sie hielt seine Rechte in beiden Händen.

„Das war nicht Teil unseres Arrangements, nicht wahr? Ich bin gerne bereit, mich mit Zufriedenheit zu begnügen, wenn du nicht mit tieferen Gefühlen belastet werden möchtest, Sophie. Das bin ich wirklich. Und wir sind doch zufrieden miteinander, oder? Es ist nur … nun ja, ich bin wohl einfach selbstsüchtig. Ich wollte die Freude haben, es auszusprechen. Es dir zu sagen. Aber es ist wirklich nicht so wichtig, wenn du diese …"

„Nicht *wichtig*?" Ihre Stimme überschlug sich beinahe, und sie warf sich so heftig an seine Brust, dass er fast umgefallen wäre. Ihre Arme legten sich um seinen Hals. „Du hast mir gerade gesagt, dass du mich bis in alle Ewigkeit liebst, und das ist nicht wichtig? Natürlich ist es wichtig. Es ist wichtiger als alles andere auf der ganzen weiten Welt, und die Sonne, den Mond und die Sterne kannst du auch gleich noch dazunehmen. Ich liebe dich so sehr, sehr, *sehr*."

„Tust du das wirklich, Sophie?" Er schloss sie in die Arme und zog sie an sich. „Wirklich, mein Liebling?"

„Du darfst gern noch ein paar *sehrs* hinzufügen."

„Lass mir aber bitte auch noch welche übrig." Er lachte in ihr Haar hinein, das sich anfühlte, als sei es dabei, sich aus Rosinas Fesseln zu befreien.

Sie hob ihm ihr Gesicht entgegen und küsste ihn.

Aus dem Ballsaal, irgendwo hinter ihnen, erklangen fröhliche Stimmen, Gelächter und der Lärm eines wilden ländlichen Tanzes. In der Ferne schrie eine Eule, und ein Hund bellte. Ein kalter Wind blähte die Säume ihrer Mäntel.

Doch Vincent konnte im Moment nicht auf all diese Sinneseindrücke achten. Er hielt gerade die ganze Welt in seinen Armen. Und, ja, die Sonne, den Mond und die Sterne natürlich auch.

Für alle Ewigkeit.

– ENDE –

Eine Liebe, so wild und ursprünglich wie die Fjorde Norwegens. Eine großartige Wikingerromanze!

Band-Nr. 25819
8,99 € (D)
ISBN: 978-3-95649-113-9
480 Seiten

Betina Krahn
Das Verlangen des Wikingers

Drei Frauen, umringt von wilden Nordmännern! Aaren kann es in ihren Augen sehen, dass die raubeinigen Wikinger ihre hübschen jüngeren Schwestern am liebsten sofort auf eine Bettstatt zerren würden. Doch erst wenn es einem von ihnen gelingt, Aaren im Kampf zu besiegen, dürfen die Männer sich ihren Schwestern nähern! Und das ist selbst für den größten Krieger eine Herausforderung, denn Aaren verfügt über die Kraft der legendären Walküren. Mutig hebt sie das Schwert zum Kampf – bis aus der Menge einer hervortritt, der sie alle in den Schatten stellt: Jorund, Sohn des Jarl. Und aus seinen kristallblauen Augen spricht eine Macht, gegen die Aaren keine Waffen kennt …

„Betina Krahns leichter, intelligenter Stil ist bestechend!“
Romantic Times